KB111247

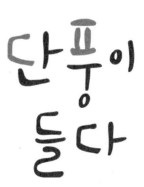

단풍이
들다

단풍이 들다

초판 1쇄 발행일 2015년 5월 28일
초판 2쇄 발행일 2015년 6월 17일

지은이 | 미몽
펴낸이 | 김기선
편집장 | 김은지

펴낸곳 | 와이엠북스(YMBOOKS)
출판등록 | 2012년 7월 17일 (제382-2012-000021호)
주소 | 서울시 도봉구 노해로 379, 1005호(창동, 대성빌딩)
전화 | 02)906-7768 / **팩스 |** 02)906-7769
E-mail | ymbooks@nate.com

ISBN 979-11-322-2013-8 03810

값 9,000원

Y
M
B
O
O
K
S

R
O
M
A
N
C
E

S
T
O
R
Y

단풍이 들다

미몽 장편소설

목차

프롤로그

처음 보는 임시 거처의 첫 느낌은 정말 잘 계약했다는 것이었다.

퀴퀴한 사내 냄새 물씬 풍기는 단결의 자취방과 다르게 모던하고 깔끔한 아파트는 그야말로 완벽하게 단풍의 취향이었고 벽면마다 자리한 책장은 약간 강박증이 있는 그녀에게 희열까지 안겨주었다.

"어때, 장난 아니지? 이런 집 월세가 30만이라는 건 완전 사기라니까. 요즘 어지간한 쉐어도 20은 받아. 거기다 가구 다 있지, 특별히 막아놓은 것도 없지, 주인 예쁘지."

마지막 건 딱히 필요치 않아 보였지만 단결의 말마따나 이곳은 정말로 '좋은' 집이었다. 당장 머무를 곳을 마련하기 전까지, 3개월간의 생활에 꽃이 피는 느낌이었다.

"책 진짜 많다. 그냥 인테리어인가?"

"세상에, 얼굴도 예쁜데 지적이기까지 해. 끝내준다."

"……야, 너 사심 품지 마라."

"난 사실만 말하는 겁니다, 누님."

하여간 말은 잘하지. 머리를 흔들며 한숨을 쉰 단풍은 뒷짐을 지고 이리저리 기웃거렸다. 3년이나 살았다는데 다른 장식품 하나 없이 책만 잔뜩 있는 것이 약간 압박감을 주긴 했지만 그것도 크게 문제가 될 건 없었다.

조금 더 찬찬히 둘러보는 사이 밖에서 큰 박스를 들고 온 단결이 말했다.

"주인 누나 오늘 일 있어서 없다니까 우리끼리 얼른 정리하자. 그리고 치맥 사줘."

기승전결 뚜렷한 목적의식에 그녀가 눈을 찌푸렸다.

"뭘 얼마나 봤다고 누나야, 버릇없이?"

"세상엔 두 가지 종류의 여자가 있어."

"뭐야, 갑자기."

뜬금없이 나온 말을 듣고 있자 그가 단풍을 손가락으로 콕 가리키며 말을 이었다.

"친누나. 남의 누나."

"……."

"그리고 세상 모든 여자는 누나 빼고 아름다……. 억!"

순식간에 단결의 손가락을 콱 낚아채 비튼 그녀는 가늘어진 눈으로 으르렁거렸다.

"죽을래?"

"아파, 아파. 놔줘, 아야야."

한차례 소소한 싸움을 끝으로 단풍은 단결과 함께 부모님이 보내준 박스 짐 서너 개를 마저 가지고 올라왔다. 그리 많은 짐은 아니지만 가지고 오니 정리할 것이 꽤 있었다. 일단 주인이 알려주었다던 오른쪽 방으로 들어가자 보이는 가구라곤 침대와 책장뿐이었다.

"가구가 너무 없긴 하다. 어떻게 있는 게 침대밖에 없어."

"그러게. 주인 누나 이렇게 깔끔한 성격같이 안 보였는데."

당시 커피를 한 잔 얻어 마실 때 믹스 커피 하나를 끓이면서도 난장판이 되어 있던 주방을 기억하는 단결은 박스들을 침대 끝에 차례로 쌓았다.

"뭐, 사람 온다고 다 정리했나 보지. 어떻게, 박스 여기다 놔?"

별거 아니라는 투의 말에 단풍은 휴대폰을 들며 고개를 끄덕였다.

"응, 내일 농이라도 하나 사러 가야겠다. 뭐 먹을래? 간장 치킨? 양념?"

"셋 다."

"셋?"

"기본, 간장, 양념."

"……."

"자자, 빨리하자. 비켜요, 짐 들어갑니다."

결국 치킨을 3마리나 시킨 후 당장 필요한 옷 몇 벌과 생필품을 꺼내놓은 단풍은 다시금 집 안을 둘러보았다. 책장의 많은 책은 장식인지, 아니면 정말 읽은 것인지 궁금할 정도로 많았다. 한 권 뽑아 몇 장 넘겨보다가 꼭 대여점 책장처럼 툭 튀어나온 한쪽 책장에 대충 디스플레이용이군, 하고 결론짓고 방을 나서며 바로 옆방을 가리켰다.

"결아, 여기가 주인이 쓰는 방이야?"

"아, 어어. 될 수 있으면 들어가지 말아 달라고 하더라."

"그래? 혹시 까다로워 보이진 않았어?"

"전혀. 되게 친절하고 예뻤어."

말끝마다 예쁘다, 예쁘다. 뭐, 얼마나 예쁘기에 저러는지는 몰라도 한 대 때려주고 싶었다.

"그래, 네 누나 못생겼다, 인마."

"아니야. 우리 누나 예쁘지."

갑자기 뭐래. 찡그린 눈으로 보자 박스를 내려놓은 단결이 제 가슴에 팔을 교차시키고 눈을 감으며 말을 이었다.

"마음이……. 어억!"

"이 개노무 시키!"

결국 세찬 발길질이 동생의 엉덩이에 작렬했다.

잠시 일방적 구타가 끝나고 남매간의 우애를 되찾는 사이 초인종이 울렸고 단결이 후다닥 현관으로 달려갔다. 그리고 고소한 냄새를 풍기는 치킨 봉지를 잔뜩 들고 해맑게 외쳤다.

"누나, 카드!"

망할 놈.

불과 30분 뒤, 단결은 정말로 치킨 3마리를 연골 하나 남기지 않고 모조리 흡입했다. 제 친구들에게 가져가려고 그렇게 많이 시킨 것인가 싶었으나 정말로 혼자 그 3마리를 모두 해치운 뒤 상쾌한 얼굴로 아르바이트를 갔다. 자신의 동생이지만 역시 남다르다고밖에 생각할 수 없었다.

찌꺼기 수준이 되어버린 치킨 잔해 한두 조각을 앞에 둔 단풍은 여유롭게 캔 맥주를 홀짝였다.

사색 가득한 밤이었다. 그리고 고되었던 일주일이었다.

잘 곳이 없어 찜질방을 전전긍긍하고 팔자에 없을 것 같던 알레르기가 생겨 병원 신세를 지기까지 했다. 정말 집 없이 첫 출근을 찜질방에서 할지도 모른다는 긴장감 속에 구한 이곳은 어느 하나 마음에 안 드는 곳 없이 완벽했다. 다른 건 몰라도 사람 하나는 잘 보는 단결이 주인도 괜찮다고 거듭 말하니 큰 걱정은 하지 않아도 될 것 같았다.

"시원해."

기분을 좋게 만드는 풍경이 발코니 창으로 보였다. 그 반짝이는 야경에 비로소 서울살이가 시작된 것 같아 홀가분한 마음도 들었다. 막막했던 앞이 비로소 탁 트이는 느낌에 발코니 창문을 열고 시원하게 불어오는 바람을 만끽했다.

"진짜 좋다."

저절로 나오는 말을 숨기지 않고 새 출발에 대한 기대감을 잔뜩 발산하던 밤이 그렇게 지나갔다. 다음 날 해야 할 것들을 곱씹고 설레는 마음으로 아주 오랜만에 곤히 잠들었다. 며칠간의 고단했던 피로를 풀어내는 아주 달콤한 밤을 가득히 만끽하며.

그땐 알 수 없었다.

설마 자신이 새벽에 방범용 방망이를 들고 설치다 엎어질 줄 누가 알았을까.

　설마, 그 방망이를 휘두르려다 낯선 이에게 몸통박치기를 할 줄 누가 알았을까.

　설마! 그 몸통박치기를 한 상대가 웬 낯선 남자이며, 그 남자 위에 엎어질 줄은 세상 그 누구도 알지 못했을 것이다, 분명!

1. 우연인지, 운명인지

#1.

퀴퀴한 냄새 가득한 남자 넷이 사는 방에 쭈그려 앉아 인터넷에 올라온 글들을 살피기를 사흘째.

찜질방의 황토방 냄새가 몸에 배기 직전 마우스 휠을 굴리며 예산과 맞는 위치를 찾아 다녀보았다. 그러나 없는 거 빼고 다 있다는 온라인에서도 마땅한 곳을 찾을 수가 없었다.

세상에나, 서울 땅에 집이 이렇게 많은데 이 한 몸 구겨 잘 곳조차 없다니.

"진짜 이러다 첫 출근 찜질방에서 하는 거 아니야?"

넋두리처럼 중얼거린 말은 고스란히 제 귀로 돌아와 더욱 한숨이 나게 만들었다.

서울로 올라올 때까지만 하더라도 세상에 자신보다 더 행복한 사람은 없을 거라 생각했다. 그도 그럴 것이 혹시나 하는 마음으로 쳐본 본사 진급 시험에 당당히 합격하면서 대학 때도 꿈꿔본 적 없는 인서울에 성공했기 때문이었다.

꽤 덩치가 큰 건축회사에 다니고 있는 그녀는 지사에 입사한 것만으로도 나름 만족했었기에 사실 기대하지도, 생각하지도 않던 일이었다. 그러다 같은 사무실에 있던 팀장이 본사로 스카우트되며 슬쩍.

'시험 한번 봐요. 보니까 결원인원 생겨서 자리 났던데.'

……하고 말을 건넨 것이 시초였다.

그리고 무작정 봤던 시험에 덜컥 합격을 해버렸다. 그때의 희열이란, 정말 지금도 짜릿함이 감돈다. 본래 결원이 생겨 치렀던 시험이라 얼마 되지 않아서 자리 배정이 확정되었고, 부랴부랴 서울로 올라왔다.

그래도 잠자리는 꼼꼼히 따져야 한다는 생각에 일단 동생의 자취방에 머물 생각이었다. 목돈 들이지 않고 함께 생활할 수 있을 거라 생각하고 모든 짐을 챙겨 올라왔을 때 단결의 자취방에는 이미 룸메이트가 있었다. 그것도 셋이나.

"아아, 너무 비싸. 비싸다고. 왜 이렇게 비싼 거야."

어떻게든 머무를 곳을 찾고자 눈에 불을 켜고 집을 구하는 중이었지만 모두 허탕이었다. 분명 집은 많은데 그 많은 집 중 자신이 갈 곳 하나 없다는 것이 허무했다. 고시원도, 하숙집도 전부 만실이라 앞으로 나흘 앞둔 본사 첫 출근을 찜질방에서 할 판이었다.

"좀 걸려도 외곽으로 알아봐야 하나."

그러나 그 외곽조차 어마어마한 가격이었고 더 멀리 나가자니 편도만 2시간쯤 걸릴 곳이다. 진퇴양난 속에 끙끙거리며 빵을 우물거렸다. 그래도 누나 위한다고 아르바이트하는 편의점에서 남은 빵들을 잔뜩 안겨준 단결이었다. 유통기한이 며칠 지난 것도 있긴 하지만 본래 유통기한은 판매 기한이라며 걱정 말라는 말에 3개째 먹는 중이었다.

"맛있다."

3개를 먹고도 다시 하나를 깠다. 이건 유독 날짜가 더 뒤로 간 것이라 조금 걱정이 되었지만 냄새를 맡아봐도 나쁘지 않아 크게 한 입 베어 물었다. 드르륵 마우스 휠이 내려갔다. 아무래도 이곳에선 제대로 된 매물은 찾기 힘들 듯싶었다.

지금 단풍이 찾는 방은 최대한 단기간 머물 수 있는 곳이었다. 학기가 끝나면 단결의 친구들이 군대를 가거나 따로 방을 구한다고 해 제대로 집을 구하기 전까지 다시 단결의 자취방에 돌아올 예정이었는데, 장기간이 아닌 3개월가량 머문다는 말에 늘 그쪽에서 먼저 고개를 저었다.

역시 살인적인 출퇴근 시간을 감수하든가, 아예 제대로 집을 구해야 하나 싶어 다른 사이트를 찾아 들어가며 빵을 입안으로 꾸역꾸역 밀어 넣었다.

콜록, 콜록!

그러다 사레가 걸려 가슴을 퍽퍽 치며 마른 빵을 꿀떡 넘겼다. 안 그래도 요새 계속 바깥 음식만 먹어 배 속이 불편한데 목구멍도 난리다. 자신이 생각해도 서글픈 모습에 몇 번째인지도 모를 한숨을 푹푹 쉬며 가슴을 쳤다. 그때 다른 글과 달리 유독 제목이 짧은 게시물이 눈에 들어왔다.

<단기 룸메이트 구합니다.>

"룸메이트?"

입으로 곱씹은 단어에 머쓱해진다. 하지만 눈길이 떨어지지 않았다.

안 그래도 단결이 정 안되면 홈쉐어나 룸메이트를 구하는 건 어떻겠느냐 했지만 모르는 사람과 살아야 한다는 점에서 껄끄러워 다른 글들은 지나쳤었다. 그러나 이번엔 룸메이트 앞에 쓰인 '단기'라는 글자가 눈에 박혔고 홀린 것처럼 그녀의 손가락이 게시글을 눌렀다.

<단기 룸메이트 구합니다.>

장소는 서울 **구 **동 **아파트입니다.

방 2개, 화장실 하나, 거실과 주방이 있으며 3개월 정도 계약하실 분을 구합니다.

밑에 사진 첨부해두었으니 보시고 연락 주시기 바랍니다.

개를 키우고 있으므로 알레르기 및 호흡, 기관지가 약하신 분들은 삼갑니다.

보증금 1,000, 월세 30 받습니다.

자세한 사항은 아래 번호로 연락 주십시오.

010 - ······.

정말 필요한 것만 적어 놓은 짧은 글에 가슴이 벌렁거리기 시작했다. 3개월. 3개월이라니! 단기치고 보증금이 셌지만 이건 정말 자신을 위한 매물 같았다. 게다가 개가 있다는 말에 더욱 흥이 났다. 안 그래도 고향집에서 키우는 개, 모모가 그리운 참이었다.

밑으로 쭉쭉 내려가자 서너 장의 사진이 차례로 나왔다. 마치 바로 뽑은 새집 같은 깔끔한 사진들이 보였다. 이 정도의 집이 아직도 남아 있다는 게 신기할 정도로 훌륭한 모습이었다. 사진이니 어느 정도 감안하고 봐도 이 정도의 집은 여느 지방에서도 구하기 어려웠다. 단기를 구하고 있음에도 단기간이라는 게 벌써 아쉬울 만큼.

아마도 단기라는 점과 개를 키운다는 게 게시글의 주인을 곤란하게 하는 사항이었을 거다. 그러나 그녀에겐 이보다 더 완벽한 곳이 없었다. 우선 실물을 봐야 하니 확정할 수는 없었지만 행여 누가 채갈까 조급한 마음에 문자로 '사이트 보고 연락드립니다. 실물로 한번 볼 수 있을까요?'를 쓴 뒤 번호를 콕콕 누를 때였다.

"……아?"

콕콕 찌르는 것은 휴대폰 키패드뿐만이 아니었다. 배 안쪽에서 뭔가 날카로운 게 찌르는 느낌이 들었다. 그리고 순식간에 배 전체로 번지기 시작했고 울컥 구토가 올라왔다. 목 안까지 삽시간에 화끈거렸다.

"읍!"

입을 틀어막고 의자에서 내려온 단풍은 심상치 않은 복통과 목의 통증에 곧장 동생에게 전화를 걸었고, 다행히 단결은 늦지 않게 전화를 받았다.

-어, 누나. 왜?

"다, 단결아. 지금 빨리 집으로…… 잠깐만."

-누나? 무슨 일이야? 누나! 야, 홍단풍!

이 건방진 자식이 어디서 누나한테 야야…… 라는 중얼거림과 함께 그녀는 데굴데굴 방바닥을 굴러야 했다.

지금 이 복통이 어떤 결과를 초래할 줄은 까맣게 모르고서.

"땅콩이 본인에게 맞지 않은 음식인 걸 모르셨나 봅니다. 심한 건 아니지만 알레르기 증상이 있습니다. 본래 잘 나타나지 않다가 갑작스럽게 증상이 나타나는 경우도 있고, 장염 증상도 있네요. 계속해서 밀가루 음식을 먹은 것도 무리인데 그런 상황에서 청결하지 못한 생활을 계속해 균이 잔뜩 퍼졌어요. 오늘은 입원하고 상태를 봐야겠습니다. 알레르기가 갑자기 활동해 쇼크를 유발할 수도 있으니까요. 입원수속 밟으시고 재차 검사하겠습니다. 오늘 금식하세요."

생각지도 못했던 말에 단풍의 머릿속은 하얗게 비었다. 땅콩알레르기? 생전 처음 듣는 소리였다. 땅콩과자 먹은 돈만 몇십만 원은 될 거고 맥주 한 잔과 먹은 땅콩이 한 트럭은 될 거다. 거기다 고3 시절엔 학업 스트레스로 인한 것이라며 빵과 과자, 라면을 달고 살았어도 건강하게 버티던 자신이었다. 그런데 장염이라니?

그녀는 '너 되게 아픔' 하고 판정 내리는 의사의 말에 대답을 하려다 다시 입을 다물었다. 그리고 앞에 놓인 메모지에 빠르게 글을 쓰고 내밀었다.

<알레르긴데 목 안까지 붓기도 하나요?>

"증상은 어떤 방식으로도 나옵니다. 피부로 드러나는 경우도 있고 입술, 눈, 귀 이런 곳이 붓기도 하죠. 다행히 심하지는 않지만 당

분간 목 사용은 조심하시는 게 좋습니다. 약 처방받으시면 괜찮아지실 겁니다."

당사자인 이쪽은 불안해서 가슴이 벌렁거리는데 의사는 너무 태연했다. 자꾸 달달 떨리는 다리를 탁 잡고 다시 펜을 놀렸다.

<제가 다음 주 월요일부터 첫 출근이라서요. 그때까진 다 나을 수 있겠죠?>

"아마 오늘 오후부턴 편해지실 겁니다. 그래도 혹시 모르니까 입원권유를 드리는 거고요. 걱정 마세요."

그제야 안도감이 단풍을 찾아왔다. 감사의 인사를 하고 메모지를 챙겨 나온 그녀는 아아, 하고 말을 할 때마다 따끔거리고 아픈 목에 눈을 찌푸렸다. 처음 목이 붓고 말이 안 나올 땐 어찌나 무섭고 겁이 나던지. 나이도 잊고 울 뻔했다.

"왔어?"

단풍은 병실에서 자신을 반기는 단결에게 고개를 끄덕여주고 침대 위에 올라 다리를 길게 뻗었다. 크게 놀란 뒤 찾아온 안도감에 급히 피곤해진다. 뭔가 잊은 것 같은데 잘 생각나지 않아 머리를 긁적이자 단결이 물었다.

"뭐래? 큰 이상 없대?"

끄덕, 고개를 움직이며 메모지에 의사가 해준 말을 간추려 적어 보여주었다. 알레르기? 하며 황당하다는 듯 말을 한 그는 한 번 더 메모를 읽곤 말을 이었다.

"모모 사료도 씹어 먹는 사람이 무슨 알레르…… 악!"

괜히 꼬투리를 잡았다가 지난번에 맞았던 정강이를 또 한 대 얻어맞았다. 눈물을 찔끔 흘리며 고통을 호소하는 단결을 두고 단풍은 얌전히 침대에 올랐다. 겨우 정신을 차린 그가 그래도 동생이라고 팔을 다독이며 말했다.

"아무튼 다행이네. 엄마한테는 그냥 연락 안 했어."

<잘했어. 괜히 연락하면 걱정만 하시니까.>

"응. 근데 누나, 컴퓨터에 켜놨던 그 사이트 게시물 말이야. 혹시 집 알아보고 있었던 거야?"

사이트 게시물? 고개를 갸웃거리며 '그게 뭐야' 하고 쓰려던 찰나 단풍의 머리로 번개가 스쳐 지나갔다.

"아!"

쩍 갈라지고 쉰 목소리가 터져 나왔다. 말도 못하게 아픈 목에 한차례 끙끙 앓다 황급히 메모지에 글자를 휘갈겼다.

<그 집, 계약해야 돼, 아니, 일단 봐야 해!>

다급히 메모를 쓴 뒤 목 상태를 한 번 더 확인했다. 당연히 제대로 나올 리 없었다. 얼른 손을 움직여 글을 쓰고 멀뚱히 앉은 단결에게 내밀었다. 그리고 그것을 본 그가 눈을 동그랗게 뜨곤 머리를 긁적였다.

"뭘 어떻게 봐. 입원하라잖아."

<꼭 내가 볼 필요는 없지. 오히려 집은 나보다 네가 더 잘 알잖아.>

"……잠깐, 내가 보라고?"

단풍의 고개가 마구 끄덕여지고 있었다.

"와, 집이 진짜 좋네요. 새집인가요?"

"아파트 자체는 신축건물 축에 속하는데 실생활은 3년 정도 했어요. 저희 쪽도 전세라서 최대한 조심해서 사용하고 있고요. 아, 이쪽이 쓰실 방이에요."

긴 머리를 반 묶음으로 정리해 수수하지만 대단한 미인인 집주인이 방 2개를 앞에 두고 서성이다 양쪽 문을 차례로 활짝 열었다. 슬쩍 보인 방 안의 풍경은 누가 봐도 똑같았다. 벽에 잔뜩 쌓인 책들에 약간 멀미가 날 것 같았다.

"어차피 두 방 모두 크기가 같아요. 창문도 방향만 다르지 양쪽으로 나 있으니까 다를 거 없고요."

"다른 가구는 없나 봐요."

"……어, 그러니까. 예, 그렇죠. 하하. 아 참, 개를 키우는 건 아시죠?"

"네. 개 정말 좋아합니다. 본가에서 개를 키우거든요. 벌써 16살이에요."

"16살? 정말 사랑받았나 보다. 아, 욕실에 같이 있는 드레스 룸은 저희 쪽에서 써야 할 것 같은데, 괜찮으신가요?"

"예, 짐은 많이 없으니까요."

간단하게 대답을 한 단결은 방 안을 훑어보았다. 특별히 대단할 것도 없었지만 그렇다고 어디 모난 곳도 없이 훌륭했다. 더욱이 서울에서 이 정도 집을 구하려면 아마 삼대가 복을 쌓아야 할 거다.

수압도 좋고, 깔끔하고. 석 달이 아니라 어지간하면 쭉 살아도 좋을 만큼 괜찮았다. 쭉 집을 둘러본 뒤 마지막으로 도로 쪽 발코니에서 뷰를 비춰주는 그녀, 지현이었다. 단결은 멀지 않은 곳에 보이는 버스 정류장에 휘파람을 불렀다. 교통도 아주 좋고 주변에 유흥주점이 별로 없는 게 여자 둘이 살기엔 충분했다.

단풍이 미리 연락은 넣어놨다고 했기에 큰 질문들 없이 만족하며 돌아서자 지현이 방긋 웃으며 말했다.

"저희는 그쪽이 괜찮으시면 바로 계약을 하고 싶어서요. 어떻게, 괜찮으신가요?"

당장 급한 돈을 보증금으로 처리해야 하니 어지간하면 서둘러 계약을 하고 싶은 지현이었다. 주환이 말하길 남자를 상대하자면 불편할 테니 아예 집주인인 척하라는 말을 했던 터라 최대한 집에 자연스러워지려 노력 중인 그녀였다.

몇 마디 대화를 나누며 서로의 성격을 체크한 둘은 잠시 눈을 마주치다 배시시 웃었다. 그리고 동시에 생각했다.

'성격 좋아 보이네. 누나랑 잘 맞겠어.'

'수더분하니 괜찮네. 주환이랑 잘 지내겠어.'

동상이몽이라고 해야 할까. 같은 장소, 같은 곳에서 가장 중요한 것이 어긋나 있었으나 그들은 그저 서로 앞에 보이는 대상이 이 집의 주인이고 세입자라는 생각만 할 뿐이었다. 지금 중요한 것은 계약이었으니 말이다.

애초에 지현은 주환에게 집을 보여주란 부탁만 받았고 단결은 단풍에게 연락해 놨으니 가서 집을 보고 오란 말만 들었다. 설마 당사자들끼리 문자 한 개 달랑 받은 것이라곤 생각지 못한 그들이었다. 가장 중요한 성별 문제를 이미 배제한 대화였다.

당사자가 아닌 두 사람의 엇갈림과 오해 속에 단결은 잠시 빠져나와 단풍에게 문자를 보냈다. 짧고 간략하게.

[대박, 나 같으면 바로 계약함. 여기 사는 누나 완전 예쁨. 쩔어.]

다분히 객관적이고 즉흥적인 문자를 보낸 단결은 조금 더 세밀하게 이곳저곳을 둘러보았다. 어디를 둘러봐도 흠잡을 구석이 없었다. 지나치게 가구가 없다는 게 다소 신기하긴 했어도 필요한 가구들은 몇 개 구입하는 것도 좋았다. 어차피 누나가 제집에 오더라도 가구 몇 개는 필요하니까.

마지막까지 돌아본 뒤 커피 한 잔을 타가지고 온 지현이 물었다.

"어떻게, 생각은 정리하셨나요?"

상냥한 물음에 단결은 눈동자를 굴리며 머뭇거렸다. 문자를 보냈지만 아직 답장이 없어서였다. 정말 좋은 곳이지만 멋대로 할 수도 없는 일이라 조심스럽게 대답했다.

"예? 아, 예. 조금만 더 생각할까 하는데…… 혹시 좀 더 시간을 주실 수 있나요?"

"그러세요? 근데 사실 연락 주시고 차례로 몇 분 더 연락을 주셔서요. 저희야 기다린다고는 하지만 뒤에 오신 분이 계약하시면 아무래도 조금 힘들 것 같은데."

"어, 그런……."

딩동.

약간 당황하는 사이 단결의 휴대폰에 문자가 날아왔다. 차라리 시원하게 통화를 했으면 좋으련만 단풍이 목소리가 안 나오니 문자로 대화를 하는 수밖에 없었다.

[일단 와서 얘기하자. 사진 찍은 건 없어?]

[그게 문제가 아니야. 우리 뒤로 몇 사람 더 있대. 내가 봤을 때 다음 타자가 바로 계약한다니까.]

[그 정도로 괜찮아?]

[돈만 있으면 내가 살고 싶다.]

잠시 문자가 끊겼다. 자신을 의아하게 보는 지현에게 배시시 웃으며 커피 맛이 좋다고 칭찬하고 한 모금 마시는 사이 다시 문자가 날아왔다.

[콜.]

확답이 떨어졌다.

"계약하겠습니다!"

그 말이 떨어지기가 무섭게 계약은 속전속결로 진행되었다. 이미 자취방을 옮겨 다니며 두세 번쯤 집 계약을 해본 적이 있는 단결이라 그리 어려울 건 없었다. 그는 계약서를 꼼꼼히 챙기며 말했다.

"그럼 잠시 다녀오겠습니다."

"어디 가세요?"

"예, 누나한테요."

"……누나?"

의아함을 보이는 그녀에 단결이 씩 웃으며 말을 이었다.

"예, 누나가 계약자거든요."

"아하, 누나가 도와주는 거구나."

단결의 고개가 살짝 옆으로 기울었다. 뭔가 잘못 들었나 싶었다. 신발을 신느라 말을 잘못 들은 것이라 여겼고 그래서인지 머리는 지현의 말을 제멋대로 각색했다. 그게 첫 번째 실수였다.

"예, 누나 도와주는 거예요."

"응? ……아, 그렇구나. 누나가. 하긴, 계약은 본인이 직접 해야 하니까요. 다녀오세요."

각자 머리에 물음표 하나씩 매달고 제 귀에 들리는 말로 해석했다. 단결은 잠시만 기다려달라는 말과 함께 후다닥 병원으로 향했다.

들뜬 마음으로 병원에서 동생을 기다리던 단풍은 혹여 계약서에 문제가 없는지 확인하다 적혀 있는 이름에 고개를 갸웃거렸다.

<강주환? 왜 이름이 남자 이름이야?>

열심히 종이에 적어 묻는 누나에게 귤을 까먹고 있던 단결은 대수롭지 않게 대답했다.

"그 누나가 계약한 집이 아닌가 보지."

<……사기는 아니겠지?>

"부동산 가서 계약서 문제 있는지, 없는지 확인까지 했수다. 세대주랑 잠깐 통화했는데 거기 룸메이트 구하는 거 맞고 계약자 강주환 맞대. 사는 사람만 여자면 되는 거지, 뭐."

단풍은 근래 들어 가장 예쁜 동생을 꽉 안아주었다.

집을 제대로 보지 못한 게 아쉽지만 그래도 자취생활 4년 차인 동생을 믿어보기로 한 단풍이었다. 그렇게 두 번째 실수가 아무도 모르게 퍼지고 단결은 다시 지현이 있는 집으로 돌아왔다. 그들의 계약엔 어떠한 문제도 없어 보였다. 가장 중요한 것을 빼면 말이다.

서로 작성한 계약서를 나눠 꼼꼼하게 확인한 후에 단결이 물었다.

"3개월 뒤에 날짜 맞춰 보증금 주실 수 있는 거죠?"

"물론이죠. 저희 쪽도 3개월 후면 따로 돈이 나오는데 주인 쪽에서 급히 원해서요. 문제없이 사용하실 수 있습니다. 세대주분과는 통화하셨죠?"

"예. 그리고 가능하면 바로 입주하고 싶은데 내일 안으로 보증금 드릴 테니 바로 들어오는 거 가능할까요?"

"오늘 바로요?"

"아, 아니요. 내일모레쯤이면 될 것 같은데."

"내일모레…… 아! 그날 일이 있는데 어쩌죠?"

곤란한 그녀의 기색에 단결은 최대한 불쌍한 얼굴을 만들며 말을 이었다.

"당장이 아니라 내일모레인데도 안 될까요? 지금 찜질방에서 생활하고 있는데."

"어머! 찜질방!"

모성애에 푹 화살이 꽂히는 소리였다. 저 순박한 얼굴과 어린 티 뚝뚝 나는 얼굴로 부모님과 떨어져 자취하는 것도 안타까운데 찜질방이라니. 지현은 잠시 주변을 살폈다. 그날이면 주환이 돌아오기 전이기도 하지만 훔쳐갈 것도 없다. 거기다 이쪽은 돈을 받는 입장이니 다른 것을 걱정할 필요도 없을 것 같았다. 가장 중요한 건 차마 모르는 척할 수 없는 잔정에 슬그머니 입이 열렸다.

"그럼, 그렇게 해요. 근데 그날은 내가 없을 거 같은데…… 괜찮겠어요?"

"예! 괜찮습니다. 제가 하면 되니까요."

"어쩜, 기특해라."

때아닌 칭찬에 단결은 배시시 웃었다. 일단 칭찬에 기분 좋아진

호탕한 청년과 마음 약한 여자는 오묘하게 어긋난 대화를 깨닫지 못했다.

막바지 대화 후 두 사람은 홀가분하게 악수를 나눴다. 단결은 누나가 찜질방에서 생활하지 않아도 된다는 것에 기뻐했고 지현은 주환이 걱정 없이 지낼 수 있다는 것에 안도하며 웃어주었다.

"앞으로 잘 부탁드리겠습니다."

"저야말로 앞으로 잘 부탁드릴게요. 짧은 시간이지만 좋은 인연 되었으면 좋겠네요."

그저 상냥한 서로를 바라보며 인사를 하고 계약서는 각자의 손에 봉해져 들렸다. 참으로 닮은 두 사람이었다. 허당에 허술하고 나사 하나 빠진 것 같은.

설마하니 서로가 가장 중요한 것을 무시하고 있다는 사실을 알 리 없기에, 둘은 깔끔히 헤어졌고 계약 후 들어온 보증금은 곧장 집주인에게 전해졌다.

정작 당사자들은 통화 한 번 해본 적 없으며 제일 중요한 사실, 같이 사는 이에 대한 성별을 확인하지 못했다는 것을 그들이 알 리 없었다. 남은 혼동과 패닉은 오롯이 당사자들의 몫이었지만 그것은 조금 뒤의 일이었다.

#2.

22시간.

주환이 수면을 포기하고 깨어 있는 시간이었다. 해외 지사에 신설되는 부서 책임자 스카우트를 위해 특별히 찾아온 드넓은 미국 땅에서의 열흘은 좋은 성과를 낸 것과 비례해 엄청난 피로감을 안겨주었다. 당장 쓰러져서 잠에 들기 직전이었지만 시차 관계로 바로 올려야 할 보고서가 있어 잠은 잘 수 없을 듯했다. 그로 인해 체력 좋기론 둘째가라면 서러운 주환도 늘어질 수밖에 없었다.

Rrrrrr. Rrrrrr.

이젠 뇌가 굳어 해석도 잘 안 되는 영어홍수를 지나 탑승게이트로 걸어갈 때 그의 휴대폰이 울렸다. 잠시 멈춰 액정을 보자 누나 지현의 이름이 떠 있었다. 시차로 봤을 때 그곳은 늦은 오후였다. 무슨 일인가 싶어 전화를 받자 발랄한 누나의 목소리가 들려왔다.

-다행이다. 탑승시간 가까워서 전화 못 받는 거 아닌가 걱정했는데 안 늦었네?

"바로 들어가야 돼. 무슨 일이야."

-목소리만 들어도 알겠다. 다 죽어가네, 아주.

"그러니까 무슨 일."

주환은 다시 걸음을 옮겼다. 그사이 괜히 길게 말해봐야 소용없을 거란 걸 잘 알고 있는 그녀가 말을 이었다.

-처음으로 집 보러 온 사람이랑 계약했다고. 그 사람이 당장 들어와야 할 것 같다는데 먼저 들어가 있으라고 해도 괜찮아? 집에 뭐 중요한 물건도 없는 것 같고, 어차피 방 크기는 둘 다 똑같으니까 남은 방 주면 되지? 근데 너는 진짜 어쩜 사용하는 물건이 하나도 없니. 나 무슨 새집 온 줄 알았다, 얘. 방이며 거실이며 책만 사방에 가득해서 도서관 온 줄 알았다니까. 하다못해 속옷이라도…….

그래도 수다스러움을 버릴 수 없었는지 재잘재잘 길게 말을 늘어놓기 시작했다. 주환은 한숨과 함께 이젠 지끈거리기 시작한 머리로 짤막하게 결과를 냈다.

"들어오라고 해. 나머진 나중에 다시 얘기하면 되니까. 받은 보증금은 어떻게 됐어."

-바로 주인한테 줬어. 계약 연장했으니까 그건 걱정 안 해도 될 것 같아. 아, 같이 살 사람 정말 괜찮더라. 성격도 깔끔한 것 같고, 조건도 딱 좋지 뭐야. 아 참, 그리고 복실이도 괜찮대. 개 엄청 좋아하나 봐.

복실이는 달리 취미도, 좋아하는 것도 없는 주환이 유일하게 마음을 주는 식구 외 생명체였다. 어쨌든 미리 말은 해놓았지만 상대가 좋아한다니 다행이었다.

"알았어, 고마워."

-근데 되게 우애 좋은 누나 됐는지, 누나가 대신…… 아니, 누나 대신? 아니지. 누나가 대신 계약해주는 모양이더라구. 참 좋은 누나 됐어, 그렇지? 너도 인마, 누나 알기를 보물처럼 알란 말이야.

"누나."

-내가 이름도 안 잊고 있어. 단풍이래, 홍단풍.

"세입자 누나 이름까지 알아야 할 필요는 없을 것 같은데…… 그보다 다른 사람 이름으로 계약한 거면 문제 있는 거 아니야?"

-가족 간인데 무슨 문제야. 계약 끝나고 헤어지기도 전에 벌써 보증금 들어왔더라. 계약서 꼼꼼히 보고 돈 받은 게 우린데 뭔 문제겠어. 그보다 이름 정말 특이하지 않니?

"딱히."

-예쁘잖아. 가을 냄새 나고. 근데 주환아, 너 굳이 거기 있으려는 이유가 뭐야. 어차피 너 얼마 뒤에 나갈 수도 있잖아.

"확실한 것도 아니고, 당장 급한 대로 마련은 해야지. 뭐하면 부모님이 올라오셔도 되는 거고."

-일 참 복잡하게 간다, 애.

"나 이만 타야 돼. 다시 연락할게."

-알았어, 그럼 조심히 들어와.

눈앞에서 살랑살랑 손을 흔드는 누나의 모습이 보이는 것 같다. 겨우 끊긴 전화에 주환은 뻐근한 목을 주무르며 다시 걷기 시작했다.

답지 않게 그가 룸메이트를 들이고자 한 건 이번 서울 전세난을 벗어나지 못했기 때문이다. 현재 지내는 집은 3년 정도 지낸 곳으로 회사와도 가깝고 집주인과도 상성이 꽤 잘 맞는 편이었다. 여러 가지 편의시설도 두루 있어 전세가 올랐음에도 머물기로 결정했다.

문제는 오른 전셋값을 마련하는 것이었는데 3개월 뒤 만기적금이 있기에 짧은 시간 동안 머물 사람이 필요했다. 처음으로 함께 살 사람을 구하는 것인지라 조금은 서툴게 인터넷에 글을 작성하고 기다리기를 며칠, 생각보다 사람들이 연락이 없는 상태에서 미리 잡혀 있던 해외출장에 비행기를 타기 직전 처음으로 집을 보겠다는 문자가 왔다. 그러나 당장 할 수 있는 일은 누나 지현에게 부탁하는 것뿐이었다. 다행히 중간중간 연락을 받으며 계약을 진행했고 덕분에 제일 골치 아픈 문제가 해결되었다.

영 어딘가 허술하고 모자란 누나지만 그래도 이렇게 필요할 때 제 일처럼 도와주는 건 역시 핏줄뿐임을 새삼 깨닫는 주환이었다.

"후."

저도 모르게 한숨이 나왔지만 마음은 조금 가벼워졌다.

비행기에 오른 뒤 자리에 앉은 그는 이대로 잠들고 싶었지만 당장 보낼 보고서가 3개나 되기에 그럴 수 없었다. 이런 장기 출장에 따라오는 수많은 일거리들은 거센 무쇠심줄을 가진 사람도 지치게 하기 마련이었다.

주환은 다시 눈을 뜨고 노트북을 열었다.

무거운 쇳덩이가 중력을 무시하고 날아오른 열댓 시간은 비교적 빠르게 지났다. 긴 시간이 무색하게 노트북만 바라보다 보낸 비행시간은 아예 빨갛게 변한 눈에 핏대까지 올리기에 충분했다. 아직 동이 트지 않아 새까만 육지가 눈에 들어왔다. 도착 전이라는 방송과 함께 노트북을 덮고 가방을 정리한 그는 방전된 배터리처럼 깜빡거리는 정신을 애써 붙잡았다. 이대로 1시간 정도만 버티면 집에 갈 수 있다.

잘 수 있다.

열흘 넘는 일정치고는 소박한 가방을 찾아 택시에 올랐다. 빠르게 스쳐 지나가는 네온사인들이 하나둘 얽혀 들어갔다. 거짓말처럼 눈앞이 가물가물해졌다. 앞에서 여행 다녀오느냐, 출장이냐 상냥하게 묻는 택시 기사의 말에도 아무런 대답을 할 수가 없었다.

깜빡, 깜빡. 눈이 내려앉는다.

방전이라는 단어가 머릿속을 스치는 순간 그는 택시 안이 아닌 집 근처 바(Bar)에 민석과 앉아 있었다. 아마도 이것은 꿈, 그러나 현실이라 생각될 정도로 생생한 꿈이었다.

꽤 오래전, 대학을 졸업하기 직전 취업에 성공했을 무렵이었다. 당시 같은 해에 같은 부서로 입사한 동기 민석이 잔뜩 취해서 제 지갑에 있던 사진 한 장을 보여주었다.

"여기, 여기 봐라. 예쁘지. 진짜 죽이지 않냐."

혀가 잔뜩 꼬여 있으면서도 정확히 신분증 위에 있는 작은 사진 속 여자를 가리킨다. 그녀는 민석의 와이프였다. 아직 대학도 졸업하기 전이지만 벌써 2살 된 아들도 있는 그는 히죽거리며 사진에 입을 맞췄다.

"아, 예뻐. 진짜 너무 예뻐, 우리 자기."

솔직히 신기했다. 어떻게 사람이 사람을 저렇게까지 좋아할 수 있는지 말이다. 주환은 진심으로 그렇게 생각하고 있었다. 학생 때는 대학을 가야겠다는 목적으로, 대학에 들어가선 취업을 해야겠다는 생각으로 가득해 이제야 겨우 한숨 돌릴 틈이 났다. 그러나 연애란 그에게 참 멀고도 먼 존재였다. 물론 연애를 해보지 않은 것은 아니었다. 분명 서너 사람을 만나고 나쁘지 않은 감정을 가지기도 했다. 그러나 언제나 거기까지였다. 항상 그곳이 마지노선인 것처럼.

"오늘 집에 가서 아주 끝내주는 밤을 보내줄게어."

주먹을 불끈 쥐고 지갑을 보는 민석의 모습에 주환은 다소 감상적이 된 듯 물었다.

"어떻게 그렇게 돼."

"엉? 어떻게?"

무슨 소리냐는 듯 묻는 그의 말에 주환은 빈 잔을 채우며 말을 이었다.

"어떻게 한 사람을 그렇게 오래 만날 수 있는 거냐고. 중학교 때부터 만났다며."

"……아아, 아아! 그거. 그야, 뭐…… 사랑하니까?"

판에 박힌 말이었기에 웃음도 안 나왔다. 그따위 사탕발림은 와이프에게나 하라며 핀잔을 주고 무심한 눈으로 술잔을 기울였다. 늘 고백을 받아왔던 그에게 연애나 인연 같은 추상적인 단어는 너무도 낯설었다. 대체 여자들은 자신의 어디가 좋아서 고백을 하는 것일까 싶었다. 그래서 여자란 무엇인가, 하는 호기심 속에 몇 번 만났지만 마지막은 결국 딱 하나였다.

'넌 나 사랑하긴 하니? 솔직히 말해줘.'

이해할 수가 없었다. 겨우 며칠, 일주일, 고작 한 달 남짓 만난 상대들의 판에 박힌 말에 신물이 났다. 그들이 자신을 얼마나 오래 봤는지는 몰라도 주환에게 황당한 질문들이었다.

드라마나 영화 속에서 벌어질 일들을 겪었을 때 그의 대답은 한결같았다. 솔직하게 말해달라 했으니 솔직하게.

'아니.'

날아오는 건 신랄한 욕설 혹은 뺨 후려치기였다.

민석은 콘크리트처럼 꽉꽉 눌린 사상을 가진 주환을 모르는 듯 두 손을 활짝 펼치며 말을 이었다.

"그런 게 있어. 아, 이 사람이다. 이 사람이어야 한다."

"중학생 때 그런 걸 느꼈다고?"

"진짜 그렇다니까. 보는 순간 진짜 심장이 벌렁벌렁거리면서 주체가 안 돼. 그냥 미치게 예쁜 거야. 얼굴, 뭐 이딴 게 아니라 이 사람 자체가 죽도록 예뻐. 아니, 그냥 돌아버린다."

"처음 보는 사람한테 그게 된단 말이야?"

"처음이 뭐야. 그냥 휙 지나치는 사람한테도 느껴진다잖아."

역시 황당한 말이었다. 감흥 없어 보이는 그의 모습에 민석이 툴툴대다 농담처럼 예언했다.

"너 같은 스타일은 딱 두 부류야. 독신주의자거나."

"……."

"완전히 미쳐서 여기랑 여기가 돌아버리거나."

머리와 가슴을 한 번씩 건드리며 낄낄대는 웃음소리가 황당해 주환의 미간이 잔뜩 찌푸려졌다. 헛소리하지 말라며 으름장을 놓는 그에게 민석이 어깨를 툭툭 치며 말했다.

"일어나."

뭐?

"일어나세요, 손님."

뭔 소리야, 이 자식은. 갑자기 무슨 손님 소리냐며 입을 열려는 순간 눈앞이 확 암전이 되었다가 다시 환해졌다. 다시 한 번 허스키한 목소리가 그를 더욱 확실하게 깨웠다.

"손님, 손님!"

곤란함이 잔뜩 물들어 있는 택시기사의 목소리와 눈을 본 주환은 잠시 멍해졌다. 깜빡 잠이 들었던 모양이다. 그는 미안함에 잔돈을 받지 않고 내리며 이마를 감쌌다.

어지간히 피곤했던 모양이다. 평소에도 잘 꾸지 않는 꿈인데 잠깐 잠이 든 사이 이렇게 생생하게 꿀 줄이야.

드르륵, 드르륵 캐리어 가방의 바퀴 소리만 울리는 아파트 단지에서 주환은 반쯤 나간 넋을 간신히 부여잡고 있었다. 아예 잠을 안 잤으면 모를까 택시에서 잠깐 든 단잠이 오히려 체력을 빼앗아 간 듯했다.

무슨 정신으로 엘리베이터를 타고 내리고, 문을 열었는지도 가늠하지 못한 상태로 일단 방으로 들어갔다. 씻고, 옷을 갈아입는 것조차 사치처럼 느껴졌다.

방문을 닫을 틈도 없이 일단 침대에 누워야 할 것 같았다. 조금만 더 지나면 한계점을 넘어 죽을지도 모른다는 생각 속에 재킷도 벗지 못하고 곧바로 침대에 몸을 뉘었다. 아무리 호화롭고 좋은 호텔이라도 내 집보다 편한 곳은 없었다. 안도의 숨을 내쉬며 주환의 몸이 침대에 뉘어졌다. 그리고 그는 몸을 누인 상태에서 넥타이만 쭉 늘려 느슨하게 만든 지 불과 30초도 지나지 않아 평소보다 무뎌진 심신으로 인해 곤한 잠에 빠져들었다. 깊이, 깊이…….

덜커덩.

……빠져들 뻔했다.

천근만근 무거웠던 눈이 거짓말처럼 뜨였다. 평소라면 이런 소리에 큰 신경을 쓰지 않아도 된다. 거실에서 자는 복실이가 이따금씩 무언가 만질 때 이런 소리가 나곤 했다. 그러나 오늘은 그밖에 없었다.

이 시점에서 주환은 한 가지를 망각하고 있었다. 워낙 피곤했고 택시에서 잠깐 들었던 잠으로 인해 평소보다 머리가 굳어 정말로 중요한 사실을 잊고 말았다. 이제 제집엔 혼자가 아니라는 사실을.

그의 몸이 일으켜 세워졌다.

오랫동안 비어 있던 집, 충분히 도둑들의 먹잇감이 될 수 있을 장소였다. 주환은 조심스럽게 방문을 열었다. 여전히 깜깜한 집 안, 이미 어둠에 익숙해진 그의 눈은 어렵지 않게 주변을 둘러볼 수 있었다. 이내 손에 길쭉한 무언가를 든 여린 체구의 실루엣을 발견했다.

'여자?'

키가 약간 큰 듯했지만 분명 남자는 아니었다. 괴상한 건 상대가 벽을 짚고 더듬거리며 어쩔 줄 모르고 있는 게 확실하게 느껴지고 있다는 사실이다. 완전히 겁을 먹은 상대는 우물쭈물 망설이다 이내 주환을 느낌으로 인지한 듯 흠칫했다.

긴장감이 확 사라졌다. 그는 여전히 어지러운 머리를 흔들어 깨우고 전혀 위협적이지 않을 거란 확신 속에 몇 걸음 물러나 거실

불을 켜기 위해 손을 뻗었다. 그리고 막 스위치를 누른 순간, 불이 켜짐과 동시에 이 늦은 새벽과 어울리지 않는 고성이 울려 퍼졌다.

"으아아!"

순식간에 내달린 여자는 달려오면서 이미 눈을 감고 있었다. 게다가 긴 머리가 산발이 되어 얼굴을 반이나 가리고 있으니 뭐가 보일 리 없었다. 여자는 그대로 발코니 창문을 향해 달려갔다. 저도 모르게 입에서 외침이 튀어나왔다.

"멈춰!"

주환은 멈추지 않고 내달리는 그녀의 모습에 놀라 빠르게 팔을 뻗었다. 그리고 조금 있으면 발코니 창문에 머리를 박기 직전인 여자의 팔을 낚아채 당겼다. 갑작스런 힘에 멈춰지자 그녀의 눈이 번쩍 뜨였다.

"어, 어어!"

"잠깐······!"

달리는 사람을 잡아당긴 탓에 강한 힘을 준 것이 문제라면 문제였다. 방망이가 거실 한편으로 날아감과 동시에 여자의 몸이 그의 몸을 박았고 예상치 못한 몸통박치기로 주환의 몸 역시 뒤로 무너졌다. 결국 그들은 동시에 바닥에 드러눕고 말았다. 정확히는 반사적으로 그녀를 안은 주환의 몸이.

불행 중 다행이라고 거실엔 제법 푹신한 러그가 깔려 있었다. 아프지 않은 건 아니었으나 그렇다고 아주 치명상을 입은 것도 아니었다. 다만, 살기 위해 몸을 지탱하려다 보니 왼쪽 팔 어딘가가 어긋난 느낌이 들었다. 아니, 꽤 치명상인 것도 같다. 욱신욱신거리는 게 제법 강하게 전해지고 있었다.

이내 그의 가슴에 얼굴을 묻고 있던 여자가 천천히 고개를 들었다.

"아야…… 아."

위에서 내리누른 쪽도 타격이 아주 없었던 건 아닌 모양이다. 약간 골이 띵하고 몸이 저릿한 느낌이 들어 신음을 한 그녀는 고개를 들면서 자연스럽게 주환과 시선이 마주쳤다. 하나, 둘, 셋…… 그렇게 신호처럼 몇 초가 흘렀고 주환은 순간 넋을 잃었다.

가장 먼저 눈에 들어온 것은 까맣지만 어둠이 담기지 않고 맑지만 옅지 않은 동공이었다. 바로 코앞, 어느 것도 가늠할 틈도 없이 시선이 맞닿았고 온 세상이 정적을 만들었다. 그 순간 눈 속에 빠져버린 것처럼.

서서히 팔을 세워 상체를 세우는 그녀는 대단한 미인이라 할 수 없었다. 물론 모난 것도 아니었지만 그렇다고 크게 눈길을 끌 정도의 모습은 아니었다. 그럼에도 그는 시선을 뗄 수가 없었다.

얼마나 겁을 먹었는지 한눈에도 붉어진 얼굴에 눈물이 촉촉하게 담긴 검은 눈동자가 보였다. 산발이었던 머리가 제자리를 찾은 덕분에 주환의 모든 경계심은 간단하게 날아가버렸다.

조금 마른 몸에서 느껴지는 열기.

제 가슴에 댄 손가락과 겹쳐진 몸으로 열이 흐른다.

순간 얼굴이 화끈거린다는 생각이 들었다.

두근. 낯선 감각이 들었다.

두근두근. 언제나 뛰고 있었을 심장 소리가 이제 와 귓가에 들린다는 것이 이상했다.

분명 팔 어딘가가 어긋나서 아픈데 그 아픔마저 점차 망각되어갔다. 제 위에 엎어져 두 눈을 깜빡이는 여자의 모습에 주환은 스치듯 무언가를 떠올렸다.

'너 같은 스타일은 딱 두 부류야. 독신주의자거나, 완전히 미쳐서 여기랑 여기가 돌아버리거나.'

그의 머리가, 심장이 민석의 웃음소리처럼 깔깔대며 비웃고 있었다.

강주환, 너는 특별할 줄 알았지?

#3.

단풍은 너무도 달콤한 잠에 빠져 있었다. 거의 난민생활이나 다름없었던 찜질방에서의 사흘이 얼마나 고되었는지를 말해줄 만큼 아침이 올 때까지 깨지 않고 잘 수 있을 듯싶었다. 그러나 꿈도 꾸지 않고 깊은 잠에 빠져 들었던 단풍을 깨운 건 눈부신 햇살이나 지겨운 알람 소리가 아닌 기계의 잠금 쇠가 풀리는 소리였다.

평소 그리 잠귀가 밝은 편이 아님에도 번호가 눌리는 소리와 띠리릭, 하고 완전히 해제되는 도어록 소리는 너무도 확실하게 들렸다. 이불을 걷어내지도 못하게 굳어버린 단풍의 몸에 소름이 돋았다. 이 집의 본 주인이 오늘은 일이 있어 오지 못한다는 것을 미리 들었기에 긴장감이 순식간에 그녀를 감쌌다.

"바, 방망이."

지금으로서 단풍이 할 수 있는 건 단결이 이사 선물이라며 준 방범용 방망이를 쥐어 드는 것이었다. 여자들에게 이런 호신용 물건이 하나쯤은 있어야 한다며 침대 옆에 두고 간 단결에게 너무도 고마워지는 순간이었다. 물론 단결도 그걸 쓰게 될 줄은 몰랐겠지만.

조심스럽게, 최대한 조용히 문가로 더듬거리며 향했다. 절대 소리를 내지 않기 위해 조심조심 걸음을 옮겼지만 마음만 그럴 뿐 몸이 제대로 따라주지 않았다. 덜컹, 픽! 몇 걸음 옮기기가 무섭게 문에 이마를 박아버렸다.

"어흑!"

거리 구분을 못하고 머리를 문에 박은 그녀는 소리 없는 신음을 토해냈다. 이마가 뜨거워져 통증이 사라지길 바라는 것처럼 끙끙 앓다 간신히 몸을 추스르며 겨우 문고리를 잡은 단풍은 연거푸 심호흡을 했다. 그리고 어둠에 익숙해지기 위해 눈을 깜빡이면서 겁을 먹은 스스로를 달랬다.

'제발, 제발 문 앞에 없어라. 아니, 일단, 그냥 아무도 없어라!'

말도 안 될 기도를 하며 마침내 문고리를 돌렸다. 단풍의 머리에는 신고를 해야 한다는 아주 상식적인 생각은 없던 모양이다. 일단 무턱대고 문고리를 돌려 거실로 향한 그녀는 방 안보다 더욱 깜깜한 눈앞에 어지럼증이 느껴졌다. 바깥의 불빛도 바랄 수 없는 고층 아파트의 거실은 달빛이 없으면 동굴이나 다름이 없었다. 게다가 집 안 구조도 제대로 익히기 전이라 단풍은 허우적거리며 어쩔 줄을 몰랐다.

소리를 내자니 무섭고 움직이자니 누가 있을까 봐 두려워 이젠 눈물까지 찔끔 나올 때쯤, 무언가 움직였다. 오싹한 소름이 옷자락을 스쳤고 그녀는 반사적으로 눈을 질끈 감았다. 달칵. 스위치가 움직이는 소리와 함께 눈을 감은 채 일단 소리가 난 곳을 향해 내달렸다.

"으아아!"

이상하게 앞에 가로 막히는 것이 없어 무작정 달렸다. 너무 달리는 건 아닌가 싶을 정도의 긴 시간 같았던 찰나.

"멈춰!"

낯선 이의 목소리가 단풍의 눈을 뜨게 만들었다. 눈에 보인 건 발코니 창에 비친 자신의 얼굴이었다. 놀랄 틈도 없이 헛바람을 들이켜기가 무섭게 그녀의 손목이 잡혔고 강하게 당겨졌다.

그리고 그 당겨짐을 지나 거짓말처럼 품에 안겼고 엉킨 몸이 그대로 바닥에 쓰러졌다. 누군가 밑에 있었음에도 충격이 꽤 강했다. 얼얼한 몸에 저도 모르게 눈을 찌푸리며 낯선 이의 가슴에 주먹을 불끈 쥐고 신음을 내뱉었다.

"아야…… 아."

아픈 소리와 함께 겨우 뜬 눈과 고개를 들어 올렸다. 그제야 자신의 아래에 깔린 남자와 눈이 마주쳤고 단풍은 흔들림 없이 자신을 향한 그의 눈에 소리를 칠까, 도망을 갈까, 그런 부질없다 여겨지는 생각들을 버리며 더듬거렸다.

"저, 저기."

황급히 몸을 일으켜 세우려 했으나 놀라서 후들거리는 팔 탓에 그의 가슴에서 손이 미끄러졌다.

"으악!"

다시 가슴에 코를 박았다. 본의 아니게 남자 가슴팍에 입을 맞춘 단풍의 낯빛은 이제 벌겋게 달아올라 있었다. 이게 뭔지, 이게 무슨 상황인지 전혀 몰랐고 그렇다 보니 몸에 더욱 힘이 들어가 주환의 몸을 더욱 세게 짓눌렀다.

아마도 그때였을 거다. 뚜둑, 단풍은 모를 절대 정상적일 수 없는 소리가 그의 왼팔에서 났다. 그리고 넋이라도 나간 사람처럼 멍하니 있던 남자의 입가가 일그러졌다. 과도한 아드레날린 분비로 인해 지금까지 인지하지 못했던 통증이 그제야 나타나기 시작했음을 뜻했다.

"윽……."

결국 참지 못한 소리가 났다. 왼팔이 깔린 상태에서 여자를 위에 올리고 있던 자의 말로는 하나였다.

"1, 119!"

다행히 이번엔 제대로 신고할 번호를 생각해낸 단풍이었다.

한밤중에 찾아온 병원에선 썩 유쾌하지 못한 소독약 냄새가 잔뜩 나고 있었다. 다행히 119까지 부를 건 아니라며 직접 택시를 탄 그이기에 단풍도 쪼르르 병원을 따라온 상태였다.

어쩌다 이 새벽에 병원까지 오게 된 것인가 싶지만 그것을 불평하기 전에 응급조치를 받고 있는 주환을 멀리서 보며 한숨을 쉬었다. 응급실에 도착해 바로 마주한 의사는 지치고 피곤한 눈으로 주환의 팔을 이리저리 살피다 깁스해야겠네요, 하고 깔끔하게 말했다.

깁스라니. 뼈 부러졌을 때나 하는 그 깁스 말인가.

'많이 심각한 건가요?'

'예, 아픕니다.'

말 한마디, 한마디가 그녀의 폐부를 찔렀다. 죄책감이란 것이 고개를 들고 껄껄대고 있을 때 깁스를 위해 잠시 떨어져 있던 단풍이 그를 보았다.

"……어이구."

언제부터 자신을 보고 있었는지 모르지만 주환과 눈이 마주쳤다. 괜히 시선을 옆으로 돌리다 다시 슬그머니 주환을 보았다. 그는 어느새 의사와 이야기를 나누고 있었다.

정말 단정한 이목구비를 가진 사내였다. 연예인처럼 화려한 외모는 아니지만 분명 수려한 용모에 약간 날카로운 눈매를 가지고 있었다.

한마디로 말해 여자들에게 인기 좀 있을 것 같은 느낌.

그때가 되어서야 저 남자가 왜 그 집에 있었는지 의아해졌다. 오만 가지 생각이 다 들었다. 집 주인의 남자 친구? 남편? 아니, 남편은 아니겠지. 그럼 대체 왜 저 사람은 그 새벽에 집에 들어와 있었던 걸까. 도어록을 풀던 소리를 기억하자면 분명 도둑은 아니었다. 물론 모든 일엔 확신을 할 순 없지만 당당하던 태도나 그 어두운 곳에서 스위치를 찾는 건 쉬운 일이 아니었다.

수많은 의문들과 추측 속에 30여 분이 지났고 그들은 마침내 제대로 마주했다.

"팔은 괜찮으신가요?"

"예. 괜찮습니다."

"정말 다행이에요. 아, 홍단풍입니다."

"강주환입니다. 괜찮으십니까?"

"예? 아, 예. 저야 당연히."

단풍은 우물쭈물 망설이며 말했다. 저 사람은 왜 저렇게 뚫어져라 보는 거야. 내가 뭐 잘못한 거야? ……어긋난 생각 속에 그녀가 겨우 입을 열었다.

"제가 어제 오후에 입주를 해서요. 그리고 직접 집주인분과 이야기를 하지 못해서 그런데 혹시 집주인이신 분과 아시는 사이신가요? 아! 저는 어제 정식 입주한 홍단풍이고, 그러니까 제대로 계약을 하긴 했거든요. 절대 어디 이상한 사람은 아니에요."

그렇게 말을 하면서도 얼굴에 뭐가 묻었나 싶어 뺨을 문지르며 힐끔힐끔 눈치를 봤다. 어쩔 수 없이 체결된 갑을 관계에서 그가 갑 쪽에 가까워 보인다는 본능 때문이었다. 말을 아끼고 담담히 있던 주환이 입을 열었다.

"잠시 전화 좀 하고 오겠습니다."

정중하게 묵례까지 하고 일어선 그는 머쓱한지 고개를 돌리고 연신 뺨만 문지르는 단풍을 보았다. 급하게 오는 바람에 그녀는 겉옷 하나 없이 잠옷 차림이었다.

주환은 휴대폰에서 누나의 번호를 찾아 통화 버튼을 누른 뒤, 깁스를 하느라 벗었던 재킷을 단풍의 어깨에 걸쳐주었다. 손목이 시큰거리기는 했지만 아직 몸에 돌고 있는 진통제 덕분에 크게 아프지는 않았다.

단풍이 갑자기 내려앉은 재킷에 놀라 눈을 동그랗게 뜨는 사이 그는 이미 멀어지고 있었다. 안 그래도 서늘함에 시리던 몸이었는데 약간의 온기가 느껴지자 벗기가 어려워졌다. 결국 덮어진 재킷을 여미며 마른 입술을 다셨다.

살짝 나는 스킨 냄새. 약간의 바람 냄새. 불쾌하지 않은 느낌이었다.

단풍이 제집에 있는 것이 그다지 개의치 않은 주환이었지만 그래도 어째서 이런 일이 벌어졌는지는 알아야 했기에 늦은 시간이었으나 곧장 누나인 지현에게 전화를 걸었다. 한참의 신호 끝에 잔뜩 잠에 취한 목소리가 전화를 받았다.

-여보세요…….

"대체 뭘 한 거야."

조금 격양된 목소리에 지현이 황당하다는 듯 으르렁거렸다.

-얘 말하는 거 봐라. 다짜고짜 무슨 건방진 소리야. 이 새벽에 술 먹었냐?

"계약서 사진으로 찍어서 보내봐. 아, 그 전에 계약서에 이름이 누구로 나와 있다고 했지?"

-응? 어…… 잠깐만. 근데 그건 왜?

"얼른."

-뭐야, 이 밤에. 기다려봐.

그는 이마를 짚고 한숨을 내쉬며 1시간쯤 전의 일을 떠올렸다. 기가 막혀 헛웃음조차 나지 않았던 그 순간을. 아니, 무엇보다도 넋 나간 자신의 현 상태가 가장 어이가 없었다.

너무 바빠 제대로 듣지 못했던 일에 대해 차근차근 들었다. 지현은 계약자의 이름과 도장들을 상세하게 설명했고, 그녀의 입에서 나온 이름에 그는 지금 이 상황이 이해가 갔다. 정확한 것은 모르지만 분명 뭔가 계약 과정에서 착오가 있었던 걸 터다. 남자가 집을 보러 왔다며 이야기하는 것으로 보아 그쪽도 대신 사람이 온 것 같았고.

그렇다면 결론은 한 가지가 아닌가.

"계약자도, 찍힌 도장도 전부 홍단풍이면……."

지금 집에 있는 그 여자가 사는 게 맞는다는 소리. 순간 저도 모르게 묘한 얼굴이 되었다. 문제 될 것 없는 계약, 그렇다면.

"알았어. 끊어."

-뭐? 야, 뭐야 인마. 야아, 강주환!

일단 전화를 끊은 주환은 얼마 뒤 온 사진을 보기 위해 메시지를 열었다. 그리고 세세하게 계약서를 확인하고 헛웃음을 흘렸다. 굳이 따지고 보자면 자신들은 피해자가 아닌가. 자신만큼 단풍도 당황스러운 건 마찬가지일 것이다.

그의 예상대로 단풍은.

'직접 계약을 한 건 제 누나지만 본래 사는 사람은 접니다.'

……라는 말에 어제 먹은 맥주와 치킨이 올라오는 듯 일그러진 얼굴로 한탄을 토해냈다.

어디서부터 잘못된 걸까. 주인 누나가 예쁘다고 한 문자가 아직도 휴대폰에 남아 있었고, 단결은 마지막에 마지막까지도 의심 하나 없었다. 아무리 어린 동생이라 해도 제 누나를 남자와 살게 할 만큼 대책 없는 놈은 아니었다.

순식간에 패닉이 머릿속을 채웠다. 뭐가 어찌 되었든 남자가 이곳에 산다. 계약도 그렇다고 한다. 그렇다면 자신은 어떻게 되는 것인가. 기껏 잡은 집, 베스트 플레이스를 떠나 또다시 찜질방 생활을 해야 한다고? 당장 내일이 출근이건만?

"저, 나가야 하나요?"

x

그렇게 질문을 건네듯 말을 하곤 있었지만 단풍은 이미 마음의 정리를 하고 있는 중이었다. 속은 상해도 정말 남자와 살 수도 없는 일이다. 어린 학생도 아니고 완전한 남자니 있을 수 없는 일이다. 그러나 또다시 찜질방 생활을 해야 한다는 게 그녀의 발목을 잡았다.

이러다 죽나. 이렇게 살아도 되는 걸까. 다니지 말라는 계시인가.

사람에게 들리지 않을 만큼 작은 목소리로 연신 웅얼거리고 있을 때 주환이 물어왔다.

"계실 곳은 있는 겁니까."

으레 하는 예의상의 질문이라 여기며 다 죽어가는 목소리로 대답했다.

"예, 뭐. 찜질방이나 여관이나 며칠 묵을 곳은 있어서요."

굳이 하지 않아도 될 사설을 붙인 건 넋두리에 가까웠으나 주환의 촉을 날카롭게 세우기에 충분했다.

"다른 곳엔 연고가 전혀?"

"동생 집이 있긴 한데 모르는 남자가 셋이나 있어서……. 아, 그래도 거기가 나으려나. 잠시만요, 동생한테 전화 좀 하고 올게요."

무심결에 나온 말이었다. 아예 모르는 남자와 단둘이 사는 것보다 단결이 있으니 잠시라면 머물러도 되지 않을까 하는 말. 혹시나 하는 생각에 잠시 전화를 하기 위해 자리를 벗어나려던 그때, 주환의 손이 그녀의 손목을 세게 잡았다.

힘껏 당겨진 통에 앞으로 이끌려가게 된 그녀는 동그란 눈동자에 그를 하나 가득 담았다. 나쁘지 않은 감촉이 자연스레 팔목을 감싸고 단풍은 혹시 어디 아픈 건가 싶어 걱정스레 물었다.

"왜 그러세요?"

걱정이 담긴 물음에도 그는 대답이 없었다. 팔목을 빼려고 잠시 힘을 써봤지만 빠지지 않았다. 주환은 손가락만 꼼지락거리는 그녀를 흐트러짐 없는 눈으로 뚫어져라 바라보았다.

"이것 좀, 잠깐……."

"……."

"저기요?"

벼락처럼 내려왔던 전율이 아직도 그대로였다. 어디서 본 적도 없는 여자를 대면한 그 순간, 팔목 인대가 늘어나버린 상황에서조차 그는 단풍에게서 시선을 뗄 수 없었다. 마치 지금처럼.

"저기, 강주환 씨?"

민망함에 그를 불러보았지만 시선은 여전히 그대로였다. 차마 그만 보라고 할 수가 없어 이리저리 눈동자를 굴리던 차, 풀로 붙인 듯 다물려 있던 주환이 입을 열었다.

"죄송하지만 당장 보증금을 돌려드릴 형편이 못됩니다."

"예, 예. 그러니까 일단 이것 좀 놔주시고……. 예?"

단풍이 입술을 삐끔거렸다. 돈을 줄 수 없다는 건 말하자면 새로운 집을 제대로 구할 수도 없다는 것과 같았다.

"아무래도 보증금 때문에 단기 룸메이트를 구한 거니까요."

담백하다 못해 어쩐지 냉소적인 답변에 단풍의 머리가 띵하니 아파왔다.

"그럼 저는요? 저 어디서 살아요?"

그는 대답이 없었다. 하기야, 뭐라 대답할 수 있는 문제는 아니었다. 만난 지 겨우 1시간여. 자신이 뭐라고 그녀에게 다른 남자와 함께 있는 꼴을 볼 수 없겠다고 말하겠는가. 본인조차 왜 내가 이러는지 이렇다 할 답을 내리지 못하고 있는데.

묘한 침묵이 이어졌다. 단풍은 불안하게 떨리는 심장을 움켜쥐기라도 한 듯 창백하게 질렸다. 그 모습이 가엽기까지 해 다른 모든 걸 차치하고 그녀에게 도움이 되는 쪽으로 생각을 정리하려 했다. 될 수 있다면 최대한 괜찮은 집을 대신 알아봐줄 요량이었다.

"일단 나가신다고 한다면 제가……."

"모, 못 나가죠! 들어간 보증금이 얼만데! 안 나갈래요!"

우선 어떻게든 돈을 마련해보겠단 말을 하던 주환의 말꼬리를 콱 자른 단풍은 당장이라도 울 것처럼 입술을 비죽거렸다. 머릿속이 새하얗게 변해 이성적 판단이 잘 서지 않았다. 요즘 말로 멘붕. 멘탈이 붕괴된 기분이었다. 조금 과장되고 비관적인 생각이었지만 열심히 모은 천만 원을 홀라당 날려먹은 것 같았다.

"어어, 어. 어어…… 안 되는데. 진짜 안 되는데."

앞에 주환을 두고 손톱까지 잘근잘근 문 단풍은 마른 입술을 쓸다 슬쩍 옆을 보았다. 흐트러짐 없이 자신을 향한 그의 시선에 얼른 정면으로 고개를 돌리고 감추지 못한 불안감으로 홀로 중얼거렸다.

"아니, 아니지. 이건 말이 안 되는 거지. 그래."

잠시나마 그냥 모르는 척 살아버릴까 생각했다. 그러나 남은 이성이 그것을 그리 선호하지 않았다. 혼자 중얼거리고 혼자 답 내리고 혼자 행동하다 좌절에 가까운 낯빛으로 신음하는 단풍에게서 주환은 여전히 시선을 떼지 못했다.

통, 통. 잔잔한 호수에 물결이 일게 만드는 다람쥐의 도토리처럼. 그 귀여움에 시간을 빼앗기듯이 그는 사르르 녹듯 입가에 걸리는 미소를 막지 못했다.

'갖고 싶다.'

될 수 있으면 손바닥 안에, 주머니 속에 넣고 혼자 있을 때 꺼내 보고 싶을 만큼. 그런 생각까지 하다 황급히 입가를 막았다. 본능에 가까운 생각이 입 밖으로 나올 뻔했다. 손발이 오글오글 오징어 굽듯 말려버릴 말들을.

그는 빠르게 생각을 재정리했다. 앞도 뒤도 막혀버린 이상, 위로 갈 수 있도록 도와주는 것밖에는 도리가 없었다. 생각이 정리된 이상 주환은 망설이지 않았다.

"별수 없지 않겠습니까."

표정 변화 없는 담백한 말에 단풍의 눈이 깜빡여졌다. 그리고 순간 울컥한 마음에 억울하다는 듯이 성토했다. 안다, 정말 안다. 가장 중요한 사실을 확인하지 않았던 것이 큰 잘못이라는 거, 정말 잘 알고 있다. 이게 절대 주환의 탓이 아니라는 것 역시 알지만⋯⋯.

"전 못 나가요. 돈도 없고, 방도 없고 당장 출근이 코앞이에요!"

속이 상한 것까지 참을 순 없었다. 울먹울먹 붉게 달아오른 눈에 주환은 빠르게 말을 이었다. 이미 감정이 북받쳐 오른 단풍은 코끝까지 찡해져 훌쩍이는 중이었다.

"그건 안타까운 상황이지만 서로 정확히 계약서를 주고받은 상황이다 보니 어찌할 도리가 없지 않겠습니까."

반박할 여지없는 말에 기가 죽었다.

"네⋯⋯."

"이미 집주인과도 계약을 연장시켰으니 파기할 수도 없는 노릇이고. 위약금이란 것도 있는 것이니까요."

"⋯⋯그렇죠, 네."

"그렇다고 같이 살 수도 없고요."

어느새 동조하기 시작한 단풍의 기세가 점차 올라가기 시작했다.

"제 말이 그 말이라니까요!"

"하지만 저나 홍단풍 씨나 난감한 상황인 것은 사실이지 않겠습니까."

"네, 그래요!"

"어쩔 수 없군요. 그럼 같이 지냅시다."

"네!"

마치 마음을 읽어내듯 속 시원하게 긁어주는 주환의 말에 열성적으로 대꾸를 하던 단풍이 '어?' 하고 말을 멈췄다. 그리고 살짝 고개를 갸웃거리다 더듬거렸다.

"⋯⋯네?"

"그렇게 알고 정리하겠습니다."

담담하고 차분한 목소리에 머리 꼭대기까지 올라왔던 감정이 쭉 식어버리는 느낌이었다. 아니, 걱정한 것 자체가 바보 같은 느낌이 들 정도로 잔잔해졌다. 마치 남자의 무심함이 옮아버린 것처럼 말이다.

그는 시선을 뗄 수 없게끔 단풍의 눈을 똑바로 응시하며 말을 이었다.

"어차피 각자 생활만 하는 공간이니 적어도 홍단풍 씨는 굳이 신경 쓰실 필요 없으실 것 같습니다만. 계실 곳도 마땅치 않은데 안 그렇습니까?"

"아, 아니, 그건 그런데."

뭔가 후루룩 지나가는 느낌이 든다. 말리고 있었지만 그것을 제대로 깨닫지 못하고 있는 단풍이었다.

"어찌 되었든 일이 이렇게 된 건 애초에 제대로 된 설명을 드리지 못했던 제 잘못이 큽니다. 작은 돈도 아니고 보증금까지 낸 상황에서 일이 번거롭게 된 것, 사과드립니다."

정중한 사과에 그녀는 얼른 고개를 저었다.

"아니요, 사과하지 마세요. 제 잘못이 더 큰걸요."

좀 더 이성적으로 생각하자면 분명 더 황당했을 사람은 주환이 었을 거다. 집에 들어오니 웬 여자가 방망이를 들고 달려들었으니까. 그럼에도 먼저 사과를 해오는 것에 긴장감으로 가득하던 마음이 느슨해졌다. 그는 틈을 놓치지 않았다.

"크게 다친 건 아닙니다."

연락을 달라는 말과 함께 주환이 단풍의 손목을 놓았다. 그때서야 그녀는 그가 여전히 제 손목을 잡고 있었다는 걸 깨달았고 깁스를 한 후라 불편해 보이는 주환의 손목도 보였다.

"많이 안 좋은 거라고 하나요?"

그는 손가락까지 보호되어 있는 손목 깁스를 보다 가만히 대답했다.

"한동안은."

"왼손잡이신가요?"

걱정이 담긴 조심스러운 물음에 주환은 대답하지 않았다. 대답을 회피했다고 봐도 무방했으나 멋대로 결론 내린 단풍은 다시 치밀어 오르는 죄책감에 시무룩해졌다.

콕, 콕, 따끔따끔. 이 사람은 자신에게 정말 고마운 사람이다. 처음부터 크게 다칠 뻔한 위험에서 자신을 구해준 것, 아무런 말없이 재킷을 덮어주고 간 것, 거기다 자신 때문에 다친 팔까지. 사실 뭔가 해코지를 하고 싶어도 저 팔 때문에 쉽지 않을 것이다. 그리고 그 생각은 여전히 제 어깨에 있는 재킷의 따스함이 전해져서일지도 몰랐다.

무뚝뚝한 사람 같지만 차가워 보이진 않았다. 그랬다면 자신을 그렇게 구해줬을 리도 없었으니까.

"어떻게, 결정 내리셨으면 이만 가시죠."

"예? 아, 그…… 게."

머리가 당장이라도 펑 터질 것 같았다. 손도 저런데, 하물며 저 손은 자신 때문인데. 그리고 무엇보다 길바닥 신세를 면치 못할 것 같은 상황에 대한 두려움이 단풍을 재차 흔들어대고 있었다. 게다가 가장 큰 문제는…….

'당장 보증금 내놓으란 말도 못 하잖아.'

쌍방과실 속에 서로 책임질 것은 책임져야 하는 법. 사람이 인두겁을 쓰고 나 좋은 쪽으로만 말할 수는 없는 노릇이었다. 말이야 바른말로 정말 단결의 자취방에 들어갈 수도 없는 일이었다. 게다가 저쪽은 자신을 단순히 세입자로만 여긴다고 하고 있었고 이런 고민 자체가 쓸모없는 것이 된 것 같았다.

오만 가지 삼라만상을 끌어당겨 머릿속을 꽉꽉 채워가는 그녀의 얼굴에도 그는 여전히 담담했다. 아직 결론을 내리지 못한 단풍이 머뭇거렸지만 주환은 개의치 않았다.

"택시 잡겠습니다."

그 말과 함께 주환은 돌아서서 응급실을 나섰고 단풍은 눈을 깜빡이다 고개를 갸웃거렸다. 낯선 남자와의 동거 같은 중대한 일을 이렇게 쉽게 결정 내려도 되는 건가 싶었다.

머리가 텅 비어버린 듯했다. 조금 전까지 마주친 시선에선 어떠한 감정도 읽기 어려웠다. 정말 아무것도 아닌 건가 보다. 아니, 어쩌면 정말로 별거 아닐 수도 있었다. 서울 사람들은 이런 것에 익숙한 것일지도 모른다. 남녀를 떠나서 필요에 의해 만난 관계 말이다.

그런 오류 가득한 일반론을 펼치니 점점 더 명분이 생겨났다. 하기야, 아닌 말로 문제 자체가 없는 계약이었다. 정정당당히 지불한 돈과 계약서. 솔직히 말해 당장 돈을 못 준다면 며칠이고 나가 있어야 하는데 만약 끝까지 보증금을 빼주지 않고 3개월이 흘러버린다면?

"말도 안 돼. 정말 그놈들이랑 석 달이나 살 수는 없잖아."

사내놈들이 내뿜는 고약하고 퀴퀴한 냄새가 아직도 코끝에 선하다. 주환의 집과는 비교할 수도 없다.

'일이 왜 이렇게 꼬인 거야.'

3개월의 룸메이트. 남들의 눈엔 어떻게 보일지라도 각자의 공간만 잘 지키고 생활한다면 크게 다를 것도 없을 것이다. 어차피 옆집도 벽 하나 사이고, 옆방도 벽 하나 사이니까.

이상과 현실. 정도와 변칙 속에서 끙끙 앓다가 누군가 이 사실을 알면 자신은 어떻게 되는 걸까 하고 예상해봤다. 요즘 같은 때야 별거 아닌 이야기라지만 그건 연인들의 관점에서나 그렇지 생판 남과의 룸메이트, 쉽게 말해 동거를 어느 누가 쉬이 받아들일 수 있을까.

그럼에도 불구하고 추가 한쪽으로 기울어간다. 자꾸 깁스를 한 주환의 팔이 눈에 들어왔다. 얼마나 불편하고 힘들까. 먹는 것은 물론 씻는 것도 버거울 텐데. 그렇다고 당장 간병해줄 사람을 붙여줄 돈도 없었다. 그 전에 지금 이 병원비도 그 스스로 낸 것 같았다.

이미 주환은 저 멀리 멀어져버렸다. 오히려 여기서 안 산다고 하는 게 이상해진 상황이라 단풍은 걸음을 옮길 수밖에 없었다. 때문에 낯선 남자의 안도와 회심의 미소가 번진 입가를 알아차리지 못했다.

2. 한 걸음씩 천천히

#4.

"왜 갑자기 그러는 건데? 계약서에 문제 있는 거야? 근데 너 손목은 또 왜 그래, 누구랑 싸웠어?"

지난 새벽, 갑작스러운 주환의 전화에 봉변을 당했던 지현은 복실이와 계약서를 받으러 온 그에게 캐물었다. 자신이 기억하는 단결에 대한 이미지가 설마 거짓말인가 잔뜩 걱정하는 눈치였다. 게다가 왼쪽 손목에 깁스까지 하고 있으니 걱정이 이만저만이 아닌 모양이었다.

그러나 계약서를 확인하고 만족한 듯 챙겨 넣은 주환은 대수롭지 않게 말했다.

"별거 아니야. 그리고 다 좋아."

"……다 좋아?"

마치 듣지 말아야 할 것을 들은 느낌이었다. 주환은 기겁하는 지현을 두고 복실이가 들어 있는 케이지를 들었다.

"손목은 왜 그러냐니까?"

걱정이 잔뜩 담긴 누나의 목소리에 주환은 제 손목을 내려다보았다. 제 손목을 보며 미안해하던 단풍을 떠올랐다. 그리고 경계심을 풀며 잠시나마 있겠다고 하던 말도.

"간다."

"야, 말은 해주고 가야지!"

지현은 제대로 된 말없이 떠나버리는 동생을 잡지 못하고 한숨을 길게 내쉬었다. 벌써 서른을 훌쩍 넘겼음에도 개만 보고 살아가니 이를 어쩌면 좋을까. 차라리 여자랑 같이 살게 한방에 가둬놓기라도 해야 하나 혀를 찼다. 설마 정말로 동생이 같은 집에 여자와 함께 살게 됐을 거라고는 생각지 못하는 지현이었다.

"저렇게 개만 챙기다 어떻게 가려고 그러는지 몰라."

주인을 닮은 복실이는 반가워하며 달려들거나 핥는 행동은 하지 않았다. 아무래도 나이가 있어서 그런지 '무사히 왔으니 됐다' 하는 눈치였다. 물론 감추지 못한 기쁨에 휘휘 움직이는 꼬리가 있었지만.

피식 웃으며 머리를 한 번 더 쓰다듬어준 뒤 택시를 타고 집으로 돌아간 주환은 목줄을 달기가 무섭게 먼저 앞장선 복실이를 따라 걸었다. 그리고 이내 도착한 현관문 앞에서 잠시 머물다 도어록을 풀었다.

문을 열기가 무섭게 따스한 온기가 훅 밀려 나왔다. 설명하기 어려운 포근함. 기분 좋은 느낌.

집에 혼자 있을 복실이를 위해 항상 거실 불은 켜고 있지만 보일러까지는 아니었다. 아니, 이건 보일러에서 나는 훈기라기보다는 자연스레 풍기는 사람의 흔적이었다.

킁킁 냄새를 맡고 있던 복실이가 고개를 들었다. 그리고 코를 쳐들고 킁킁거렸다. 보름 만에 찾은 집을 조금 경계하는 눈치였다. 주먹만한 머리로 이리저리 킁킁대던 차, 현관문과 직선으로 보이는 욕실 문을 열고 그녀가 나왔다. 입에 문 칫솔과 머리를 묶은 수건이 보였다. 그리고 편안한 옷차림까지. 누가 봐도 나갈 사람으로는 보이지 않았다. 눈이 마주치자 단풍이 조금 민망하다는 듯 웅얼거렸다.

"오셨어요."

어색하게 나온 말에 주환은 다시 한 번 제 감정에 신기함을 느꼈다. 표현하기 어려운 희열 속에 주먹을 굳게 쥐었다.

절대적인 호감. 한 번 본 상대를 향한 믿을 수 없는 허물어짐과 열린 마음이 익숙하지 않아 당황스러웠다. 그러나 결코 나쁘지 않았다. 설명하기 어려운 순간이 연속되고 있었다. 무장해제를 당한 군인처럼 그는 가슴의 고동을 느꼈다.

너무도 당연하게 느껴지는 모든 것들에 주환은 정중하게 묵례했다. 이런 감정을 갖게 해준 그녀에게 경외를 담듯이.

"예. 다녀왔습니다."

살짝 아래로 내리간 눈이나 끄덕이는 고개, 꼼지락거리며 긴장감을 보이는 손가락들과 살짝 비치는 잠옷에 몸에 열이 올랐다.

흡사 관음증 환자가 되어버린 기분이었다. 보고만 있어도 찡한 울림을 주는 것, 그 느낌이 무엇인지 알 것 같으니 더욱 당황스럽기만 하다. 빼도 박도 못하게 뛰는 심장은 여전히 깔깔대고 있었다.

첫눈에 반한 것. 사랑과는 조금 다른 것. 그건 아마도 상대를 사랑하게 될 것이라는 전초.

어떤 이유도 필요치 않은 오직 결과만이 남은 감정. 왜, 어째서,

무엇 때문에. 확실한 건 그녀가 이곳에 있어야 할 것 같다는 예감뿐이었다.

때르릉, 알람 소리가 울렸다. 번쩍 눈을 뜬 단풍은 창문으로 환하게 들어오는 빛에 눈을 깜빡이다 얼른 휴대폰을 들어 올렸다. 여섯 시를 조금 넘긴 이른 시간이었다. 그러나 첫 출근인 만큼 서둘러야 할 시간이기도 했다.

"······잤네?"

조금 황당한 말투로 중얼거린 그녀는 머리를 긁적이며 단단히 닫힌 문과 멀쩡한 제 옷차림에 고개를 끄덕였다.

"진짜 좋은 사람인가 봐."

다쳤는데도 탓하지 않고 병원비도 스스로 내고 거기다 같이 살아도 된다니. 어쩌면 그는 이 시대에 필요한 아름다운 마음씨를 지닌 몇 안 되는 사람이 아닐까. 그렇게 생각하니 침대 위에 있는 방망이가 한없이 부끄러워졌다.

그는 잠들기 전 집에 있는 열쇠 뭉치를 모두 건네주었다. 별다른 말은 없었지만 그것만으로도 어쩐지 조금 신뢰감이 생겼다. 그렇다고 완전히 믿을 수 없어 미안하지만 단결이 준 방망이를 옆에 두고 밤을 새워보자, 하고 생각했으나 피곤했던지 눈을 감았다는 인식도 없이 잠이 들어버렸다.

어떤 상황이 있었고 어떤 일이 있었든 간에 집은 따뜻했다. 스스로 생각해도 속 편하고 황당했지만 강주환이라는 사람이 정말 꽤 괜찮은 사람이라는 건 알게 되었다. 물론 완벽히 단언할 수는 없지만.

방 밖으로 나가자 거실엔 아무런 인기척이 없었다. 전날 밤, 일이 바빠 일찍 출근할 것 같다던 말을 떠올린 단풍은 어쩐지 조금 민망해졌다. 지나치게 걱정을 한 것 같았다.

"얼마나 바쁘면 이렇게 빨리 출근을 해."

괜히 혼잣말을 중얼거렸다. 그녀의 부끄러움을 달래주기라도 할 것처럼 거실 구석에서 철망이 흔들리는 소리가 들렸다.

"어, 아…… 네 주인이 넣어놨구나."

거기엔 펜스 안에 있는 복실이가 철망을 건드리고 있었다. 본가에서 오랜 시간 개를 키우다 보니 남들은 모를 눈이 생겼다. 예를 들자면 개의 표정을 읽을 수 있다는 점이다. 표정이 없을 것 같은 동물이지만 분명 감정표현이 있어서 얼굴에도 확실히 드러난다. 복실이의 눈엔 원망이 담겨 있었다.

"나 때문인가 보다, 그렇지."

안쓰럽게 중얼거린 그녀는 펜스 앞으로 다가가 손가락을 넣었다.

"애기야, 복실아."

으르르르.

"화났어요? 그랬어요?"

코를 찡긋거리며 송곳니를 드러내는 게 꽤 귀여웠다. 한번 만져보고 싶어 펜스 위로 손을 뻗었다. 그러나 돌아온 건 거실을 쩌렁쩌렁하게 울리는 짖음이었다.

컹! 컹컹!

"어억!"

황급히 손을 빼며 벌렁거리는 심장을 가리듯 가슴까지 가져온 단풍은 금방 얌전해진 복실이에게 저도 모르게 정중히 사과했다.

"미, 미안."

그냥 출근이나 할 것을. 아예 고개를 돌린 복실이를 두고 머쓱하니 욕실로 향했다.

새집, 개, 도시 그리고 남자.

누구에게 말할 수 없는 것들이 집결되어 있었지만 나쁘지 않았다.

이른 아침에만 들을 수 있는 새들의 지저귐이 복실이의 목소리에 놀란 듯 평소보다 훨씬 활기차게 들려왔다. 그 소리가 무척 밝고 명랑해 복실로 인해 놀란 가슴이 진정됐다. 단풍은 길게 기지개를 켜며 걸음을 옮겼다.

낯섦으로 시작된 하루는 막 시작되었을 뿐이었다.

김성준 팀장에게서 연락이 온 것은 회사에 도착하기 직전이었다.

[여기 익숙해질 때까진 그래도 우리가 동반 전학생 입장 아닙니까. 서로 도와주면서 같이 열심히 해봅시다.]

친근한 문자에 그녀는 뭐라고 보낼까 잠시 고민하다 짤막하게 답장했다.

[감사합니다. 앞으로도 잘 부탁드리겠습니다.]

김 팀장은 지사에 있을 무렵에도 자신의 상관이었다. 직속은 아니었지만 워낙 친화력이 좋았던 '좋은 상사'라 단풍과도 곧잘 이야기를 나누곤 했었다. 잠시나마 저런 남자 친구가 있었으면 좋겠다고 생각했었지만 그건 정말 '카더라'와 같은 느낌의 가벼운 마음이었다. 하지만 이렇게 문자까지 받고 나니 새삼 농담 같은 마음이 떠올랐다.

"뭔가, 이것도 로맨스의 하나인가."

약간의 날짜 차이는 있지만 지사에서 같은 곳으로 왔다는 것 자체가 인연이라면 인연이었다. 자신이 조금 더 감성적인 사람이었다면 운명론을 찾았겠지만, 사실 지금 닥친 주환과의 한집살이만으로도 버거워 금방 조소하고 휴대폰을 넣어버렸다.

"로맨스는 개뿔."

초장부터 꼬인 서울 살이다. 아직 제대로 정리도 안 된 이 와중에 로맨스는 와도 사양이었다. 말이야 바른말로 룸메이트라곤 해도 남자와 한집에 살기 시작한 여자를 누가 좋아하겠는가. 좋아하더라도 그건 못할 짓이었다.

"후, 좋아."

첫 입사했을 때를 생각하게 만드는 아침, 본사 건물 앞에 선 단풍은 심호흡을 한 번 깊게 쉬고 침을 삼켰다. 덩치도 크고, 위압감도 느껴지는 건물에 주눅이 들었지만 애써 이겨 내며 걸음을 옮겼다.

경비의 도움으로 어렵지 않게 인사과까지 안내를 받았다. 단풍이 아이디카드를 찍고 사무실 안으로 들어서자 가벼운 와이셔츠 차림에 넥타이를 앞주머니에 꽂은 남자가 인사했다.

"홍단풍 씨?"

"아, 네! 잘 부탁드립니다."

반사적으로 꾸벅 허리를 숙이며 인사하는 그녀에게 민석이 환하게 한 번 웃고 악수를 청했다.

"임민석 과장입니다. 반가워요. 김 팀장님은 부장님이 부르셔서 올라가셨습니다. 김 팀장님이 홍단풍 씨 얘기 많이 하셨어요. 성실하고 일도 잘하고 성격도 좋다고, 본인이 가장 아끼고 가르친 인재라고요."

"아니에요, 그냥 하신 말씀이실 거예요."

오자마자 들은 낯 뜨거운 칭찬에 기분이 살짝 고무되었다. 김 팀장이 왜 그렇게까지 자신을 칭찬했는지는 몰라도 첫인상이 나쁘지 않게 도와준 건 고마운 일이었다.

그는 미리 언질을 받은 대로 단풍을 이끌고 사무실 식구들과 하나하나 안면을 트게 해주었다. 다들 성격들이 모나지 않은지 업무 준비를 하면서도 반갑게 맞이해주었고 긴장감에 물들었던 마음도 한결 나아졌다.

"본래 계시던 곳에서 어땠는지는 모르지만 일단 우리 쪽은 좀 더 세밀하게 나누고 있어요. 인원이 좀 많긴 하지만 각자 필요한 건 여기 사내 인트라넷 있으니까 부서별로 메시지 넣어서 확인받으면 될 거예요. 우선 여기, 우리 부서 조직도."

자리를 안내해주고 곧 그가 가져다준 것은 두께가 족히 1센티미터는 되어 보이는 조직현황 표였다. 확실히 덩치가 큰 곳답게 각 업무가 세밀히 분리되어 있었다. 본래 있던 지사에선 3가지 정도로 분류되던 부서가 8개가 넘는다.

일단 3년 차 이상부터 한다는 신입사원 채용 관리부터 노무 관리. 인사 관리와 더불어 각 과마다 세분화된 팀까지. 가장 먼저 앞에 놓인 근태 관리팀엔 단풍의 이름도 적혀 있었다.

"여러모로 피곤한 일 많을 거예요. 아무래도 사람 상대하는 부서다 보니까 더 그런 것도 같고……. 거기다 우리는 매달 지사 보고까지 받고 있어서 골치 아플 겁니다. 그래도 열심히 해봅시다."

"감사합니다. 그럼, 일단 저는 어떤 업무부터 해야……."

"맞다. 그건 정 대리가 설명해줄 건데. 이거, 이거. 아직도 출근 안 했네."

민석은 사무실을 이리저리 둘러보며 말했다.

"아, 그런데 이름 누가 지어주셨어요? 진짜 예쁜데 어릴 땐 놀림도 좀 받았을 거 같아요."

"아, 저희 아버지께서요. 어머니가 저를 낳으셨을 때 단풍이 그렇게 잘 들었었다고 하시더라고요. 그때 아버지가 지방에 계셔서 오후에야 오셨는데 얼마나 바쁘게 오셨는지 머리며 어깨며 온 옷에 단풍잎을 잔뜩 가지고 오셨었다고."

"아아, 참 오묘하네요. 단풍이 들다."

"네. 집에 제가 들었다, 해서 단풍이라고 지으셨대요."

살아오면서 이미 수백 번도 더 말했을 이름 출처를 말하고 있을 때 막 환한 미소를 지은 직원이 사무실 안으로 들어왔다. 뭔가 대단히 좋은 것을 본 것처럼 뽀얀 미소가 얼굴에 가득했다.

곧 민석을 발견하고 인사를 하는 그녀에게 그가 물었다.

"혼자 뭐가 그렇게 좋아서 웃어? 아차, 홍단풍 씨. 여기는 단풍 씨랑 입사 동기예요. 1년 차 양연지 씨."

"안녕하세요, 홍단풍입니다."

"어머, 새로 오신 분이구나. 반가워요. 안 그래도 일손 부족해서 혼났는데. 근데 이름 정말 독특하다. 누가 지어주셨어요?"

"……하하."

사람 좋아 보이는 말투로 방긋방긋 웃는 연지에게 민석이 손가락을 퉁기며 되물었다.

"아버지가 지어주셨대. 근데 뭐야. 혼자 좋아하지 말고 같이 좀 좋아하자."

"뭐겠어요. 우리 남신 님 본 거지."

"남신? 그게 뭐…… 아, 뭐야. 강 과장 오고 있어?"

퉁명스러운 듯하지만 기분 나빠 보이는 얼굴은 아니었다. 직감적으로 자신에게 가장 중요할 사람이 올 것 같은 느낌을 받았다. 혹시 어디 모난 구석이 없는지 옷도 털고 머리도 바로 정리한 뒤 서자 민석이 말했다.

"우리 부서. 아니, 본사 이거."

그러면서 엄지를 척 올린다. 그러고는 장난스레 어깨를 으쓱거렸다.

"내가 결혼만 안 했어도 남신 자린 내 거였다니까."

"어머, 과장님. 농담이시죠?"

연지의 진심 가득한 물음에 민석이 민망함에 목을 가다듬었다.

"……어쨌든. 혹시 정 대리가 뭐 모르겠다, 하면 같은 팀이니까 물어봐요. 뭐, 살갑게 굴거나 상냥한 타입은 아닌데 그렇다고 괴팍한 것도 아니니까 걱정 말고. 저기 오네. 강 과장!"

그가 손을 들어 막 사무실로 들어오는 남자를 불렀다. 그는 뭐가 그리 바쁜지 사무실로 들어오는 와중에도 서류를 넘기고 있었다. 단풍은 큰 키에 한눈에도 '나 좀 잘생김' 하는 아우라가 느껴지는 그를 바로 응시했다.

인사, 인사. 바른 인사부터 하자.

그리고 그, '강 과장'이 고개를 바로 들었다. 약 3미터 앞에서.

"인사해요. 오늘부터 새로 출근하게 된 홍단풍 씨. 미리 말했어야 하는데 강 과장 출장 때문에 말 못 했었네. 단풍 씨, 인사해요. 여기는 강주환 과장."

"……."

오, 마이, 갓.

#5.

"협상은 예상했던 방향으로 제시했습니다. 큰 오차 범위 없이 잘 성사될 예정이니 걱정하실 필요는 없을 것 같습니다. 우선 뉴 리테일은 스케줄대로 진행하시면 됩니다."

깔끔한 보고에 한 부장은 박수까지 치며 매우 만족스러워했다.

"역시 이러니까 내가 강 과장을 보낸 거지. 바로 기획팀에 전달 해서 재무팀까지 보고 올려. 그리고 해외 발령 건도 확실하게 확인 하고. 어때, 김 팀장. 이제 자네도 같이 합류해야 할 안건인데. 우리 가 아주 공들인 프로젝트라고."

기분 좋은 그의 말에 자리에 앉아 있던 김성준 팀장은 웃으며 고개를 끄덕였다.

"지사에 있을 때도 줄곧 얘기 들었었습니다. 쉽지 않은 일을 매 번 성사하셨다고 부장님께서 어찌나 말씀을 해주시던지."

"아닙니다. 운이 따랐을 뿐입니다."

두 남자의 나쁘지 않은 분위기에 한 부장은 고개를 끄덕이며 말을 이었다.

"조만간 회식 자리 한번 잡지. 내가 요즘 자네들 덕분에 기분이 아주 좋아!"

껄껄 웃으며 자리에서 일어나는 그를 김 팀장과 주환이 일어서서 배웅했다. 당분간은 저 상태일 테니 어려울 것 없이 편하게 지내면 될 듯하다. 가벼운 보고를 마치고 서류들을 모아 챙기는 그에게 김 팀장이 다가와 손을 내밀었다.

"제대로 인사 못 했습니다. 김성준입니다."

분명 주환보다 높은 직급이었지만 그는 함부로 말을 놓진 않았다. 자신이 없었다면 차기 팀장은 주환이었을 것이라 생각하는 것 같았고, 그건 훌륭한 답이었다.

"강주환입니다. 잘 부탁드리겠습니다, 팀장님."

그러나 주환은 별반 다를 것 없는 어투와 표정으로 마저 인사를 했다. 성준은 딱딱한 그의 태도에 눈을 살짝 찌푸리다 얼른 풀었다. 이내 함께 부장실에서 나온 뒤 한 번 더 묵례를 하고 가려는 주환을 성준이 잡았다.

"이번 해외발령에 가장 유력한 사람이 강주환 과장인 걸 알고 있습니다. 역시 듣던 대로 수완이 대단하십니다."

칭찬인지 뭔지 조금 아리송한 말이었다. 주환은 묵묵히 대꾸했다. 이런 곳에서 수완이라는 단어는 썩 어울리지 않는단 생각이 들었으나 굳이 말꼬리를 잡진 않았다.

"과찬이십니다."

"설마 내가 팀장 자리 뺏었다고 생각하진 않겠죠? 곧 더 대단한 곳에 가실 텐데."

역시나 처음 봤던 대로 호감을 보이고 있진 않았다. 그리고 그것을 굳이 숨길 생각도 하지 않는 성준이었기에 주환 역시 받은 만큼 돌려주었다.

"욕심이 나시면 정식으로 요청하시면 됩니다. 전 딱히 욕심 없으니까요."

조금의 거짓도 섞이지 않은 솔직한 말이었지만 듣는 입장에선 아니었다. 입가를 씰룩이며 불쾌감을 드러내고 만 성준은 애써 웃으며 어깨를 으쓱거렸다.

"아, 그렇습니까?"

'건방진 자식.'

그런 성준의 생각을 알 리 없는 주환은 먼저 사무실로 향하며 방금 보고를 마친 서류를 다시 살폈다. 이제 다시 보고서 작성을 한 뒤 재무팀에 넘기면 이번 출장은 마무리가 된다. 아마도 차후엔 일이 더욱 바빠지겠지만 당분간은 자유다.

그들도 사람이라면 당분간 자신에게 과한 업무를 주진 않을 터, 그렇다면 이른 아침 출근도 안녕이다.

사무실을 향하던 그의 걸음이 잠시 멈췄다. 잠시나마 업무에서 생각을 돌리자 어제저녁 자신을 보던 여자가 떠올랐다. 열쇠꾸러미를 쥐여주자 안도하다가 다시 경계하던 그 모습이.

"……하하."

참지 못한 웃음이 입 밖으로 나오고 말았다. 어떠한 방도가 없으니 결국 집으로 들어왔지만 아마도 여전히 고민되고 긴장될 것이다. 그러나 그렇게 주눅 들고 긴장하는 모습마저 귀엽다는 생각이 들 정도로 예뻐 보였다.

예쁘다…….

꽃을 보고 혹은 아름다운 그림을 보거나 대단한 미인을 보면서 느끼는 예쁨이 아니었다. 마주친 순간 벼락같은 전율이 온몸에 흘렀고 시선조차 돌리기 어려웠다. 마치 가슴에 화살이 콱 꽂힌 것처럼 심장박동이 온몸으로 느껴졌다. 정신을 차렸을 때 그의 심장은 거칠게 뛰고 있었다.

이 박동의 이유는 뭘까. 익숙하지 못한 낯선 감정임에도 경계심조차 들지 않았다. 단 한 번도 겪어본 적 없고, 어떤 사람인지도 모르지만 완벽히 무방비한 상태가 되어버린다. 그것을 의식하고 말고의 여지조차 없이.

뭐라고 설명할 수 있을까? 이 마음을.

함께 있으면 순간 정신을 차리지 못할 만큼 완벽하게 흐트러지고 만다. 이성보다 본능이, 감정이 앞서고 입술이 바싹바싹 말라버린다. 아직 결론 내리지 못한 마음의 빗장을 살며시 조이고 풀기를 반복하며 다시 걸음을 옮기길 잠시, 어찌 보면 신기 가득한 예언을 보여주던 임 과장, 민석이 사무실 입구를 지나 제자리로 향하던 주환을 잡았다.

"저기 오네. 강 과장!"

이번엔 또 무슨 일일까 싶어 고개를 돌리던 그는 뜻밖의 인물에 손에 들렸던 것을 떨어트릴 뻔했다. 그것을 알 리 없는 민석은 환히 웃으며 말을 이었다.

"인사해요. 오늘부터 새로 출근하게 된 홍단풍 씨. 미리 말했어야 하는데 강 과장 출장 때문에 말 못 했었네. 단풍 씨, 인사해요. 여기는 강주환 과장. 우리 부서 최고 능력자. 모르는 거 있으면 강 과장한테 도움 받아요. 꽤 섬세한 친구거든."

그도 그녀도 모두 입을 다물고 아무런 말도 하지 못했다. 아니, 인사라도 해야 하는데 순간 너무 놀라서 아무런 말을 하지 못했다. 그나마 다행인 건 주환이 남들보다 안면근육 사용에 능통치 않아 딱히 티가 나지 않는다는 것이었다. 다만 단풍은 전혀 다른 상황에 빠져 있었다.

'뭐야, 저 사람이 왜 여기 있어? 뭐야, 뭐야? 어떻게 된 거야?'

함부로 입을 열었다간 쉰 소리를 낼 것 같았다. 그래서 입을 열지 못하고 있는 단풍을 주환은 가만히, 약 5초 정도 바라보았다. 두근두근, 누구의 것인지 모를 격한 심박동이 거침없이 이어질 때 그가 손을 내밀었다. 마치 처음 만난 사람인 것처럼.

"반갑습니다, 강주환입니다."

다행히 단풍은 주환의 숨은 뜻을 알아차렸다.

"홍단풍입니다, 앞으로 잘 부탁드리겠습니다!"

모르는 척하자는 거구나.

그 정도의 눈치는 있기에 악수를 받으며 인사를 하자 만족한 민석이 손을 휘휘 저었다.

"한동안 우리 쪽에 익숙해져야 하니까 강 과장이 이것저것 좀 도와줘요. 신입은 아니지만 이쪽은 처음이라 곤란한 게 많을 거야. 전담 마크는 정 대리가 해주기로 했으니까 가끔씩 업무 지도만 해 줘요."

주환은 곧고 선명한 눈동자로 단풍을 부드럽게 바라보았다. 숨길 수 없는 따스한 온기가 오로지 그녀에게만 향했다. 그것을 받아들인 단풍은 어쩐지 믿음직한 느낌이 들어 빠르게 뛰는 가슴을 진정시킬 수 없었다. 감정 동화라고 하면 설명이 되려나.

두 사람이 얼추 인사를 마쳤다고 생각한 민석은 박수를 한 번 치며 말을 이었다.

"그럼 일하죠. 자, 단풍 씨 우선은 연지 씨 도와서 업무를……."

"자료실 사용부터 알려드려야겠는데."

그런 민석을 막은 주환이 들고 있던 서류를 그에게 건넸다. 자연스레 서류를 받은 민석이 고개를 갸웃거렸다.

"응? 자료실?"

"신입은 아니시더라도 이곳은 처음이시니까."

"……뭐, 그렇지."

워낙 많은 인원을 다루기 때문에 그때그때 모든 것을 기억하기란 무리가 있었다. 그렇다고 전부 컴퓨터에 보관하기도 어렵고 때론 아날로그적 기록법이 더 도움이 될 때가 있어 그들에게 자료실은 일종의 보고였다.

"하여간 우리 강 과장 센스는."

톡, 장난스럽게 주환의 어깨를 친 민석은 단풍에게 고갯짓을 했다.

"따라가 봐요. 앞으로 자주 들를 곳이니까."

"아, 예."

주환은 단풍에게 손짓하며 사무실을 나섰고 그녀는 서둘러 그를 따라 사무실을 나섰다. 멀어지는 두 사람을 보며 민석이 중얼거렸다.

"웬 극존칭이래."

어깨를 으쓱거린 그는 제자리로 돌아갔다.

한편 사무실을 나선 두 사람은 어느새 자료실 앞에 도착했다. 자료실은 그리 멀지 않은 곳에 있었다. 주환이 아이디카드를 한 번 더 대고 지문까지 인식한 후에야 들어갈 수 있었다.

"지문 등록은 따로 설비팀에서 나와 등록해줄 테니까 하루, 이틀만 참으면 될 겁니다."

"네."

단풍은 도서관처럼 길고 넓은 자료실 사이를 성큼성큼 걸어가는 주환의 뒤를 열심히 따라갔다. 마침내 끝에 다다랐을 때 그가 단풍을 돌아보았다.

"여기서 만날 줄은 상상도 못했습니다. 누가 온다는 건 들었지만 장기 출장을 다녀온 터라 자세한 사항을 듣지 못했습니다."

역시 이곳으로 부른 건 이유가 있었다. 일이 꼬이는 것처럼 느껴지기도 했고, 누가 장난 부리는 건 아닌가 싶을 정도로 황당한 우연의 연속이었다. 그러나 이상하게 긴장되고 낯설며 무서웠던 본사가 푸근하게 느껴졌다.

그녀는 고개를 끄덕이며 인정했다. 설마 같은 회사, 그것도 이 넓은 곳에서 같은 부서에 근무를 하게 될 줄 누가 알았겠는가. 단풍은 어깨를 축 늘어뜨리며 한숨을 쉬었다.

"정말 어쩌죠? 다른 건 몰라도 오해받으실 거예요."

"제가 말입니까?"

"네. 만약 같이 사는 게 알려지면 괜히 저랑 엮이게 되실 거고요. 또, 이상한 눈들로도 많이 볼 테니까."

그것에 대해 전혀 걱정하지 않던 주환은 심각하게 눈동자를 굴리는 단풍을 보니 자꾸 웃음이 번졌다. 그렇게 각자의 생각에 빠져들어 적막감에 휩싸였을 때 단풍이 말했다.

"손목 때문에 일하시는 데 불편하시죠."

다른 것은 둘째 치고 계속 그녀의 시선을 잡는 것은 왼손에 있는 깁스였다. 그것이 연신 죄책감을 불러일으켜 눈을 뗄 수가 없었다. 자연스레 제 손목으로 눈을 돌리던 주환은 무심한 척 대답했다.

"예. 조금 그렇습니다."

"역시 그렇겠죠. 하아, 하필이면."

미안함이 살며시 고개를 들다 사라진다. 그는 보는 것만으로도 즐거워지는 단풍을 한없이 내려다보았다. 무슨 생각을 하는지 자신을 보는 것도 모르고 입술만 뜯었다.

'저러면 나중에 아플 텐데.'

만지면 부드럽고 닿으면 달콤할 것 같은 입술을 촉촉이 적셔주고 싶었다. 망측한 생각에 빠진 그가 한 걸음 다가와 있는 것을 모르고 그녀가 고개를 번쩍 들었다. 어쩐지 머쓱함이 번지는 사이 주환이 말했다.

"정 대리가 도와준다고 들은 것 같은데."

"아, 네. 그랬어요. 정 대리님이."

눈치채지 못한 사이 주환과의 거리가 많이 가까워져 있었다. 정확히 정 대리가 누군지는 모르지만 일단 대답하며 눈동자를 사선으로 올렸다. 말을 할 때마다 보이는 선홍빛 혀가, 하얀 치열이 사람을 감질나게 만들어 그는 입가를 쓸며 말을 이었다.

"아무래도 전 얼마 전에 출장을 다녀온 후라 바쁜 업무는 당분간 없을 테니 제가 홍단풍 씨 업무를 보는 게 더 효율적일 것 같습니다. 계속 이 손목에 신경을 쓰면 홍단풍 씨도 업무 보시는 데 곤란할 테고 타이핑 작업을 좀 도와주면 저도 한결 편할 것 같은데, 괜찮겠습니까? 정 대리에게는 제가 말해놓겠습니다."

실제로 깁스를 한 상태에서 키보드를 치기란 어려운 법이니 거짓말은 아니었다. 능글맞기 짝이 없는 부탁에 단풍은 이제야 속이 편하다는 양 고개를 끄덕였다.

"네! 그렇게 할게요. 하게 해주세요."

"감사합니다. 자꾸 도움만 받게 되는 것 같습니다."

"도움이라니요. 오히려 제가 계속 도움을 받고 있는걸요. 집도 그렇고, 지금도 이런 것밖에 못 해드리는데……. 아, 그러고 보니 집은 정말 어쩌죠?"

"안 들키면 됩니다."

"네? 아, 하지만 전산에 올릴 주소도 그렇고……."

"괜찮습니다. 어차피 제 손목이 나을 때까지 계시는 거고 집도 새로 구하실 예정 아닙니까? 당분간은 동생분 집으로 주소를 돌려도 좋습니다. 제가 허락합니다."

그렇다. 그는 인사과의 과장. 허락했다면 그건 문제가 없는 일이었고 이렇게까지 도와주는 주환이 그저 고마운 그녀였다. 단풍의 눈이 초롱초롱 빛났다.

"정말로, 정말로…… 좋으신 분이세요. 강주환 씨. 아니, 과장님은."

"……."

"사실 서울 올라와서 걱정 많이 했거든요. 낯선 사람들만 잔뜩 있고 아는 사람이라곤 동생이랑 같이 올라온 팀장님뿐이라. 그런데 이렇게 도와주시니까 마음도 놓이고…… 어떻게 갚아야 할지도 모르겠고."

심장이 쿵쾅쿵쾅.

미치겠다, 이 여자. 도대체 어디서 나타난 거지. 주환은 도무지 눈을 뗄 수 없는 그녀의 입술에서 간신히 시선을 돌리며 담백함을 가장한 말을 이었다.

"그럼 밥 한 끼 하죠."

"밥이요?"

"예, 부담되지 않을 선에서. 라면이라도 괜찮습니다."

어쩜 이렇게 친절할까? 단풍은 눈앞에 부처님이 계시는 줄 알았다. 돈을 요구하는 것도 아니고 라면이라고 콕 집으며 부담까지 덜어주다니. 강주환의 신뢰도에 그린 라이트가 반짝이기 시작했을 때 그는 나름 선한 미소를 지어주었다. 아주 자연스럽게 선약까지 잡고 나자 드물디드문 웃음까지 절로 나온다.

"언제라도 제가 도움이 된다면 말씀을……."

그러나 단풍은 그를 조금도 도와주지 않았다.

갑작스레 주환의 가슴을 밀친 그녀가 그를 책장 옆 구석으로 밀치고 안으로 성큼 들어왔다. 단풍은 더욱 힘껏 주환을 벽으로 밀고는 가슴으로 파고들었다.

죽이려는 건가.

넋이 빠진 그를 올려다본 그녀가 작은 입술에 검지를 세로로 댔다.

"쉿!"

그 소리와 함께 자박자박 발소리가 들렸다. 그리 멀지 않은 곳에서 들리는 소리에 단풍은 천적을 만난 미어캣처럼 눈을 동그랗게 뜨고 경계했다. 정작 경계를 해야 할 상대가 바로 앞에 있는 주환이란 사실을 눈곱만큼도 모르고서.

주섬주섬 무언가를 챙기는 소리가 들렸다. 그녀는 행여 옷자락이 보일까 주환의 가슴에 코를 묻고 눈을 감았다. 그러다 설명을 안 해줬다 생각했는지 친절히 가슴에 대고 입술을 달싹였다.

"누가 들어왔어요."

들릴락 말락 아주 작은 소리로 소곤소곤.

"그렇습니까?"

오늘 밤, 제대로 잘 수는 있는 걸까. 속도 모르는 단풍이 자꾸 꼼지락거리며 그를 자극했다. 자꾸 이러다간 괜한 감각이 살아날 것 같았다. 불가피해진 주환은 두 팔을 뻗어 가볍게 단풍을 감쌌다. 갑작스레 등과 허리를 감싸며 당기는 힘에 꽉 안긴 그녀가 '흡' 소리를 내자 귓가에 나지막한 목소리가 이어졌다.

"움직이면 보입니다."

예상치 못했던 공격이었다. 귀 안이 간질거린다.

"이, 이럴 필요까진."

"들키면 안 되니까요."

맞는 말이긴 한데 여러모로 당황스러움이 이어진다. 하지만 사람 소리가 정말 가까웠기에 몸이 굳은 단풍은 곧 얌전해졌고 주환은 제가 하는 대로 휩쓸려 얌전히 안긴 단풍을 내려다보았다.

사실 숨긴 했지만 굳이 숨을 필요는 없었다. 자료실에 같이 있는 것을 보고 오해할 사람들은 이 세상에 없다. 그러나 본래 죄(?)
지은 사람은 먼저 표를 내기 마련이었다. 아예 숨 쉬는 것까지 막
고 있는 모습은 다른 이에겐 몰라도 주환에겐 위험할 정도로 취향
저격이었다.

아, 미치겠다.

두근두근, 기분 좋은 울림이 귓가에 들린다.

"갔어요? 갔나요?"

"아직."

작은 물음에 그는 바깥은 보지도 않고 안고서 대답했다. 아마
나갔을 것이다. 이미 인기척은 사라지고 없었으니까. 하지만 주환
이 하는 말은 똑같았다.

"안 갔습니다."

"지금도요?"

"아직 있습니다."

팔을 풀고 싶지 않았다. 될 수 있다면 계속해서 이렇게 있고 싶
을 만큼.

#6.

　　상쾌한 아침이 밝았지만 단풍에겐 그 아침의 시작이 다소 눅눅했다. 이유는 간만에 일찍 일어나 열어젖힌 문 옆에 따끈따끈하게 모양 잡힌 복실이의 구수한 흔적 덕분이었다. 아침부터 보기 영 껄끄럽지만 단풍에겐 더할 나위 없이 익숙한 것이기도 했다. 욕실에선 어김없이 씻는 소리가 들려오고 있었고 그녀는 방에서 휴지를 가져와 문 앞에 놓인 복실이의 대변을 치우며 한 소리를 했다.

　　"내가 마음에 안 들어도 그렇지, 아침부터 모닝 응가는 너무하잖아."

　　소파 위에 앉아 있던 복실이가 송곳니를 드러내며 으르렁거렸다. 아마 출근 첫날 펜스에 갇혔던 게 적잖이 불쾌했던 모양이다. 이러나저러나 당분간은 함께 있어야 하는데 동물이라도 미움을 받는 건 아쉽다. 더군다나 자신 역시 긴 시간 강아지를 키운 입장이라서 어지간하면 잘 지내고 싶은 게 사실이었다.

이 집에서 주환과 함께한 시간은 우려했던 것과 반대로 무척 괜찮았다. 같이 사는 것을 들켜선 안 되니 함께 출퇴근을 할 수 없어 엇갈리는 경우가 많았고, 그렇다 보니 집에서 함께 있는 시간은 생각보다 얼마 되지 않았다. 심지어 밥 한 끼도 제대로 못 먹을 정도였다.

어깨를 한 번 으쓱거린 그녀는 복실이와 대여섯 걸음쯤 떨어져 무릎을 굽히며 최대한 선량한 얼굴을 하고 부탁했다.

"복실아, 우리 제발 좀 친해지자. 알았지?"

으르르, 아르릉. 전혀 먹히지 않는지 꼬리를 세우며 매섭게 그녀를 바라보았다. 이거 좀 곤란하다, 싶어질 때 욕실 문이 열리며 주환이 단호한 목소리로 명령했다.

"복실이 앉아."

훈련이 잘되어 있는 듯 금방 자리에 앉은 복실이는 몸을 아래로 낮추고 꼬리를 살랑거리며 큰 눈을 그에게 고정시켰다. 머리 위에 수건을 얹고 나온 주환은 간식 통에서 간식을 하나 빼 복실이에게 주고 머리를 쓰다듬으며 말했다.

"유기견이던 녀석이라 다른 사람에게 좀 날카롭습니다. 입질도 꽤 하는 편이니까 그냥 두시는 게 좋습니다."

"복실이 암컷 맞죠?"

털이 꽤 길어 암수 구별에 조금 어려운 터에 던진 질문이었고 그는 고개를 한 번 끄덕였다. 단풍은 이해한다는 듯이 웃었다.

"질투했구나, 내가 오빠 뺏어가는 것 같아서. 미안해, 복실아."

개와 대화 중인 단풍을 보며 수건을 내린 그는 머리를 감을 동안 풀었던 반 깁스와 붕대를 갈기 위해 소파에 앉았다. 손목은 제법 나았지만 아직 통증과 뻑뻑함이 남아 있어 깁스를 하고 있어야 할 듯했다.

그가 붕대를 가는 모습을 처음 본 단풍은 도와줘야 할지, 말아야 할지 고민했다. 하지만 옆에서 복실이가 알짱거리고 있으니 섣불리 다가가기도 뭐해서 우두커니 서 있었다. 그러다 이만 씻으러 들어가자는 마음으로 막 몸을 돌릴 때 당혹감이 담긴 주환의 목소리가 들렸다.

"인마, 놔야지."

슬쩍 보자 복실이가 붕대를 장난감으로 여기는 듯 입에 물고 놔주지 않아 겨우 묶은 듯한 붕대가 풀려가고 있었다.

"도와드릴까요?"

아주 어려워 보이진 않았지만 그래도 혹시나 하는 마음에 물었다. 주환은 단풍의 목소리가 들리자마자 경계 태세를 갖추는 복실이에 거절했다.

"괜찮습니다. 아무래도 이 녀석이 성낼 것 같아서요."

"복실이한테 너무 미안하네요. 나중에 간식이라도 사다줘야겠어요."

"그래 주시면 감사하겠습니다."

이따금 보이는 그의 미소는 참으로 곧았다. 선이 곱게 그려지는 웃음이라고 해야 할까? 연지가 말하기를 주환은 회사 내에서도 알아주는 미남이라 했다. 그와의 로맨스를 꿈꾸는 이들도 더러 있는 모양이지만 곁을 잘 내주지 않는 성격이라고 한다. 사실 그 말을 믿기 어려운 것이 생판 모르는 자신을 도와주겠다고 집까지 내준이가 바로 주환이었다. 물론 여러 가지 사정이 껴 있긴 하지만 말이다.

"아, 그럼 여쭤봐야겠네."

어깨를 으쓱거리며 복실이의 간식 통을 본 단풍이 혼잣말을 중얼거렸다. 그에 여전히 실랑이를 하던 주환이 물었다.

"뭘 말입니까?"

"가끔 개들도 간식 가릴 때 있잖아요. 그런데 김 팀장님이 말씀해주신 건 거의 대부분의 개들이 좋아한다고 그러더라고요."

"……김 팀장님이라면."

조금 장난삼아 흔들어주던 붕대가 우뚝 멈췄다. 복실이가 낑낑대며 당겨봐도 요지부동이었다. 단풍을 보는 주환의 미간이 미세하게 좁아졌다.

"저랑 같이 오신 김성준 팀장님이요. 강아지 좋아하신대서 종종 얘기하다가 간식 얘기를 했었거든요."

정확히는 동물 이야기를 하다 나온 말이었지만.

"그런 것도 압니까?"

"네. 저보다 더 잘 아세요."

"아니, 강아지 말고. 김 팀장님과 친하신 모양입니다."

어쩐지 퉁명스러운 목소리 같은 건 착각인 건가. 말이 끊긴 까닭에 더 이어갈 접점을 찾지 못한 그녀가 눈동자를 굴렸다.

"네? 아, 딱히 그런 건 아니에요. 그냥 뭐라고 해야 하나. 시기 좋게 같은 곳에서 올라왔으니까요. 사실 사무실이 좁아서 두루두루 다 친했거든요. 하다못해 누구 집 화분이 몇 개인지도 알았으니까요."

대수롭지 않게 대답한 단풍은 시간을 확인하고 헐레벌떡 욕실로 들어갔다.

　홀로 남은 주환은 서서히 좁아지는 미간을 겨우 멈췄다. 짜증이 목 아래까지 차올랐다. 친하다. 고작 그 단어 하나에 속이 끓었다.

　단풍이 다시 욕실에서 나왔을 때 주환은 답지 않게 꼼수를 사용했다. 물기 어린 얼굴을 수건으로 닦고 있는 그녀에게 다가간 그는 손에 들린 것을 내밀었다.

　"왜 그러세요?"

　의아함이 담긴 물음에 주환은 낯 뜨거움을 철면피로 참으며 아무렇지 않게 말했다.

　"넥타이를 매기 어려워서 그러는데, 도와주시겠습니까?"

　단풍의 눈이 몇 번 깜빡여졌다. 당황한 것이 확실하게 보였다.

　아니, 지금까지 잘하다 갑자기 왜? 하고 묻는 듯한 얼굴이었지만 주환은 정말 못하겠다는 듯 넥타이를 손에 들어 올렸다. 파란 큐빅이 무늬처럼 박힌 짙은 색의 넥타이였다.

　"어, 그러니까. 잠시만요."

　그녀는 그의 손에서 넥타이를 가져갔다. 당연히 목에다 걸어줄 것을 예상하던 주환이 허리를 숙이자 단풍은 제 목에 넥타이를 걸었다.

　"……."

　"됐다. 여기요."

　불과 20여 초. 눈부신 실력으로 넥타이의 매듭을 만든 그녀는 끝만 당기면 될 넥타이를 건네주었다. 차마 다른 말은 하지 못하고 그것을 받아 들자 단풍은 방긋 웃고 출근 준비를 위해 서둘러 방으로 향했다. 멀어지는 단풍을 보면서 주환은 허탈하게 웃었다.

그녀를 함락하는 일이 절대 쉽지 않을 거라고 예고당한 기분이었다.

"단풍 씨, 계약직 재계약자 명단 나왔으니 확인하고 채용팀에 넘겨줘요. 아, 거기 보면 5년 이상 계약자 있는데 그 사람들은 연봉 협상도 해야 하니까 재무팀에도 알리고. 근데 오늘 아침에 부탁한 새 연락처 명단은 어떻게 됐어요?"

"예, 일단 다른 부서에 연락 넣어서 메일로 표를 받는 중입니다. 아직 연락받지 못한 부서는 점심시간 전에 직접 찾아볼 예정이고 변동 사항 없는 곳은 따로 표시해뒀습니다. 일단 확인한 것만이라도 드릴까요?"

"아니에요, 그렇게 급한 거 아니니까 일단 방금 말한 거 처리부터 해주세요. 약간 까다로울 수 있으니까 정 대리 도움 받고."

"알겠습니다."

"응, 그럼 수고!"

민석의 손짓에 다시 한 아름 생긴 바인더를 들고 뒤뚱뒤뚱 제자리로 돌아온 단풍은 자리에 쌓인 많은 서류들을 보다 잠시 혀를 내둘렀다. 그러다 얼른 정신을 차리고 자리에 앉아 아직 낯선 양식에 익숙해지기 위해 키보드에 손을 올렸다.

예상했던 대로 본사는 바쁘게 돌아갔다. 본사 일뿐만 아니라 지사에서 올라오는 것도 있었고 이따금씩 벌어지는 노조와의 신경 싸움도 이곳에서 주로 이뤄졌다. 그러니 다소 전투적인 상황 속에서도 업무를 진행해야 했고 가끔씩 엉엉 울며 못해먹겠다고, 죽겠다고 설움 터트리는 감정적 처리까지도 도맡았다.

1년 차가 할 수 있는 일은 아직 많지 않기에 선배를 도우며 가끔 내려지는 소소한 업무를 처리하는 것뿐인데 그것만도 쉽지 않았다. 다만 남들보다 기억력이 조금 더 좋은 덕분에 본사로 온 지 사흘 만에 부서 사람 대부분의 이름을 외운 단풍은 사람들에게 꽤 좋은 인상을 남겨주었다. 덕분에 자리 앉을 틈도 없이 바쁘지만.

　그럼에도 그녀가 가장 큰 시간을 할애하는 곳은 따로 있었다. 똑딱, 탁상 위에 있던 시계가 정각 10분 전을 가리켰다. 단풍의 몸이 일으켜진 것도 그때쯤이었다. 그녀가 향한 곳은 이번 신설부서 때문에 내려온 재무팀 보고서를 보고 있는 주환의 자리였다.

　"강 과장님."

　단풍의 부름에 그가 돌아보았다. 그녀는 주변을 살짝 곁눈질하다 손가락들을 움직였고 주환은 미리 정리해 놓은 리스트 서류를 넘기며 말했다.

　"며칠째 미안합니다."

　"아니에요. 이렇게라도 도움이 돼서 정말 다행이에요."

　"오히려 제가 감사드립니다. 상황 봐주면서 같이 살아……."

　"……쉬, 쉿!"

　행여 누가 들을까 눈을 깜빡이며 손사래를 친다. 일부러 한 말이지만 매번 나오는 반응이 재미있기만 하다. 어쨌든 절대 평범하지 않은 룸메이트 생활에서 그들은 제법 잘 맞는 동거인이었다. 단 한 생명체만 빼면.

　"30분 뒤에 메일로 보내드리겠습니다."

　꾸벅 허리를 숙이며 다시 돌아가려는 단풍을 그가 잡았다.

　"하기 전에 잠깐 자료실에 가 있어요. 지금 준 건 양식이 또 다르니까 자료실에 예시 있을 겁니다."

"분류번호 알려주시면 제가 찾겠습니다."

"그런 김에 잠깐 쉬는 거죠. 잠시만 먼저 나가 있어요. 전화 통화만 하고 갈 테니."

잠깐의 쉬는 시간이라. 밀려드는 업무를 처리하느라 물도 한 잔 제대로 마시지 못했던 단풍은 반색했다. 자신도 모르게 피곤한 얼굴을 했던 모양이었다.

휴대폰을 드는 그를 보고 먼저 사무실을 나선 그녀는 길게 기지개를 한 번 켰다. 비교적 일은 익숙해져 가고 있지만 피로감은 두 배 정도 더 되는 것 같다. 때문에 집에 가면 곯아떨어지기 바빠서 사실 같이 산다는 것 자체에 큰 의미를 두기도 어려울 지경이었다. 그렇게 체력 안배를 하지 않으면 안 될 것 같아 어쩔 수 없었다.

"자료실, 자료실."

자료실로 향하며 싱글벙글 웃고 있던 차, 맞은편에서 오던 남자가 그녀를 막아섰다.

"채용, 근태 부서 분이세요?"

목에 걸린 사원증을 보니 재무팀 직원이다. 긍정의 표시로 올려다보자 그가 잔뜩 꼬인 얼굴로 말을 이었다.

"외주용역 결재 올린 것 때문에 왔는데요."

"채용 말씀이신가요?"

"아니요, 급여 지급 때문에."

"안쪽에 들어가시면 가장 오른쪽에 급여 관리팀 한윤호 대리님 계십니다."

왜 직접 찾아왔는지는 몰라도 괜히 끼어들 일이 아닐 것 같아 사무실 안쪽을 가리키자 그는 좀 더 미간을 확 좁혔다.

"왜 책임을 미뤄요? 어쨌든 그쪽도 관련 부서잖아요."

"네?"

"아니, 제가 여기까지 와줬으면 그쪽에서 알아서 처리해줘야 하는 거 아닙니까? 안 그래도 바빠 죽겠는데. 솔직히 좀 그래요, 그걸 결재하라고 올린 것도 그렇고…… 회사에 돈이 남아도는 줄 아나. 외주 인력을 그런 식으로 막 허가 내려주면 우리 쪽도 곤란하다는 걸 왜 모릅니까? 그러니까 그쪽도 관련된 거 아닙니까."

이크, 싶다. 역시 돈에 관련되면 일이 복잡해지는 것은 어쩔 수가 없기에 단풍은 최대한 담담하게 답변했다.

"제가 직접 관리하고 있는 건 근태 관리 쪽이라서요, 죄송합니다. 우선 안쪽으로 들어가시면 임민석 과장님이 계시니까……."

"우리 쪽 완전 난리라고요. 그런데 그쪽은 바쁘다고 통화 연결도 잘 안 되지, 우린 우리대로 일 바쁘지. 솔직히 저번에도 그래요, 신입사원 교육 프로세스에 무슨 회식비용이 그렇게 많이 드는지. 우리만 괜히 쪼임 당해서……."

"저기, 죄송하지만 그에 관련해선 뭐라 말씀드릴 상황이 아니라."

"막말로 그쪽도 우리가 딱 얼마 정해주고 그걸로 이거 저거 하라면 하겠습니까? 아니잖아요. 진짜 답답해서 원, 이번 일도 어지간하면 그쪽이 다시 찾아와서 회의를 좀 하든가 해야지 이게 대체 뭡니까? 사람 귀찮게. 또 저번에는 말입니다."

과연 이 사람이 제 말을 듣고 있기는 한 걸까 싶을 정도로 그는 쉴 없이 입을 열어댔다. 정신까지 혼미해질 정도로 많은 말을 들었다. 그사이 그녀는 반사적으로 죄송하다는 말을 연발하며 어쩔 줄 몰라 하고 있었다.

"그러니까 내 말은, 우리가 직접 찾아오게 하지 말고 인사과에서 제대로 된 보고서를 가지고……."

사실 이런 상황에서는 딱 끊고 지나가야 하는 것이 옳지만 이제 막 적응하기 시작한 중고 신입사원인 단풍에겐 너무도 어려운 일이었다. 제가 찾아뵙겠습니다, 하고 말하기 직전 누군가 그녀의 어깨를 잡았다.

"예, 알겠습니다. 퇴근 전까지 보고드릴 테니 걱정하실 필요 없습니다."

언제 사무실에서 나왔는지 전화를 받으며 나온 주환은 재무팀 직원에게 붙잡혀 참수당하기 직전인 그녀를 너무도 쉽게 구제해주었다. 그 구제 방법이라는 게 전화를 받으며 탈탈 털리는 단풍의 어깨를 잡고 자연스레 제 쪽으로 당겨 목적지로 걸어가는 것이 전부였지만 말이다.

이내 자료실 문을 연 그는 그녀를 먼저 밀어 넣고 귀에서 휴대폰을 떼며 재무팀 직원에게 손을 한 번 흔들어주는 것으로 모든 상황을 종료했다. 그렇다고 단풍에게 말을 거느냐, 그건 또 아니었다. 그는 여전히 통화 중이었고 그 통화에 집중하며 책장에서 무언가를 꺼내 멍한 단풍에게 건넸다.

"거기 보시면 베이스가 영어로 되어 있어서 크게 어려울 건 없습니다. 그래도 한글로 파일을 변환하시려면 Alt 누르시고……."

특별히 그가 한 것은 없었다. 아마도 도움이 될 예시 보고서 자료를 꺼내주고 이어 주머니에서 캔 커피 하나를 빼 건네준 뒤 먼저 자료실을 빠져나갔다. 순식간에 두 가지를 받아 든 그녀는 캔 커피를 들어 올렸다. 거기엔 노란색 쪽지 하나가 붙어 있었다.

<감사 표시. 여기서 10분만 쉬다 와요.>

캔 커피가 따뜻하다. 갓 뽑은 것처럼.

"……아, 더워."

괜히 얼굴이 더워져 손 부채질을 했다. 그때 삐로록, 자료실 문 열리는 소리가 들려왔다. 반사적으로 캔 커피를 뒤로 숨기며 물러난 단풍의 눈에 익숙한 얼굴이 보였다.

"어? 단풍 씨 여기 있었어요?"

자료실로 들어온 건 김성준 팀장이었다. 워낙 바빠 그동안 제대로 얘기할 틈도 없었던 그는 환하게 웃으며 반가워했다.

"마침 잘됐다. 안 그래도 한번 얘기 좀 같이 할까 했는데."

"네? 예? 아, 어…… 네."

어쩐지 낯설고 당황스러워 꼼지락꼼지락 캔 커피를 숨기며 고개를 끄덕이자 성준이 손짓했다.

"가요, 커피 사줄게."

"……."

"커피 별로예요?"

당연히 별로일 리 없다. 별로일 이유가 없다는 게 맞을 것이다. 상관의 제의를 거부할 수 있는 것도 아니고.

"아, 예…… 감사합니다."

이 사람이 갑자기 왜 이러나 싶었지만 단순한 호의를 무시하기에 단풍은 꽤나 단순한 타입이었다. 그녀의 대답에 성준은 손을 흔들며 말을 이었다.

"어떻게, 할 만해요? 내가 오자고는 했지만 이렇게 바쁠 줄은 또 몰랐지."

"차라리 바쁜 게 좋습니다. 배울 것도 많고, 또 일도 능숙해지고요."

성준의 입가로 미소가 번졌다. 만족스러워 보이는 표정이었다.

"그렇죠? 역시 단풍 씨는 가르친 보람이 있어. 내가 알려준 것도 꽤 쓸 만하죠?"

어쩐지 조금 이해할 수 없는 대화였다. 직속상관이 아니었기에 이렇게 말할 정도로 무언가를 배운 기억은 없어서였다. 그러나 여기서 배운 것 없다고 말할 정도로 눈치가 없진 않았다. 그녀는 다시 꾸벅 고개를 숙였다.

"……예, 그렇죠. 다 팀장님 덕분입니다."

"알아주니 고맙네요. 아, 잠깐만. 자료 찾을 것만 찾고."

"네, 천천히 찾으세요."

여전히 친절한 사람이다 싶다. 얼른 자료실 안쪽으로 들어가는 성준을 보며 단풍은 몸을 돌렸다. 사실 긴 생각을 할 틈이 없다는 게 맞을 것이다. 손에 든 커피가 이상하게 가슴을 풍요롭게 만드는 것 같다.

그녀는 괜히 손에 들린 캔 커피를 더욱 만지작거리다 가만히 시선을 아래로 내렸다. 따끈따끈. 완전히 뜨겁지는 않지만 어쩐지 오래갈 것만 같은 온기가 퍼진다.

"감사 표시."

저도 모르게 단풍의 입가로 캔 커피만큼이나 달달한 미소가 번지고 있었다.

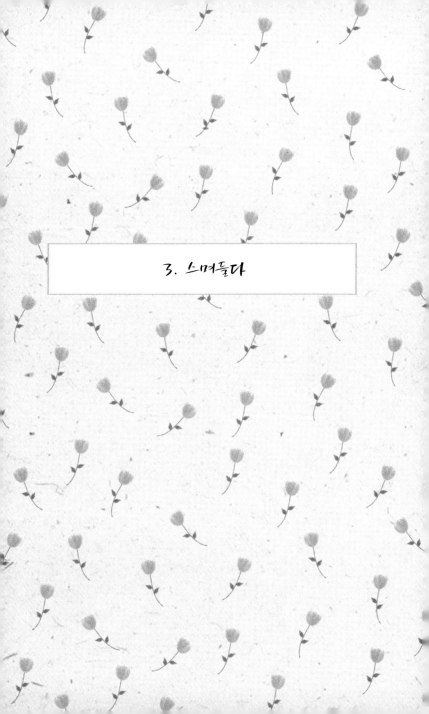

3. 스며들다

#7.

꿀 같은 숙면을 취하고 일어난 단풍은 무거운 어깨를 주무르며 습관처럼 휴대폰을 들어 올렸다. 그러다 다시 뒤로 넘어가며 배시시 웃었다.

"주말이다……."

길었던 한 주가 끝나고 마침내 찾아온 주말에 행복함마저 들었다. 첫 주는 찜질방을 전전긍긍하다 이 집에 들어오느라 생긴 해프닝과 첫 출근의 긴장감으로 몽땅 날려버렸으니까.

불꽃같던 한 주가 그렇게 지나고 찾아온 주말이니 기쁘지 않을 수가 없었다. 하지만 세상은 어찌나 그녀를 괴롭히는지 간만에 찾아온 휴식마저 흔들어놓았다.

Rrrrr.

바쁘게 울리는 휴대폰 소리에 베개로 귀를 막아봤지만 전혀 도움이 되지 않았다. 결국 자리에서 일어난 그녀는 휴대폰을 들어 귀에 댔다.

"여보세요."

-오랜만이지요, 누님. 이른 아침부터 강녕하십니까.

"예, 끊어요."

-네, 끊어…… 아니, 누, 누나! 왜 끊어! 잠깐……!

미련 없이 전화를 끊어버리고 아예 전원을 꺼버렸다. 집요하고 집요한 단결은 분명 전화가 끊긴 것에 미련을 못 버리고 계속 전화를 해댈 것이 분명했기 때문이다. 분명 또 용돈이나 밥을 사달라는 전화일 터다. 이 황금 같은 휴일을 감히 빼앗길 순 없지 않나.

"……열 받아서 잠이 안 오네."

다시 자기 위해 눈을 감았던 단풍은 오랜만에 분노가 낀 눈으로 어금니를 갈았다. 생각해보면 이 모든 일의 원흉은 단결이었다. 물론 주환의 손목을 그렇게 한 것은 제 탓이었지만 그래도 기초를 다져 놓은 것은 동생이지 않은가. 어쩜 가장 중요한 사실을 쏙 빼놓고 계약을 할 수 있는지 모르겠다. 아니, 너무도 당연한 것이기에 그럴 수도 있으려나.

"그러고 보니까 집도 구해야 하는데."

이제는 주환의 손목도 많이 좋아진 것 같았다. 깁스는 풀고 붕대만 감고 있었는데 아직 타이핑은 돕고 있지만 요즘은 어쩐지 타이핑하는 시간보다 그것을 받으러 가서 하는 대화 시간이 더 길었다. 그렇다는 건 이곳에 있는 명분도 슬슬 사라지고 있는 것이다.

끄응.

머리 아픈 생각을 하기 시작하니 한번 깬 잠은 다시 들지 않았다.

"하여간 정말 눈곱만큼도 도움이 안 된다니까."

잠이 안 드는 것조차 전부 단결에게 떠넘기고 결국 자리에서 일어난 단풍은 출근할 때와 딱히 다를 바 없는 시간에 깊은 한숨을 내쉬었다.

"도대체 왜 꼭두새벽부터 전화를 한 거야."

그렇게 말하면서도 휴대폰은 켜고 싶지 않았다. 시답잖은 내용의 통화일 것이 분명했다. 예전에도 그랬고 최근에도 갑자기 아양을 떨며 전화를 걸더니 계좌번호를 부르며 용돈을 요구했었다. 같은 배를 빌려 태어난 요망한 생명, 동생을 향한 분노를 꾸역꾸역 누르고 침대에서 내려와 아무 생각 없이 방을 나섰다…… 가.

"억!"

뭉클 하고 밟은 무언가에 쫙 미끄러져 엉덩방아를 찧고 대자로 누워버렸다. 그녀는 엉덩이 골을 타고 올라오는 통증에 손가락, 발가락을 오므라트렸다.

"흑, 흑흑. 쪽팔려, 진짜."

아무도 없이 혼자만의 쇼였지만 창피하지 않은 건 아니었다. 그리고 발가락으로 느껴지는 이 뭉클한 느낌. 정말 오랜만의 감촉이었으나 반갑지는 않았다. 찡 울리는 엉덩이를 매만지며 일어나자 소파 위에서 귀를 쫑긋거리던 복실이가 흥, 콧방귀를 뀌었다. 방심했다.

"너 뭘 먹는데 이렇게 물컹거려. 사료 제대로 안 먹는 거 아니야?"

투덜투덜 강아지 대변을 닦으며 한마디 했지만 강아지는 아는 척도 않고 고개를 팩 돌렸다. 한바탕 쇼를 벌이고 샤워까지 마친 단풍은 차마 소파는 가지 못하고 텔레비전 앞에 앉았다. 엉덩이가 찔끔 욱신거렸지만 러그 덕분에 앉지 못할 건 아니었다.

주말 이른 아침이라 모닝 뉴스와 정보 프로그램 정도가 전부였다. 케이블로 채널을 돌려봤지만 딱히 흥미로운 프로그램은 없었다. 볼을 긁적이던 그녀는 자리에서 일어나 주방으로 향했다.

"간만에 밥 좀 해볼까."

이곳에 와서 밥이라는 것 자체를 먹은 기억이 없는 그녀였다. 일부러는 아니지만 역시 엄마가 없으니 집에서 안 챙겨먹게 된다. 소중한 집 밥의 의미를 새삼 되새기며 단풍은 냉장고를 열었다. 그리고 한탄했다.

"주방 쓰는 모습을 본 적이 없으니 당연한 거지."

냉장고에는 정말 간단한 밑반찬 한두 개와 달걀을 제외하고는 텅텅 비어 있었다. 냉장고 앞에서 고민하던 단풍은 얼마나 푹 익혔는지 쉰내가 잔뜩 나는 김치와 달걀, 밑에서 싹이 나기 시작한 채소 묶음 봉지를 구했다. 그중 절반은 진물이 나기 시작해 버려야 할 것 같지만.

"이거 좀 써도 되겠지?"

단풍은 싱크대 앞으로 걸어가며 자신만만하게 팔을 걷어붙였다.

문을 긁는 소리에 자동적으로 눈을 뜬 주환은 피곤한 몸을 겨우 일으켰다. 그대로 두면 나중엔 늑대의 후예답게 울어댈 복실이를 위해서라도 일어나야 했다. 몸을 일으켜 세운 그는 연신 들리는 박박 소리에 왠지 몸까지 가려운 것 같아 팔을 긁으며 문을 열었다.

헥헥, 혀를 뺀 복실이가 꼬리를 흔들며 반가워하고 있었다. 낯가림이 심하고 주인인 주환에게도 막 달려들지 않는 복실이가 보이는 가장 개다운 모습이었다. 살짝 몸을 낮춰 복실이의 머리를 쓰다듬은 그는 아직 피곤이 덜 풀린 상태로 방을 나섰다.

그렇게 방을 나서기가 무섭게 그의 코로 낯선 냄새가 침입했다. 낯선 냄새는 물론 윙윙거리는 기계 소리도 들렸다. 그 소리와 냄새를 따라 걷자 가스레인지 앞에서 콧노래를 흥얼거리고 있는 단풍의 뒷모습이 보였다. 잠시 황홀한 느낌이 들었다.

심장이 뻐근하게 뛰었다. 그저 예뻤다. 제집 싱크대 앞에 서서 요리를 하는 모습이, 들려오는 콧노래가. 이내 입가가 마른 주환이 입술을 매만지며 주방으로 향했다.

단풍은 허리에 한 손까지 올리고 요리에 집중했다. 보글보글 끓어오르는 김치만 넣은 김치찌개 앞에서 진지하게 숟가락을 대 맛을 봤다. 본래 김치가 맛있으면 아무 조미료가 없어도 맛이 나기 마련이었다. 김치찌개는 집에서도 꽤 끓여본 적이 있어 자신 있었다. 그러나 맛을 본 그녀는 곧장 싱크대를 부여잡고 격한 기침을 했다.

"캑, 커흡!"

정말 고약한 맛이었다. 소금도 엄마가 넣는 만큼 넣고 김치도 푹푹 끓이고 냄새도 그럴싸했으나 말 그대로 그럴싸했을 뿐 음식은 아니었다. 짠 듯, 안 짠 듯. 신 듯, 안 신 듯. 괴상한 맛에 기침이 절로 나왔다. 싱크대에 입에 남은 시큼함을 뱉으며 다급히 라면을 찾았다.

"라면, 라면."

이대로 두면 그냥 음식이 아닌 음식물 쓰레기가 될 판이었다. 있을지 없을지 모를 라면을 찾아 이 찬장, 저 찬장을 뒤지다 위에 있는 찬장을 열자 두 번째 칸에 라면봉지가 보였다. 반색하며 발끝을 잔뜩 세워 손을 뻗었다.

그러나 본 주인을 위해 자리한 라면은 간당간당하게 손이 닿지 않았다. 높이보다 너무 깊이 들어가 있는 것이 문제였다. 괜히 오기가 생겨 엄지에 힘을 줘 바짝 서서 더욱 힘차게 팔을 뻗던 차, 길고 튼튼한 팔이 뒤에서 쑥 나와 라면 하나를 꺼냈다. 속 시원한 도움에 단풍은 환하게 웃음을 지었다.

"고마워요."

이제 라면 스프를 사용할 수 있겠다 싶어 기뻐하던 단풍은 뒤늦게 제 옆에 선 주환을 바로 보았다. 그리고 다시 한 번 격한 기침을 하며 고개를 숙였다.

"괜찮습니까?"

걱정이 담긴 그의 물음에도 제대로 된 답을 할 수 없었다. 집에 있던 재료를 마음껏 탕진하고 못쓰게 만들었다는 걸 아주 제대로 들켜버린 터라 민망함이 몰려왔다.

"예, 저기…… 네."

단풍은 냄비를 확인하는 주환 덕분에 더욱 부끄러워졌다. 얼굴로 열이 올랐다. 그러다 막 움직이기 시작한 그를 보고 뭐라도 해야 할 것 같아 괜히 옆에 있는 앞치마를 건네 내밀었다.

"과장님, 이거."

"집에선 굳이 직함으로 부르실 필요는 없습니다."

가벼운 조언에 단풍이 고개를 끄덕였다.

"과장님도, 아니 강주환 씨도 그렇게까지 존칭하지 않으셔도 돼요."

"알겠습니다."

거절이란 걸 모르는 사람이구나. 단풍은 고개를 끄덕였다. 이내 앞치마를 받아 들어 목에 건 주환은 도대체 무슨 맛일까 궁금해지는 김치찌개에 숟가락을 가져갔다. 그리고 그 고약한 맛에 숟가락을 내려놓았다.

"직접 했습니까?"

"……네."

"뭐하러 이런 고생을."

음식 맛을 떠나 진심으로 고생한다는 생각에 한 말이었다. 작은 손에 물 묻히는 모습을 보고 싶진 않았다.

주환은 앞에 놓인 음식을 보며 고민에 빠졌다. 이건 김치찌개라기보다 김칫국. 아니, 그냥 물에 만 김치였다. 그는 안절부절못하는 단풍에게 걱정 말라는 듯 고개를 끄덕이곤 젓가락을 들며 말했다.

"아침은 김치 라면이 좋겠습니다."

담백한 말에 단풍은 얼른 손에 들린 라면을 내밀었다. 그 라면을 받으며 그는 박력 넘치게 봉지를 뜯고 라면을 쪼개 김치 국물에 넣었다. 달걀까지 깨트리는 모습에 단풍은 허겁지겁 수저를 놓고 그릇을 가져다 놓으며 허드렛일을 도왔다.

"자주 듣는 말이 있습니까?"

"어떤 말이요?"

"그냥 별명이라든가, 말 그대로 자주 듣는 말들."

뜬금없는 질문에 얌전히 섰던 그녀는 잠시 생각하다 답했다.

"네, 있어요. 둔탱이. 그냥 좀 매사에 둔해서요."

단풍은 머쓱하게 웃으며 머리를 긁적거렸다. 역시 예상했던 별명이었다. 조금 더 직구가 필요할지도 모르겠다.

"요리하는 걸 좋아합니까?"

라면을 식탁에 놓으며 묻는 말에 그녀는 솔직하게 말했다.

"아니요, 그냥 뭐라도 보답을 해드리고 싶어서요."

가시지 않은 민망함에 그녀는 우물쭈물 망설였고 주환은 낮게 웃었다.

"요리라는 게 생각보다 손도 많이 가고 힘든 일입니다. 바쁘지 않을 땐 제가 맡아 하겠습니다."

"아니에요. 어떻게 그렇게 받기만 해요."

"익숙해지면 괜찮아질 겁니다."

"익숙해지면요?"

"예, 제게 익숙해지면 됩니다."

할 수 있는 건 눈을 깜빡이는 것뿐.

"저도 홍단풍 씨한테 익숙해지겠습니다."

언제 나갈지도 모르는데 익숙해진다는 말에 저도 모르게 작게 웃어버렸다. 그렇게 이리저리 눈동자를 굴리다 나온 대답은 주환에겐 아주 만족스러운 대답이었다.

"네, 주환 씨."

나름, 그러니까 그런 나름의 첫 식사 메뉴는 물과 김치가 가득한 달걀 푼 라면.

별다른 대화 없이 이어진 식사는 10여 분도 되지 않아 끝이 났다. 라면 2개는 겨우 허기만 달랠 뿐이었다. 냉장고에 있던 김치와 달걀을 모두 없애버린 터라 본의 아니게 또 민폐를 끼친 단풍은 설거지를 하겠다며 싱크대 앞에 선 주환에게 말했다.

"혹시 필요하신 거 있으세요?"

조심스레 묻는 말에 스펀지를 움직이던 그의 고개가 그녀 쪽으로 돌아왔다. 무슨 일이냐는 듯한 눈빛이었다.

"마트를 다녀올까 해서요. 멋대로 음식 쓴 것도 죄송해서."

"끼니는 매 때 챙겨먹는 편입니까?"

"아침은 꼬박꼬박 먹으려는 편이에요."

"간단하게? 아니면."

"특별히 맞춰 먹진 않아요. 우유라도 한 잔씩 마시려는 편이에요."

"좋은 습관입니다."

"엄마가 아침만큼은 꼭 챙겨 먹으라고 하셨거든요."

"그럼 같이 가죠. 짐도 무거울 테고."

"아, 그러실래요? 제가 입맛을 잘 모르니까 같이 가주시면 저야 감사하죠."

방싯방싯 웃는 그녀를 보며 주환은 엉큼하게도 뺨을 한번 잡아보고 싶단 생각을 했다. 손가락으로 살짝 꼬집듯 잡아당기면 말랑말랑한 살결이 어디까지 늘어날까. 이런 고약한 생각 탓인지 아침부터 열이 조금 오르는 듯했다. 그는 고개를 돌리며 말했다.

"그럼 씻고 나오겠습니다."

"네, 그러세요."

주환이 씻으러 욕실로 간 사이 옷을 갈아입고 나온 단풍은 거실 소파 한가운데 몸을 웅크리고 앉은 강아지를 보았다. 털이 복슬복슬해 만져주고 싶었지만 시도할 때마다 앙칼지게 나와 실패했다.

사람 나오는 소리에 눈을 동그랗게 뜬 강아지는 흥미 없다는 듯 흥, 콧바람을 뀌다 무언가 생각났다는 듯 폴짝 내려왔다. 그리고 살랑살랑 가벼운 걸음으로 그녀를 지나쳐갔다. 그 귀엽고 도도한 자태에 홀린 듯 따라가자 강아지는 아주 살짝 열린 문을 박박 긁었다. 그러고는 쏙, 하고 어디론가 들어가버렸다. 자신도 모르게 거기까지 온 단풍은 복실이가 열어버린 문 덕분에 물기 어린 타일을 보다 천천히 고개를 들어올렸다.

"어?"

그리고 눈앞에 보인 광경에 황급히 몸을 뒤로 돌리고 사과했다.

"죄송해요! 강아지 따라가다……."

본의 아니게 봉변을 당한 것은 습관대로 욕실 문을 열고 있던 주환이었다. 자신이 욕실을 쓸 때면 볼일을 보러 들어오는 복실이 때문에 목욕을 할 때가 아니라면 늘 문을 열어놓는 그였다. 복실이는 자연스레 들어와 배변 패드에 볼일을 보고 쏙 나가버렸고, 남은 건 강아지에게 농락당한 사람 둘이었다.

그저 주환만이 복실이에게 간식을 하나 줘야겠다, 생각했을 뿐.

어쨌든 주환은 면도를 하다 갑자기 나타난 단풍 때문에 턱 끝을 살짝 베였고, 그것을 본 단풍의 눈은 미안함으로 물들었다. 하필 면도기를 쥔 손이 깁스를 한 손이었다. 어째 자꾸 그를 다치게 하는 것 같아 죄책감이 가슴을 마구 짓눌렀다.

"손이 불편해서 그러시죠."

"아니, 뭐 딱히."

"계속 저 때문에 다치셔서 어떻게 해요, 하아."

사실상 거의 다 나은 손이지만 혹시 몰라 하고 있는 깁스였다. 이미 몇 날 며칠 이 손으로 면도를 하는 중이었으니까. 그러나 단풍의 눈엔 그게 적잖이 불편해 보였던 모양이다. 욕실에서 멀어져 한 걸음 가다 멈추고, 다시 한 걸음 내딛다 멈췄다. 그렇게 몇 걸음 가지도 못하고 되돌아온 단풍은 아직 열린 욕실 문을 벽 쪽에 숨어서 두드렸다. 그리고 목을 한 번 가다듬고 슬그머니 머리를 기울였다.

"도와드릴까요?"

뜻밖의 말에 턱으로 손을 대던 주환이 돌아보았다. 평소 전기면도기보다 직접 깎는 것을 좋아해 쓰는 일회용 면도기가 턱에 닿아 있었다.

"아."

찬장 안엔 충전이 잘된 전기면도기도 있었으나 그는 아무런 말도 하지 않았다. 거짓말도, 진실도 말하지 않고 있으니 조심스레 앞으로 나선 단풍이 말을 이었다.

"괜찮으시면 제가 도와…… 아니, 그냥 불편하시니까."

그녀는 머쓱한지 손가락을 만지작거렸다.

"동생이 자주 다쳐서 가끔 해줬었거든요."

변명처럼 웅얼거리는 단풍의 말에 주환은 한 걸음 물러났다.

"부탁드립니다."

속내는 까맣지만 겉으로는 신사적인 부탁에 그녀는 고개를 끄덕이며 들어섰다. 차가운 물이 발바닥에 닿았다. 그 차가움에 몸이 조금 짜릿했다. 주환에게 다가간 단풍은 아직 크림이 남아 있는 부분에 살며시 면도기를 가져다 댔다.

"할게요."

괜히 몸이 움츠러드는 느낌이었다. 주환은 그녀의 부담을 덜어 주려는 듯 눈을 감았다. 그녀는 무언가 무거운 것이 가슴으로 내려 앉는 느낌이 들었다. 괜한 짓을 한 걸까 싶기도 했지만 가만히 얼굴을 내어주는 모습에 마음을 다잡고 면도를 시작했다.

감겨 있던 주환의 눈이 살며시 떠졌다. 집중한 듯 꼼꼼히, 손가락 두 개로 뺨을 받치고 면도기를 움직이는 단풍의 모습에 그의 심장이 저릿저릿해졌다. 이따금 삐죽이며 턱 아래를 만지는 손길에 긴장감이 차오른다.

그러다 문득 거울 속에 비친 제 모습을 보고 난감해졌다. 거울을 등진 단풍을 당장이라도 잡아먹기라도 할 것처럼 새까만 눈이 고스란히 비치고 있었다. 단풍이 모르는 게 신기할 정도로 적나라 해서 스스로도 놀랄 정도였다. 그러나 그녀는 그저 열심히 손을 움직였다.

"좀 더 숙여주실 수 있나요? 팔 위치가 애매해서."

주환의 몸이 조금 더 숙여졌다.

까맣게 젖은 머리, 그보다 더 까만 눈이 그녀를 향한다. 사각사각. 혹시 다칠까 봐 조심스럽게 움직이는 손길에 온몸으로 힘이 들어갔다. 무언가에 집중하면 다른 것을 망각하는 그녀의 습성은 주환의 턱에 발라진 면도크림이 거의 사라져갈 때쯤 흐려졌다.

"……."

침묵 속에 눈을 위로 조금 떠 올렸다. 턱에 대고 있던 손과 면도기를 떼자 아주 기이한 자세가 되었다. 어느새 두 사람의 거리는 한 뼘. 기울어진 고개, 마주친 눈. 세면대에 닿은 등이 지나치게 뒤로 기울어버린 것도 같았다.

"저기."

"예."

"너무, 가까운 거 같아서."

무의식중에 '후' 하고 입바람을 불었고 그 바람에 주환의 몸이 천천히 멀어졌다. 그는 완전히 몸을 바로 세우고 세면대에 받아놓은 물에 손을 묻혀 입가를 닦아 내렸다. 거울에 비친 그의 모습에 단풍의 귀가 빨갛게 달아올랐다.

손에는 여전히 면도크림이 묻어 있었지만 그녀는 뒷걸음질을 치며 어색하게 웃었다.

"……어, 그럼 마저 씻으세요."

후다닥 욕실을 나서는 단풍을 보며 주환은 피식 웃었다. 그러고는 욕실 문을 닫고 턱에 손을 올렸다. 거울에 비친 것은 이 순간이 즐거워 어쩔 줄 모르는 남자였다.

#8.

　조금 민망했던 아침이 겨우 마무리되고 단풍은 주환과 함께 집을 나서 마트로 향하는 횡단보도 앞에 서 있는 중이었다. 그리고 조금 어색한 동반 외출에 힐끗힐끗 그를 보다 간질간질거리는 입을 열었다.

　"저, 질문 하나만 해도 될까요?"

　"편하게 하세요."

　"왜 굳이 방 2개짜리에서 사시는 거예요? 아, 혹시 불쾌하신 질문이라면 사과드려요."

　조금 사적인 질문인 것 같아 얼른 사과했다. 주환은 고개를 저으며 살짝 웃었다.

　"처음엔 누나와 함께 살았습니다. 그러다 따로 살게 되면서 저는 계약 날짜가 남아 계속 머물다 지금까지 있게 되었습니다."

　"아아, 그렇구나. 집에 책이 엄청 많던데 그건 그냥 인테리언가요?"

무슨 말이라도 하는 게 좋을 것 같아 선택한 질문에 주환은 성실하게 대답해주었다.

"딱히 인테리어는 아닙니다. 굳이 손대면 집주인도 싫어할 테고, 괜찮은 책장 몇 개 조립해서 놨습니다."

"그럼 전부 읽었나요?"

"한 권씩 읽다 보니 그렇게 됐습니다. 본래 다 비어 있었으니까요."

그 많은 책을 전부 읽었다는 말에 단풍은 진심으로 감탄했다.

"책 정말 좋아하시나 봐요. 저도 책 꽤 좋아해요. 물론 만화책이나 소설 종류지만."

"종류는 상관없습니다. 책은 거짓말을 모르는 유일한 유희거리니까."

꽤나 철학적인 말에 단풍은 분위기를 풀기 위해 답지 않은 장난을 걸었다.

"하하, 전 여자 친구분이 거짓말을 잘하셨나 봐요."

"예."

농담을 꺼냈으나 돌아온 것은 단답이었다. 등으로 식은땀이 흐르는 것 같았다. 하필 처음으로 한 농담이 얻어걸릴 것은 대체 뭐란 말인가. 민망함에 단풍은 곧바로 사과했다.

"실례했습니다."

횡단보도 앞 차도엔 차들이 빠르게 지나치고 있었다. 단풍은 묘하게 찌푸려진 눈으로 차들만 바라보았다. 어쩐지 불만이 가득한 얼굴이었다. 그 모습이 꼭 여자 친구라는 말에 질투를 하는 사람처럼 보여서 주환은 토라진 듯한 그녀를 달래려 했다.

"농담……."

"하긴 저도 뭐, 대학생 땐 좀 그랬죠. 하하. 그 나이 땐 대부분 거짓말 같은 거 하잖아요. 특히나 남자애들이."

허세가 듬뿍 담긴 말이 이어지지 않았다면 말이다.

"저도 제법 그랬죠. 연애, 하하. 다들 이쯤 되면 아픈 상처 하나쯤은 있어야죠. 안 잊히는 그런 거. 그, 그래야 사람 되죠. 하하하."

왜 이런 소리를 늘어놓는지 스스로도 이해가 가지 않았다. 그러나 머릿속이 폭주한 듯 멋대로 말들이 이어졌다. 사춘기도 아닌데 눈동자를 연신 굴리며 앞에 한 말에 대한 변명을 끝없이 이어갔다. 그냥 그의 입에서 나온 지나간 사람에 대한 말이 썩 유쾌하게 들리지 않았다는 것만 확실했다. 그래서 유치하게 주절대고 말았다.

"물론 제가 연애를 아주 많이 했다는 건 아니고요, 그러니까 저 좋다는 사람 몇이 있긴 했는데 제가 그 사람한테, 아니 그 사람들한테……."

횡설수설 난리가 난 입이 멈춰지질 않는다. '이것은 거짓말' 하고 낙인이 찍힌 것처럼 나불나불 움직이는 입에 차라리 신호가 빨리 바뀌길 바랐다.

이 재미도 없고 뜻도 없는 혼잣말을 가만히 듣던 주환이 지나가듯 한마디를 툭 던졌다. 부드럽던 눈가가 못마땅함으로 물들어 있음을 단풍은 그제야 발견했다.

"인기가 많았던 모양입니다."

비틀린 물음이었다. 최근에도 들었던 듯한 그런 비비 꼬인 말투에 단풍은 몸을 조금 뒤로 뺐다.

"뭐, 그냥…… 조금."

살며시 옆으로 고개를 돌리며 양어깨를 앞으로 모은다.

역시 턱도 없는 거짓말을 한 것인가 싶어 민망함에 어쩔 줄 몰라 침묵했다. 사과와 변명 속에서 허우적거릴 때 그가 물었다.

"농담이군요."

"……네?"

속내를 고스란히 읽어낸 주환이 물었다. 단풍은 이 순간이 무조건 진실을 말해야 한다는 걸 동물적 감각으로 깨달았다. 왜인지는 모르지만 그래야 할 것 같았다.

"네, 농담이었어요. 인기 없었어요. 그, 그냥 짝사랑 한두 번쯤."

마구 고개를 끄덕이며 학창시절의 비참함을 재잘거릴 즈음, 주환의 눈이 그린 듯이 휘었다. 심장이 한차례 삐걱거렸다. 그는 곧 고개를 끄덕이며 몸을 바로 세웠다.

"다행입니다."

멍하니 저를 바라보는 단풍의 시선과 보란 듯이 마주한 주환은 그녀의 어깨에 살짝 손을 올리고 앞으로 밀었다. 가벼운 터치가 순간 공기를 바꾼다. 찌릿, 전기가 흘렀다. 콩닥콩닥 마음이 울렁거렸다. 먼저 길을 건너가는 그의 뒷모습에 그녀는 가슴에 손을 올렸다.

안쪽이 울렁거리는 기분이다.

많고 많은 속사정을 두고 마트 안에 들어선 두 사람은 진중하게 물건을 담았다. 단풍은 주로 간단한 레토르트 음식을 골라 넣었고, 주환은 조리를 해서 먹는 것을 골랐다. 두 사람의 취향이 확실하게 갈라졌다. 본의 아니게 서로의 음식 취향까지 알아낸 후 계산대로 가기 위해 막 걸음을 옮길 때 코끝을 자극하는 냄새가 풍겨왔다.

"어, 만두다."

아주머니가 맛나게 굽고 있는 것은 보기만 해도 군침이 도는 군

만두였다. 반으로 똑 잘라 시식 접시 위에 올리는 만두소에 윤기가 가득 흘렀다. 만두라면 사족을 못 쓰는 결이 보면 당장 달려가 두세 봉지씩 집어 올릴 모양새였다.

그러고 보니 일을 틀어지게 만들긴 했어도 계약도 대신 해주고 짐도 옮겨줬는데 고작 치킨으로 때웠다. 그렇게 생각하니 전화기까지 꺼 놓은 것도 좀 미안해지기 시작했다. 지금은 휴대폰을 켰지만 단단히 토라졌는지 전화도, 문자도 안 온다. 아무래도 이따 달래줘야 할 것 같다.

"잠깐 저기서 뭐 하나만 사가지고 올게요."

카트 손잡이를 끌던 주환이 고개를 끄덕이자 단풍은 조르르 만두 앞으로 달려갔다. 직감적으로 먹잇감을 발견한 듯한 시식 코너 아주머니가 발 빠르게 단풍을 유혹했다.

"새로 나온 거예요. 고구마로 속을 채워서 건강에도 좋고 애들도 좋아해요."

만두 하나를 잘라 밀어주는 아주머니의 모습에 그녀는 잠시 주환을 망각했다. 가까이서 보니 노란 속이 정말 맛있어 보였다. 환하게 웃으며 이쑤시개로 만두를 집은 단풍은 습관적으로 옆으로 내밀었다. 마트에서 장을 볼 때면 늘 엄마와 함께했기 때문이었다.

"이거 고구마 만두……."

그러나 이곳에 엄마가 있을 리 없었다. 어쩜 그렇게 타이밍도 좋았는지 이쑤시개에 꽂힌 만두가 먹음직스럽게 떠 있었다. 그것도 주환의 코앞에.

카트를 끌고 옆에 서 있던 주환은 허공에 뜬 만두를 가만히 보다 제 쪽으로 당겨 입에 넣었다. 그리고 깔끔하게 평가했다.

"맛있습니다."

잘생긴 총각의 호평에 아주머니의 뺨에 홍조가 생겼고 덩달아 단풍의 얼굴에도 붉은 기운이 돌았다. 괜히 손이 저린 느낌이 들어 팔을 내린 그녀는 만두 두 봉지를 집어 카트에 놓고 어색하게 그를 이끌었다.

'역시 연애를 좀 해본 사람인가 봐.'

스킨십이 자연스러운 것으로 보아 연애를 좀 해본 것 같다. 아니, 표정에 어떠한 감정 변화가 없는 걸 보면 어쩌면 페로몬 배출에 천부적인 재능이 있을지도 모른다. 단풍은 머리를 휘휘 저으며 걸음을 옮겼다. 이상한 생각을 하는 게 속이 제대로 채워지지 않아서인지도 모르겠다.

계산대로 향하던 차에 단풍의 주머니 속에 잠들어 있던 휴대폰이 울렸다. 당연히 단결이겠거니 하며 휴대폰을 꺼내 들자 액정에 뜬 이름은 단결이 아닌 성준이었다. 황금 같은 주말에 상사의 전화라니, 하고 생각하다 계산대로 물건을 올리고 있는 주환을 보았다. 하긴, 상관이랑 장도 보고 있는 마당에 전화가 무슨 대수랴. 허허. 그녀는 너털웃음을 짓고 전화를 받았다.

"예, 팀장님."

팀장이라는 소리에 주환이 그녀를 바라보았다. 그가 아는 한 팀장은 한 사람뿐이었다.

-주말에 갑자기 미안해요. 지금 전화 통화 가능해요?

"네, 괜찮습니다. 말씀하세요."

-다른 게 아니라 지사에서 환송회 못했다고 시간 내서 한번 내려오라고 하는데, 어때요? 내 차로 가면 수월할 것 같은데.

단풍은 귀와 어깨 사이에 휴대폰을 끼워 넣고 주환을 도와 물건들을 계산 벨트에 올리며 전화를 이어갔다.

"저야 좋죠. 팀장님이 맞추신 시간에 함께 가겠습니다."

-그럴래요? 이왕 고향 내려가는 김에 거나하게 한턱 쏠게요.

"아니에요, 당연히 가야죠. 그럼 가기 전에 말씀해주시면 바로……."

어느새 카트에 있던 물건들을 모두 올리고 우두커니 선 주환은 언제부터인지 그녀를 빤히 보고 있었다. 그러다 카트 너머에서 성큼성큼 다가오더니 단풍의 팔을 당겨 끌어안았다. 동그랗게 변한 눈으로 굳어버린 단풍과 눈을 맞춘 그는 그녀를 제 옆으로 세웠다.

이내 두 사람의 옆으로 카트를 끄는 사람이 빠르게 지나갔다. 전화를 받는 것도 잊은 단풍은 멍한 눈으로 주환을 보았다. 그는 쓰고 있던 모자를 살짝 들어 올리며 말했다.

"사람이 지나가야 할 것 같아서요."

모자 아래 가려졌다 드러난 눈은 무척이나 여유로워 보였다.

-단풍 씨? 단풍 씨, 괜찮아요? 무슨 일 있어요?

"표정이 재미있습니다."

"……."

"저런, 표정이라고 해야 하나."

휴대폰에서 들리는 소리는 완전히 먹혀버렸다. 나지막하게 울린 주환의 목소리에 온 신경이 빼앗겨 휴대폰을 들고서 그가 가리키는 쪽으로 고개를 돌렸다.

＜놀라운 가격에 두 눈이 커지는 순간! ⊙○⊙＞

우스꽝스러운 이모티콘이 글귀 끝에 그려져 있었고 단풍의 볼은 꽤 붉어졌다. 바보 취급을 당한 느낌이었다. 그는 낮은 소리를 내며 웃었고 그녀는 입을 꾹 다물었다. 예상치 못한 예쁜 미소를 그린 주환이 입가를 가리며 웃다 고개를 돌렸다. 그리고 스치듯 돌아서는 그의 입에서 아주 작은 속삭임이 이어졌다.

"귀엽네요."

딩동, 문자 오는 소리가 들렸다.

[전화 받기 어려운 것 같아서 끊었어요. 시간 될 때 다시 연락 줘요.]

성준이었다. 바로 답장을 해야 하기에 휴대폰을 들어 올렸지만 머릿속이 잘 정리되지 않았다.

아무것도 아닌 말인 것 같은데, 그런데…… 그렇게 생각하면서도 얼굴이 달아올랐다. 귀엽다는 말을 들은 것은 초등학교 이후로 처음이었던 것 같았다. 귀가 너무 뜨거워서 두 손으로 귀를 가렸다. 강한 펀치를 한 대 맞은 듯한 기분에 앞을 보니 주환의 넓은 등이 눈에 들어와 콕 박혔다.

단풍은 황급히 고개를 저었다. 입술이 바짝바짝 마르는 느낌이었다. 작은 것들에 정신없이 휘말리다 흔들리는 것만 같아 꼴깍 침을 삼키며 심호흡을 했다.

심호흡을 하는 사이 계산을 하는 주환을 뒤늦게 발견했다. 서둘러 지갑을 열어봤지만 이미 계산은 끝난 뒤였다. 돈을 뽑아 주겠다는 단풍의 말에 주환은 다음에 내라며 거절했다. 거기다 돈이 꽤 많이 나온 것 같아 영수증을 보려 했으나 영수증까지 주머니에 넣어버려 볼 수도 없었다. 자꾸 도움만 받는 것이 고맙고 미안했다. 그렇다고 무작정 돈을 찔러줄 수도 없는 노릇이라 도움 게이지만 차곡차곡 쌓이는 것 같았다.

"다음엔 꼭 제가 낼 거예요."

"다음에도 꼭 같이 오도록 하죠."

"……."

그와의 대화는 뭔가 심장에 좋지 않다. 정말로 좋지 않은 것 같았다.

상자 2개에 나눠 들어야 할 만큼 많은 양의 물건들이었다. 거기다 휴지까지 사서 짐이 꽤 많았는데 단풍이 들고 있는 것은 어린아이도 들 법한 작은 상자 하나였다.

"저도 같이 들게요. 이거 너무 가벼워요."

"겹쳐서 들면 됩니다."

그렇게 말하며 주환은 큰 상자 위에 휴지를 올려놓았다. 단풍은 고개를 저으며 상자에 마트 로고가 박힌 끈을 돌돌 말아 양쪽에서 들 수 있도록 만들었다. 손잡이까지 꼼꼼하게 만들어 들기 쉽게 해놓고 그녀는 다른 손에 작은 상자를 들고 씩 웃었다.

"이렇게 하면 좀 더 편하겠죠?"

칭찬해줘, 칭찬해줘. 그런 소리가 들리는 듯했다. 제가 생각해도 만족스럽게 만든 듯 흐뭇한 미소를 그리는 단풍이었다. 주환은 그녀가 만들어놓은 맞은편 손잡이에 손을 올리며 대답했다.

"예. 훌륭하네요."

어쩜 이 여자는 머리도 좋지. 눈에 씐 콩깍지가 점점 더 강력하게 눈으로 달라붙는다. 처음 만났을 때 그저 단풍의 모든 것에 반해 버렸다면 시간이 갈수록 그녀의 행동, 말투, 성격들에 더욱 마음이 갔다. 하루하루 예감이 든다. 자신은 이 사람의 전부를 알 수는 없어도 전부를 사랑할 수 있을 것 같은 예감이.

20여 분의 시간 동안 짐을 들고 옮기는 일은 쉽지 않았다. 다행히 단풍의 체력이 나쁘지 않아 끈기 있게 짐을 옮겼고, 둘이 들어서 그런지 상자도 꽤 가벼웠다. 드디어 아파트가 보이기 시작하자 걸음이 조금 더 빨라졌다.

"집에 가면 일단 점심부터 먹어야겠어요."

"밥은 제가 하겠습니다."

"어, 괜찮은데. 저 밥은 할 줄 알아요."

"그럼 복실이 간식 좀 부탁합니다. 아까 고르셨던 것 같던데."

"아! 맞아요. 이제 좀 친해져볼까 해서 골랐는데 잘 먹을까요?"

단풍은 잘 마른 육포 간식을 떠올리며 물었다. 주환은 무심한 듯 되물었다.

"김 팀장님한테 물었습니까? 그 간식."

"아니요, 시간이 없어서 못 물어봤어요."

"복실이는 가리는 거 없이 다 잘 먹습니다. 굳이 안 물어봐도 될 겁니다."

다시 활짝. 아니, 활짝이랄 것도 없지만 아무튼 방긋.

아파트 건물 입구에 다다르자 웬 청년 한 명이 쭈그려 앉아 있는 게 보였다. 청바지에 스냅백을 거꾸로 쓰고 후드 티를 입은 모습이 어딜 봐도 대학생이었다. 아직 앳된 얼굴로 입에 담배를 문 그는 뻐끔뻐끔 연기를 뱉고 있었다.

그 모습에 단풍은 우뚝 멈춰 섰고 덩달아 함께 멈춘 주환이 그녀를 불렀다.

"홍단풍 씨?"

"홍단결."

그러나 돌아온 것은 낯선 이름이었다. 단번에 친인척일 것임을 예감하게 하는 이름. 그리고 곧.

"홍단결, 너 죽고 싶어!"

날카롭게 울려 퍼진 외침에 쭈그려 앉아 담배를 태우던 사내, 단결이 기겁하며 앞을 보았다. 단풍은 이름처럼 붉게 물든 얼굴로 이어서 소리쳤다.

"이 자식이 어디서 길거리에서 담배 질이야! 내가 담배 끊으라고 했지? 너 이리 와! 너 오늘 진짜 죽었어!"

외침과 동시에 손에 들었던 것들 죄다 놓고 앞으로 달리는 단풍을 막을 수 있는 건 없었다. 달려드는 누이에 도망갈 길 못 찾고 허둥거리는 단결에게 금방 도착한 단풍이 벼락처럼 소리를 쳤다.

"이 망할 놈이⋯⋯!"

말이 다 이어지기 전에 집 나갔던 이성이 돌아오지만 않았다면 아마 오랜만에 제대로 매타작이 이어졌을 거다.

"누, 누나."

하얗게 질린 단결의 더듬거림과 동시에 단풍은 머릿속으로 '망했다'를 연발하고 있었다. 그냥 그런 생각이 떠나지 않았다.

꼴깍 침을 삼키며 살그머니 화단에서 다리를 내린 그녀는 야차처럼 무시무시하게 변했던 얼굴을 가라앉혔다. 그리고 갑작스레 달라진 누나의 모습을 의아하게 여기며 슬금슬금 나오는 단결에게 말했다.

"맞기 싫으면 땅에 떨어진 네 똥 치워."

복화술처럼 입술만 겨우 달싹이며 말하자 단결은 제가 버린 담배 꽁초를 서둘러 주웠다. 그렇게 손 빠른 뒤처리가 이어지는 사이 단풍은 얼른 뒤를 돌았다. 망할 놈이 담배를 태우고 있다는 것에 분노해 던져버리고 온 물건들이 그제야 떠올랐기 때문이었다. 후회는 아무리 빨라도 늦다고 주환은 이미 물건들을 가지고 오는 중이었다.

"죄송해요. 동생 때문에 잠깐…… 많이 놀라셨죠."

짐을 나눠 들며 다시 박스의 한쪽 끈을 잡자 주환 역시 반대쪽 끈을 잡았다. 어찌어찌하여 겨우 처음의 상태로 돌아갔지만 안도보다 창피함만 들었다. 굳이 본모습을 숨기려고 했던 것은 아니나 함께 사는 입장에서, 같은 회사를 다니는 상황에서 이런 괴팍함을 보이는 것은 썩 반갑지 못한 짓이었다. 역시 단결은 눈곱만큼도 도움이 되지 않는다.

우물쭈물 눈을 피하는 단풍에게 주환은 아무렇지도 않게 말해 주었다.

"괜찮습니다. 저도 누나가 있으니까요. 많이 겪었던 일입니다."

"어머, 정말요?"

금방 활짝 핀 꽃처럼 밝아지는 단풍의 모습이 그를 설레게 만든다. 당연히 그랬던 적은 없다. 모든 일에 무관심하고 무뚝뚝한 주환과 달리 활기차고 통통 튀는 지현은 달라도 너무 많이 달랐다. 서로 엇갈릴 수도 없을뿐더러 오히려 주환이 훨씬 오빠 같았기에 트러블이 있어도 늘 지현의 패배로 끝이 났었다.

어쨌거나 첫날에도 그랬지만 활발하고 밝은 여자다. 뭐 하나 모자란 구석 하나 없이 완벽한 단풍이었다. 물론 지극히 개인적인 평가였지만 말이다.

딱히 놀란 것도, 당황하는 기색도 없는 주환의 모습에 단풍은 안도했다. '너 성격 괴팍한 것에 놀라지 않았다'가 좋아해도 될 것인지는 의문이었지만 그녀는 괜히 칭찬이라도 받은 것처럼 몸이 꼬였다. 이 모습을 보는 단결은 저절로 미간이 좁아지고 있었다. 저게 대체 뭐 하는 짓인가. 슬금슬금 다가간 그가 조심스레 단풍을 불렀다.

"저기 누나."

"근데 너 여기 무슨 일이야?"

단번에 변한 얼굴이 으르렁거린다. 왠지 억울해져서 똑 닮은 얼굴로 함께 으르렁거려 본다.

"아침에 전화했을 때 끊은 게 누군데. 진짜 확 안 와버리려다가 왔다."

"이게 말이라고. 너 담배 끊어, 끊으라고 했다."

바로 깨갱, 꼬리를 말아야 했지만.

"그런데…… 누구신지. 왜 같이."

살아야겠다는 의지 때문인지는 몰라도 단결은 주환에 대해 물었고 단풍은 다시 상냥한 얼굴이 되었다. 그러다 함께 잡고 있는 짐, 제 모습이 단결에게 어떻게 보일지 알게 되자 붕어 입이 되어 버렸다. 뻐끔뻐끔. 뭐라고 말해야 하지?

잠시 패닉에 빠졌던 그녀는 얼른 이유를 설명했다.

"아니, 그게 말이야. 나 때문에 이분이 손목을 다쳐서 말이지."

이유가 있었다. 단풍은 당당히 너털웃음 지으며 손을 뻗었고 단결은 필사적으로 어필했다.

"손목? 손목 다친 사람이 짐 들어도 되는 거야?"

어떻게든 일을 일단락시키기 위해 내뱉은 말은 생각보다 잘 먹히지 않았다. 어쩌다 보니 짐을 모두 들고 건장하게 선 주환과 그런 주환을 돌아본 단풍의 시선이 딱 마주쳤다.

그들은 잠시 침묵할 수밖에 없었다.

#9.

단결의 직격탄에 두 사람은 움찔거렸다. 그러고 보니 손목에 붕대를 감고 있는 사람이 너무 자연스럽게 짐을 들고 있었다. 단풍의 눈이 주환에게로 향했고 단결은 눈치를 보다 주제가 돌아간 사이 얼른 제 흔적을 정리했다. 물음표 가득한 의문들이 빼곡해질 때 주환의 입술이 열렸다.

"다친 건⋯⋯."

침묵 속에서 바람 한줄기가 불었다. 꼭 이 꼴이 우습다는 듯 비웃는 것처럼. 결단과도 같은 마음으로, 숨을 들이켠 그가 말을 이었다.

"손목이기 때문입니다."

그렇게 긴박한 순간에 나름 고심해서 나온 말은 어처구니도 굴러 도망갈 황당한 소리였다. 거짓말은 거짓말을 낳는다고, 이어지는 말도 황당하기 그지없었다.

"손목과 손이 힘을 쓰는 건 분명 다릅니다. 각기 다른 힘을 사용하기 때문에 손목을 쓰지 않아도 충분히 짐을 들 수 있습니다. 짐을 드는 건 손목을 움직이지 않으니까요."

"……."

"그래서 이 정도는 괜찮습니다."

궤변에 가까운, 아니 이미 궤변이나 다름없는 소리였다. 지나가던 의사가 들으면 사람의 인체에 대해 구구절절 이야기해줄 법한 말이었으나 닮은 듯 닮지 않은, 그러나 눈만큼은 똑 닮은 남매가 서로를 응시했다. 그리고 한 살이라도 더 먹은 누나를 향해 단결이 물었다.

"그런 거야?"

이어 한 살이라도 적은 동생을 위해 단풍이 대답했다.

"그런가 봐."

설마 이것이 먹힐 거라고는 생각하지 못했던 터라 주환은 당황스러움을 금치 못했다. 이 순수한 남매들이 새삼 걱정될 즈음 어찌되었든 변명이 먹혔음을 놓치지 않고 재빨리 다른 쪽으로 주제를 유인했다. 어떻게든 말꼬리를 바꿔야만 하는 우스운 상황이었다.

"옆에 사는 사람입니다."

정확한 연결고리는 없지만 충분히 서로 대화할 수 있는 주제였다. 갑자기 자기를 향한 대화 요청에 단결은 멍하니 있다 곧 배시시 웃어 보였다.

"아, 옆집 분이시구나."

이미 한 번 허술함을 보여준 단결이었다. 제 누나를 남자와 살게 한 장본인 중 한 사람으로 분명 어딘가 아주 많이 허술할 것이었고, 그건 틀린 예상이 아니었다.

"그런데 왜 같이?"

다시 원점으로 돌아간 질문에도 주환은 막힘없었다.

"짐이 무거워 보여 들어드렸습니다."

역시 거짓은 없었다. 단풍도 자꾸 세트로 묶는 단결의 대화가 좀 끊기길 바랐기에 열렬히 고개를 끄덕이고 있을 뿐이었다.

"동생분이 계시는 것 같은데 여기 그럼."

오래 끌수록 허술한 점이 드러나기 마련이었다. 적당한 곳에서 끊고 사라지는 것이 가장 좋을 것 같았기에 아쉽지만 일단 이 자리를 벗어나야 했다. 마치 정말로 짐만 들어다준 사람처럼 함께 잡은 끈의 한쪽을 단결에게 내밀었다. 얼결에 그것을 받은 단결의 손에 휴지까지 넘겨주었다.

꾸역꾸역 짐을 안게 된 단결이 자세를 잡는 동안 주환은 단풍에게 눈짓으로 말했다. 잠시 다른 곳에 가 있겠다, 라고. 그리고 그는 정말 미련 없이 몸을 돌려 가버렸다. 그렇게 멀뚱히 섰던 단풍은 잠시 멀어지는 그의 뒷모습을 보았다.

멀어진다, 멀어진다. 저렇게 보내는 것이 이 곤란한 상황에서 가장 좋은 방법이었다. 그러나 이미 단풍의 손은 제가 가진 짐들도 모두 동생에게 넘겨버리고 멀어져 가는 주환을 향해 달려 팔을 뻗었다.

"주환 씨, 잠깐만!"

급히 부른 통에 이름까지 불러버렸지만 단풍은 주환을 놓칠까 그의 옷자락까지 잡았다. 자신도 모르게 보인 다급함에 멀뚱히 눈을 뜬 그녀를 그는 부드러운 눈웃음과 함께 대답했다.

"예, 단풍 씨."

살이 마주 닿은 것도 아닌데 짜릿하고 기묘한 기류가 흐른 듯했다. 주환이 부르는 제 이름이 무척 부드러워서 꼭 부끄러운 말을 들은 것 같았다.

"제가 아까 고맙다고, 식사 대접한다고 했던 거 기억하시죠?"

뜬금없는 말이었다. 하지만 또 거짓말은 아니었다. 밥을 해준다는 게 또 식사 대접과 다른 말은 아니었으니까. 주환이 군이 저 때문에 피해를 보는 것이 마음에 걸려 보낼 수가 없었다. 아침도 라면으로 먹게 했건만.

"드시고 가세요. 요리 잘해요."

무슨 자신감을 부리는 것일까? 곧 자신감의 이유가 드러났다.

"……제 동생이."

옆으로 구르는 눈동자에 창피함이 묻어나고 있었다. 그러나 그것마저도 귀엽게 느껴지는 주환이었으니, 중증이라면 중증이었다.

"그럼 부탁드리겠습니다."

자연스럽게 동행이 결정되면서 주환은 다시 짐을 분배해 들고자 했다. 일단 단결이 있으니 큰 짐은 두고 휴지와 작은 박스를 양손에 들었다. 단풍은 단결과 함께 큰 박스의 양쪽 끈을 쥐었다.

"억!"

그러나 생각보다 훨씬 무거워진 상자에 팔이 쭉 길어지는 느낌이 들었다.

'이, 이게 이렇게 무거웠었나.'

분명 방금 전까지 주환과 들 땐 무겁단 생각이 들지 않았는데.

"좀 제대로 들어봐라, 누나."

단결의 핀잔에 양손으로 끈을 부여잡은 그녀는 당황스럽게 앞서가는 주환을 보았다.

어쩌다 보니 함께하게 된 식사였지만 정말로 완벽했다. 집으로 들어오자마자 복실이의 격한 반가움을 받는 주환을 잠시 의심스레 보던 단결이었지만.

'원래 여기 주인과 잘 아는 사이입니다.'

……라는 주환의 말에 쉬이 넘어갔다. 정말 여러모로 닮은 남매였다.

어쨌거나 단결은 사온 재료들이 아깝지 않게 완벽한 솜씨로 식사 준비를 했고, 간만에 집에서 밥다운 밥을 먹은 단풍은 평온한 주말에 마음까지 너그러워져 함께 설거지 중인 동생에게 처음으로 물었다.

"근데 너 왜 온 거야?"

괜히 울컥한 단결이 행주로 그릇을 닦다 잔뜩 토라진 목소리로 말을 이었다.

"엄마가 반찬 보내줬어. 그거 갖다 주려고 전화했는데 전화했더니 누나가 무시했잖아."

"아, 그랬나."

"아, 그랬나? 내가 진짜 아침에 얼마나 서러웠는데. 야간 알바하고 와서 겨우 전화했더니."

진심으로 섭섭한 듯한 얼굴에 단풍도 조금 미안해졌다. 뒤에 가방을 메고 있더니 거기에 반찬이 들어 있던 모양이다. 그러고 보니 아까 밥을 먹을 때 반찬이 유독 많았던 것도 같았다. 고생한 동생을 쥐 잡듯이 혼낸 게 조금 미안해져 단풍은 사과 비슷한 상냥한 말을 이었다.

"그러게 왜 아침부터 전화했어. 낮에 하면 되지."

"우리 누나 얼굴 보려고. 낮에 하면 집에 없을 수도 있잖아."

살랑살랑 꼬리 치는 귀여운 강아지 같다. 하지만 20년을 넘게 동생을 봐온 결과 저 얼굴에 비친 것은 그런 귀엽고 순수한 내용의 것이 아니었다. 이내 단풍의 눈이 가늘어졌다.

"……너, 혹시 여기 집주인 보려고."

"아, 뽀득뽀득해."

역시나. 한 대 쥐어박아줬으면 원이 없겠지만 여전히 집주인을 예쁜 누나로 알고 있는 동생이 가여워 봐주기로 했다. 이미 넌 이 집 주인을 보고 있어, 단결아.

"주소 그냥 엄마한테 알려드릴게."

티격태격 설거지를 마무리할 즈음 이어진 다소 곤란한 말이었다. 행주로 싱크대의 물기를 슬슬 닦으며 슬쩍 거실을 보았다. 일단은 손님이니 소파에 앉아 복실이와 함께 있는 주환이 보였다. 언제까지 이곳에 머물 수 있으려나. 어쩌다 보니 이곳 생활에 너무 익숙해진 것 같아 나가야 한다는 걸 잊고 있었다. 그녀는 고개를 저었다.

"그냥 계속 네가 받아줘. 어차피 3개월 뒤에 다시 옮길 건데, 뭐."

"그런가?"

두루뭉술하게 이야기를 마치고 나니 단결도 고집스럽게 묻진 않았다. 다만 무슨 일이 있을까 염려하듯이 단풍의 머리를 쓰다듬었다. 이따금 보이는 오빠 같은 모습에 괜히 코끝이 찡했다.

"알았어, 누나 생각대로 해."

"결아……."

"내 계좌는 알지? 그냥 창고 비용 정도로만 생각해."

"……."

"나 잠깐 화장실."

동생이란 정말 계륵과도 같은 존재랄까. 한없이 소중하고 귀하지만 어떨 땐 돈을 얹어서라도 다른 곳에 넘겨버리고 싶어진다. 화장실로 들어가는 단결을 두고 거실로 향한 단풍은 머쓱하게 입을 열었다.

"집에 오자마자 욕실 물건들부터 정리한 게 다행이네요."

혹시나 해서 집에 들어오자마자 욕실부터 들어가 남자가 쓰는 물건들을 치운 단풍이었다. 그래 봐야 치울 건 면도 크림이나 면도기가 전부였지만. 우스갯소리 늘어놓듯 작게 말을 하니 가만히 소파에 앉아 있던 주환의 고개가 들어 올려졌다. 여느 때보다 진지하고 깊은 눈매가 보였다.

"계속 있어요."

갑작스럽게 나온 말에 반문도 못하고 섰던 단풍은 당황하며 목언저리를 매만졌다. 그리 넓은 집이 아니라 나눈 대화를 모두 들은 모양이었다. 그녀의 손이 민망함에 꼼지락거렸다.

"들었어요?"

"본의 아니게 들었습니다."

살짝 고개를 끄덕이며 눈동자를 굴린 단풍이 어색하게 웃었다.

"너무 폐를 끼치는 것 같아서요."

"제가 불편합니까?"

확 꼬집어서 묻는 말에 그녀는 얼른 손을 저었다.

"아니요, 안 불편해요. 이건 정말이에요."

"그럼 저는 단풍 씨가 여기에 있어주면 고맙겠습니다."

"어…… 그러니까. 이렇게 갑자기 단결이가 찾아올 수도 있어요. 그럴 때마다 주환 씨가 피해를 보면 너무 죄송하니까요."

"다른 사람을 새로 구하는 것도, 다시 맞춰가는 것도 힘듭니다. 보시다시피 복실이가 낯을 많이 가려서 믿을 만한 사람도 필요하고 또 같은 회사 사람이니 서로 보증도 되는 것 같은데, 회사 때문이라면 어차피 3개월이니 조금만 참으면 됩니다. 지금까지의 생활이 나쁘지 않았다면…… 안 되겠습니까?"

청산유수로 쏟아지는 말에 눈을 깜빡였다. 남자와의 룸메이트 생활에서 가장 걱정하던 점, 그러니까 낯선 남자와 함께하는 것에 대한 위험성은 사실 없다고 봐도 무방했다. 지난 일주일간의 생활도 그랬고 같은 회사, 같은 부서라는 점에서도 확실히 믿음직한 신뢰감이 생겼다. 그러나 그건 그거, 이건 이거다. 당연히 고민 될 수밖에 없었다.

그런 그녀에게 그는 얼른 제게 미끄러져 오라는 듯 기름을 부었다.

"전 홍단풍 씨가 많이 필요합니다. 이보다 더 좋은 룸메이트를 찾는 건 어려울 것 같으니까요."

말을 마친 그는 자리에서 일어나 복실이를 개 껌과 함께 펜스 안에 넣었다. 그리고 다리를 굽히고 앉아 억울한 얼굴을 한 복실이를 미안하게 보며 머리를 정리했다.

아직 완전하지 못한 감정에 치우쳐 단풍의 머릿속까지 복잡하게 할 수는 없었다. 이미 확신에 가까운 것이라 해도 좀 더 완벽할 필요가 있었다. 만약 그녀가 당황해 이곳을 나간다면 감정들을 정리할 틈도 없이 엉망진창이 될지도 모르니까.

인내한다. 좀 더 확신의 순간을 찾기 위해서.

"그럼 먼저 나가보겠습니다."

"어디 가시려고요?"

"어디든요. 계속 있는 게 더 이상하니까요."

다시금 미안함이 고개를 들었다. 이런 주객전도가 없어 목과 귀가 화끈거렸다. 주환과 대화를 하면 이상하게 자꾸 말려 들어가는 기분이 든다. 내가, 내가 아닌 것이 되는 느낌이랄까? 얼굴이 살짝 달아오른 것 같아 고개를 숙이던 단풍의 눈에 붕대를 감고 있는 그의 손이 보였다. 그리고 낮게 웃다 말했다.

"붕대는 이제 푸셔도 돼요."

현관까지 갔던 주환이 딱딱하게 굳었다. 어느새 그에게까지 다가온 단풍은 아래로 내리깔았던 눈을 위로 추켜 뜨며 사르르 녹는 미소와 함께 말을 이었다.

"저 그렇게까지 순진하진 않아요."

심장에 무거운 망치가 떨어진 것 같았다. 잠깐의 미소에도 면역되지 못한 그는 당장이라도 그녀를 힘껏 끌어안아주고 싶었다.

사랑스럽다. 이건, 진실이었다.

"이유가 있으셨겠죠. 괜히 절 놀리시는 분이 아니라는 것쯤은 이미 잘 아는걸요, 강 과장님."

농담조로 이어진 말에 다른 게 아니더라도 얼른 집을 나서야 할 것 같았다. 그렇지 않으면 당장이라도 안아버릴 것 같았다. 간신히 한 걸음 떼 물러난 주환에게 단풍은 본의 아닌 마지막 카운터까지 날렸다.

"다녀오세요."

그는 흔들리는 손을 필사적으로 참았다. 이미 몇 번이고 안아봤던 몸이다. 얼마나 부드럽고 작고 따뜻한지 알기에 일분일초라도 빨리 이곳을 떠나야 했다.

"이따 뵙겠습니다."

안고 싶다. 안고 싶다. 끌어안고 가슴에 품을 수만 있다면 당장이라도……!

제대로 생각할 틈도 없이 가볍게 신발을 신은 주환은 황급히 집을 벗어났고, 때 맞춰 욕실에서 단결이 나왔다. 간단한 인사를 나눈 단풍은 이제야 부끄러워지는 제 뺨을 문질렀다. 지금의 말, 조금 닭살스럽고 오글거리며 묘하게 달콤했다.

괜스레 두근거리며 돌아서는 그녀에게 화장실에서 나온 단결이 비어 있는 거실과 주방에 고개를 갸웃거리며 물었다.

"그 형 어디 갔어?"

"……어, 갔어."

"왜 그렇게 안절부절못해, 뭐 숨긴 사람처럼."

보기 좋게 정곡을 찌른 단결은 가방을 챙겨 들었다.

"나도 가야겠다."

"왜, 저녁까지 먹고 가지."

"아르바이트 있어. 그리고 엄마한테는 우리 집으로 달라고 할게. 하기야 엄마도 룸메이트니, 뭐니 하면 괜히 걱정하시니까."

"그래 주면 고맙고……. 차비는 있어?"

"있어, 나오지 마. 근데 누나 옆집 사람 좀 긴장 타야겠더라."

운동화 뒤꿈치를 손으로 펴 발을 끼워 넣던 단결이 경고 아닌 경고를 건넸다.

"무슨 말이야?"

"손목이 다쳤는데 손을 쓸 수 있다는 게 말이나 되냐. 좀 이상한 사람 같아."

몸을 세운 그는 주머니에 손을 넣으며 어깨를 으쓱거렸고 단풍은 크게 놀랐다.

"너 진짜 속은 거 아니었어?"

단결의 얼굴이 심각하게 일그러졌다.

"누굴 바보로 아나."

"바보잖아."

"야! ……악! 아파!"

순간 욱한 단결의 뒤통수에 사정없이 손이 날아들었다.

"이게 죽을라고. 맞먹어? 어? 맞먹냐고."

싸늘하게 이어진 단풍의 눈은 조금 전 애니메이션 속 고양이처럼 초롱거리던 그 눈빛이 아니었다. 누나의 패기에 흠칫 놀란 단결은 괴롭고 비참하던 유년 시절을 떠올리다 울컥했다.

"하여간 진짜 깡패라니까. 아무튼 그거 다 작업이라고. 얼굴만 좀 반반해서 시골처녀 등쳐 먹는 그럼 놈들. 내가 남자라서 다 알…… 워워, 주먹 내려."

"맞기 전에 나갈래, 아니면 그냥 얌전히 나갈래."

꾸벅 허리까지 숙이는 것이 어지간히 질렸나 보다. 황급히 현관을 나선 단결은 문고리를 잡아 돌려 몸을 빼내며 속사포처럼 하고 싶은 모든 말을 퍼부었다. 이곳은 사정권이 아니라고 생각했기 때문이었다.

"어쨌건 내 말은 조심하라는 말이야! 친절하게 군다고 실실거리며 따라다니지 말고. 그게 아니라도 좀 정신 챙기고 다녀! 여자가 어떻게 남자랑 그렇게 실실대며 다니냐? 내가 지켜볼 거야. 알았어? 그리고 절대 이 집 예쁜 누나랑 그 형이 엮이지 않도록…… 악!"

결국 매를 번다. 퍽, 사나운 발길질이 단결의 엉덩이에 작렬했다. 결국 끝까지 매를 벌고 가는 동생을 향해 단풍은 불을 뿜듯 외쳤다.

"너 이 자식, 이리 와! 뭐? 시골처녀? 시골이 뭐! 뭐! 이 잡놈이!"

"악!"

무언가 굉장히 억울한 듯 몰아치는 단풍의 발길질과 주먹에 단결은 도망치듯 집 밖으로 나오는 수밖에 없었다.

씩씩, 괜히 부아가 치밀었다. 허리에 손을 올리고 금방 가빠진 숨에 아랫입술을 깨물다 머리를 뒤로 쓸어 넘겼다. 이어 콧방귀를 뀌며 받을 사람 없는 눈 흘김으로 감정을 대신했다. 얼굴이 연신 화끈거렸다.

실실대다니. 전혀 몰랐고 의식하지도 못했다. 그래도 말은 가려 하는 단결이 이렇게까지 말했다는 건 정말로 그랬던 것일 터다. 저도 모르게 웃어버렸던 걸까. 그리 생각하니 더 얼굴이 뜨거웠다.

"하여간 홍단결 오버는."

말은 그렇게 하면서도 조금은 가슴이 일렁거리는 것을 모르는 척 고개를 돌렸다.

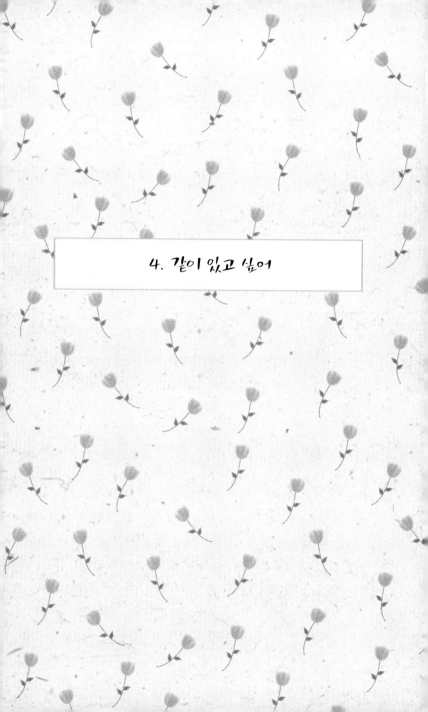

4. 같이 있고 싶어

#10.

부동산사이트의 매물들을 태블릿PC 액정에 올려두고 멍하니 앉아 손가락으로 책상만 두드린다. 따닥, 따닥. 그렇게 의미 없이 한참을 액정만 보다 결국 PC를 침대 옆으로 던져버리고 침대에 벌러덩 누워 천장을 바라보았다.

'전 홍단풍 씨가 많이 필요합니다.'

이미 단결이 다녀가고 며칠이나 지났지만 토씨 하나 틀림없이 생생하게 기억나는 말에 가슴에 턱 손을 올리고 눈을 감았다. 뒤에 바로 이어서 '룸메이트'라는 단어를 껴 넣었음에도 불구하고 심장 엔 불규칙적인 운율이 느껴지고 있었다.

"……너무 오래 연애를 쉬었나 봐."

그래 봐야 제대로 된 연애 한 번 해봤는지도 모르겠지만 별다른 면역이 없으니 이렇게까지 가슴이 콩닥거리는 걸 터다. 가슴에 올렸던 손을 내리고 아예 대자로 누워 입술만 잘근잘근 씹어보았다. 마음이 심심하다며 달리기를 하는 기분이 든다. 곧 숨이 가빠질 걸 알면서도 뛰듯이.

그때, 마라톤의 전조를 알 리 없는 노크 소리가 단풍의 상념을 깨트렸다. 똑똑.

"단풍 씨, 혹시 아직 자는 겁니까?"

이제는 익숙해져 버린 주환의 목소리에 벌떡 상체를 세운 그녀는 보이지도 않을 것인데도 황급히 머리를 정리하며 외쳤다.

"아, 아니요! 지금 나가요!"

아예 침대에서 일어난 단풍은 시계를 한번 보고 깜짝 놀랐다. 아침에 일어나 주환이 욕실 쓰는 시간에 맞춰 틀어놨던 컴퓨터를 넋 놓고 보고 있었더니 시간 가는 줄도 몰랐다. 엉겁결에 문까지 열고 나자 노크를 했던 자세로 선 그가 약간 놀란 눈으로 그녀를 보고 있었다. 새삼스럽지만 민낯을 보여주는 게 조금 부끄러운 것 같아 눈동자를 굴리다 꾸벅 인사했다.

"안녕히 주무셨어요?"

담백한 인사에 그제야 손을 내린 주환 역시 살짝 묵례를 했다.

"잘 잤습니까?"

분명 듣기 좋은 미성도, 대단히 감미로운 것도 아닌 평범하고 또 조금은 무뚝뚝한 목소리였음에도 한없이 가슴으로 파고든다. 다소 정신없었던 단풍의 머리까지 정리되듯이.

단풍은 촉촉해지는 심장을 느끼며 고개를 끄덕였다.

서로에게 맞춰간다는 것은 제법 신기하고 이상한 일이다. 아주 오랫동안 살아온 가족이 아닌 완벽한 타인과의 생활에 나 스스로가 맞춰지고 상대방 또한 맞춰진다는 것에서 설명하기 어려운 희열이 있었다.

　예를 들자면, 괜히 시간 맞춰 일어나지 않아도 각자 욕실 사용할 시간을 알았고 매일 아침마다 제 방문 앞에 놓인 뜨끈뜨끈한 복실이의 인사를 보지 않아도 치울 정도가 되었다. 물론 복실이는 여전히 단풍을 마음에 들어 하지 않는 것 같지만.

　당연하게 놓인 남자의 물건에 눈이 익어간다. 구두, 재킷, 면도크림 같은 것들. 소소하지만 생필품들의 곁에 제 물건을 놓고 같은 비누를 쓰는 것들이 당연하게만 느껴졌고 그건 곧 익숙함을 뜻했다.

　이 좁은 욕실에조차 두 사람의 흔적이 가득했다. 처음엔 물건을 제법 나눠서 사용했는데 협소한 공간을 위해 하나둘씩 공용으로 사용하면서 칫솔이나 샤워 타월을 제외하곤 대부분 함께 쓰는 것 같았다. 하물며 수건까지도, 언제 이렇게 함께 사용하는 것들이 늘었을까. 인지하지 못하는 사이 언제부턴가 의식할 틈도 없이 자연스럽게.

　예전에 그가 했던 말처럼 차근차근 익숙해지는 자신을 깨닫는다. 몇 번째인지 모를 한숨을 쉬며 치약을 들어올렸다.

　어째 아침 내내 복잡하기만 한 머릿속을 비우기 위해 단풍은 지난 시간 동안 늘어난 제 용품들 중 하나인 토스트기를 작동시켰다.

　식탁 위의 토스트기에 빵 2개를 찔러 넣고 옷을 챙겨 입은 뒤 나오자 딱 알맞게 식빵 두 쪽이 튀어나와 있었다. 하나에는 잼을 바르고 하나에는 땅콩버터를 바른 뒤 반으로 덮다 냄새를 한번 맡고 한탄했다.

"하, 이 맛있는 걸 못 먹게 되다니."

없어서 못 먹는 것까진 아니라도 다른 음식보다 좋아하는 주전부리가 땅콩이었다. 그런 것을 못 먹게 되다니 괜히 더 한입 맛보고 싶어 아쉽다. 주환의 몫으로 버터 바른 식빵을 두고 잼 바른 빵을 입에 물며 한참을 노려보고 있으니 막 방에서 나오던 주환이 다가와 물었다.

"뭐 문제라도."

옆에서 들린 말에 단풍이 고개를 저었다. 그리고 아직 뚜껑 열린 땅콩버터 입구에 코를 대고 킁킁대다 내려놓고 팔뚝을 긁었다. 먹은 게 아니라 문제는 없는 것 같은데 이상하게 간지러운 느낌이 났다. 그런 그녀의 행동을 주환은 어렵지 않게 유추했다.

"땅콩버터 못 먹습니까?"

"네, 갑자기 알레르기가 생겼거든요."

놀란 듯 커진 주환의 눈에 단풍이 머리를 긁적였다.

"지난번에 직접 계약하러 오지 못한 게 알레르기 때문에 병원에 입원해서였어요. 원래 없었는데 갑자기 생길 수도 있다고 그러더라고요."

대수롭지 않게 농담처럼 말을 잇는 그녀였지만 그것을 들은 그는 마치 땅콩이 대단히 몹쓸 음식이라도 된 것처럼 차갑게 뚜껑을 닫아버리고 옆으로 밀어버렸다. 그리고 꽤 심각하게 그녀를 살폈다.

"병원에 입원했을 정도면 위험했던 거 아닙니까. 그렇게 함부로 코를 대거나 하면 큰일 납니다. 지금은 괜찮습니까?"

"아, 예. 그렇게 심한 편은 아니라고 했어요. ……비교적."

일단 쇼크를 일으켜 뒤로 넘어간 건 아니었으니 엄청 심한 건 아니었다. 물론 편의점 빵에 땅콩 함량이 적어서 그랬다고는 하지만. 그러나 주환은 냉정하게 땅콩버터를 아예 치워 음식물 쓰레기통 옆에 두곤 단호히 말했다.

"근처에도 가지 말아요."

그 기세가 어찌나 센지 단풍의 고개가 열심히 끄덕여졌다. 만족한다는 듯 그가 버터 바른 빵을 가져가며 말을 이었다.

"잘 먹겠습니다."

"네, 오늘도 수고하세요."

어차피 회사에서 다시 만날 사이치고는 꽤나 정겨운 인사였다.

출근하자마자 시작된 주된 회의 내용은 곧 신설될 뉘리테일 부서에 관련한 것이었다. 본사와 해외 지사 동시에 진행되는 사안이라 부장급이 참여할 정도로 중요하게 다뤄졌고 본격적으로 채용문제가 가시화되었다.

이 회의는 단풍이 오기 전부터 진행되던 일이기에 얌전히 앉아다이어리만 빽빽하게 채워갔다. 그래 봐야 반은 못 알아들을 말이라 뒤에 주석처럼 물음표를 그리고 있었지만 약간은 흥분도 되었다.

사실 직원 채용은 단풍으로서도 처음이었다. 입사하고 1년, 연차가안 되어 면접이나 채용에 관여할 수 없었다. 집중하며 펜을 움직이는사이 회의는 끝으로 다다랐고 한 부장은 테이블을 치며 말했다.

"이번엔 보통 새 식구라고 생각하면 안 돼. 경력직 채용은 엄청골 때리는 거 알지. 어지간한 마인드로 나섰다가는 지뢰 밟는다. 그러니까 시간 없다고 서두르지 말고 차근차근 하란 말이야. 될 수있으면 팀 제대로 나눠서 진행하고. 아무튼 김 팀장도 이번엔 강주환 과장 잘 도와줘."

강주환이라는 이름에 저절로 시선이 앞쪽으로 향했다. 그는 회의에 집중한 듯 참고 서류를 보고 있다 제 이름에 고개를 들었다. 단풍의 눈이 깜빡여졌다.

쌍꺼풀 없이 깊은 눈매, 반듯한 콧날, 성격이 보이는 입술 라인. 군살 없이 선이 그려진 턱이나 하얀 와이셔츠에 남색 넥타이가 잘 어울리는 어깨까지 하나하나 눈에 들어온다.

늘 함께 있어서 자꾸 잊고 있지만 일을 하는 주환은 묘하게 가슴을 뜨겁게 하는 것이 있다. 저도 모르게 정신없이 그를 보다 이어진 성준의 목소리에 번쩍 정신이 들었다. 어쩐지 부끄러워졌다.

"예, 알겠습니다."

그가 망설임 없이 대답을 하자 만족한다는 듯 한 부장이 웃었고 곧 회의가 마무리되었다. 빼곡하게 찬 회의 안건 때문에 다이어리 정리를 해야 할 것 같아 한숨을 쉬는데 언제 옆으로 왔는지 성준이 물음표 5개쯤 매달고 있는 곳을 가리키며 말했다.

"굳이 경력자 채용을 하는 건 다른 때는 몰라도 지금 상황에선 인원이 아주 많이 필요치 않기 때문입니다. 10명이 필요하면 5명 정도는 채용을 하고, 5명은 본사에서 발령이 날 예정인데 신설 부서는 모두가 신입이나 다름없으니까 기본부터 가르치고 봐주고 할 겨를이 없거든. 그래서 일부러 경력자 채용을 하는 겁니다."

상냥한 말투로 차분하게 설명을 하니 귀에 쏙 들어오는 내용들이었다. 아, 하고 얼른 밑에 사족을 단 단풍은 몇 줄 밑에 써진 것에 대해서도 물었다.

"해외 지사 쪽에 같이 만든 건 아무래도 그쪽 업무를 보기 위해

선 거죠?"

"그렇죠. 뭐, 그쪽 업무야 우리가 신경 쓸 일은 아니지만 부서 이동을 원하는 사람들이 꽤 있을 겁니다. 아마 우리 쪽 상관도 한두 분쯤 가긴 간 것 같은데 단풍 씨 관심 있어요?"

"아니요. 팀은 채용 관련인데 보통 업무는 근태관리만 해요. 면접 같은 건 단순히 보조만 했었는데 이렇게 직접 회의 듣는 건 처음이에요."

"아하, 그래서 이렇게 신 나 보이는구나."

눈웃음을 활짝 그리며 제 입가를 만지는 성준의 말에 단풍은 살짝 창피해졌다. 그렇게 티가 난 건가, 싶어서 머쓱하게 웃던 그녀는 어느새 사람들이 거의 다 나간 회의실에 얼른 고개를 숙였다.

"그럼 나가보겠습니다."

"그런데 나 위로 안 해줘요?"

다른 사람에겐 들리지 않을 작은 목소리로 그가 말했다. 뜬금없는 소리에 고개를 갸웃거리는 사이 회의실엔 그들만 남았고 성준은 테이블에 걸터앉으며 말을 이었다.

"한배에서 나온 사람끼리 너무하네. 이래 봬도 팀장인데 과장일 돕게 생겼잖아요."

"······아."

"나한테 너무 관심이 없다. 여기선 좀 같이 기분 나빠 해줘도 괜찮은데. 아까 봤어요? 강 과장이 나 내려다보던 거. 솔직히 그건 좀 기분 별로였거든."

조금 난감해진 단풍은 품에 안은 다이어리를 만지작거렸다. 주환이 그럴 사람이 아니라고 말하고 싶었으나 괜히 나섰다가 성준이 부하 직원인 그를 해코지하지 않을까, 하는 말 그대로 괜한 걱정이었다. 그래서인지 그녀는 저도 모르게 대꾸를 하고 있었다.

"그게 아무래도 우리는 여기 온 지 얼마 되지 않았고, 본래 이어지던 프로젝트였으니까…… 팀장님의 마음은 충분히 이해하지만 조금 더 너그러운 마음으로……."

"우리?"

횡설수설하는 단풍의 말에 성준이 눈을 맞추며 웃었다.

"괜찮네, 단풍 씨가 해주는 '우리'라는 말. 역시 한배에서 타고났어요, 그렇죠?"

가장 먼저 든 생각은 난감함이었다. 단순히 했던 말에 의미부여가 되는 것은 순식간이었고 단풍은 곤란함에 어쩔 줄 몰랐다. 그 모습조차 성준은 재미있다는 듯이 웃으며 테이블에서 내려와 말을 이었다.

"다음 주쯤 시간 내줘요. 시간 잡혔으니까."

겨우 화제가 돌아가 안도감이 들었다. 아마 지난번에 말했던 지사 식구들과의 환송회 때문인 듯했고 그녀는 얼른 고개를 끄덕였다.

"네, 팀장님."

"아 참, 그리고 좀 급하게 올라온 경향이 있어서 제대로 짐을 못 챙겨왔거든요. 사실 양복 두 벌이 전부라 한 벌 맞춰야 하는데 내가 눈썰미가 좀 없어요. 그래서 조만간 단풍 씨가 좀 봐줬으면 좋겠는데. 겸사겸사 밥도 좀 사주고 싶고."

"예?"

뜻밖의 말에 반문한 단풍에게 살짝 다가온 성준은 부드러운 미소를 그렸다. 누가 봐도 호감을 가질 법한 아주 다정한 미소였다.

"단풍 씨."

이렇게까지 가까운 사이였던가, 잠시 의문이 들었다. 조금 더 가까이 다가온 그는 몸을 살짝 내리며 말을 이었다.

"그냥 가볍게 생각해요, 좋은 사람이랑 같이 좀 어울리고 싶은 거니까. 말하자면 친구 같은 거예요."

얼른 뒤로 한 걸음 물러선 단풍이 어색하게 웃으며 눈동자를 돌렸다.

"아…… 그러니까, 그게 그날은 아무래도 제가 다른 일이 있을 것 같아서요."

거의 반사적으로 거절하자 낮게 웃은 성준이 되물었다.

"내가 왜 굳이 단풍 씨에게만 본사 시험을 치르라고 말했는지 모르겠어요?"

모르겠다.

'그런 걸 왜 나한테 물어. 알 리가 없잖아.'

차마 하지 못한 말을 입에 담고 그녀는 슬그머니 다시 고개를 돌리며 너털웃음을 뱉었다. 민망함의 끝을 달리는 웃음에 다행히 그가 한발 물러났다.

"알겠습니다. 부담스러울 거라는 걸 신경 못 썼네요."

"……"

"그럼 이렇게 하죠. 이번 주에 바로 내려가는 걸로. 설마 이것까진 거절하지 않겠죠? 내려가는 건 우리 약속했으니까."

거절할 수 있는 명분이 사라졌다. 곤란하다고, 이러지 말아달라고 하는 게 맞았지만 무작정 거절하기가 더욱 곤란했다. 다른 것을 모두 떠나 팀장과 사원의 사이였다. 만약 성준과의 관계가 잘못 틀어졌다간 회사 생활이 뒤틀릴지도 몰랐다. 물론 그런 치졸한 사람이 아니라는 건 알아도 사람 일은 모르는 법이니까.

다시 그를 올려다보았다. 대답을 기다리며 얌전히 선 성준에 마음이 답답해졌다. 꼭 이러면 안 될 것 같다는 느낌이었지만 결국 대답할 수밖에 없었다.

"예, 팀장님."

대답하기가 무섭게 노크 소리가 들려왔다. 두 사람의 고개가 동시에 소리가 난 쪽으로 향했고 거기엔 썩 유쾌하지 못한 표정의 주환이 서 있었다.

두근.

'어?'

한없이 고요하던 심장에 파문이 일었다. 돌 하나, 추 하나 던지지 않았음에도 불구하고.

주환은 성준에게 묵례를 하고 단풍에게 말했다.

"홍단풍 씨, 잠깐 얘기 좀 할 수 있습니까?"

별거 아닐 수도 있는 제 이름 하나에 귓불이 뜨거워지는 느낌이 들었다. 저도 모르게 눈만 깜빡이다 서둘러 성준에게 인사했다.

"이만 실례하겠습니다."

그러며 자연스레 주환의 팔을 잡고 밖으로 이끌었다. 그 이끎에 마음이 풀린 주환은 부드럽게 미소를 지으며 따랐다. 홀로 남은 성준은 나란히 나서는 두 사람의 얼굴에 고개를 갸웃거렸다. 연결고리가 그다지 없을 그들인데 서로에게 지나치게 익숙하고 편해 보였다. 언제 저렇게 친해졌더라?

"뭐야."

황당한 듯 중얼거리는 성준의 목소리엔 미묘한 위화감이 담겨 있었다.

"많이 친합니까?"

불쑥 나온 말에 자판기에서 음료수를 꺼내던 단풍이 멈칫했다. 그리고 커피를 마시는 주환을 보다 마저 음료수를 꺼내고 마개를 딴 후 한 모금 넘겼다. 단순히 그와 친하냐 묻는다면 다른 사람보다는 친한 게 맞다. 고개를 끄덕이며 수긍하던 그녀는 왜인지 조금 더 솔직해지기로 했다. 다른 사람도 아니고 주환이었으니까. 그리고 같은 집에 사는 룸메이트니까.

"아주 모르는 사이는 아니었어요. 그냥 워낙 성격 좋으시니까 사무실 사람들이랑 대부분 다 친하게 지냈다고 저번에 말씀드렸죠?"

그러면서 이상하게 주환의 눈치를 봤다. 눈을 몇 번 깜빡이다 배시시 한번 웃곤 다시 음료수를 마셨다. 뭔가 말 맺음이 부족했나 싶어 본의 아니게 한 번 더 강조를 했다.

"친했어요."

사실 그렇게까지 친하진 않았지만 여러 사람과 두루두루 친했다는 것을 알리고 싶은 욕심이었다.

"기분이 좋진 않습니다."

"네?"

"전 그렇게 성격이 좋은 편이 아니니까요."

눈이 반복적으로 깜빡여졌다. 당황스러웠다. 기분 나쁜 당황스러움이 아니라, 주체 못할 만큼 가슴이 콩닥거렸다. 쥐고 있던 커피를 쓰레기통에 버리고 다가온 주환은 딱 한 걸음 밖에 서서 그녀와 눈을 마주쳤다. 조금 전 성준과도 비슷한 상황이 있었으나 그때완 완전히 달랐다. 단풍의 얼굴로 열이 올랐다.

"제 마음대로 여기선 제가 단풍 씨와 가장 친하다고 생각했던 것 같습니다."

"친, 친합니다. 분명 팀장님과도 친하지만, 그거랑 주환 씨는 달라요!"

"어떻게 다릅니까?"

"다르죠, 사람이 다른걸요. 그리고 지내는 환경도 다르고, 또."

"사람이 다르단 건 뭡니까."

또 말이 막혔다. 과장 호칭을 떼고 이름을 불렀다는 것에 당혹할 겨를도 없었다.

사람이 다르단 건 뭐냐고? 그거야, 당연히!

"과장님이 더 잘생겼어요!"

"……"

눈을 부릅뜨며 이것이 곧 혁명이다 외치는 혁명가처럼 강단 있게 외치고 나니 이루 말할 수 없는 민망함과 낯 뜨거움이 몰려왔다. 차라리 제발 비웃어주기라도 하라며 얼얼하게 붉어진 얼굴을 아래로 숙일 때 주환의 말이 가까이에서 들려왔다.

"잘 알았습니다. 고맙습니다."

귓가에 퍼진 목소리에 덜컹 가슴이 내려앉았다. 화가 난 것 같기도 하고 평소와 같은 것 같기도 했다. 그래서 더욱 머리가 어지러웠다. 휴게실을 나서는 주환을 보며 단풍은 깃털로 간질이듯 간지러운 귀를 마구 문질렀다. 이명처럼 들리는 그의 목소리에 홀린 기분이 들었다.

#11.

화창한 주말, 식탁 앞에 앉아 가볍게 아침을 마칠 무렵 주환의 심기는 아주 많이 불편해져 있었다. 이유는 딱 하나, 식사를 하며 나온 단풍의 말 때문이었다.

"……해서 예전 사무실 식구들이랑 만나기로 했거든요. 그리고 내려간 김에 부모님 집에서 하룻밤은 자고 와야 할 것 같아서요."

어쨌거나 한집에서 사는 사람에게 주말 부재의 이유 정도는 알려야 할 것 같았다. 그런데 말하고 나니 이유 없이 눈치가 보인다.

"그래요."

나지막한 대답을 하고 커피를 마시며 복실이의 코를 건드리는 그의 모습에 가슴이 살짝 답답해졌다. 별다를 거 없는 대답에 어쩐지 괜한 감정 소비를 하고 있는 기분이 들었다. 단풍은 빵을 마저 씹어 목구멍으로 밀어 넣었다.

식사를 마치고 욕실 앞에 서서 이를 닦으며 거울 앞에 선 단풍은 스멀스멀 올라오는 자신의 흑 역사에 순간 얼굴을 가렸다. 그리고 벅벅 문지르며 며칠 전의 일을 상기시켰다. 화르륵. 기똥차게 귓불부터 빨갛게 익어간다.

"거기서 잘생겼다가 왜 나와, 이 멍청아!"

어째서 자신은 그런 말도 안 되는 센스를 가진 걸까. 왜 골라도 그런 말을 골라 쓴 건지 모르겠다. 무난하게 넘어간 주환의 미소가 조금은 황당해하는 것 같아 더욱 그랬다. 누가 들어도 얼굴만 보는 여자로 낙인찍힐 만한 답변이었다.

얼굴을 문질러서인지, 다시 찾아온 부끄러움 덕분인지 몰라도 벌겋게 오른 낯으로 한숨을 쉰 그녀는 다시 칫솔질을 이어나갔다.

"멍청이, 멍청이."

끝나지 않는 자책을 뒤로한 채 입안을 헹구던 단풍의 눈에 그의 칫솔이 보였다. 나란히 선 2개의 물 컵과 그 안에 담긴 칫솔. 칫솔을 씻어 제 컵 안에 놓고 나니 어느새 익숙해진 2개의 칫솔이 새삼 눈에 들어왔다. 바로 옆 면도기까지. 일회용이지만 대체로 하나로 일주일 정도를 쓰는 듯했고 지금 놓인 그것도 수명이 하루쯤 남은 녀석이었다.

"……."

그의 턱을 잡고 크림을 묻히고 사악, 사악 날이 스치는 소리를 들으며 대신 면도를 해줬던 게 자연스레 떠올랐다. 잘생긴 턱, 그 놈의 잘. 생. 긴. 얼굴을 스치던 바로 그 면도기다.

"……그래도 잘생긴 건 맞잖아."

오밀조밀 잘 빚어진 듯 수려한 용모에 건장하고 다부진 체격.

단결보다 좀 더 큰 키까지 더하자면 흔히 볼 수 있는 스타일은 아니었다.

"맨날 하는 거겠지."

면도기를 눈앞으로 올리다 꽤 무뎌진 날이 보이니 잠시 호기심이 생겼다. 단풍은 충동적으로 주환의 면도를 손에 쥐고 거울에 바싹 붙어 살그머니 뺨에 가져다 댔다. 그리고 아무 생각 없이 길게 아래로 그었다. 사악, 솜털이 잘려나가는 소리가 들렸다. 묘한 중독성이 있는 느낌이었다.

칼날이 주는 이상한 느낌. 주환의 뺨에서도 났을 소리. 꼭 그의 뺨에 제 뺨을 대고 있는 기분. 순간 심장이 심하게 요동쳤고 등골이 오싹한 감각에 서둘러 떼어냈다.

"아!"

잠깐의 딴생각이 불러일으킨 흔적이 단풍의 뺨에 상처로 나타났다. 실금처럼 쭉 흐른 붉은 피에 얼른 면도기를 닦고 핏자국을 닦았다. 상처가 따끔거리는 것이 부끄러운 짓을 했다고 혼을 내는 것 같아 민망하기 그지없었다. 다행히 큰 상처는 아니었는지 상처도 잘 보이지 않았다. 피 역시 더는 나지 않는 듯해 안도하며 어깨를 축 늘어뜨리던 단풍은 제가 생각해도 어이없는 자신에 욕실 안에서 난리 브루스를 쳤다.

수건에 얼굴을 파묻고 '홍단풍 이 멍청아!'를 한 10번쯤 외친 후 욕실에서 나오자 거실에 앉아 있던 주환이 차 키를 들어 올리며 일어섰다.

"태워다드리겠습니다."

욕실에서 부끄러운 짓을 해댄 단풍은 눈도 마주치지 못하고 손을 휘저었다.

"아니에요. 여기서 회사까지 가야 해서 꽤 오래 걸릴 거예요."

"괜찮습니다. 바로 출발하는 거면 나가죠."

"정말로 괜찮은데."

"제가 신경 쓰여서 그렇습니다."

아리송한 기분이 더욱 강해졌다. 가장 중요한 것은 그의 그런 말에 자꾸 반응하는 자신이었다. 단풍이 어색하게 웃으며 고개를 저었다.

"아니에요. 그렇게까지 피해를 끼칠 수는 없죠."

"괜찮습니다."

"불편해서 그래요. 죄송하기도 하고요. 그러니까 너무 신경 쓰지 않으셔도 돼요."

정신 차리자, 홍단풍. 친절과 배려를 오해하지 말자. 저 사람은 원래 저렇게 착한 사람이니까.

그렇게 생각하고 나니 조금 더 편하게 행동할 수 있게 된 듯했다. 그래 봐야 크게 달라질 건 없지만. 어찌 되었든 피해를 주고 싶지 않다는 생각에 거듭 거절하며 현관으로 향할 때 주환이 단풍의 팔을 잡았다.

잡힌 팔에 소리를 내기도 전에 훅 앞으로 다가온 그의 다른 손이 그녀의 뺨을 감쌌다. 그리고 당황스러움을 느끼기가 무색하게 가까이 와 손으로 단풍의 뺨을 쓸었다. 어떤 말도 하기 버거운 잠깐의 적막함을 깨고 주환이 입을 열었다.

"다쳤습니까?"

그제야 따끔거리는 볼이 느껴졌다. 아마 너무 놀라서 제 몸에서 일어난 일도 제대로 느끼지 못한 것 같았다. 뺨에서 피가 나는 것을 알고 나자 창피함이 빠르게 몰려왔다. 욕실에서 그의 면도기를 가지고 했던 철없는 행동을 들킨 기분이 들어 저도 모르게 몸을 뒤로 뺐고 그 바람에 주환 역시 이끌려왔다.

일부러 만들어낸 상황은 아니었지만 그래서 더 민망해졌다. 허둥거리는 단풍을 잡느라 남은 팔마저 잡던 주환이 뒤로 빠지는 그녀를 따르고 결국 단풍의 등이 벽에 다다랐을 때 두 사람은 제법 많이 가까웠다. 등을 벽에 대고 두 팔이 잡혀 있는 모양새가 꼭 어디 드라마에서 나올 법한 포즈라 단풍은 차마 눈을 마주칠 수가 없었다.

"우와, 와, 어…… 죄송해요."

바보 같은 소리를 내며 고개를 숙였다. 자연스레 주환의 가슴이 보였고 왜인지 잡은 팔을 놓아주지 않아 움직이기가 어려웠다. 놓아달라고 해야 하는데 말이 잘 나오지 않았고 머뭇거리는 사이 주환이 말했다.

"타고 가요. 먼저 내려가 있겠습니다."

"……네."

어찌어찌 대답은 했지만 자꾸 마음 언저리가 욱신거렸다. 주환은 살짝 묵례를 하고 밖으로 나섰다. 후다닥 달려온 복실이가 문이 닫히기 전 파다닥 발을 움직였다. 어디 가느냐는 뜻인 것처럼 폴짝폴짝, 빙글빙글 돌았고 주환은 복실이를 안으며 머리를 쓰다듬었다. 한없이 상냥해 보이는 모습에 단풍은 다시 슬금슬금 욕실로 들어갔다. 그리고 거울 속에 비친 자신을 향해 삿대질했다.

"잘 들어. 넌 지금 개만도 못한 취급을 당하고 있는 거야. 그런데 뭘 그렇게 혼자 아둥바둥거려? 그래, 홍단풍. 넌 지금 헷갈리는 거야. 정신 차려, 정신! 세상에 잘생긴 게 다가 아니야!"

스스로를 향해 일침을 퍼붓자 그나마 좀 나아지는 듯했다. 있는지 없는지 몰랐던 몸 안의 연애세포가 꿈틀거리기 시작한 모양이다. 간신히 지펴지다 만 세포가 툴툴거리며 주인을 욕한다. 그럼에도 그녀는 딱히 변명거리를 찾지 못하고 돌아서고 말았다.

나름의 정신수양을 하고 밑으로 내려가자 이미 아파트 앞에 차를 대기시켜 놓은 주환이 밖으로 나선 단풍에게 손짓했다. 최대한 멀쩡한 표정으로 다가가자 그가 무언가를 내밀었다.

"어, 이거."

"간단한 상처라도 쉽게 보면 안 됩니다. 면도날은 그리 깨끗하지 못하니까요."

주환이 건넨 것은 방금 사온 것이 분명한 연고와 반창고였다. 먼저 내려와 이것을 사다 준 것인가, 하는 고마움에 금방 마음이 뭉클해진 순간 등줄기가 오싹해졌다. 자신은 이 상처가 면도기에 난 것이라고 말한 적이 없었다.

"어떻게……?"

멍하니 고개를 들어 주환을 보자 그는 언제부터였는지 웃고 있었다. 크게 웃는 것도 아니고 눈이 살짝 휠 정도로 꽤 예쁘게. 이내 조수석 문을 열어주는 주환에 단풍은 허둥지둥 차 안에 올라탔다. 그리고 두 손에 얼굴을 묻었다.

졸지에 면도하는 여자가 된 건가. 머릿속이 새하얗게 변했다. 젠장, 요조숙녀로 보이기엔 이미 글러버린 것 같다.

본의 아니게 침묵 속에 달린 차는 머지않아 목적지를 코앞에 두며 코너를 돌았다. 대충 어느 지점에서 내릴 생각으로 안전벨트를 푼 단풍은 민망함에 열지 못했던 목을 겨우 열며 말했다.

"저기, 저쪽 횡단보도 앞에서 내려주세요."

그러나 차는 속도를 줄이지 않고 계속 달렸다.

"아직 도착 안 했습니다."

"벌써 회사 건물이 보이기 시작하는걸요."

"보이긴 해도 도착은 아닙니다."

"하지만 더 가면 팀장님이 기다리고 계실 텐데요?"

그는 더 말을 잇지 않았다. 대신 빠르게 가까워지는 회사건물을 향해 달릴 뿐.

그렇게 달린 덕분에 세 사람이 마주치는 것은 당연한 일이었다. 함께 차를 타고 온 단풍조차 눈동자 속에 물음표를 매달고 있었고, 회사 앞에서 그녀를 기다리던 성준도 주환의 차에서 내리는 단풍을 보고 황당하다는 듯이 볼 수밖에 없었다.

어쩌다 보니 두 남자 사이에 껴 눈만 깜빡이며 어색한 웃음을 짓는 단풍이었으나 마주한 사내들은 서로를 보며 묘한 불꽃을 튕기고 있었다. 이런 상황을 예상한 적 없던 단풍은 빠르게 머리를 정리했다. 뭐라고 말을 하지, 어떤 말을 해야 하지. 그러다 겨우 재미없는 변명을 입에 담았다.

"사실 여기 역 앞에서 우연히……."

"단풍 씨, 잘 부탁드립니다."

먼저 선수를 친 주환이 폭탄 같은 말을 꺼내지만 않았다면 말이다. 언제부턴가 붕어 입 만들기에 선수가 된 단풍은 뻐끔뻐끔 말을 잇지 못했고 기가 막힌 듯 두 사람을 보던 성준이 믿기지 않는 듯이 물었다.

"두 사람, 뭐 개인적으로 인연이 있는 겁니까?"

다소 무례하지만 이해가 가는 질문이었다. 이에 단풍의 고개가 급히 저어졌고 주환 역시 늦지 않게 대답했다.

"아닙니다."

고개를 젓던 단풍은 조금 민망해졌고 성준은 안도했다. 잠시나마 단풍의 달라진 행동이 주환과 연관된 건 아닌가 의심했었다. 그는 만족하며 본래 친절한 미소를 걸었다.

"그렇습니까. 내가 실례되는 질문을 한 것 같습니다, 미안합니다. 단풍 씨, 저기 하얀 차가 제 찹니다. 먼저 들어가 있어요. 여기까지 단풍 씨를 데려다줬는데 강 과장한테 커피라도 한 잔 사드릴 테니까."

마치 소유권을 주장하듯이, 권리를 부리듯이 성준이 그녀에게 차 키를 건넸고 단풍은 잘 관리되지 않는 표정에 얼른 허리를 숙여 인사를 하고 돌아서 갔다. 표정 관리가 되지 않았다. 그 단호한 대답에 저도 모르게 당황하고 어쩔 줄 몰랐던 그녀는 일단 자리를 피하고 싶었던 듯 인사를 하고 서둘러 성준의 차로 달려갔다. 단풍이 어느 정도 멀어졌을 때 성준이 말했다.

"제가 괜한 생각을 한 것 같군요, 하하. 실례했습니다. 아무튼 데려다줘서 고맙습니다. 어떻게 만났는지는 모르겠……."

"아직은 아닙니다."

말이 뚝 끊겨 미간이 좁아진다.

사실 주환과는 그리 좋은 관계가 될 수 없다. 직급은 분명 차이가 있지만 주환이 왜 이번 승진에서 누락되고 아직 과장이 되어 있는지 알고 있는 터라 더욱. 사실 자신이 아니었으면 이 자리엔 그가 있었을 거다. 능력만 있는 부하는 쉽지만 능력에 신임까지 받고 있는 부하 직원은 껄끄럽다. 여러 가지가 작용되어 어지간하면 잘 지내고 싶었던 것도 사실이었건만 주환은 그리 잘 지내고 싶은 생각이 없는 듯했다. 이내 장난기는커녕 어딘가 냉소적이기까지 한 주환의 눈이 진심을 다해 말했다.

"조만간 그렇게 될 예정입니다만 지금은 아니라는 말입니다."

숨길 것도, 참을 것도 없이 담백함을 가장해 이빨을 드러낸 그는 정중히 허리를 숙였다.

"조심해서 다녀오십시오, 팀장님."

일종의 경고처럼 느껴지는 말을 남기고 주환은 먼저 돌아서 멀어졌다.

어디 다녀왔냐는 듯 빙글빙글 돌던 복실이는 머리를 한번 만져주자 만족스러웠는지 드물게 혀를 날름거렸다. 촉촉한 혀로 손바닥을 몇 번 핥아주던 녀석이 소파 위로 돌아가 제자리에 몸을 웅크리고 앉았고 그는 욕실로 향했다.

똑똑, 무심결에 친 노크 한 번에 몸이 굳는다. 애초에 문조차 닫지 않고 씻는 게 익숙하던 주환이었다. 습관? 조금은 황당했다. 3년 동안 가졌던 습관을 바꿔버린 몇 주간의 익숙함이라니. 헛웃음을 짓고는 문을 열고 들어가 세면대 앞에 섰다. 차가운 물이 쏟아진다.

"……."

물줄기 아래 손이 적셔지는 것을 보다 문득 거울 앞에 놓인 칫솔 2개에 시선이 갔다. 각자의 컵에 나란히 놓인 칫솔 2개. 이를 꽤 거칠게 닦는지 칫솔모가 제멋대로 뻗쳐 있었다. 그마저도 귀여워 흔하지 않은 미소를 입가에 맺는다.

거실로 나와 소파에 앉아 리모컨을 들었다. 그리고 시간을 한 번 보고 그 시간대에 보던 프로그램을 틀어놓았다. 자신이 보는 프로그램은 아니었다. 이 시간쯤이면 단풍이 소파 아래 앉아 테이블에 팔을 올려 턱을 괴고 시청하는 프로그램이었다.

어느새. 어느새 이만큼.

일주일에 한두 번밖에 틀지 않는 텔레비전이 매일 바쁘게 떠들어대기 시작한 것이 겨우 몇 주. 그러나 자신은 시간에 맞춰 텔레비전을 틀었다.

늘, 언제나 책을 보았다. 책은 조용하고 거짓을 말하지 않으며 믿지 않는다고 해도 굳이 그것을 믿으라 재촉하지도 않는다. 딱 알맞은 관계를 갖게 하는 것이 바로 책이다. 그래서 누나가 선물해줬던 텔레비전은 지금껏 제대로 사용된 기억이 별로 없었다.

하지만 틀었다. 누군가를 위해.

'이거 꽤 재미있어요. 하루에 30분 정도밖에 안 하는데 그래서 더 재미있는 것 같아요.'

시사를 빙자한 심야 코미디 프로그램이었다. 별것 아닌 대화를 나누고 저들끼리 낄낄거리다 끝나는 것으로 주환은 그런 것들을 조금도 좋아하지 않는다.

하지만 틀었다. 그것을 보는 누군가를 위해.

그 누군가가 지금 이곳에 없음에도 불구하고.

의미 없이 끝나버린 프로그램을 끝으로 물 한잔을 마시려다 싱크대 위에 나란히 걸린 머그컵 2개를 보았다. 분홍색과 파란색 머그는 단풍이 가져온 것이었다.

 '여기엔 유리컵뿐인 것 같아서 사왔어요. 하나에 3,000원밖에 안 해요.'

 주변을 둘러본다. 식탁 위의 토스트기, 언제 놨는지 모를 꽃병의 조화. 삭막하고 모던하기만 했던 집 안에 아주 조금씩 변화가 있었다. 마치 가을날 녹음을 자랑하던 풀잎이 물들 듯이. 그래, 마치 단풍이 들 듯이.

 시간이 흐른다. 째깍, 째깍, 째깍. 예민해진 신경이 시계초침 소리마저 읽어내고 집 안의 고요함에 조소가 번졌다. 지금 이 순간 그는 오늘 들어오지 않을 단풍을 기다리고 있었다. 혹시나 올까봐, 마치 저를 기다리는 복실이처럼 시간을 보냈다.

 그럼에도 웃음이 나왔다. 자신의 꼴이 우습고 유치하지만 너무도 솔직해서 웃음이 난다. 소리가 날 정도로 낮게 웃어버리며 뒤로 몸을 기댔다. 답은 있었지만 확신이 가지 않았던 감정이 차츰차츰 정리가 되어 견고하게 쌓였다.

 첫 만남, 우연한 순간. 그리고 놓치고 싶지 않았던 제 이기적인 욕심들이 모두 이유를 갖기 시작했다. 확신에 확신을 더하면 진실이 되고 그 진실은 진심이 된다. 주환의 눈이 완벽한 호선을 그렸다.

 그가 낮게 웃었다. 처음부터 알고 있던 마음이지만 입에 담은

적 없었던 무형의 마음이었다. 그것을 입 밖으로 내고 표현한 순간 여전히 형태는 없어도 존재하는 것이 되었다. 당연히 그곳에 있었다는 것처럼 완벽한 모습으로.

첫눈에 반하지 않았더라도, 운명이라 느끼지 못했을지라도, 만약 그 집에 함께하지 못했을 거라 해도 언젠가 반드시 그녀와 만났을 것이다. 같은 회사, 같은 공간에서. 그리고 결국 자신은 그게 언제이든 그녀를 마음에 담았을 것이다.

첫눈에 반한다는 것의 의미를 잘 알 수 없었다. 그저 막연하게 느끼고 있었을 뿐이다. 하지만 지금은 알 것 같았다. 다른 이들을 마음에 두지 못했던 이유, 함께해도 어떤 것도 느낄 수 없었던 이유를 단풍으로 인해 알게 된다.

첫눈에 반한다는 건, 후에 서서히 녹아드는 것과는 조금 다르다. 처음 시작을 1로 엮어가는 다른 이들과 달리 애초에 가득 채워 시작한다. 채워진 그릇 속에 다른 누군가가 들어올 틈조차 없었던 거다. 이미 단 한 사람을 위해 만들어진 자리였으니까. 때문에 오직 단 한 사람을 만난 후에도 채워진 그릇으로 다시 감정이 쏟아진다. 채울 필요 없이 넘치느라 바쁜 것, 첫눈에 반한다는 그 의미.

그 자체만으로도 따뜻해지는 것. 생각하는 것만으로도 입가에 미소가 지어지는 것.

모든 것이 사랑스러운 것.

"홍단풍."

남들이 시간을 들여 발견해야 할 그녀의 사랑스러움을, 매력을 처음부터 알아버린 주환에게 있어 이후의 시간은 단풍의 또 다른 모든 것을 누구보다 빠르게 알아가는 것과 다름없다. 이미 처음부터.

넘치고 넘친 모든 애정과 감각들이 온몸을 채워간다. 그리고 그 감정은 하나로 표현할 수 있다.

너의 모든 게 사랑스럽다는 것,

아마도 그게 사랑하는 거겠지.

이런 게, 사랑한다는 마음이겠지.

#12.

계속해서 생각했다. 그의 '아니'라는 말을.

아직 서로에게 무엇도 아닌 관계에서 쉬이 낼 수 있는 말이었으니 어떤 의미를 부여할 필요가 없는데 저도 모르게 계속해서 곱씹게 되는 말이었다.

'아닙니다.'

친하다고 했으면서, 질투까지 난다고 했으면서 어떻게 그렇게 쉽게 아니라고 말할 수 있나. 아니, 애초에 보내지 말았어야 하는 게 옳지 않을까. 그런 생각을 하다 곧 바보 같은 것임을 깨닫고 시무룩해졌다. 공적인 일이라고 거듭 강조했던 것은 자신이었다. 그러니 이렇게 예민하게 굴 사안이 아님에도 불구하고 단풍은 쓸쓸해졌다.

다른 대답을 바란 것은 아니었다. 분명 그들이 아무 사이도 아니라는 것은 세상천지가 다 아는 일이었다. 그저 성준의 질문에 감정을 드러내고 만 자신과 달리 담담하게 아무 사이도 아니라고 확답을 내리는 것에 마음이 허할 뿐이었다.

"무슨 생각을 그렇게 해? 뭐 고민거리 있어?"

"……어? 아, 아니!"

옆에서 콕콕 찌르는 손가락에 맥주잔만 멍하니 들고 있던 단풍의 눈이 뜨였다. 처음 따라졌을 땐 냉기 가득히 시원하던 맥주는 어느새 밍밍하게 미지근해졌고, 넋 놓고 다른 생각을 한 탓에 잔이 살짝 기울어 테이블에 조금 흘리기까지 했다.

자꾸 혼자만의 생각에 빠져 있는 단풍이 의아했던지 고개를 조금 갸웃거린 그녀, 은아는 먼저 제 잔을 단풍의 잔에 갖다 대며 말을 이었다.

"다들 두세 잔씩 했는데 혼자만 첫 잔이잖아. 그리고 거의 안 마셨고. 오늘 술 안 받아?"

혹시 아픈 건 아닌지 걱정하는 목소리에 단풍은 조금 미안함이 들었다. 오랜만에 만나 하지 못했던 환송회를 해주겠다고 하는 사무실 식구들에게 할 행동은 아니었다. 그녀는 차마 다른 생각을 했다고는 못하고 찡긋 웃었다.

"그냥 안 변했구나 싶어서."

본래 꽤 감성적이었던 그녀이기에 나쁘지 않은 변명거리였다. 고맙게도 은아는 쉬이 넘어가주며 단풍의 어깨를 아프지 않게 때렸다.

"누가 들으면 한 몇 년 만에 만나는 줄 알겠다. 우리 그래 봐야 한 달 만에 보는 거거든요."

"어, 한 달밖에 안 됐던가?"

"그렇지. 자기 발령 나고, 인수인계하고. 좀 급하긴 했지만……어쨌든 한 달."

손가락 하나 펼쳐 보이며 고개를 끄덕이는 은아의 말에 단풍의 눈이 커졌다. 워낙 많은 일이 있어서 정말 많은 시간이 지났다고 생각했는데 시간은 생각보다 훨씬 더뎠다.

"한 달밖에 안 됐는데."

정말 겨우 한 달밖에 되지 않았는데 한 사람을 두고 이런저런 생각을 하는 것도 우스웠다. 혼자 상처받고, 혼자 두근거리고. 사춘기 감성도 이처럼 들쑥날쑥하지는 않을 것이다. 시간 개념까지 갖고 나니 자신의 이런 혼란스러움이 더욱 이해가 가지 않고 답답해지는 단풍이었다.

"정말 무슨 일 있는 거야? 얼굴이 좀 어두워."

조심스럽게 되묻는 은아에겐 그저 어색한 미소만 건넬 뿐이었다.

은아는 불과 한 달 전까지 단풍이 다닌 지사(支社) 인사과에서 가장 친하게 지내 서울로 올라가면서 제일 서운해하던 동료였다. 그나마 마음 터놓고 이야기하는 몇 안 되는 인물이었는데 한 달 만에 보니 활기찬 얼굴이 더욱 생동감이 있어 보기 좋았다.

몇 달 전 결혼을 한 신혼부부라서 더 그럴지도 모르지만. 어차피 더 마실 것 같지 않은 맥주를 내려놓고 팔을 포갠 단풍이 조용히 물었다.

"어때? 좋아?"

주어는 없었지만 무슨 말인지 찰떡같이 알아들은 은아였다.

"지금 신혼부부한테 뭘 말하는 거람. 당연히 좋아야지!"

"그냥 궁금해서. 얼굴이 진짜 좋아 보이거든."

괜한 사탕발림을 하지 않는 단풍임을 알기에 은아는 부끄러운 듯 얼굴에 홍조를 만들었다. 무척 귀엽고 사랑스러워 보였다.

"좋지, 당연히. 좋아하는 사람이랑 항상 같이 있을 수 있는데."

좋아하는 사람과 항상 같이 있을 수 있다는 말에 저도 모르게 고개를 끄덕일 뻔했다. 일부러 생각하지 않았음에도 자연스레 주환의 얼굴이 스쳐서 과하게 '그래?' 하고 대답하며 찬물을 찾아 마셨다. 은아는 이미 제 신접살림에 대해 미주알고주알 이야기하느라 어색한 단풍을 의식하지 못했다.

"사실 좀 미울 때도 있긴 한데 그래도 뭐, 다 좋을 수 있나. 어쨌든 좋아. 집에 가서 같이 있을 사람이 있다는 거. 똑같은 밥을 먹는데 숟가락 하나만 더 놔도 꽤 그럴싸해지거든. 불편한 게 있을 순 있어도 그게 막 싫지 않은 거 보면 신기해."

"……맞아. 그렇지."

"가끔 욕실 사용 겹쳐져서 아웅다웅하기도 하는데, 그게 또 재미잖아. 아! 그것도 있어. 우리 남편은 개그 프로 엄청 안 좋아하거든. 근데 내가 보는 시간에 꼭 맞춰서 같이 앉아서 봐준다니까. 이게 얼마나 갈지는 몰라도…… 사실 슬슬 자기 할 거 하드라."

의미 없이 은아가 기분 좋을 수 있도록 했던 질문이 생각 외로 깊이 다가왔다. 가슴이 저미듯 짓눌리고 또 쿵쾅쿵쾅댄다.

'재미있는 겁니까?'

테이블에 몸을 기대고 앉아 혼자 깔깔대며 텔레비전을 보고 있자 주환이 물었다. 방해가 되었을지도 모른다는 생각도 못하고 자신이 재미있어 하는 것을 그 역시 재미있어 해줬으면 하는 마음에 그저 웃어버렸다.

'이거 꽤 재미있어요. 하루에 30분 정도밖에 안 하는데 그래서 더 재미있는 것 같아요.'

"뭐, 살 때 두 개씩 사는 것도 재미있고, 짝 맞추는 것도 재미있고. 그래서 결혼하나 봐. 불편하고 싸울 거 알면서도 좋으니까."

'여기엔 유리컵뿐인 것 같아서 사왔어요. 하나에 3,000원밖에 안 해요.'

결혼도 안 한 여자가 신혼부부의 말에 공감하고 있는 건 당황스러운 일이었다. 뒷덜미가 오싹하면서 열이 올랐다. 손 부채질을 하며 무의식중에 입술을 깨물자 신 나게 이야기를 하던 은아가 가만히 눈을 맞추다 의뭉스런 눈을 만들었다. 씰룩씰룩 눈썹이 오르락내리락.

"뭐야, 자기 외롭구나."

뭔가 마시거나 먹던 게 있었다면 당장 입에서 뱉어냈을 거다. 뭐가 그리 재미있는지 몸을 좀 더 가까이 댄 은아는 반짝이는 눈을 하며 턱을 괬다. 뭔가 먹잇감을 찾은 아기 호랑이쯤 되어 보이는 눈이었다. 전혀 이해하지 못한 것처럼 시치미를 뗀 단풍이 어깨를 으쓱거렸다.

"전혀."

"부모님하고 같이 살다가 혼자 나가 사니까 외로운 거지. 그럼 더 괜히 주변 사람들이 마음에 쓰일 거고."

혼자 안 산다고 말할 수도 없고, 거짓말에도 능숙하지 못하니 단풍의 고개는 저절로 다른 곳으로 돌아갔다. 그것을 저 좋을 대로 생각한 은아가 혀를 차며 단풍의 어깨를 다독였다.

"그럴 때지. 밑에 있으면 누구 소개라도 시켜주는데……. 어떻게, 알음알음 서울 사람 좀 알아볼까? 사실 우리 그이랑 친한 거래처 사람이 인천 쪽에 있는데 서울이랑 거리도 가깝고……."

"아니! 아니, 아니!"

격하게 튀어나온 그녀의 부정에 은아의 눈이 가늘게 변했다. 가십거리 좋아하는 은아가 눈썹을 씰룩이며 말을 이었다.

"여자 말한 건데."

꼴깍 침 삼키는 소리가 들렸다. 아마도 그건 단풍의 소리였을 거다. 안 그래도 의심으로 뭉쳤던 은아의 눈이 특종을 단독으로 입수한 기자처럼 희번덕거렸다. 원체 남 속이는 일에 익숙하지 못한 단풍이 뭐 씹은 얼굴로 옆으로 도망가자 꾸역꾸역 옆으로 온 그녀가 조심스레 속삭였다.

"자기."

"……응?"

"자기, 혹시."

가슴이 벌렁벌렁하다. 은아가 알 수 있는 건 아무것도 없음에도 불구하고 얼굴에 '나 뭐 숨겼음' 하고 쓰여 있는 걸 빤히 알 것 같아 더욱 그랬다. 괜히 혼자 찔리고 혼자 걸리고 혼자 어쩔 줄 몰라

하고 있던 그때 은아가 말을 이었다.

"진짜 김 팀장님하고 뭐 썸씽 있구나. 그렇지?"

전혀 뜻밖의 말로 말이다.

조금도 예상한 적 없던 말이 나오자 꽉 잡혀 있던 긴장의 끈이 풀려버렸다. 거기서 김성준 팀장이 왜 나오는 건지 0.01퍼센트도 모르기에 저절로 미간이 좁아졌다. 하지만 이미 멋대로 결론지은 은아는 깔깔대며 박수를 쳤다.

"내가 그럴 줄 알았어. 아니, 여기 사람들 대부분 그렇게 알고 있다니까. 갑자기 자기한테만 본사 얘기 꺼낸 것도 그렇고 다들 의심 좀 하고 있었어. 같이 올라가니까 바로 또 입질 왔구나? 왜, 막 흔들려? 좀 괜찮은 것 같아서 그래?"

"잠깐만."

"뭔데, 뭔데. 무슨 일 있던 거 맞지?"

"전혀!"

홧김에 외친 소리는 생각보다 크게 나와 주변에 앉아 있던 사람들마저 돌아보게끔 만들었다. 뭐라 형용할 수 없는 민망한 분위기에서 단풍은 몸을 바로 하며 고개를 저었다.

"전혀. 김 팀장님이 뭐하러 나를. 그런 거 절대 아니야."

아니, 어쩌면 그럴 수도 있긴 하다. 무언가 관심을 보이고 있다는 것쯤은 어렴풋하게 알 수 있었다. 하지만 단풍은 단순히 관심을 두는 것과 '그' 감정은 다르다고 생각했다. 편하지만 그 사람을 잊지 않는 것, 그녀에겐 그것이 중요했다.

그렇게 따지자면 딱 한 사람, 한 달 사이 너무도 익숙해졌지만 익숙한 만큼 흐려지는 것이 아니라 더욱 강하게 뇌리에 박힌 사람이 있다. 단풍은 손 부채질을 하며 이미 놓아버렸던 맥주잔을 들었다. 미지근한 액체가 목구멍으로 넘어가 식도를 자극했지만 잔을 놓진 않았다.

"내가 전부터 생각했는데."

심드렁하니 턱을 괸 은아는 어느새 비어버린 단풍의 잔에 맥주를 채워주며 말했다. 단풍이 돌아보자 그녀는 손가락으로 테이블을 톡톡 치며 말을 이었다.

"자기 눈치 너무 없는 거 알아?"

"아니, 뭐, 그건 자주 듣는 얘기라."

"응, 알아. 그런데 가끔은 옆에 있는 사람이 어떤 얼굴 하고 있는지도 좀 봤으면 해서."

"……."

"의외로 답은 쉽게 나오거든."

눈치 없단 소리, 둔탱이란 소리는 태어나서 별명처럼 들었던 말이었다. 하지만 일하는 센스나 업무 파악에선 평범하니 살아가는데 큰 피해 없어 굳이 눈치를 기르려고 노력하진 않았었다. 그러나 단순히 눈치 없다가 아니라 옆 사람의 모습을 보라는 말에 또 자신은 주환의 얼굴을 떠올리고 말았다.

결국 자리에서 일어난 단풍은 은아에게 잠시 바람을 쐬러 간다는 말을 하곤 발코니로 나갔다. 금방 찬바람이 불어와 몸이 떨렸지만 어지럽게 엉킨 머릿속은 조금 나아지는 것도 같았다.

하아.

팔자에 없을 고민을 하는 기분이었다. 옆 사람의 얼굴을 보란 말이 다르게 들리면서 자꾸 가슴 한쪽이 당기고 욱신거렸다.

'아닙니다.'

마지막으로 기억하는 주환의 목소리는 그것, 부정의 말. 난간에
몸을 기대 쓰게 되짚는 말.

"아닙니다."

아무것도 아닐 그 말이 정말로 아무것도 아닌 것으로 표현되는
느낌이었다. 설명할 수가 없었다. 그냥 그 말은 아프고 답답했다.

"아닌 게 맞는 걸. 그게 맞잖아."

맞는 걸 알면서도 고집스럽게 잡아두고 헤집는 스스로가 바보
같아서 더 짜증이 났다. 단풍은 바람에 헝클어진 머리를 뒤로 휙
넘겨버리고 아예 바닥에 주저앉았다. 아주 약간의 술기운 때문일
지도 모르지만 그녀는 용기 있게 당사자에게는 하지 못할 말을 투
덜투덜 꺼냈다.

"우린 아무것도 아닌 사이지만 같이 살고 있다고요, 강주환 과
장님. 알겠어요? 이 복실이 오빠……."

Rrrrrr. Rrrrrr.

"엄마야!"

본의 아닌 뒷담화를 시작하기도 전에 죽은 듯 얌전하던 단풍의
품에서 휴대폰이 요동쳤다. 깜짝 놀라 벌렁거리는 심장을 부여잡
고 얼른 주머니를 뒤져 휴대폰을 꺼냈다. 곧 액정에 뜬 이름에 쩌
억 입을 벌렸다. 그리고 황급히 주변을 살피며 더듬거렸다.

"뭐, 뭐야. 위성이라도 있는 거야?"

액정에 뜬 이름은 놀랍게도 주환이었다. 도대체 왜 그러는 건지
모르지만 열심히 울리는 휴대폰을 단단히 쥐고 단풍은 매무새를

정돈했다. 심지어 입바람을 불어 술 냄새가 나는지 체크하다 자신의 바보 같음에 한탄하며 조심스럽게 전화를 받았다.

"여…… 여보세요."

-강주환입니다.

그의 목소리에 심장이 쿵! 뻐근하게 저릿저릿해온다. 숨도 조금은 벅찬 기분이 들었다. 아무 말 못 하고 귀에 대고만 있으려니 주환의 나지막한 목소리가 이어졌다.

-잘 도착했나 싶어서. 혹시 방해됐습니까?

"아니요, 전혀요. 전혀…… 전혀요."

어쩌면 좋을까. 이 아무것도 아닌 통화에 마음이 가득히 차오른다. 솔직히 말해 먼저 온 그의 전화가 너무 기뻐서 어쩔 줄 모르겠다. 그녀는 세운 두 무릎에 이마를 대고 온 신경을 주환과의 통화에 집중했다.

"식사는요?"

-간단하게 먹었습니다. 단풍 씨는.

"저도요. 지금은 사무실 식구들이랑 맥주 한잔씩 하는 중이에요."

-너무 많이 마시진 말아요.

끄덕끄덕, 고개를 끄덕이다 뒤늦은 대답을 한다.

"네, 그럴게요."

조금 받았던 상처는 눈 녹듯이 사라져버렸다. 처음의 설렘 그대로 단풍은 그와의 첫 통화를 가득 만끽하고 있었다. 찬바람도 봄바람처럼 느껴질 정도로 즐거운 감정이 가득 담긴다.

"복실이는요?"

-지금 옆에 있습니다. 벨소리가 들리면 자다가도 달려오거든요.

"와, 전화 바꿔달라고 하고 싶다. 미운 정 들었나 봐요."

-개 키운다고 하지 않았습니까?

"맞아요. 사진 잔뜩 찍어 가니까 보여드릴게요. 아 참! 선반 위에 제가 먹으려다 못 먹은 과자 하나가 있거든요. 자기 전에 먹으려다가 포기했는데 그거 드셔도 돼요. 달지 않아서 아마 주환 씨도 좋아하실 거예요. 제 건 따로 또 사다 놓으면 되니까."

뭐라도 더 대화를 이어 나가고 싶어 했던 말들은 조금 두서없었지만 주환은 무심한 듯 담담하게 모두 받아주었다. 조금 전에도 그랬듯 지금도 같았다.

-같이 먹고 싶습니다.

왜인지는 모르지만 눈시울이 알 수 없이 시큰거렸다. 모아놓은 구두 안의 발가락이 오므라드는 느낌이었다. 왜 그런 말을 하느냐고 묻지 않았다. 물을 수 없었다. 같은 마음이었으니까.

"⋯⋯얼른 갈게요."

지금 주환은 어떤 얼굴을 하고 있을까. 전화라는 것이 너무도 아쉽고 안타까운 밤이었다.

"팀장님, 팀장님."

"아, 은아 씨."

점점 더 커지는 노랫소리에 맞춰 잠시 홀로 휴식을 취하고 있던 성준에게 은아가 맥주 두 잔을 들고 찾아와 그것을 건넨다. 반사적으로 그것을 받자 그녀가 방긋 웃으며 말했다.

"단풍 씨가 제일 좋아하는 맥주예요."

뜬금없는 말이었다.

"이걸 왜."

"저 눈치 좋아요. 저쪽 발코니에 있으니까 한잔 같이하세요. 슬쩍 언질도 줬으니까요."

어차피 그렇게 하지 않아도 남들에겐 제대로 들리지 않을 것 같은데 작게 소곤소곤댄 은아는 한쪽을 가리키며 웃었다. 그는 헛 하고 웃으며 맥주잔을 보았다. 그리고 고약한 소리를 해대던 주환을 떠올리며 입꼬리를 당겨 올렸다.

"고맙습니다."

"별말씀을요. 파이팅이에요, 파이팅!"

과한 참견 같지만 나쁘지 않은 참견이었다. 성준은 바로 발코니로 향했다.

생각보다 단풍이 뜻대로 움직여주지 않아 곤란하던 차였다. 그런 가운데 주환이 그녀에게 관심을 보이고 있어서 계획에 차질이 생길까 염려되었는데 아직 아니라는 말이 사실이라면 자신에게도 기회가 있었다.

제대로 이용하기 위해서라면 단순히 좋은 사람이 되는 것보다는 좋아하는 사람이 되면 더욱 가치가 높아질 듯했다. 그는 가벼운 미소를 머금고 은아가 가리킨 발코니로 향했다.

성준을 보낸 은아는 뭔가 큰일을 한 듯 뿌듯한 얼굴이 되었다. 욕심이 좀 많긴 해도 성준 정도라면 맹하지만 마음 착한 단풍에게 좋은 친구가 되어줄 수 있을 거라 생각했기 때문이었다. 이제 단풍도 좀 연애를 해야 하지 않나, 하는 오지랖이었지만 말이다.

"응?"

그러나 조금 전에 발코니로 갔던 성준은 안으로 들어가다 말고 다시 돌아 나오고 있었다. 고개를 갸웃거리며 다가간 은아가 물었다.

"발코니에 단풍 씨 없나요? 분명 10분 전쯤에 들어갔는데."

그녀의 물음에 맥주 한 잔을 테이블에 놓고 살짝 걸터앉은 그는 남은 한 손에 들려 있던 맥주를 한 모금 마시며 역시나 상냥한 미소를 지으며 말했다.

"예, 없었습니다. 다른 데라도 간 모양입니다."

분명 웃고 있지만 속을 알 수 없는 모호한 미소였다.

5. 괜찮다, 그 한마디

#13.

　단순 소나기가 아닌 듯, 어두운 밤하늘을 잔뜩 수놓고 있는 건 차가운 빗줄기였다. 겨울의 끝자락을 알리듯 빗방울이 가져온 서늘함은 막 차에서 내린 단풍의 몸을 부르르 떨게 만들었다. 차에서 내려 차양 아래로 가는 동안 잠깐 맞은 비로도 몸이 싸늘해졌다.

　"와, 이게 무슨 비야. 온단 소리 하나 없었구만."

　차양 아래 혼자 서서 시원하게 내리는 비를 본 단풍은 불평 아닌 불평을 이었다. 정말로 근래 비 소식은 없다며 자랑하듯 말하던 일기예보가 얄미워지는 순간이었다. 역시 차를 타기 전 엄마가 가져가라던 우산들을 챙겼어야 하나 보다.

　"시원하게도 내린다."

　단풍이 선 곳은 집 앞의 버스 정거장이었다. 성준이 회사 앞까지 데려다주고 집으로 오는 버스를 탈 때까지만 해도 비가 오지 않았는데 오다 보니 무지막지하게 쏟아진다.

"하아."

근처 편의점에서 우산을 사도 되지만 어쩐지 비 구경을 좀 하고 싶었다. 계절에 맞지 않게 추위가 제법 거세서 감기에 걸릴 수도 있었지만 어쩐지 오늘은 걸리지 않을 것 같았고, 단풍은 버스가 오가는 정류장에 우두커니 앉아 비를 보았다.

"춥네."

언제부터 서울이 집이었다고 올라오고 나니 마음은 편했다. 출근을 생각하면 한숨이 나고 귀찮아지지만 그래도 갈 곳이 있다는 게 다행이라는 생각이 들었다. 또 부모님 품을 떠나 이 넓은 서울에 잘 곳이 있다는 게 포근하게 다가왔다.

어쩐지 오늘만큼은 비를 맞고 잘 수도 있을 것 같다.

그런 막연한 생각으로 차가운 공기를 깊이 들이마시던 때, 그녀의 눈으로 검은 인영이 들어왔다. 그냥 지나칠 수도 있었는데 시선이 멈췄고 빗속을 뚫고 오는 사람에 눈을 크게 떴다.

"……어?"

점점 더 가까워지며 정류장 조명에 얼굴이 비춰지고 의심은 확신이 되었다.

"어어?"

그는 멈추지 않고 앞까지 와선 우산을 들고 가만히 단풍을 보았다. 단풍의 눈이 더 커질 수 없을 만큼 커졌다. 그리고 당황스러움에 주변을 둘러보다 눈을 깜박였다.

"어떻게?"

정말로 어떻게 이렇게 딱 맞게 올 수 있었을까. 신기했고 이상했다. 꼭 자신을 마중 나온 것처럼 느껴져서 가슴이 두근거렸고 저도 모르게 활짝 웃어버렸다. 비와 차양에 반쯤 걸쳐 선 주환은 옷에 약간 묻은 물기를 털어냈다. 단단한 체구인 그가 쓰기엔 많이 작은 투명한 우산이었다.

"타이밍이 맞았던 모양입니다."

근처 편의점이나 천원 마트에서 샀을 법한 투명 우산을 그녀 쪽으로 조금 기울인 주환이 말했다.

"가죠."

"……."

"집으로."

어떤 말보다도 좋은 말이었다.

차가운 비가 우산을 때렸고 그 우산에 제대로 끼지 못한 두 사람의 한쪽 어깨들이 젖어갔다. 워낙 작은 우산이었기에 그가 아무리 기울여도 어쩔 수 없는 구역이 있었다. 그들 사이에 있는 벌어진 공간 덕분이기도 했지만. 아무래도 상관없다는 듯 그녀는 제 발걸음에 맞춰 걷는 주환에게 물었다.

"연락도 못 했는데 어떻게 나와준 거예요?"

"어차피 올 곳은 하나니까요. 버스가 있는데 굳이 택시 탈 사람이 아니란 것쯤은 아니까."

"그래도요. 차라리 먼저 연락하지."

그는 대답하지 않았고 단풍도 굳이 깐깐하게 묻지 않았다. 하루 만에 만났으니 잘 지냈느냐, 어땠느냐 묻기도 뭐했다. 겨우 하루였고, 그건 딱히 특별한 것이 아니었다. 하지만 딱 맞춰 주환을 만난 것은 특별했다.

"기다린 건가요?"

조금 솔직했던 질문에 그가 그녀를 바라보았고 부드러운 눈매가 이어졌다.

"올 곳은 정해져 있으니 기다리는 수밖에."

지금 시각이 벌써 오후 10시가 넘었다. 나름 일찍 출발한다고 했는데 주말 저녁은 나들이를 갔다 돌아가는 차량이 많았고 평소보다 시간이 두 배나 더 걸려 도착했다. 그럼 언제부터 기다린 걸까. 다시 주환이 걷기 시작했고 단풍 역시 걸어야 했다.

"왜요?"

어찌 보면 참 바보 같은 질문이었기에 하고 싶지 않았으나 해야만 했다. 왜 그랬는지 궁금할 수밖에 없는 시간이었다. 왜 자신을 기다렸을까, 이 사람. 그는 느릿한 걸음을 걸으며 오히려 되물었다.

"왜일까요."

어쩐지 그가 가까이 있는 것 같았다. 아니, 그들 사이에 있던 공간이 반쯤 좁아져 있었다.

비가 참 많이도 내린다.

웅덩이를 만들기 시작한 빗줄기가 여기저기를 적셨다. 이미 젖어버렸으니 아마도 한참은 마르지 않을 것 같았다. 단풍은 근처 밥집으로 향하는 주환의 옷을 잡았다. 작은 힘에 그가 그녀를 돌아보았다.

"보고 싶었어요."

난데없는 강한 카운터에 주환의 심장이 바닥으로 떨어졌다. 그리고 이내 단풍은 아무렇지도 않게 변명했다.

"복실이가."

조금 황당해진 주환은 가만히 섰다 한숨과 함께 고개를 끄덕였고, 단풍은 이제 완전히 젖은 제 오른쪽 어깨를 보다 웃음기 어린 목소리로 말했다.

"우산 되게 작다."

"다 팔려서 이거밖에 안 남았었습니다. 젖습니다, 좀 더 안쪽으로."

무심결에 나온 한마디에 가만히 듣던 단풍이 조심스레 물었다.

"제가…… 갈까요?"

무슨 뜻인 걸까. 고개를 내려 그녀를 보던 주환은 우산을 좀 더 단풍에게 기울이며 답했다.

"얼마든지."

그녀는 옆에서 걸어가는 주환을 바라보며 부드럽게 미소를 지었다. 주환과 있는 게 좋다. 함께 걷는 게 좋다. 나란히 서는 것도 좋다. 함께 있는 지금이 너무, 좋다.

한 주가 시작하면서 자연스레 스케줄들이 쌓여갔다. 당장 코앞으로 다가온 신설부서와 관련된 특채 면접 때문에 일단 단풍의 부서 역시 팀을 짜 분업을 하기로 했다. 한 부장은 오랜만에 회의를 지휘하며 입을 열었다.

"다들 긴장 풀어. 뭐 그렇게 얼어들 있나?"

나름 굳은 분위기를 풀고자 한 것 같았지만 최고 상관과의 회의는 어쩔 도리가 없었다. 그 마음을 알기에 한 부장은 미리 비서에게 오더를 내린 후였다. 곧 회의실로 들어선 비서가 각자의 앞에 커피숍 차들을 종류별로 놓아주었다.

"커피는 다들 마셨을 거고, 일부러 서양 차 말고 우리나라 차들로 사왔으니까 마셔봐. 싫어하는 사람들은 그냥 마시는 척만이라도 해줘."

농담에 가까운 말에 다들 의례적인 웃음을 터트렸고 비서는 율무차 한 잔을 가지고 밖으로 나갔다.

다행히 분위기는 나쁘지 않은 방향으로 풀려갔다. 단풍 역시 앞에 놓인 차를 쥐었다. 뚜껑을 살짝 열어보자 뽀얀 색에 구수한 향이 일품인 율무차가 들어 있었다. 위에는 호두 알갱이가 조금 들어 있었고 금방 얼굴로 미소가 번졌다. 다른 차보다 율무차는 개인적으로 무척 좋아하는 차였다. 숟가락이나 빨대가 있었으면 좋겠다는 생각과 함께 다시 뚜껑을 닫으니 옆에 앉아 있던 연지가 물었다.

"단풍 씨는 뭐 받았어요?"

"율무차요."

"율무차 좋아해요?"

"네, 맛있잖아요. 고소하고."

"으엑, 나는 별로. 맑으면 밍밍하고 진하게 타면 밀가루 같아. 이쪽 라인은 다 율무차인가 봐."

옆에서 진저리를 치니 괜히 더 맛있을 것 같아 단풍은 씩 웃으며 잔을 들어 올렸다. 그사이 짧은 보고를 받은 한 부장이 말했다.

"서류면접 통과자들 확인했을 거야. 앞으로 보름 후면 최종면접이니까 과장급부터는 팀장 맡아서 팀원 맞추고 각자 담당 부문들 상세하게 체크해봐. 적어도 모레 아침까지는 나한테 보고 올리도록 해. 안 그래도 지금 전무님도 사장님도 잔뜩 기대 중이시니까 어지간하면 마음 맞는 사람끼리 잘 만들어 보라고. 특히 별 쓸데없는 문구들 만들지 마. 그리고 이번 같은 경우에는 강주환 과장이 프로니까 김 팀장도 잘 돕고."

지휘라기보다는 통보에 가까운 말이지만 으레 그러려니 하며, 빡빡한 스케줄 조정에 몇 마디가 오갔다. 단풍 역시 허한 속을 율무차 한 모금으로 달래며 펜을 놀렸고 한 부장이 주환에게 손짓했다.

"그럼 일단 시작해봐. 시간 촉박하니까 딱 중요 부분만 해도 돼."

기본 면접 질문 샘플링이 적힌 서류를 건네준 부장이 자세를 잡았다. 주환이 자리에서 일어나 회의실 앞에 섰다.

"일단 이번 일 같은 경우는 처음으로 해외진출을 목적을 두고 있기 때문에 기본적인 회화가 중점적으로 다뤄집니다. 처음엔 대다수의 인원을 경력직이나 스카우트로 채울 예정이었지만 상부 지시에 따라 본사에서 파견근무를 통해 신입 TO가 난 상태입니다."

"아, 그래. 그 파견근무는 누가 가기로 한 거야."

"아직 정해지진 않았습니다. 우선 면접 후 다시 회의를 해봐야 할 것 같습니다."

"이왕이면 좀 제대로 된 사람들이 갔으면 좋겠는데 말이야. 남들은 우리가 뭐 뒤치다꺼리만 하는 줄 아는데 이번에 이름 한번 확실하게 세워보자고. 이거 우리 강 과장이 헤드헌터까지 해주니까 내가 어디 가서도 면이 서, 면이."

회사 내에서도 이번 연도 가장 큰 프로젝트로 생각하는 만큼 한 부장도 한몫할 욕심이 나는 모양이었다. 하기야 늘 변동 없이 잔잔하기만 한 인사과에서 주도적으로 진행하는 흔치 않은 상황이었다.

힘이 잔뜩 들어간 한 부장에게 주환은 특유의 고저 없이 정돈된 목소리로 말을 이었다. 단풍은 듣기 좋은 발라드라도 듣는 사람처럼 내용보다 자꾸 음성에만 치중했다. 왜 여기 사람들이 주환을 보고 남신, 남신 그러는지 알 것 같았다. 보고만 있어도 흐뭇해져 홀짝홀짝 차를 마시며 목을 달랬다.

"괜찮네. 앞으로도 쭉 그렇게 진행해봐. 이번엔 전면적으로 강 과장이 맡기로 했으니까 다들 좀 도와야지 어쩌겠어. 김 팀장이 조금 아쉬워도 별수 있겠나. 미리 내정된 일들을 진행하다 보면 어쩔 도리가 없지. 이해할 수 있지?"

주환을 대신한 듯한 한 부장의 말에 성준은 낮게 웃으며 대답했다.

"저 역시 직급을 떠나 이번 건에 대해선 문외한이나 다름이 없기 때문에 보조 형식으로 도와야 한다고 생각합니다. 그러니 저는 신경 쓰지 마시고 지금까지 해오던 대로 하시면 됩니다. 강 과장, 뭐 따로 업무 지시 내릴 거 있으면 직접 앞으로 나와서 확인해줘요."

얼핏 훈훈한 분위기에 회의실이 부드럽게 풀려나가는 듯했다. 아무래도 예민할 수밖에 없는 일이지만 최상관이 나서서 분위기를 푸니 안 풀려도 풀린 척이라도 하는 수밖에 없다. 무늬만 훈훈한 공기 속에 다들 앞에 놓인 차만 홀짝였다.

오독, 오독. 고소한 것이 씹힌다. 호두? 잣? 단풍은 눈동자를 굴리며 입안에서 돌아다니는 견과류를 무의식중에 꼭꼭 씹고 다이어리를 정리해 나갔다. 목 언저리가 간지러워지기 시작한 건 그때쯤이었다.

앞에 나서 회의를 진행하던 주환 역시 목이 조금 칼칼해져 받아온 차를 들어 올렸다. 그리고 한 모금 마시던 그는 입안에 걸린 견과류에 반사적으로 단풍을 보았다. 그녀는 차를 마시다 자신을 향한 시선에 당황하며 입 모양으로 왜 그러느냐 물었다. 달리 이상한 점이 없어 보였다. 주환은 안도하며 잠시 멈췄던 보고를 이어나갔다.

"우선 면접 샘플링을 다시 한 번 확인하는 게 좋을 것 같은데, 강 과장 저번에 준 거 다시 이리 내봐."

이어 나가려 했다. 그녀의 손이 연신 목덜미를 긁지만 않았다면.

"괜찮은 겁니까?"

그의 딴소리에 사람들이 허리를 바짝 세웠다. 여기서 왜 그런 말이 나오는지 누구도 알지 못한 덕분이었다. 주환의 안색이 완전히 질려버린 건 그때였다. 스스로 의식하지 못하는 순간부터 목과 팔을 긁던 단풍은 어느새 새빨갛게 변해 몸을 떨고 있었다. 무언가 터져 나오기라도 할 듯 순간적으로 입을 틀어막고 있었고 주환은 손에 들렸던 보고서를 떨어트리며 그녀에게 곧장 달렸다.

깜짝할 새 단풍의 옆으로 다가온 그가 몸을 움츠리고 앉은 여자의 얼굴을 들어 올렸고 사람들은 경악하며 숨을 멈췄다. 이게 갑자기 무슨 드라마 속 현장? 그러나 당사자인 주환은 이미 얼굴의 색을 잃고 질려 그녀를 부르고 있었다.

"홍단풍 씨, 단풍 씨? 내 말 들립니까? 단풍 씨?"

사태의 심각함을 두 번째로 알게 된 건 바로 옆에 있었지만 잠시 조느라 알지 못했던 연지였다. 사색이 된 그녀가 벌떡 일어나며 외쳤다.

"어머, 단풍 씨 왜 이래? 단풍 씨!"

다행인 건 이곳엔 패닉에 빠진 사람만 있는 게 아니라는 점이었다. 회의실은 금방 소란스러워졌지만 주환은 제 가슴에 안겨 있는 단풍을 완전히 안아 회의실을 빠져나갔다. 그리고 먼저 해야 할 지시도 잊지 않았다.

"정 대리, 차 키 가지고 엘리베이터!"

"아…… 예!"

지시를 받은 정 대리가 부리나케 엘리베이터로 달려가고 단풍은 눈을 질끈 감고 입을 틀어막았다. 멍청이, 천하에 둘도 없을 멍청이. 갑자기 생긴 알레르기에 대해 제대로 생각하지 못했고 설마 율무차에 땅콩이 들어갔을 거라곤 생각하지 못했다. 씹어 먹은 것이 율무차 위에 뜬 호두라고만 생각했고 차 자체의 고소함에 땅콩 맛도 몰랐다.

엘리베이터에 오른 뒤 곧장 주차장으로 내려갔다. 정 대리가 빠르게 가져온 차 안에 올라타자마자 속이 울렁거리며 울컥울컥 목구멍을 타고 뭔가가 치밀어 올랐다. 그것을 알아차린 듯 그녀를 기대게 해주던 주환이 단풍을 당겨 안으며 말했다.

"손 떼봐요. 괜찮으니까, 계속 막고 있으면 목이 막혀서 큰일 납니다."

절대 그럴 수 없었다. 다른 건 몰라도 여자로서 그런 모습은 보이고 싶지 않았다. 고집스럽게 고개를 도리질 치는 그녀에 주환은 단풍을 더욱 강하게 안으며 눈을 맞췄다. 이미 빨갛게 달아오르고 부어 있는 얼굴이 보였다. 눈에는 핏줄까지 솟아 눈물이 그렁그렁 맺혀 있었다.

"단풍 씨."

침착한 부름 끝에 겨우 다시 마주친 시선에 그가 말했다.

"단풍 씨 안고 있는 사람 접니다."

"……"

"다른 사람 아니라 강주환입니다."

그게 뭐야, 이상해.

전혀 먹히지 않을 괴상한 말이었는데 고집스레 입을 틀어막고 있던 그녀의 손이 덜덜 떨리며 떨어졌다. 그리고 주환은 제 재킷의 한쪽을 펼쳐 단풍의 머리를 안았다. 불쾌할 수밖에 없는 감촉이 그의 왼쪽 가슴을 조금씩 적셨고 그녀는 괴로운 듯 기침을 하며 주환의 옷자락을 세게 쥐었다. 주환은 천천히 단풍의 머리를 쓸며 끌어안았다.

"잘했습니다. 이제 괜찮을 겁니다."

정말로 다 괜찮을 것 같은 기분이 들었다.

#14.

"대개 갑작스럽게 알레르기 증상이 생기는 경우 절반 이상의 환자가 한 달 이내에 내원을 합니다. 특히나 주변에서 구하기 쉬운 식재료는 더욱 그렇죠."

세상의 모든 것을 통달한 듯 입을 연 의사는 침대에 누워 잠든 단풍 대신 주환에게 상황을 설명했다.

"심한 정도는 아니니 걱정하실 필요는 없습니다. 링거 다 맞고 바로 퇴원하시면 됩니다."

"입원할 필요는 없겠습니까?"

"예. 다만 오늘은 수면 시 호흡을 확인해주셔야 합니다. 급성 쇼크가 일어날 확률이 아주 없지도 않으니까요."

쇼크라는 단어까지 나오자 주환은 미간을 잔뜩 좁히며 단풍을 보았다. 알레르기 증상을 가라앉히기 위해 약을 먹고 링거를 맞으면서 누구의 앞인지도 생각할 겨를이 없이 깊은 잠에 빠져 있는 단풍이었다.

의사까지 병실을 나가자 병실이 없어 급히 잡은 2인실 병실 안엔 단풍과 주환 말고 다른 사람은 없었다. 자신이 살펴보겠다는 정 대리를 굳이 회사에 돌려보내고 자리를 지키게 된 그는 세상모르고 잠든 단풍의 곁에 앉아 뒤늦은 한숨을 쉬었다.

누구보다 빠르게, 침착하게 대처를 하긴 했지만 사실 거기 있던 누구보다 놀랐던 주환이다. 시시각각 순식간에 변해버리는 그녀의 안색에 잠시지만 아무 생각도 하지 못하고 무작정 달려가기까지 했다. 다들 당황하지만 않았어도 분명 과하다 여겼을지도 몰랐다.

"……후."

얼마나 정신없이 달렸는지 헝클어진 머리며 구겨진 옷들이 지난 1시간가량을 설명했다. 살아가며 이렇게까지 크게 놀라고 심장이 빠르게 뛰었던 적은 없었던 것 같다. 잠시 단풍을 보던 그는 아마도 들리지 않을 혼잣말을 답지 않게 속삭였다.

"일어나면 해야 할 이야기가 아주 많을 것 같은데."

고운 숨소리 내며 곤히 잠든 그녀의 손이 이불 위에 다소곳이 놓여 주환의 시선을 가져갔다. 멈칫, 멈칫 뻗어지던 손이 그 진척에 멈춰 내려앉았다. 제 손과 비교하자면 작고 가늘어서 잘못 쥐면 아프다고 말할 것 같았다.

톡, 톡. 이불을 건드리는 그의 손가락이 작은 소리를 냈다. 그리고 잠시 뒤, 겹쳐진 검지 끝은 생각보다 훨씬 따뜻하고 부드러웠다. 주환은 살짝 고개를 숙이다 단풍의 손을 세게 잡았다. 저릿저릿한 전기가 흐른다.

빨리 일어나줘요. 하고 싶은 이야기가, 들려주고 싶은 말이 있으니까.

"주환……!"

숨을 한 번 크게 들이켜며 눈을 뜬 단풍은 뇌리에 남은 마지막 말을 입 밖으로 내고 말았다. 사람 이름을 부르며 일어난 그녀는 벌떡 몸을 세우고 주변을 둘러보았다. 역시나 그녀가 있는 곳은 병원이었고 단풍은 길게 한숨을 쉬다 목을 쓰다듬었다.

아직도 목과 배 안에서 쓰고 불쾌한 감각이 남아 있었다. 목덜미에 작은 돌기들도 조금 느껴졌다.

"마가 꼈나. 한 달 새 병원을 두 번이나."

그것도 피치 못할 이유로 실려 왔으니 괜히 제 탓을 하기엔 억울했다. 입안에 남은 쌉싸래한 느낌을 침으로 삼키며 힘이 쪽 빠진 몸으로 다시 누워 이불을 코끝까지 올렸다. 꽤 푹 잠을 잔 것 같은데 몸 여기저기에 약 기운이 남은 듯 자꾸 눈이 감겼다. 이대로 잠들면 날이 밝을 때까진 쭉 잘 수 있을 듯해 집에서 그러하듯 몸을 웅크리던 단풍은 제멋대로 차츰차츰 거슬러 올라가는 기억들을 묻어두다 번쩍 눈을 떴다.

넋 나간 그녀의 머리로 모든 것이 떠올랐다. 본래 사람이 너무 놀라면 아무것도 하지 못하고 굳어 있기만 한다더니 딱 지금이었다.

율무차 위에 떠 있던 호두만 생각하고 땅콩을 씹어 먹은 뒤, 스멀스멀 올라오기 시작한 간지럼증과 답답함에 목이 막혀 저도 모르게 한 모금 더 차를 마셨다. 그러다 뒤로 넘어가기 직전 주환이 다가왔고 정신없이 안겨서…… 안겨서.

"……그거!"

달칵.

목에 터진 말이 입 밖으로 나오기 바로 직전, 닫혀 있던 병실 문이 열렸고 반사적으로 숨을 죽인 단풍은 동그랗게 뜬 눈을 얼른 감았다. 지금 들어오는 사람이 누구인지는 보지 않아도 충분히 알수 있었다. 그리고 지금은 절대 마주치고 싶지 않은 당사자이기도 했다.

침대 끝까지 왔던 걸음은 잠시 멈추다 다시 움직였다. 걷는 사람의 성정을 알게 해주는 듯 가지런한 걸음이 커튼을 친 창가 앞에 멈췄다. 공교롭게도 단풍의 시야에 완벽히 들어오는 자리였다.

안 그래도 커져 있던 눈이 당장이라도 빠질 듯 커진 건 주환이 단숨에 와이셔츠를 벗을 때였다. 누가 봐주는 사람도 없건만 꼭 화보집이라도 내는 사람처럼 셔츠를 벗고는 그것도 모자라 안에 입고 있던 러닝셔츠까지 남기지 않고 벗어버렸다.

이불을 코끝까지 올린 것은 정말로 잘한 일이었다. 그렇지 않으면 어쩔 줄 모르고 벙긋대는 입을 막는 데 아주 곤란했을 거다.

꼴깍.

침이 삼켜지는 몸이다. 워낙 바지런한 사람인지라 운동을 한 몸은 아니어도 군살 없이 매끈한 맨몸은 이제 좀 눈을 감아야 함에도 불구하고 감지 못하게 만들었다. 고등학교 2학년 시절 우연인 듯 우연 아닌 첫 성인물 시청 때보다 좀 더 강렬한 느낌이었다.

금방 무늬 없는 면 티로 가려져버린 몸이지만 이미 머릿속에 남은 주환의 몸은 괜히 사람을 열나게 해 이불 안이 더울 지경이었다. 그러나 저렇게 옷을 갈아입는 이유를 방금 전 깨달았기 때문에 깨어 있다고 꼼지락거릴 수도 없다. 비지땀이 흐르는 듯했다.

그랬다. 토했다. 아무리 괜찮다고 말했다지만 주환의 가슴에 실례를 한 것은 어디 가지 않는다. 그것도 보기만 해도 가슴이 벌렁벌렁거리기 시작한 상대에게!

단풍의 눈이 그제야 감겼다. 볼 거 다 보고 나서 감는 것 같긴 하지만 차마 더 볼 용기가 생기지 않았다. 일어나서 그의 얼굴을 어떻게 봐야 할지 생각만 해도 가슴에 돌덩이가 얹어진 것 같다. 입을 벌리면 지하 땅굴까지 팔 한숨이 나올까 봐 꾹 입을 막고 있기를 잠시, 사람 맘 흔들기에 충분한 손이 단풍의 손을 차분하게 잡았다. 그것도 걱정을 가득, 담뿍 담고.

"어디 아픈 겁니까?"

손끝이 따뜻했다. 부드럽진 않지만 상대의 감정이 확실히 전해질 만큼의 터치였다. 눈을 맞추듯 무릎을 굽혀 몸을 낮춘 그는 어디 정말 큰 문제가 있는 건 아닌지 바쁘게 살폈다.

"말해봐요."

달리 해줄 수 있는 말이라는 게 있을 리 없었다.

"죄송해요……."

아마 자신 때문에 주환은 꽤나 입방아에 오를 것이다. 회의실에서 그렇게 안아 병원까지 나르고 여기 이렇게 버티기까지 하니 어쩌면 고약한 소문들이 돌 수도 있었다. 인터넷이 없어도 천리로 뻗어나간다는 사내 토킹 네트워크는 그만큼 무시무시하다. 그런데다 참지 못하고 속에 있는 것까지 쏟아냈으니 입이 100개라도 할 말이 없었다. 시무룩하게 가라앉은 단풍이 주섬주섬 자리에서 일어났다. 연이어 사과를 하고 고개를 푹 숙인 모습은 딱히 보고 싶지 않았다. 주환은 간이침대에 걸터앉아 표정을 펴지 못하는 그녀에게 물었다.

"아파서 미안한 겁니까, 옷 갈아입는 걸 봐서 미안한 겁니까."

"아, 알았어요?"

"병원 이불이 그렇게 두껍지 못하니까요."

차마 입을 열지 못하고 고개를 한쪽으로 돌린 단풍은 가만히 있다 미안하다는 말보다도 먼저 했어야 할 말을 조금은 늦게 꺼냈다.

"고마워요."

"……"

"정말로 고마워요."

누구보다 빨리 알아채준 덕분에 그 상황에서도 부끄러운 모양새를 내지 않게 해준 것도 그렇고 못 볼꼴을 봐놓고도 이렇게 곁을 지켜주는 것도 고마웠다. 깨어난 지 한참 만에 시계를 본 단풍은 벌써 정오를 훌쩍 넘은 시간에 미안한 얼굴을 했다.

"안 기다려주셔서도 되는데, 이렇게 시간 뺏어서 어떻게 해요."

"괜찮습니다."

"그래도요. 식사도 못하셨을 것 같고, 또 회사에도……"

"단풍 씨니까 괜찮은 겁니다."

어느새 그는 그녀와 조금 더 가까워져 있었다. 허심탄회하게 고해성사를 하는 사람처럼 어떠한 꺼풀도 없이 주환은 속삭이듯 말을 했고 단풍은 지금 그가 하는 말이 무엇으로 정의되는지 알고 있었다.

"정말로 단풍 씨가 괜찮은지 제 눈으로 확인을 해야 했습니다. 그렇지 않으면 아무것도 못할 테니까요. 더 아프지 않은지, 힘들지는 않는지."

고요했던 물결이 바람에 흔들리기 시작한 건 꽤 오래전부터였다. 그 파동이 멀리서도 보일 정도로 높게 일렁였고 단풍은 얌전히 눈만 깜빡이다 심호흡을 했다.

왜? 어째서? 많은 질문이 머릿속을 스쳤다. 스스로를 다독이길 몇 초, 그녀의 입이 열렸다.

"왜, 여기서 기다려주시는 거예요?"

"여기에 홍단풍 씨가 있으니까요."

그는 무언가를 숨기려고 하는 것 같지 않았다. 지금껏 묻지 않았으니 대답하지 않았다고 말하는 것처럼 대답들에 망설임이 없었다. 단풍은 눈에 그려지듯 번지는 지난 시간들을 입 밖으로 꺼내 들었다.

"왜 버스정류장에서 절 기다렸어요?"

"단풍 씨가 거기로 올 걸 알고 있었으니까."

"손목이 계속 아픈 척했던 건?"

"그래야 계속 제 곁에 있어줬을 거 아닙니까."

"그럼 그때 이미 면도도 할 수 있었겠네요."

시간을 거슬러 올라가는 질문들에 막힘없이 답하던 주환이 처음으로 조금 뜸을 들였다. 그러나 역시 거짓은 없었다.

"예."

몇 차례 더 지난 한 달간의 시간이 되물어졌다. 단풍은 머리를 쓸어 넘기며 지금도 조금 아리송했던 순간들을 꺼내 들었다. 어쩌면 그가 무척 민망해할지도 모른다는 것을 알면서도.

"자료실에서 숨었을 때, 계속…… 그렇게."

안고 있었던 이유는.

"안고 싶었습니다."

말 그대로 안고 싶었다는 것.

"홍단풍 씨를."

지금 생각해보면 누가 봐도 이상했을 상황이 그땐 왜 아무렇지도 않았던 것인지 잘 모르겠다. 어쩌면 이유 없이 주환을 믿고 있었던 것일지도 모른다. 엉큼하고, 음흉하고 또…… 귀여운. 단풍은 제 이름만큼이나 달아오르기 시작한 손으로 이불을 살짝 움켜쥐었다. 그리고 가장 하고 싶었던 질문을 조심스럽게 비쳤다.

"같이 살자고 했던 건요?"

그녀는 답을 바랐다.

"왜, 제가 나갈 수 없게……."

"지금 단풍 씨가 하는 질문의 요지가 제가 생각하는 게 맞다면 그냥 말해도 되겠습니까?"

"……."

"좋아합니다."

열꽃이 피었다. 뜨겁고 화사하게. 주환은 늘 그랬듯 정직한 눈과 목소리로 그녀를 뒤흔들었다.

"처음 본 순간부터 좋아했습니다. 계속 곁에 있고 싶고 함께하고 싶을 정도로. 누가 당신 옆에 있는 것도 참을 수 없을 만큼 아주 많이 당신을 좋아합니다."

이렇게 고백을 하게 될 것이라곤 생각하지 못했지만 막상 하고 나니 봇물 터지듯 말이 멈추지 않았다. 대단한 미사여구도 넣지 못했고 하다못해 꽃도 잘 차려입은 옷도 없었지만 마음만큼은 누구보다도 진심이었다. 주환은 조금, 아니 꽤 많이 떨고 있었다. 고백을 받아주지 않을 것에 대한 두려움보다는 자신을 어려워할지도 모를 그녀가 무서웠다.

"첫눈에 반했다는 말이 거짓말 같겠지만 사실입니다. 제가 단풍 씨를 좋아하게 된 순간은 단풍 씨가 제게 방망이를 들고 발코니 창으로 달려들었던 때였습니다. 우습지만, 정말입니다."

답은 늘 가까운 곳에 있다. 다만 언제나 심술을 부릴 뿐. 주환은 조금 더 따뜻한 목소리로 제가 원하는 바를 이어나갔다. 단풍에겐 미안하지만 지금 그에겐 배려가 없었다.

"여기서 받아주지 않는다고 해도 괜찮습니다. 단풍 씨의 마음이 가장 끌리는 대답을 주시면 됩니다. 다만, 언젠가는 반드시 단풍 씨는 절 좋아하게 될 겁니다."

오만하고 또 확신에 가득한 말에 단풍은 순간 웃음이 나올 뻔했다. 미안하지만 이미 늦은 말이었다.

"항상 그렇게 모든 게 빠르고 정확하세요?"

생각보다 훨씬 담담한 목소리에 주환이 살짝 경직되었다. 싫다, 좋다의 말이 아니라 듣기에 따라선 불쾌함을 가진 것도 같은 말이었다. 그는 타들어가는 속을 마른 입술을 축이며 겨우 가라앉혔다. 그때 이불을 잡고 있던 단풍의 손이 떨어져 주환의 뺨에 닿았다. 아프도록 짜릿한 전율이 스친다.

"제가 이렇게 하면 어때요?"

장난 같은 말에 그는 제 뺨에 닿은 그녀의 손등 위로 손을 덮었다. 그리고 단풍의 손바닥에 입술이 닿을 듯 아주 살짝 고개를 돌리며 눈을 감았다. 얼핏 괴로워 보이는 것처럼 미간이 좁아지곤 입술이 달싹였다.

"아무 생각도 안 납니다."

"……."

"너무 좋아서."

이미 마음은 일렁임을 넘어 파도가 되어버렸다. 이토록 온몸으로 좋아한다고 말해줄 수 있는 사람이 있을까. 장담컨대 이전으로도 이후로도 없을 것이다. 넘치고 넘쳐 모두 쏟아질 것처럼 완전히 모든 것에 스며들고 젖어 들어 녹아내린다. 단풍은 떨리기 시작한 손을 빼지도 못하고 배시시 웃곤 작게 말했다.

"난 한 달이나 걸려서 그것도 빠른 건 아닌지 걱정했는데, 괜히 시간 낭비했다."

그가 눈을 떴고 그녀는 자신이 할 수 있는 한 가장 환한 미소로 응대했다. 기분 좋은 모든 것들이 세상을 감쌌다.

"좋아해줘서 고마워요, 강주환 씨."

가슴이 뛰었다. 몇 번의 연애 속에서도 느껴본 적 없었던 짜릿하고 숨 막히는 감각이었다.

당신에게 첫눈에 반했다. 운명처럼.

그리고 지금 다시 사랑에 빠진다. 필연처럼.

"근데 그거 알아요? 그렇게 고백하면 다른 사람한테는 뺨 맞을 수도 있어요. 너무 자신만만하잖아. 그게 뭐야."

하고 나니 부끄러워 마지막은 농담을 건네며 손을 빼려는데 그 손을 따라 주환이 이끌려 왔다. 어느새 제 위로 올라와 천장을 가려버린 그에 부질없이 침대에 누워버린 단풍이 눈을 데룩데룩 뜨고 마른침만 꼴깍 삼킬 때 그가 속삭였다.

"앞으로 할 일 없을 겁니다. 당신 말고는."

주환의 얼굴이 가을날 단풍이 들 듯이 붉어졌다. 귓불부터 뺨까지 모두. 사랑스러울 정도로 따스하게 물들었다. 그녀의 심장이 또박또박 바르게 뛰다 터져나가듯이 내달렸다. 손발이 저릿저릿해지며 떨려오고 있었다. 이런 사랑, 이런 감정은 처음이었다.

큰 손이 그녀의 손을 완전히 움켜쥐고서 움직일 수 없게끔 잡아놓았다. 조금은 강압적이지만 이상하게 아찔해서 홀린 듯 단풍의 입술이 약간 벌어졌고 천천히 다가온 주환의 입술이 닿았다. 아니, 닿을 뻔했다.

"자, 잠깐. 저…… 야, 양치 한 번만."

아무래도 특이상황 속이니 나올 수밖에 없던 말이었고 주환은 깔끔하게 그녀의 걱정을 덜어주었다.

"세척 다 했습니다."

"아."

그렇게 마음의 짐을 덜어내고 닿은 입술은 놀라울 정도로 따뜻하고 달콤해서 단풍은 눈을 감을 수밖에 없었다. 서서히 벌어지는 입술로 서로의 숨결이 오갔고 마침내 순결하고 순수한 입맞춤은 짙고 뜨거운 키스가 되어 서로를 감쌌다.

설렘과 긴장감, 두근거림이 공존하는 수많은 갈래 속에 벌어진 입술 사이로 오가는 숨결과 말캉한 혀끝이 생소하지만 따뜻했다. 더 짙어질 수 있을까 싶었던 키스가 좀 더 거칠어지듯 깊어졌다.

"음…… 으음."

익숙지 않은 키스로 숨이 모자라기 시작했다. 삼켜지듯 파고드는 그의 입술과 달콤한 혀가 고마울 정도로 기뻤지만 이러다 산소 부족으로 기절이라도 할 판이었다. 결국 단풍이 할 수 있었던 건 집요하게 핥고 빨아들이는 주환의 아랫입술을 살짝 깨무는 것이었다.

그제야 그가 그녀의 몸을 조금씩 놓았고 부끄러울 정도로 짙었던 키스도 끝이 났다. 키스를 끝내고 떨어져 잠시 시선을 공유하는 감각은 예상해본 적 없을 만큼 따뜻하고 포근해서 처음 마주친 입술임에도 완벽한 듯했다.

그들은 그렇게 서로를 보며 마주 웃었다.

#15.

갑작스럽게 벌어진 일에 회의는 흐지부지 끝나고 말았다. 나름 생각해서 사온 주전부리로 사람을 병원에 실려 가게 만든 한 부장은 꽤 충격을 먹은 듯 한참을 멍하니 있다 퇴장했다. 그리고 다시 회사로 돌아온 정 대리에게 단풍에겐 큰 이상 없다는 말을 듣고서야 모두 안도했다.

창사 이래 없었던 스펙터클한 이벤트 아닌 이벤트에 뒤숭숭한 마음으로 오전 시간을 보내고 점심시간이 되어서야 겨우 정신을 차렸다. 당사자는 아파서 입원했을지라도 입에 올리기 딱 좋은 가십 거리에 저마다의 살을 붙여 소곤대고 있었다. 그건 단풍과 제법 가까운 연지도 마찬가지였다. 그녀는 아직도 놀라 있는 가슴을 식후 커피로 달래며 민석에게 말했다.

"알레르기가 진짜 무서운 거래요. 그거 뭐라 그러지. 무슨 쇼크 있는데."

"아나필락시스?"

"예예, 그거. 잘못 쇼크 오면 그대로 죽을 수도 있대요. 정 대리님이 그러는데 강 과장님이 조금만 늦게 눈치챘으면……. 어휴, 어후. 무서워."

진저리까지 치며 혀를 내두른 연지는 식사 후 마시는 달콤한 커피의 향을 손으로 휘휘 저어 코끝으로 맡고는 한 모금 마셨다. 옆에 있었음에도 단풍의 상태를 알아채지 못했던 스스로를 조금 책망하던 연지는 어깨를 으쓱였다.

"별일 없다니까 천만다행이에요."

만약 정말 무슨 큰일이 생겼으면 한동안 얼굴도 들고 다니지 못할 것이었다. 눈에 띄게 안도하는 그녀를 본 민석은 머그 안의 커피를 빙글빙글 돌리는 만큼 눈동자도 이리저리 움직이다 물었다.

"근데 그거 회사에서 산재처리해주나?"

"아마 해줄 것 같긴 한데 그게 또 애매하죠. 한 부장님이 쏘신 거니까."

"법인카드 쓰셨을 거 아니야. 회사 안에서 일어난 거고."

"……하긴 그건 또 그러네요?"

나름 진지하게 현실적인 대화를 나누던 둘은 이내 한숨을 쉬었다. 자신들이 생각해도 씁쓸했던 대화에 조금 자괴감이 드는 모양이었다. 그러다 곧 연지의 초롱초롱한 눈이 분위기를 쇄신시켰다.

"근데 강 과장님이요."

"그만해. 나도 알아."

이곳 탕비실에 온 이유가 바로 '거기'에 있건만 결국 믿었던 연지마저 같은 주제의 화두를 올렸다. 여기저기서 단풍을 공주님처럼 안고 달리듯 나갔던 모습을 올리며 멋있네, 어쩌네 하는 걸 지겹게 듣고 있는 중이건만.

"정말 멋있는 것 같아요."

결국 나온 주환의 칭찬에 민석이 코를 씰룩였다.

"그래, 그놈은 늘 주인공이지. 젠장."

"과장님은 욕심이 너무 많으세요. 결혼까지 하셔놓고."

"결혼하면 뭐 인기 많으면 안 되나!"

"사모님한테 일러도 되나요?"

잠시 침묵하고 모르는 척 커피를 마신다. 그리고 구시렁구시렁 사족을 달았다.

"갑자기 왜 그러는지 몰라. 원래 그런 놈 아닌데. 강 과장 오늘 아예 못 들어온다고 하던가?"

"아니요, 늦게라도 들어오신다고 하더라고요. 지금은 아무래도 계속 단풍 씨 살펴봐야 할 것 같다고 하셨다던데요."

"……이상한데."

혼잣말을 중얼거리는 민석을 보며 피식 웃던 연지 역시 동조했다.

"좀 그렇죠? 원래 그러시는 분은 아니니까."

"그렇지. 그렇게 정 있는 놈은 아니지."

강주환이 괜히 남신 소리를 듣는 게 아니다. 잘생겨서, 멋있어서 남신이란 소리를 듣기도 하지만 다가가기 힘든 사람이라 그런 별명이 붙은 것도 있었다. 사람과 특별히 어긋나거나 문제가 있는 건 아니지만 다소 차갑게 보이는 인상이라 쉽사리 말을 건네기 어렵다. 잘 말하자면 도도한 도시 남자쯤 되지만 밑바닥으로 말하자면 재수 없다. 그랬던 그가 사람을 안고 뛰었으니 충분히 맛난 안줏거리가 될 만했다. 사실 주환이 사내에서 뛰어다니는 모습을 본 사람은 현재 임원들만이 아는 전설쯤으로 치부되기 때문에 더욱 그런 듯도 했다.

"지금 좀 수군대는 게 있긴 있어요. 하여간 다들 가십 좋아해."

"오면 좀 귀찮아지겠네."

"그럴 리가요. 누가 강 과장님한테 그런 말을 해요. 어느 간담 큰 사람이. ……아, 단풍 씨는 좀 귀찮아지겠구나."

"그것도 그렇고."

"설마 이런 시기에 강 과장님이 누구 만나고 다니실 분도 아니고. 한 부장님이 그거 싫어하는 거 빤히 아시면서. 그쵸?"

"당연한 소리는 할 필요 없수다."

"특별한 이변 없으면 역시 강 과장님이 가시는 거겠죠?"

주어 없는 물음에 민석은 말을 아꼈다. 하지만 딱히 부정하지 않았다.

연지는 어깨를 으쓱거리며 커피를 마셨다. 이런저런 소리가 나고 있긴 하지만 그렇다고 그 남신이 누군가와 썸씽이 있을 거라곤 아무도 예상하지 못하고 있는 듯했다. 다만 민석만큼은 이미 긴 시간 주환과 함께한 터라 뭔가 아리송한 일이 있음을 예의 짐작 중이긴 했다. 말하자면 부뚜막에 올라간 고양이 같은 느낌이랄까? 정확한 건 알 수 없으나 분명히 무언가가 있다. 그저 신의를 지키며 함구할 뿐.

"됐어, 됐어. 될 놈은 뭘 해도 돼! 나 간다!"

마지막 남은 커피를 한 번에 모두 마셔버리고 먼저 나가버리는 민석에 헛웃음을 흘린 연지는 뒤따라 탕비실을 나섰다. 일단 부서를 가장 바쁘게 돌아가게 만든 해외지사 건은 가장 중요한 주축인 주환이 자리를 비워버려서 오늘은 스케줄이 좀 널널했다. 그래서인지 다들 잠깐의 여유를 만끽했고 연지 역시 온라인 쇼핑이나 좀 할까, 막 모니터를 볼 때였다.

똑똑. 타이밍 좋게 파티션을 두드린 건 김성준 팀장이었다.

"연지 씨, 시간 괜찮으면 부탁 하나만."

친근하게 물어오는 말에 얼른 사이트 창을 내린 그녀는 괜히 찔리는 마음에 방긋 웃었다.

"말씀하세요."

"다른 게 아니라 홍단풍 씨 인사 기록표 좀 볼 수 있을까요?"

"네?"

"별건 아니고 여기 올라올 때 내가 기입한 기록을 했는데 뭐 누락된 게 있는 것 같아서 그거 확인차."

"아아…… 예, 잠시만 기다려주세요."

혹시나 쇼핑몰 들어간 것을 들킬까 더 많은 것을 묻지 않고 부랴부랴 파일을 연 연지는 빠른 손으로 단풍의 인사 기록표를 찾아 출력했다. 그리고 금방 따끈따끈하게 출력되어 나온 종이를 건넸다.

"고마워요."

성준은 기록표를 받아 들고 천천히 내용을 확인했다. 그렇게 몇 분쯤 지나고 별로 긴 것도 아니니 이쯤이면 다 읽었겠다 싶었던 연지가 입을 열었다.

"혹시 오류가 있으면 저한테 말씀해주세요. 바로 수정하겠습니다."

"아니에요. 잘되어 있네요, 다행히. 혹시나 잘못되어 있으면 나중에라도 곤란할 수 있잖아요. 그러면 내가 너무 미안하니까."

"맞아요, 그렇죠."

고개를 흔들며 웃은 성준은 기록표를 접어 바로 파쇄기에 넣었다. 아무래도 모든 인적 사항이 적혀 있는 것인지라 출력본은 바로바로 파기하게 되어 있기 때문에 자연스러운 행동이었다.

"아 참, 그리고 이건 단풍 씨한텐 말하지 말아주세요. 좀 창피해서."

윙윙 갈리는 종이를 보던 성준이 유들유들한 목소리로 부탁했고 연지는 싱긋 눈웃음을 그렸다.

"걱정 마세요."

상관이 부하직원 인적 사항 보는 거야 종종 있는 일이니 특별할 것도 없었다. 마음에 드는 대답을 들은 그는 파티션에서 몸을 떼다 막 생각 난 것처럼 '아' 하고 소리를 냈다. 그리고 다시 파티션에 몸을 기댔다.

"저기, 연지 씨?"

"예."

"이건 그냥 개인적인 호기심 때문인데…… 자기 걸 아무렇지 않게 먹으라고 한다거나, 자기 전에 먹을 걸 그 집에 둔다거나…… 혹은 얼른 가겠다고 말하는 그런 건 뭐라고 생각해요?"

이게 갑자기 왜 나온 말인가 싶을 정도로 뜬금없는 소리였지만 대답 못할 질문은 아니었다. 잠시 생각하던 그녀는 대수롭지 않게 대답했다.

"가족 아닐까요? 그런 말이 나오는 걸 보면 가족 같은데."

예상했던 답변이 아닌 다른 말이 나오자 성준은 조금 실망한 기색을 보였다. 파티션에서 몸을 떼고 물러선 그는 손을 들어 감사 인사를 했다.

"땡큐."

이유 모를 질문만 하고서 가는 성준의 등을 대고 어깨만 으쓱한 연지가 모니터 위에 쇼핑몰 사이트를 올릴 즈음 제자리로 돌아와 자리에 앉은 그는 머릿속에 남은 주소를 재빠르게 종이에 적었다. 그리고 등받이에 등을 기대며 다리를 꼬았다.

"흐음."

남에게 들리지 않을 바람 소리를 내는 성준의 머리론 정확하진 않지만 중요 부분은 확실히 기억하고 있는 단풍의 말을 떠올렸다.

'선반 위에 제가 먹으려다 못 먹은 과자 하나가 있거든요. 자기 전에 먹으려다가 포기했는데 그거 드셔도 돼요. 달지 않아서 아마 주환 씨도 좋아하실 거예요. 제 건 따로 또 사다 놓으면 되니까.'

다른 건 모르지만 분명히 그녀의 통화 상대는 강주환 과장이었다. 동명이인이라고 하기엔 우연의 수가 너무 많다.

'······얼른 갈게요.'

여운이 느껴질 만큼 수줍음으로 묻어나던 목소리만큼은 확실하다. 딱, 딱 테이블을 치던 손가락이 우뚝 멈췄다. 의자에 등을 기대 다리를 꼬던 그는 조금 전 연지에게 들었던 말을 떠올렸다. 예상했던 답이 아니라 무심히 스쳐 지나갔던 말이 다시 생각하니 꽤 재미있는 말이었다.

"가족."

가족이란 건 경우에 따라 다르지만 대부분 함께하기 마련이다. 단순히 '연인' 정도의 정의를 내렸던 것이 새롭게 답을 내릴 수 있을 듯했다. 물론 아직 아쉬운 심증이었지만 의심 정도는 할 수 있을 정도다.

"어쩌면……."

나지막이 중얼거리다 입꼬리를 올려 웃은 그는 몸을 바로 하고 마우스를 움직였다. 단풍을 놓치게 된 건 아쉽지만 어쩌면 뜻하지 않은 괜찮은 이익이 손에 들어올 수도 있을 듯했다. 웃어 보이는 그의 모니터 화면에 뜬 것은 해외 발령에 대한 공고문이었다.

복실이의 눈은 너네 왜 동시에 들어오느냐, 하고 묻는 것 같았다. 마치 바람난 남편을 호통 치듯 불쾌하게 둘을 보던 복실이는 불만 가득한 콧바람을 두세 번쯤 뿜어내곤 뒤돌아 소파로 올라가 버렸다.

주환은 복실이에겐 미안한 듯 보였지만 일단 먼저 단풍이 누울 자리를 봐줘야 했다. 그는 먼저 한발 앞서 그녀의 방문을 열기 위해 문고리를 잡았다. 잠시 구두를 벗던 단풍이 병원에 실려 갔을 때보다 훨씬 파리해진 얼굴로 소리쳤다.

"안 돼!"

사자후 닮은 우렁찬 외침에 문고리를 돌리려던 주환이 뒤에서 밀려온 박력에 굳어 손을 뗐다. 벗은 신발을 정리할 틈도 없이 달려 들어온 단풍은 문지기처럼 문을 딱 지키고 서 어색하게 웃었다. 단풍의 이마 위에 민망함이 쓰여 있는 것 같았고 또 왜 그러는지 알 것 같았지만 주환은 내색 않고 한 걸음 물러섰다.

　"저, 이제 진짜 엄청 괜찮은데."

　건강함을 뜻하듯이 가슴을 탕탕 쳤다. 말꼬리 돌리고 싶었던 것도 있지만 몸이 괜찮아진 것도 사실이었다. 방을 보이는 건 절대 안 될 일이었다. 저 안에는 오늘 아침, 어제, 그제…… 아니 한 일주일 정도 전에 벗어 놓은 것도 있는 것 같다. 거기다 뭉친 이불더미까지! 안 된다, 안 된다. 절대! 확고한 의지로 허리에 두 손까지 올린 그녀에게 주환은 고개를 저어 보였다.

　"호흡에 문제가 생길 수도 있다고 의사 선생님이 그러셨습니다."

　"아니에요, 저 정말로 괜찮아요. 지난번엔 119에 실려 갔는데도 금방 낫더라고요. 사실 옛날엔 아프면 침만 발라도 다 나았죠."

　방에서 관심을 돌리기 위해 농담을 건네고 괜히 손가락 하나 들어 움직였다. 주환의 눈이 그녀를 향했다. 어이없어서라도 웃어줄 거라 생각했던 그는 고개를 단풍에게 내렸다. 속없는 소리에 조금 심통이 난 모양새였다. 괜히 주눅이 든 그녀가 더듬거렸다.

　"농, 농담이었어요."

　"그거 제가 해도 됩니까?"

　"뭘요?"

　거의 반사적으로 되물었던 단풍의 눈이 커졌다. 살짝 위로 솟았던 손가락을 주환이 당겨 가져갔다. 그리고 당장 입에 넣을 듯 가져가니 기함한 그녀는 황급히 잡힌 손을 빼 가슴 쪽으로 당겼다.

"우와!"

저도 모르게 나온 감탄사를 끝으로 그녀가 힘차게 소리쳤다.

"너무 이른걸요!"

솔직한 평가에 주환은 피식 웃었다.

"농담은 이런 게 농담입니다."

그리고 돌아서는 주환의 등을 가만히 지켜보던 단풍이 나직이 말했다.

"······농담 아니었죠."

그는 딱히 반응하지 않고 여유롭게 시계를 보고 방으로 들어갈 뿐이었다. 대답이 없으니 당연히 긍정으로밖에 생각되지 않는다. 어느새 주환이 셔츠를 갈아입고 나왔지만 그녀의 눈은 아직 의심이 담겨 있었다.

"다시 회사로 들어가 봐야 할 것 같습니다. 먼저 자지 말고 기다려요."

"자면 안 되는 거예요?"

"말했잖습니까. 호흡곤란."

"······흐음."

이런저런 생각을 해보자면 누가 들어도 음흉했다. 아닌 것 같으면서도 말 한마디, 한마디에 뼈가 살아 있었다. 지금뿐만이 아니라 이전의 대화에서도 그랬던 것 같다.

"농담 아니었잖아요. 그죠."

자리에서 일어나 조르르 따라가며 되물었지만 주환은 끝까지 대답해주지 않았다.

키스를 하고 서로의 마음을 확인한 후 함께 손을 잡고 돌아왔지만 그들은 그저 조금 더 서로에게 편해졌을 뿐 신기할 정도로 자연스러웠다. 마치 지금까지 해오던 모든 것들이 이어지는 것처럼 말이다. 사실 아직 실감이 나지 않아서 그럴 수도 있었다.

끝까지 말이 없는 주환에게 더 물어봐야 제대로 된 대답이 나올 리 없으니 금방 포기하고 사수한 방만으로도 만족하며 인사했다.

"저녁에 잠깐 얘기해요. 앞으로 어떻게 해야 할지 얘기를 해야 할 것 같으니까요."

단풍의 지나가는 말에 그가 바로 섰다. 단풍은 어깨를 으쓱거렸다.

"계속 이렇게 같이 있을 순 없잖아요."

"……."

"남자 친구랑 같이 사는 걸 우리 엄마가 알면 정말 기겁하실 거예요."

당연히 이해가 가고 설득이 되는 소리였지만 주환은 곤란한 안색이 되었다. 이것에 대해선 조금도, 아주 조금도 생각하지 못했다. 하기야 사귀기 전에도 함께 살았건만 이젠 좋아서 어쩔 줄 모르는 사이에서 따로 떨어진다는 건 그에겐 너무도 가혹한 일이었다. 조금 더 진지하게 생각하자면 어느 게 더 가혹한 것인지 알 수 있겠지만.

"남자 친구와 살게 된 게 아니라 같이 살던 사람과 사귀게 된 것뿐입니다."

"그게 그거잖아요."

"많이 다릅니다. 아주 많이."

"어디가요?"

"우리는 결혼을 전제로 사귀는 중입니다."

"예?"

"아닙니까?"

"……아, 아니 잠깐만요. 그러니까."

"누구든 이 사람이 마지막이라는 생각을 가지고 만나는 게 당연한 거 아니겠습니까. 그러니 그게 결혼 전제인 겁니다. 어렵게 생각할 필요 없습니다. 헤어질 걸 생각하고 만나는 사람은 없지 않겠습니까."

"아."

"그런 겁니다."

어찌나 말을 잘하는지 어느새 그녀는 고개를 끄덕이고 있었다. 이렇게 듣고 나니 사귀기 전에도 함께 살았는데 사귀고 있다고 나가는 게 더 이상했다. 단풍은 머리를 긁적였다. 또 휘말린 느낌이 잔뜩 들었지만 두 어깨에 손을 올리고 다가온 그의 얼굴에 복잡했던 머리가 가벼워졌다.

"다른 건 생각하지 맙시다."

말을 마친 후에야 그가 비로소 웃었다. 그리고 조금 고민하는 듯하다 부지불식간에 단풍의 입술에 제 입술을 가져갔다. 쪽, 깔끔하게 닿고 떨어진 입술에 놀란 눈을 하고 입을 벌린 그녀에게 주환은 입술 도장만큼이나 확실한 도장을 찍었다.

"그러니까 오늘은 같이 잡시다."

'그러니까 그 말뜻이 애매하다니까요.'

저 할 말을 마치고 밖으로 나서는 주환의 뒷모습은 곧 문밖으로 사라졌다. 그가 나간 뒤 뺨에 닿았던 감촉을 느끼듯 뺨에 손을 올린 단풍은 번지는 미소를 막을 수 없었다. 몸을 빙그르르 돌린 그녀는 잠시 섰다 후다닥 발코니로 달려갔다.

금방 발코니로 나가 창문에 매달린 단풍은 눈에 불을 켜고 주차장을 보았다. 잠시 뒤, 큰 키의 건장한 체구를 가진 주환이 성큼성큼 걸어가는 게 보였다. 순간 소리 내어 그를 부를 뻔한 그녀는 난간에 두 손을 올리며 멍한 목소리로 중얼거렸다.

"저 사람이."

빠르게 걸어가던 주환이 멈추고 마치 꼭 누가 부른 것처럼 몸을 돌려 시선을 위로 올렸다. 제법 먼 거리였음에도 확실히 눈이 맞았다고 느낄 때 단풍은 난간을 잡은 두 손에 힘을 주었다.

"……내 남자."

좋아한다는 감정을 깨달은 순간, 감정은 터지듯 크게 번져 가슴을 울렸다.

6. 사랑의 맛

#16.

　대부분의 직원들이 돌아간 후지만 낮에 하지 못했던 급한 업무를 마무리해야 하는 주환은 바쁘게 손을 움직였다. 해는 이미 오래전에 떨어지고 야근하는 몇몇들만 남았을 늦은 시간, 겨우 급한 불을 끈 그는 화장실 한 번 못 가고 집중하다 몇 시간 만에 겨우 고개를 들어 돌렸다. 그리고 시간을 확인하며 살짝 미간을 좁혔다. 설마 이 정도로 시간이 늦어질 거라곤 생각하지 못했다.

　못해도 서너 시간이면 갈 수 있을 거라 생각했는데 일단 어떻게든 빨리 집에 갈 생각에 마음만 급했다. 그것을 인지하니 스스로 생각해도 자신이 단시간에 아주 많이 변했음을 알 수 있었다. 본인에게도 그다지 관심이 없었던 것이 불과 한 달여 전. 한순간의 만남이 사람을 변화시킬 수도 있음을 새삼 깨달으며 피식 웃음이 번졌다.

우선 아직 몸이 편치 못한 상태로 혼자 있을 단풍을 위해서라도 다른 때보다 더 빠른 걸음으로 사무실을 빠져나가는 주환을 잡은 건 왜인지 이 늦은 시간까지 남아 있던 성준이었다.

"단풍 씨는 괜찮습니까?"

썩 반갑지 않은 얼굴이 단풍의 이름을 거론하는 게 신경을 건드렸다. 다른 사람이라면 몰라도 성준은 단풍에게 호감을 비쳤던 대상이고 그런 상대에게 적대감을 갖는 건 남자로서 어쩔 수 없이 갖는 본능이었다. 게다가 성준은 유일하다시피 자신이 단풍에게 마음을 두고 있음을 알고 있는 사람이다. 생각해보면 지나치게 얌전한 것도 같았다. 무언가 꿍꿍이가 있듯이.

"예, 많이 좋아졌습니다."

"다행입니다."

평범한 대화를 나누는 것 같지만 서로 간의 스파크가 쉬지 않고 흘렀다. 아니나 다를까 성준은 의뭉스러운 얼굴로 말을 이었다.

"신기하네요. 서로 안 지 얼마 안 된 사이 같은데 그렇게 가까워질 수 있다는 게. 업무도 두고 곁을 지킨다는 건 어지간한 관계로는 안 되는 거겠죠?"

역시 그는 단풍과 주환의 관계를 명확히 알고 있다. 굳이 어떻게든 숨겨야 할 정도로 중대한 비밀까진 아니지만 필히 단풍이 불편해할 것이었다. 뭔가 더 바라는 게 있는 건 아닌지 의중을 살피기 위해 지켜보았다. 성준은 헛바람을 들이켜듯 눈웃음을 만들었다.

"뭔가 만나는 루트가 있는 것처럼 말이죠."

그리고 조금 더 고약한 말이 이어졌다. 다행히 주환은 얼굴에 감정이 드러나는 편이 아니었다.

"무슨 말씀이십니까?"

전혀 예측할 수 없는 표정에 성준의 눈썹이 꿈틀거렸다. 몇 차례 느꼈지만 입담으로는 이길 수 없음을 알기에 비꼬는 것이 전부였다.

"아니, 뭐 돌려 말하는 건 아니고, 말 그대로입니다. 잘 만나시라는 축하죠. 그러고 보니 곧 강 과장 축하할 일도 생길 것 같은데 여러모로 축하할 일이 많군요."

더 들을 것도 없다는 듯 주환은 먼저 묵례했다.

"먼저 들어가겠습니다."

"이기적이라고 생각하지 않습니까?"

"……."

"어차피 정해진 일 같은데."

목석같은 그의 심줄로도 금이 갔다. 이 쓸데없는 오지랖을 막고 마음 가는 대로 몸을 움직이고 싶었지만 이곳은 회사였고 주환은 상당한 쇠심줄을 가진 사내였다. 인내심이 하나하나 깎여가고 있었지만 지금은 참아야 할 때였다. 그것을 어떤 의미로 여겼는지는 몰라도 성준은 만족스런 얼굴로 어깨를 으쓱거렸다.

"뭐, 방법은 여러 가지겠죠. 둘 중 하나를 포기한다거나?"

이죽대는 말을 듣고 있으려니 이곳에 서 있는 시간이 아까워졌다.

"방법을 일러주실 생각이 없다면 관심은 사양하겠습니다."

움찔, 성준의 뒷골이 오싹해졌다.

"저는 그리 그릇이 넓은 사람이 아니니까요."

본래 표정 변화가 없는 사람은 조금만 바뀌어도 그 폭이 커 보이는 법이었다. 평소의 것이 무감각하던 눈이라면 지금은 칼날처럼 차갑고 싸늘한 눈이었다.

"사적으론 이름도 올리지 말아주십시오."

"……."

"실례했습니다, 팀장님."

이곳이 회사가 아니었다면 뭐가 어떻게 되었을지 모를 경고 같은 일갈이었다. 끝까지 정중함을 잊지 않았지만 느껴지는 서늘함은 목이 탈 만큼 따가웠다. 돌아서 미련 없이 가버리는 주환의 등을 보며 성준은 깊이 상한 자존심에 눈을 찌푸렸다.

성준과의 즐겁지 못했던 대화에 찜찜함을 안고 집으로 돌아온 주환은 자신을 반기는 복실이를 안아 들고 주변을 둘러보았다.

"자지 말고 기다리라니까."

깨어 있다면 복실이와 함께 마중을 나왔을 단풍인데 잠잠한 것이 벌써 잠을 자는 모양이었다. 아쉽기도 하고 걱정도 되어 쓴 입맛으로 거실로 몸을 돌리던 그는 반사적으로 번지는 미소를 막지 못했다.

단풍은 주환을 기다리고 있었다. 비록 잠을 이기지 못하고 참 자유분방한 모습으로 잠에 빠져 있긴 하지만 분명 자신을 기다리려 했던 것에는 틀림없다.

한 손엔 리모컨이, 다른 한 손에는 청소를 하느라 끼고 벗은 듯한 고무장갑이 있었다. 아마도 방 청소를 하다, 보고 싶은 텔레비전 프로그램을 보려고 잠시 앉았다가 그대로 잠이 들었을 거다.

그녀에겐 그 어떤 날보다 피곤하고 힘들었을 하루다. 그럼에도 끝까지 기다려줬다는 것이 고맙고 예뻐서 주환은 복실이를 내려놓고 단풍의 곁으로 다가갔다.

신기하다.

타인이 이렇게까지 자신에게 영향을 줄 수 있다는 것이. 생활과 습관과 버릇마저 바꿔버릴 만큼 이다지도 크게 다가온다는 것이. 그리고 그게 정말로 기쁘다는 것까지. 단풍은 아마도 이런 자신을 반의반도 모를 거다. 그렇다 해도 상관없을 만큼 그는 그녀에게 완벽히 빠져 있었다.

어떤 일이 오더라도 상관없다. 하물며 그것이 정말로 무언가를 포기해야 할 때라 해도.

색색 고른 숨소리가 안정적으로 흩어졌고 주환은 한쪽으로 확 꺾여버린 그녀의 고개를 바로 해주기 위해 손을 뻗었다. 그리고 막 단풍의 뺨에 그의 손이 닿았을 때, 평온했던 단풍의 이맛살이 확 구겨졌다.

"야, 이 씨, 홍단결 안 놔? 죽을래?"

조금 전 성준과의 스파크 튀던 입씨름을 하면서도 지지 않았던 주환의 손이 황급히 뒤로 물러났다. 눈도 뜨지 않고 얼굴만 구기고서 웅얼웅얼 불만을 토해낸 그녀는 아직 잠에 빠진 상태인 듯했다.

"자꾸 건들고 있어…… 귀찮게……."

마지막 확인 사살까지 마치고 다시 쿨쿨. 고개를 받쳐주려다 한소리 제대로 들은 주환은 순간 웃음이 나올 것 같아 입술을 다물었다. 그는 조금 고민하다 방에서 두꺼운 이불과 베개를 가지고 나왔다. 그리고 테이블을 멀리 밀어 두고 카펫 위에 이부자리를 펴고는 이젠 세상모르고 잠든 단풍을 그 위에 눕히고 한참을 바라보았다.

늦히다 한두 차례 또 소리를 듣긴 했지만 그 모습이 어찌나 귀엽던지 자는 사람 귀찮게 계속 건드릴 뻔했다. 다행히 주환은 그녀의 숙면을 좀 더 우선으로 생각했다.

가느다란 머리카락, 길지도 짧지도 않은 속눈썹. 끝이 동글동글한 코나 큰 쌈은 들어가지 않을 듯한 잡은 입까지. 입술에 닿지 않을 가까운 거리에서 손가락으로 스치듯 훑어 내려간 그는 열이 오르는 듯한 몸에 입바람을 한 번 불었다.

어쩌면 당분간은 또 다른 의미로 곤란한 일들이 잔뜩 있을 듯하지만 지금은 이 순간만으로도 충분했다. 어느새 복실이가 단풍의 옆에 자리를 잡고 똬리를 틀었다. 단풍이 보았으면 감격에 겨웠을 모습이지만 아쉽게도 그녀는 복실이가 옆에 있는지도 모르고 한결 편한 얼굴이 되어 자고 있을 뿐이었다.

모든 것이 완벽한 완전한 공간 같았다. 아무에게도 방해받고 싶지 않은 소중한 시간. 그는 세상에서 가장 행복한 사람처럼 따스한 눈으로 단풍을 보다 속삭였다.

"잘 자요."

막 입에 머금은 사탕보다 달콤하게.

"아시다시피 이제 다음 주 월요일이면 올해 가장 큰 업무가 기다리고 있습니다. 긴 시간 준비한 것이니만큼 마지막에 마지막까지 살펴야 합니다. 서류 면접자들 통과된 거 확인들 했을 거고, 면접날에 인원 체크는 다들 꼼꼼하게 확인해서 진행해야 합니다. 임과장, 3차 면접 통과자들 인원 다들 확인했나?"

"예, 총 22명이고 각 순번대로 개별 면접을 진행할 예정입니다."

"임원분들 스케줄 조정은?"

"대부분 조정이 끝난 상태입니다. 문제없습니다."

"좋아. 면접장 다시 확인해서 보고 올리고 2년 차 이하로는 당일에 참석해서 보조하세요."

"예, 부장님."

"그리고 면접 끝난 뒤에 이사님들과 같이 회의 참석하시기로 했으니까 다음 분기……."

다음 주에 있을 특채 면접에 대한 회의였기에 회의는 꽤 오래 이어졌다. 처음으로 면접에 들어가는 단풍은 미리 알아본 것들을 정리하며 다이어리를 빼곡하게 채워갔다. 할 일이라곤 임원들이나 상관의 보조를 맞추는 것들뿐이겠지만. 그렇게 다시 한참 지났을 무렵, 누군가 목을 가다듬었다. 자연스레 그쪽으로 시선을 돌리자 주환이 그녀를 보고 있었다.

언제부터 보고 있었는지는 모르지만 남이 볼 수도 있다는 건 생각하지도 않는 듯 정말 빤히 보고 있었다. 모르면 몰랐지 알고 나니 얼굴이 따끔거릴 지경이었다. 왜 저렇게 보는 걸까 하고 괜히 얼굴을 문지르며 있자 그의 손이 움직였다.

검지로 자신을 가리키는 간단한 제스처에 단풍은 전혀 알아듣지 못하고 고개만 연신 갸웃거렸다. 그 모습에 잠시 앞쪽을 보던 주환이 미소를 띠었다. 면역되지 못한 설탕 바른 달콤한 미소에 현혹되어 두 손으로 얼굴을 가린 그녀는 회의가 끝날 때까지 자꾸 그와 눈을 마주치고 부끄러운 얼굴을 만들어야 했다.

어떻게 회의가 지나갔는지 몰랐을 만큼 어질어질했던 시간이 지나고 어쩐지 속이 좀 열을 받은 것 같아 탕비실로 들어온 단풍은 냉큼 냉수부터 마셨다.

"아닌 것 같으면서도 무대뽀란 말이야."

아무리 주변 사람들이 다른 일을 하고 있었더라도 대놓고 눈을 맞추고 웃어주는 건 괜히 겁이 나는 일이었다. 그래도 안 그런 사람이 해주는 애정표현이 싫지만은 않은 듯 의식하지 못한 기쁜 마음은 얼굴 곳곳에 남아 있었다.

연거푸 두 잔의 물을 나시고 나서야 겨우 열기를 식혀 자리에 앉자 옆에 있던 연지가 서류를 넘겼다.

"이거 저번 분기 면접참관 기록서. 저번에 들어갔을 때 기입한 건데 꽤 도움될 거예요."

"와, 고마워요! 안 그래도 좀 막막했는데."

"내가 딱 그랬다니까요. 근데 단풍 씨 어디 계속 아픈 거야? 회의 내내 얼굴 감싸고 있던데."

"……아."

한 번 쓰러진 이후 연약한 여자가 된 단풍의 모습이 연지에겐 다른 의미로 전해진 모양이었다. 다행이라고 해야 할지 모를 고마운 걱정에 허허 웃어버린 단풍은 어깨를 으쓱거렸다. 그게 썩 개운해 보이지 않았던지 연지의 시선이 단풍에게 닿았다.

"혹시 사람들이 자꾸 봐서 그래요?"

단풍의 어설픈 모습을 걱정으로 오해한 듯 연지는 친절하게 손을 흔들었다.

"그런 거면 진짜 신경 쓰지 마요. 어차피 좀 지나면 수그러들어. 알잖아, 다들 괜한 소리 하는 거 좋아해서 그러는 거. 하필 또 우리 남신님 일이잖아."

차마 그 앞에서 그 남신과 무슨 일을 쳤다고는 하지 못하겠다. 사실 주변의 수군거림이 신경 쓰이지 않을 수는 없다. 그런 화제성 높은 일을 쳤으니 조용히 넘어가길 바란 게 더 억지일 수도 있겠지만 말이다. 연신 다독이며 위로하는 친절한 연지의 말을 얌전히 듣던 단풍은 물을까 말까 고민하던 질문을 꺼냈다.

"연지 씨, 혹시 여기는 사내 연애 같은 거…… 지양하는 편이에요? 아니면 좀 뭔가 이런저런 얘기가 돌면 좀 불편해하시거나."

어차피 내용의 연장선상인지라 묻는 것에 어색함은 없었다. 단지 연지의 곤란한 눈만 돌아올 뿐.

"굳이 절대 안 된다거나 그런 건 아니에요. 그런데 지금 같은 시기는 좀 아니지. 맞아도 아닌 척해야 하거든요. 인사고과에 당장 반영될지도 몰라요."

"인사고과까지?"

"한 부장님이 별로 안 좋아하시는 일이거든."

"무슨 일 있었어요?"

"있기야 늘 있지. 아무래도 여기가 그렇잖아요. 사람 평가하고, 정리하고 이런저런. 그러다 보니까 실수도 있고. 제일 큰 건으로는 한 이삼 년 전에 있었던 일인데 계약직 사원 한 명이 계약 정리될 예정이었어요. 미안하긴 해도 그해 공채 면접 때문에 어쩔 수 없거든요. 그런데 계약 정리될 계약직 남자 직원이랑 인사과 과장님이 그렇고 그런 사이였나 봐."

"설마?"

"그 설마가 맞다니까. 나중에 인원 추리는데 문제 생겨가지고 재무팀에서 연락 오지, 새로 뽑은 인원 어쩔 거냐고 난리 났지. 한 부장님이 그때 그거 정리한 것만 생각하면 아직도 학을 떼신대요. 그나마 좀 나아져서 모르는 척은 해주신다지만 큰일 앞두고 뭐 터지면 사내 연애건 뭐건 조용히 정리되더라고요. 예쁨 받다가도 팽당한다나, 뭐라나."

가볍게 물어봤다가 억세게 물린 기분이었다. 단풍은 머쓱하게 머리를 긁적였다.

"그래서 어지간하면 최대한 여기선 안 해요. 다른 부서는 몰라도 같은 부서끼리는 안 돼. 해도 싹 입 다물지. 그러다 결혼이라도 하면 모를까, 사실 그런 경우가 몇이나 되겠어. 혹시 단풍 씨도 어디 뭐 입질 오면 그냥 혼자만 알고 있는 게 좋을 거예요. 안 그러면 진짜 귀찮아진다니까. 내가 부서를 옮겨야지 원, 여기만 심해. 여기만."

"……."

"그래서 한 부장님이 강 과장님 좋아하시잖아요. 지금까지 그렇게 스캔들 한 번 없는 것도 드물다고."

뜨끔뜨끔. 가슴을 가시로 콕콕 찌르는 것 같다. 그녀는 눈을 옆으로 굴리며 어색하게 고개를 끄덕였다.

"으, 으응. 고마워요."

역시 이런 문제는 조금 더 신중해야 할 듯했다. 굳이 말리지도 않지만 이런 때에, 그것도 발령받아 온 지 얼마 안 된 자신과 만나고 있다는 건 두 사람 모두에게 좋지 않을 수 있다. 생각해보면 어느 회사도 사내연애를 좋아하진 않는다. 만나면서는 업무에 해이해질 수 있고 만약 헤어진다면……. 어쨌건 당분간은 함구하는 게 좋을 듯했다.

"단풍 씨는 신경 쓰지 마요. 입 놀리기 좋아하는 몇 말고는 다들 이상하게 생각 안 하니까. 진짜 많이 걱정했구나?"

"……하, 하하."

할 수 있는 건 얼굴 근육 달래며 최대한 자연스럽게 웃어주는 게 전부였다. 이런 속도 모르고 사람 좋은 연지는 다시금 단풍을 걱정했다.

"아 참, 그리고 어디 아프면 바로바로 말하고. 나 그때 진짜 너무 민망했단 말이야. 한참 멀리 있는 강 과장님이 먼저 알고 나는 바로 옆에 있었는데 못 알아봐서 얼마나 미안했다고."

"응, 고마워요."

사실 서울 사람은 깍쟁이라는 이유 없는 편견이 있었건만 이런 거 보면 참 재미없는 편견이었다. 고마움을 슬쩍 눈꼬리 내리는 애교로 응답하며 혀를 날름거리는 단풍의 모습에 연지는 한탄 비슷한 신음을 냈다.

"좋겠다."

"뭐가요?"

"뭐긴. 보면 단풍 씨는 애교가 좀 있어서 인기 좀 있을 것 같아."

"……."

세상에나, 여기도 재미없는 편견이. 진지하게 애교에 대한 뜻을 알려줄까 고민하는 사이 등을 기댄 연지가 긴 숨을 내쉬며 한탄했다.

"나도 연애 좀 해야 하는데. 이렇게 살다 연애세포가 다 죽어서 결국엔 연애기피증에 걸려 죽을지도 몰라."

단풍은 갑작스럽게 시작된 연애론을 신 나게 재잘대는 연지의 말을 고개를 끄덕이며 들었다. 해줄 수 있는 게 이것뿐이라 새삼 더 미안할 뿐이었다.

"올해의 미친 짓으로 남신한테 과감히 대시 한번 해볼까."

그렇게 중얼거리다 눈을 깜빡이는 단풍의 시선을 가로채 슬그머니 손을 올려 한쪽을 가리키는 그녀였다. 그 손을 따라가자 막 사무실 밖으로 나가고 있는 강 과장, 주환이 보였다.

"저기 가시네, 우리 남신."

"……."

"되나 못되나 확 찔러나 봐?"

"과장님 좋아해요?"

"좋지. 일 잘하고 잘생겼고."

순간 당황스러움이 얼굴로 번져버렸다. 표정 관리가 잘되지 않았다. 괜히 눈동자를 굴리며 주환에게서 시선을 옮긴 단풍을 모르는 연지는 꼰 다리의 발을 까딱거리며 품평을 이어나갔다.

"신입들한테 꽤 지지도가 높지. 액면만 보면 정말 완벽하거든."

"액, 액면만?"

시침 뚝 관심 없는 척 되물으니 성실히 답해주는 연지다.

"신이 왜 신이겠어. 신의 영역. 인간은 도달할 수가 없지. 그래서 다른 의미로 제일 인기가 없다는 게 슬픈 현실이라고나 할까?"

정말 오묘한 기분이었다. 어떤 표정을 해야 자연스러울지 몰라 결국 연지가 챙겨준 자료를 가슴에 안은 단풍은 자리에서 일어났다.

"자료실 좀 다녀올게요. 자료가 좀 더 있나 봐야겠네."

"응, L라인 가보면 꽤 있을 거야."

끝까지 도움을 주는 연지에게 감사의 뜻으로 손을 흔들어 보이고 사무실을 나선 그녀는 얼굴에 손 부채질을 했다. 인기가 있다고 해도 문제지만 없다고 해도 썩 좋지 않았다. 다른 사람들은 모르는 강주환의 매력을 자신만 아는 게 다행인 것도 같고 말이다.

사내 연애. 사칙상 위반될 것도 없고 잘못된 것도 없지만 이상하게 숨기게 되는 미묘한 관계. 다른 것보다 이것에 대해서 좀 더 이야기를 나눠야 할 것 같은 생각이 들었다. 자료실 안으로 들어서던 그때 가녀린 목소리가 들려왔다.

"이번 특채 면접에 면접관으로 들어가신다는 소식 들었어요. 사실 이번에 저희 학교 후배가 3차 면접을 통과했거든요. 아, 물론 뭐 특별히 신경 써달라는 말은 아니에요. 이름도 안 알려드릴 거고요."

"축하드립니다."

"고마워요."

이어진 목소리는 당연히 알아들을 목소리였다. 후다닥 소리가 나는 곳으로 가던 단풍은 주환의 뒷모습과 가려진 듯 옷자락만 조금 보이는 여자의 모습에 반사적으로 숨었다. 숨고 나서도 내가 왜 숨는가에 대한 고찰을 했지만 그들이 조금씩 자리를 옮기고 있어 나서기도 뭐했다. 어쩌다 보니 일전 주환과 숨었던 구석자리에 몸을 숨긴 그녀는 들고 있는 자료로 얼굴을 가렸다. 괜스레 낯이 뜨거웠다.

그사이 말이 이어지고 있었다.

"저 혹시 후배가 최종으로 합격하고 난다면 아마도 그건 강 과장의 덕이 있는 거니까 그때 식사라도 대접하고 싶어서요. 물론 안 된다면 굳이 같이 식사를 할 필요도 없지만요."

"안 그래도 한 번 얘기를 하려 했습니다."

"어머, 그래요?"

심장이 쿵쾅거렸다. 울컥거리고 짜증이 치밀었다. 자료를 잡은 손에 힘이 꽉 들어갔고 이성을 배반한 입술이 죽 불만스럽게 나오고 있었다. 참지 못하고 고개를 살며시 빼자 자연스럽게 주환의 팔을 잡은 여자가 반가운 목소리로 말을 이었다.

"우리가 마음이 맞았나 보군요. 그럼 굳이 그때까지 기다릴 필요는……. 이게 뭔가요?"

얼마 가지 못했지만.

"최종 합격자들을 위한 교육플랜입니다. 정확한 건 그쪽 부서에서 담당해야겠지만 어느 정도 프로세스는 있어야 할 것 같아 정리했습니다. 혹시 이번 분기 예산안에 맞추기 어렵다면 다음 분기 예산안을 일부 사용해도 된다고 재무팀 권 부장님이 승인하셨으니 오차 차이를 제게 알려주시면 됩니다. 일단 위탁보다는 사내 자체 강사를 통한 교육을 했으면 하는데 그쪽 부서는 어떻게 생각하는지 상의 후 연락 주십시오. 우리도 특이사항이 없는 한 그대로 따르겠습니다."

"……아, 예. 저, 그런데 우리 식사를……."

"그러고 보니 올 초 시스템에 문제점이 있었는데 그건 수정했습니까? 커리큘럼에 문제가 있으면 타 부서 자체에서 발생한 문제들을 우리 인사과에서 책임을 지게 됩니다. 우선 다른 곳과 달리 우리는 하청 업체가 아니라 산하기업을 통해 시공을 하고 있다는 걸 인지시켜야 합니다. 경력직을 채용하다 보니 지난 회사에 물들어 있어 이따금 문제가 발생하곤 하니까요. 그리고 혹시 지난번 강사로 왔던 분 연락처를 좀 받을 수 있겠습니까."

"그, 그야 가지고 있으니까요."

"다행입니다. 그럼 강사님께 제 쪽에서 먼저 연락한다 말씀해주시고 연락처 부탁드립니다. 그러고 보니 저번 분기 재무부 승인차트도 좀 필요할 것 같습니다. 아무래도 해외발령이기 때문에 복합적 예산표가 필요할 것 같으니……."

"저! 저기, 저 메일로, 메…… 메일로 보내주십시오."

"알겠습니다. 오후까지 보내드리겠습니다."

도망이란 단어가 이보다 더 잘 어울릴 수는 없었다. 일단 이 자리를 벗어나야 할 것 같다는 생각 때문인지 달리듯 빠져나가는 여자의 모습을 보던 단풍은 하얗게 질렸다. 주환이 왜 다가가기 힘든 사람인지 지금 이 순간 확실하게 알아버린 듯했다. 잠시 철벽같은 그의 말솜씨에 혀를 내두르던 단풍은 얼른 구석에 숨었다. 그리고 들키지 않기 위해 몸을 돌리며 최대한 숨소리를 작게 했으나 애석하게도 뒤에서부터 지는 그늘이 제 뒤로 누가 왔는지를 알게 했다.

"뭐 하는 건지 물어도 됩니까?"

"……못 본 척하고 가시면 안 될까요."

"안 됩니다."

단호한 답에 그녀는 한숨과 함께 몸을 돌리며 다시금 자료로 얼굴을 가렸다.

"얼굴은 보지 말아줘요. 여러 가지로 복잡하니까."

"그렇습니까."

"누구를 사귀어본 게 너무 오랜만이라서 그냥 좋은 것만 있는 게 아니라는 걸 잠시 잊었어요. 새삼 제가 누구와 사귀는 건지 깨달았고요."

그는 이해하지 못한 듯 등을 기대며 한쪽 눈을 작게 떴다. 부끄러운 얼굴은 내려 두고 몸을 조금 움츠린 단풍은 어깨를 으쓱거리며 주환과 눈을 맞췄다. 자신을 보는 검은 눈이 마음을 살랑거리게 만들었지만 그녀는 애써 눈을 돌리며 손에 들린 자료로 얼굴을 가렸다. 눈을 마주치기만 해도 심장이 콩닥콩닥하다.

"역시 당분간은 그냥 조용히 지내는 게 좋을 것 같아요."

지난밤 두 사람은 이 상황을 얼추 예상했었고 앞으로 어떻게 할지 이야기를 나눴다. 막 만나는 사람들의 풋풋함보다 남들에게 어떻게 보일지를 걱정해야 하는 게 아쉽기는 해도 여러 가지 상황상 지금은 얌전히 추후를 살피는 게 옳을 것 같다고 결론을 내렸다. 그것이 그리 마음에 들지 않아도 남자인 자신보다는 여자인 단풍이 더 구설수에 오르기 충분하다는 걸 알기에 주환도 수긍했던 일이다.

주환은 뭐가 그리 부끄럽고 민망한지 얼굴을 가리고 웅얼거리는 단풍에게 다가섰다.

"나쁜 짓 하는 건 아니라도 지킬 건 지켜야……."

말이 끝나기가 무섭게 자료 위로 손가락이 올라왔다. 그리고 지그시 아래로 내리자 결국 드러난 얼굴은 홍당무가 되어 있었다.

"못됐어."

벌겋게 익은 얼굴로 그녀가 투덜거렸다. 사실 이렇게 얼굴을 가리고 있는 건 다른 것보다도 남편 바람피우는 현장 잡으려는 와이프가 된 자신이 낯 뜨거워서였다. 의심 따위가 아니라 이젠 이런 것에도 혼자 질투하고 신경 쓰는 것이 부끄럽기 그지없었다.

"보지 말아요. 안 그래도 창피해 죽겠으니까. 그런데 진짜 고의는 아니었어요. 일부러 보려고 그런 게 아니라……!"

주환의 두 팔이 그녀의 얼굴을 잡고 몸을 붙였다. 순식간에 다가온 그가 갑작스러울 정도로 다급히 키스했고 말문이 막힌 단풍은 이러지도 못하고, 저러지도 못한 상태에서 버둥대던 팔을 내렸다. 어제 나눈 키스보다 훨씬 진하고 달아오른 입맞춤이었다.

움찔, 움찔 다리가 빳빳하게 서는 기분이 들었다. 입술 사이 오가는 숨결이 너무도 가빠서 힘을 주는 것도 부질없었다. 두 손이 내려갈 때 도란도란 대화 소리가 들리며 자료실로 사람이 들어섰다. 주환의 몸이 조금 더 단풍의 몸을 벽으로 눌렀고 완벽히 닿은 몸체에 가슴이 뛰었다. 완전히 붙은 몸이 부끄러워 그녀가 소곤댔다.

"이럴 필요 없잖아요."

"뭐가 말입니까."

여전히 입술을 탐하는 주환이 대답했고 말할 때마다 닿는 입술의 느낌이 이상했다. 몸이 간지러워지는 기분이었다. 단풍은 그것을 애써 눌렀다.

"숨을 필요 없다는 거 이제 알아요."

"아니요, 숨어야죠."

대번에 부정한 그는 그녀의 허리를 감싸 안았다. 더 붙을 수 없을 것 같던 몸이 정말 하나처럼 찰싹 붙었다.

"그땐 그럴 필요가 없었지만 지금은 숨어야 합니다."

"……."

"숨기는 게 있으니까."

그리고 그녀를 제 품 안에 가득히 안는다. 사람은 더할 나위 없이 도도하고 도시적인데 손이나 가슴은 정말 포근하고 편해서 마음까지 가라앉았다. 단풍은 아주 작게 그를 불렀다.

"있잖아요, 주환 씨."

한층 더 작아진 목소리는 아주 가까이 다가가 귀를 대지 않고서는 들리지 않을 정도로 작았다. 자연스레 다가온 그의 귓가에 속삭였다.

"잘했어요. 앞으로도 그렇게 해야 해요, 복실이 오빠."

칭찬인지 뭔지 애매모호한 말을 들은 주환은 나쁘지 않게 미간을 좁히다 곧 장난스럽게 물었다.

"질투?"

이러니까 얼굴을 가린 거다. 시작부터 질투나 해대는 게 자존심이 상하기도 하고 민망하기도 해서. 그래서 괜히 콧대 세우는 척 투덜거렸다.

"뭐, 난 뭐 그거 하면 안 되는……."

그것마저 사랑스럽다는 듯 촉, 소리가 나게 이마에 입을 맞춘 주환은 그녀의 손에 무언가를 쥐여 주었다.

"10분만 쉬다 와요."

그리고 돌아서는 그에 덩그러니 남아 쥐여진 것을 펼친 단풍은 저도 모르게 입가에 미소를 그렸다. 그녀의 손안에 있는 건 주말 날짜로 잡힌 영화표 두 장이었다.

#17.

　-택배 왔으니까 택배 찾아가.

　"택배? 무슨 택배?"

　-회사에서 온 것 같은데? 무슨 화분이래. 사무실 환영 화분인가 뭔가.

　"그래? 새로 발령 난 거 화환인가 보다. 월요일 저녁쯤에 갈 테니까 그때 줘. 물도 한번 주고."

　-올 때 치킨.

　"전생에 닭 못 잡아먹은 게 한이라도 됐니, 어째 맨날 닭만 찾아."

　-몰라, 몰라. 끊는다.

　"제대로 챙겨먹고 다니는 거야?"

　전형적인 말 안 듣는 남동생 노릇을 해주며 전화를 끊는 단결에 이마 위로 살짝 핏대가 올랐지만 아침임을 감안해 이해해주기로 했다. 늦은 저녁에 아르바이트를 하느라 새벽에야 겨우 잠든다는 걸 알고 있으니 이해는 하지만 이렇게 다니며 공부는 하는지 걱정도 되었다.

"밥은 먹고 다니는지 모르겠네."

"누구랑 그렇게 통화를 합니까?"

어느새 거실로 나온 주환이 셔츠 소매 끝을 정리하며 물었고 그녀는 반갑게 맞이했다.

"나왔어요?"

언제나 느끼지만 주환은 사내(社內) 별명에 참 걸맞은 사람이었다. 가벼운 차림조차 멋스럽게 소화시키는 것을 보면. 새삼스레 제 남자를 향한 애정이 솟아올라 손가락을 꼼지락거렸다.

"넥타이 안 하고, 가볍게 입어도."

"누구냐니까."

하지만 듣는 당사자는 이미 다른 곳에 신경을 두고서 못마땅하게 미간을 좁혔다. 이 와중에 단풍은 여자이면서도 이해할 수 없는 마음에 혀를 차는 중이었다. 정직한 존대가 아닌 끝이 톡 잘린 말에 어느 때보다 가슴이 콩닥거렸다. 괜히 더 장난을 치고 싶을 정도로 배가 간질간질한 느낌이었지만 애써 참았다.

"동생이요. 왜 저번에 본 적 있죠? 단결이."

"아."

"나한테 질투하냐고 하더니, 그러는 본인은 아주 제대로 헛다리 짚어주네요."

콕 집어 놀리는 말에 주환은 흔치 않은 한숨을 쉬며 민망한 듯

뒷목을 쓸었다.

"이쪽도 놀라는 중입니다. 30년 넘어 살면서 진짜 성격을 이제 알아가는 것 같아서."

솔직한 자기 평가에 단풍이 웃음을 터트리며 고개를 저었다.

"아니에요, 좋아요. 멋있어요."

멀쩡한 사람치고 이런 칭찬에 기분 나쁠 사람은 없다. 더욱이 거짓이라곤 1그램도 섞이지 않는 그녀의 말이라면 더더욱.

"같이 사니까 이렇게 같이 나갈 수 있네요. 좋다."

둔한 건지 아니면 정말 너무 편해서 그런 건지는 몰라도 동거의 순기능을 플라토닉한 면으로만 찾는 단풍이었다. 지금은 자신을 편하게 생각하는 게 가장 좋은 일이기에 주환은 이미 아주 오래전부터 부풀어 오른 검은 속내를 꼭꼭 숨겼다.

"시간 지나면 누나부터 소개해주겠습니다."

"어, 누나요?"

"그렇게 좋은 성격은 아니지만 썩 나쁜 성격도 아닙니다."

누나인 지현이 들었으면 울화통을 터트리며 발을 굴렸을 평가였지만 단풍은 좋은 쪽으로 받아들이기로 했다. 그리고 가슴에 손을 올리고 한숨을 쉬었다.

"미안해요."

갑작스러운 사과에 차 키를 챙기던 주환이 돌아보았다. 그녀는 볼에 조금 홍조를 만들며 한숨 쉬었다.

"누님 생각하니까 주환 씨 생각하는 것보다 더 설 어요. 막 두근두근."

누나를 만나게 하지 말아야 할까. 다른 사람을 떠올리며 살랑거

단풍이
놀다   237

리는 눈웃음을 짓는 단풍에 그는 짧게 한탄했다. 자신은 남다르게 질투심이 강하다는 사실을 나날이 깨닫는 주환이었다.

워낙 항상 같이 있다 보니 첫 데이트와 같은 단어에 강박 같은 건 없었다. 하지만 단순히 편한 상대와 함께 있는 것과 좋아하는 사람과 함께 있는 건 분명 달랐다. 늘 곁에 있는데 눈을 뗄 수 없을 만큼 좋다.

운전을 하는 모습이라든가, 살짝 열린 창문으로 부는 바람에 흔들리는 머리를 넘기는 손이라든가. 신호에 멈추는 사이 자신을 보는 눈까지 모두. 좋아하면 그 사람을 더 좋아하게 된다는 뜻을 알 것 같았다. 나이에 막론하고 가장 순수한 순간이 아닐까 싶을 만큼 기분 좋은 미소가 입가를 떠나지 않았다.

영화가 시작하기 전, 길게 이어지는 광고를 버티기 위해 팝콘이나 나초, 콜라들을 잔뜩 가지고 와 오물대던 단풍은 화면을 보고 있는 주환의 두 손에 팝콘과 나초 2개가 모두 들려 있는 걸 보았다. 콜라는 비치된 자리에 넣으면 되는 일이라 상관없지만 과자는 아니었다. 슬쩍 앞을 보니 다른 커플이 서로의 입에 팝콘을 넣어주고 있는 게 보였다.

그녀는 조금 고민하다 팝콘을 가지고 오는 대신 한두 개 집어 올려 어색함과 부끄러움을 무릅쓰고 손을 움직였다. 화면에 나오는 광고를 덤덤히 보던 주환은 바로 아래서 전해지는 고소한 향에 고개를 돌렸다.

시선 끝엔 어두운 영화관 안에서도 느껴질 만큼 민망해하면서도 팝콘을 내밀고 있는 단풍이 있었다. 시선을 손끝으로 두자 지금껏 보지 못했던 손톱 끝의 반짝임이 보였다. 한껏 꾸미고 온 것 정도는 알고 있었지만 잘 보이기 어려운 손톱까지 잔뜩 공을 들인 것 같았다.

"아아."

결국 보고만 있는 주환에게 먼저 입을 열어 의사 표현을 했다. 그는 좋아하지 않는 팝콘을 입에 물었다. 고소한 맛이 전해졌다. 수줍은 듯 눈웃음을 그리는 모습처럼.

입을 맞추고 싶다. 안고, 깊이…… 아무 생각도 할 수 없게끔 뜨겁게 키스하고 싶다.

만족한 듯 바로 앉은 단풍은 팝콘 통을 가지고 가 연신 싱글벙글댔다. 주환은 낮게 웃으며 뒤로 몸을 기댔다. 아무래도 영화 보기는 그른 것 같았다.

그런 마음도 모르고 이내 시작한 영화에 그녀는 금방 빠져버렸다. 화끈한 액션과 중간중간 나오는 위트 넘치는 대사들, 주인공의 슈트 차림에 단풍은 이따금 멋있다는 말을 연발하고 있었다. 이미 영화는 안중에 없는 주환에겐 불과 두 시간 남짓한 시간이지만 그녀를 잡아먹듯 빼앗아간 스크린이 썩 반갑지 않았다.

클라이맥스에 다다라 대다수가 웃음을 터트리며 시끌벅적해질 때 주환은 단풍의 귓가에 가만히 말했다.

"나도 좀 봐요."

놀란 단풍이 옆으로 고개를 돌리자 주환의 얼굴이 바로 코앞에 있었다. 꼭 영화 속의 주인공이 된 것처럼 모든 게 정지하고 느리게 흐르는 듯했다. 주변의 웃음소리마저 멀어질 만큼 확실하게 오직 그만이 담긴 눈동자가 흔들렸다.

"아무 데도 보지 말고."

장난 혹은 농담. 그리고 어쩌면 심술. 하지만 깨소금이 쏟아져 뿌려진 듯 달고 고소한 맛이 혀 안을 감돈다. 잠깐의 순간, 가장 재미있을 장면을 집중할 수 없게 된 단풍은 근래 자주 느끼고 있는 주환에 대한 평론을 짧게 일축했다.

"진짜…… 못됐어요."

대단할 것도, 특이할 것도 없지만 상대가 누구냐에 따라 달라지는 특별함이 있다. 나란히 길을 걸으며 시간을 여유롭게 보내는 것만으로도 만족하며 어슴푸레 내려앉은 어둠을 벗 삼는 그들의 거리.

"아침에 잠이 너무 많아요. 출근하는 것도 좀 버겁다고 해야 하나."

"깨워줄 수도 있는데."

"어휴, 전 6시에는 절대 못 일어나요. 잠깐은 몰라도."

"저도 보통 7시쯤 일어납니다."

"지금까지 계속 6시에 일어났잖아요."

"잘 보이려면 그때는 일어나야 하니까요."

"뭘 잘 보여요?"

"글쎄요."

잠시 머리를 굴리던 단풍이 웃음을 터트리며 말했다.

"그런 걸 흔히 작업이라고 하던가요?"

"수작이라고도 하죠."

본인에게도 참 단칼 같은 사람이었다.

"이제 복실이랑 조금 친해진 것도 같아요."

"어느 정도는?"

"오늘 아침에 손 달라고 하니까 으르렁거리면서도 손을 주더라고요. 저 엄청 감동받았어요."

가만히 듣던 주환은 며칠 전 단풍이 아플 때 곁에 함께 누워 있었다는 사실은 말하지 않기로 했다.

"으르렁거렸는데 친해진 겁니까?"

"중요한 건 손을 줬다는 거예요."

역시나 모든 일에 긍정적으로 생각하는 건 단풍이 일인자다.

아직 조금 차가운 바람을 벗 삼는 그들의 거리.

"복실이는 어디서 처음 만났어요?"

전부터 궁금했던 말이었다. 유기견이라는 건 미리 들어 알고 있었지만. 주환은 조금 긴 이야기가 될 수도 있을 옛 일을 정리하다 굳이 그럴 필요가 없다는 것을 깨달았다. 단풍은 제 말이 길건 짧건 집중해서 들어줄 사람임을 알기에.

"3년쯤 전에 지금 사는 곳을 계약하던 때, 전 집주인과 마지막 상의를 하고 그 집이 이사를 갔던 날 확인차 왔을 때 집 앞 현관에서 발견했습니다. 꽤 오랜 시간 동안 다닌 것 같은 모양새로 있던 녀석인데 어찌나 사납던지, 겨우 잡아 경비실에 데려가니 이곳에서 키우던 개라고 말해주더군요. 일단 전 주인에게 연락은 했습니다."

"응."

"많이 당황한 눈치였습니다. 어떻게 찾아왔지라고도 하더군요. 찾아갔지라는 의문이 아니라 찾아왔냐는 말에 알 것 같았습니다."

그녀의 미간이 잔뜩 찌푸려졌다. 화가 난 것처럼도 보였다. 그나마 옆에 주환이 있어 꼭 참는 것 같지만 욕이라도 한바탕 퍼부어 주고 싶은 얼굴이었다. 그는 마음을 풀지 못하고 입술을 깨무는 단풍에 씁쓸하게 말을 이었다.

"조금 충동적이었습니다. 주인에게는 버려졌지만 적어도 제가 자란 곳에선 살게 해주고 싶은, 그냥 그런 날이었습니다."

"……."

"하필 그날이 제 생일이어서 말입니다."

감성적이 되었던 날이기도 했고, 예민하게 구는 복실이가 꼭 저 같아서 그런 것일 수도 있었다. 어찌 되었든 복실이를 받아들이고 함께 살며 익숙해지기까지 고된 생활을 좀 했었다.

"많이 물렸을 것 같아요."

"꽤 많이."

자연스럽게 주환의 손을 잡은 단풍은 자세히 살피기 위해 보다 손가락 안쪽 마디를 가리켰다.

"여기 흉터."

"괜찮습니다."

물렸을 때 순간 화가 났던 것도 사실이지만 눈 밑이 잔뜩 젖어 꼭 우는 것처럼 보이던 복실이의 모습에 아픔도 화도 금방 사라져버렸었다. 단풍은 쓰게 웃으며 고개를 끄덕였다.

"제가 주환 씨 집에 조금이나마 안도하며 살 수 있었던 건 아마도 복실이 때문일지도 몰라요. 전 개를 정말 좋아하고, 개 좋아하는 사람에게도 마음이 가거든요."

이렇게 고마운 징검다리 역할도 해주었으니 복실이는 분명 복덩이가 맞다.

"저희 집 개는 올해 16살이나 되었어요. 분명 멀지 않은 때에 헤어질 거예요. 꽤 오래전부터 준비했지만 아직도 그것만 생각하면 마음이 아파요. 그리고 무서워요. 하지만 그렇게 생각하려고 해요. 부모님 말고는 받을 수 없는 맹목적인 애정을 우리 모모가 주는 거라고. 우리 모모는 저를 정말로 사랑하거든요. 그래서 바보 같긴 해도 남을 좀 더 믿을 수 있게 됐어요."

씩 웃은 단풍은 머리를 긁적거렸다. 그러고 보면 그녀는 비교적 쉬이 주환을 믿고 따랐다. 아무리 주환의 말솜씨가 좋았어도 그렇게 사람을 믿기는 어려운 일이건만 단풍은 모든 일을 남들보다 긍정적으로 생각할 줄 알았다. 그 점이 그녀를 더욱 사랑하게 만드는 역할을 해주었다.

"주환 씨 곁에 복실이가 있어서 정말 다행이에요. 주환 씨는 복실이가 있어야 훨씬 귀엽거든요."

싱그럽게 미소 짓는 단풍의 얼굴에 주환의 가슴이 두근두근 바쁘게 뛰었다. 어쩌다 잡은 손을 놓지 않고 한참을 돌고 돌아 주차장으로 향한다. 꼭 잡은 두 손은 어느 틈엔가 깍지가 껴 있었고 그녀는 단순히 손을 잡은 것만으로도 느껴지는 그의 감정을 마음껏 만끽했다.

잡은 손의 열기만큼 보드라운 감촉을 벗 삼는 그들의 거리.

배 안이 아릿할 정도로 묵직한 느낌이 파고들었다. 등에 닿은 주환의 차는 차가웠지만 그리 차갑다고 생각되지 않을 만큼 입술에 닿은 그에게 온 신경을 빼앗겼다. 어두운 영화관의 주차장은 고맙게도 아무도 없어 두 사람의 입맞춤을 방해할 것이 없었다.

제 머리를 살며시 감싼 큰 손과 허리를 당겨 안은 단단한 팔, 닿은 가슴과 배가 밀착되어 몸에서 힘이 풀리게 만들었다. 닿았다 멈추고 닿다가 떨어지고 기우는 고갯짓만큼이나 파고드는 혀와 숨결에 단풍은 주환의 가슴에 올린 두 손을 움찔거렸다.

"······아."

코끝이 스쳐 잠시 그가 멀어졌고 말랑한 입술의 립스틱은 절반쯤 지워져버렸다. 전에 없이 짙은 눈동자에 매료되어 조금 가쁘게 뛰는 심장을 어찌할 바 모르고 입술을 혀로 적시는 사이, 다시금 주환의 입술이 다가왔다. 귀와 목이 먹먹해질 정도로 느릿한 입맞춤은 뭐라 표현하기 어려웠다. 사람이 이상해지는 기분.

꼭 서로의 모든 것을 나누는 듯한 느낌이었다. 마치 하나가 되는 것처럼. 집에 돌아오는 길에도 딱히 달라진 것은 없었다. 물 흐르는 듯 대화는 잔잔하게 이어졌고 집에 도착해선 여전히 새침한 복실이에게 간식 하나를 건네주다 귀엽게 심통 부리는 복실이의 애교에 한바탕 웃기도 했다.

피곤한 몸을 뉘고 눈을 감았으나 잠이 잘 오지 않았다. 뒤척거리며 이불 속으로 파고든 단풍은 살며시 주환이 있을 방의 벽에 손을 댔다. 차갑지만 차갑게 느껴지지 않았다.

연인과 함께 살고 있다는 것. 그건, 룸메이트와는 분명 다르다. 안정감은 있으나 결코 편할 수만은 없는 이중적인 설렘 속에 단풍은 눈을 감았다.

방 안을 감싸는 야릇하고 저릿한 감각을 벗 삼은 그들의 거리는 이제····· 겨우 벽 하나.

#18.

정신없이 진행되는 면접 일정에 단풍은 하루 종일 뛰어다니느라 바빴다. 직접적으로 관여하는 건 없어도 본래 모든 일엔 보조가 가장 바쁘고 힘든 법이었다. 점심도 겨우 김밥 한 줄 먹은 것이 다였다.

단화를 신었음에도 당겨오는 종아리를 꾹꾹 누르며 자신들을 어필하는 면접자들을 보고 나니 누가 누구이고 어떤 사람이 더 대단한지 가늠하기 어려워졌다. 열심히 공부해서 나름 리스닝은 할 수 있다 생각했던 영어도 듣기만 해도 속이 울렁거릴 지경이었다. 간신히 사무실로 돌아온 그녀는 먼저 와서 쉬고 있던 연지의 곁으로 가 축 늘어졌다.

"원래 있던 사무실에선 이 정도까지는 아니어서 몰랐는데 진짜 힘들어. 그나마 공채가 아니라서 다행이지…… 아우."

"처음은 다 그러니까. 어때요? 괜찮은 것 같아?"

"나쁜 분위기는 아니에요. 다들 괜찮은가 봐. 일단 경력직 위주에 바로 해외발령이니까. 보니까 Y리조트에서 일하던 사람도 왔더라구요."

"괜찮네, 리조트에서 왔으면 영어도 좀 해줄 것 같고. 오늘만 지나면 이제 슬슬 내부 발령도 준비하겠네."

책상에 엎드려 한숨을 푹푹 쉬며 턱을 괴던 단풍은 흔치 않은 단어에 흐리멍덩했던 눈을 반짝 떴다.

"내부 발령?"

귀 쫑긋한 관심에 연지가 고개를 끄덕였다.

"당연하죠. 부장님이 엄청 기대하는 눈치잖아."

"우와, 그거 진짜 좋은 거죠."

순진한 단풍의 말에 연지는 한숨을 푹 쉬곤 입 한쪽을 가리며 소곤댔다.

"말이라고 해? 하면 바로 노다지 열리는 건데! 제대로만 이뤄지면 부장님 임원승진 발판이라잖아요. 다이렉트 승진가도."

역시나 이곳은 본사였다. 일하는 것이야 비슷비슷하고 사람들 성향도 크게 다를 것 없지만 스케일이 확실하게 달랐다. 같은 연차임에도 불구하고 연지는 회사 물정에 대해 빠삭하게 꿰고 있었고, 단풍은 열심히 머리에 새겼다. 그녀의 열성적인 반응 덕분인지 연지는 조금 신이 나 보였다.

"다른 곳도 아니고 가장 획기적인 해외지사인데 신입들만 보내는 건 말이 안 되잖아. 아마 발령만 받는다면 승진에 커리어에, 어지간한 커리어보다 나을걸. 진짜 뽑히기만 하면 로또 버금이라니까."

"본사는 별걸 다 하네."

"아무래도 좀 더 힘을 싣는 건 사실이지. 재작년에 홍콩 쪽으로 발령 난 사람들 이번에 돌아오거든요. 들어보니까 다시 들어오는 사람들 연봉이며 직급까지 전부 그대로래요. 아니, 연봉은 오르겠지? 아, 부러워! 나도 영어 공부 좀 할걸."

"그렇게 좋은 거예요? 그러다 못 돌아오면 오히려 낙동강 오리알 신세라고 다들 그러던데. 완전히 본사에서 멀어지는 거라고."

"자리 잡힌 곳은 그러겠지. 그런데 여긴 신생이잖아. 그것도 임원들 죄다 신경 쓰고 있는 미국지사. 본사 쪽에서도 그쪽 시장상황 잘 알고 있는 사람은 무조건 데려오려고 할 테니까."

신이 나서 열심히 설명을 하던 연지는 전부 제 이야기가 아님을 깨달으며 한껏 올라갔던 어깨를 바닥까지 내렸다. 그리고 책상에 철퍼덕 엎어져 울적하게 중얼거렸다.

"그런 거 보면 강 과장님 인센 장난 아니겠다. 부럽다."

"이번 일 강 과장님이 전담한 건가 봐요."

주환의 이야기에 호기심과 관심이 생기는 건 어쩌면 당연한 일이었다. 단풍은 괜히 파일을 넘기며 대수롭지 않게 물었다. 연지는 당연하다는 듯 손사래를 쳤다.

"말이라고. 한참 전부터 담당해서 고생 많이 하셨지. 출장도 어마어마하게 다녀오고, 또 이번에 미국 가서 스카우트까지 담당했고. 사실 강 과장님이 다른 거엔 다 무덤덤한데 일은 좀 확실하게 하는 스타일이잖아요. 그리고 이번에 팀장으로 오를 수 있었는데 못 오른 것도 밀린 게 아니라 이번 내부 발령……."

"연지 씨, 재무팀 가서 이번 합동 회의 자료 좀 부탁해요. 거기 과장님 잘 알죠?"

말을 잇는 그녀를 현실로 데려온 건 정 대리였다.

"……하아."

현실의 여파가 상당한 듯 땅이 꺼져라 푹푹 한숨만 쉬는 연지였다. 어쩐지 주환의 이야기를 몰래 들은 기분이었다. 그러고 보니 두 사람은 직접적으로 회사 이야기는 하지 않은 것 같았다. 하기야, 말한다고 해서 1년 차인 자신과 탈 과장급인 주환이 공감대가 설 리 없겠지만.

어쩐지 조금 서운한 것도 같아 단풍은 홀로 머쓱하게 웃었다. 혼자 사무실에 남아 있는 것도 뭐해 일어선 그녀는 이제 면접이 끝나 잠시 느슨해진 이곳저곳을 돌아다녔다. 사실 이유 없이 돌아다녔다기보다는 어딘가에 있을 주환을 찾아다닌 거지만.

면접을 진행하던 임원들이 모인 회의실에는 말 그대로 임원들만 모여 있는 듯했고 그는 보이지 않았다. 여러 사람들과 함께 있는 것보다는 혼자 있는 걸 좋아하는 사람이라 최대한 인적이 드문 곳으로 향하자 역시나 결국 자료실이었다. 본래도 그리 사람이 자주 드나들지는 않지만 오늘같이 큰 업무가 있을 땐 거의 비어 있다시피 한 곳이었다. 혹시나 하는 마음에 들어가자 자료실 한쪽 테이블에 그렇게 찾아다니던 그가 엎드려 있었다.

앞에는 이번 면접자들에 대한 질답, 간단한 점수들이 있었고 주환은 그것을 정리 중이었던 모양이다. 혹시 안에 누가 있는지 이리저리 빙빙 둘러보다 살금살금 그의 옆자리에 앉았다. 그렇게 5분쯤 지났을 때 손가락만 꼼지락거리던 단풍이 주환을 불렀다.

"과장님."

미동도 없는 잘빠진 등. 하얀 와이셔츠 안으로 아주 미세하게 비치는 살색이 침을 꼴깍 삼키게 만든다. 죄지은 것도 없음에도 뭔가 잘못하고 있는 기분에 그녀는 부르지 말까 고민하다 이렇게 계속 엎드려 있으면 나중에 더 힘들 것 같아 다시 한 번 부르기로 했다.

"과장님?"

분명 일어났을 텐데 대답이 없는 건 바라는 게 있다는 것. 단풍은 눈동자를 굴리다 아주 작게 속삭였다.

"주환……."

아니나 다를까, 은근히 고약한 장난을 부리는 주환이 몸을 들어 올리며 단풍의 어깨에 머리를 기댔다. 그리 편하지 않을 것 같은데도 어찌나 편하게 기대던지 편하게 있으란 말을 할 수 없었다. 사실 그의 머리가 내려앉은 무게가 기분을 말랑말랑하게 만들어서 그렇기도 했다.

"힘들어요?"

겨우 한 질문에 대답은 없었지만 낮게 울리는 숨소리가 피곤함을 알게 했다. 기울인 머리만큼 아래로 흘러내린 주환의 머리칼을 쓰다듬어 주고 싶었지만, 혹시 누가 올까 걱정이 되어 최대한 마음을 다독였다. 대신 도움이라도 될까 싶어도 위로를 건넸다.

"이번 일 지나면 조금 더 편해질 거라니까 오늘만 참아요."

아무 말 없이 낮게 웃는 소리가 들렸다. 어쩐지 도움이 되는 기분이라 즐거워졌다. 그래서 용기가 생긴 건지 선뜻 입을 열었다.

"다른 건 몰라도 정말 열심히 하는 것 같아서 보기 좋아요. 하는 일을 좋아하는 것 같아 보여."

"일을 좋아하진 않지만 이곳은 좋아합니다. 제가 하는 것 중 이만큼 잘하는 일도, 또 성과를 낼 수 있는 일도 더 없을 것 같으니까요."

이리저리 돌려 보자면 결국 같은 말이었다. 단풍은 피식 웃으며 그의 어깨를 약하게 툭 밀었다.

"좋아한다고 하면 되지 돌려서 말하긴."

"일이 좋다고 하면 싫어할까 봐."

"그렇게 속 좁은 여자 아니거든요. 나름 대범해요."

"나름?"

"나름."

확신에 찬 말에 주환은 기대고 있던 고개를 들어 단풍을 보았다. 속을 잴 수 없는 눈빛이 말랑말랑한 가슴에 콕콕 박힌다. 속된 말로 눈빛으로 임신시킬 수 있다는 게 꼭 이런 눈이 아닐까 싶다.

"왜 그렇게 봐요? 얼굴에 뭐 묻었어요?"

알고도 모르는 척 새침을 때는 단풍이 그에겐 그저 예쁘기만 하다. 물론 언젠가 미울 때도 있을 것이고 싸울 때도 있겠지만 그건 그때의 일이고 지금은 제 눈에 콩깍지라는 말이 어울릴 만큼 모든 게 좋았다.

"볼수록 예쁜 것 같아서."

의자 등받이에 팔을 기대 턱을 괴며 여유 있게 창피한 소리를 스스럼없이 해댄다. 나날이 스스로가 우스웠고 또 낯 뜨거운 소리를 하는 게 신기하지만 어색하진 않았다. 듣는 사람만 경악하며 닭살이라도 오른 듯 팔을 벅벅 긁어댈 뿐.

"느끼해!"

"진심입니다."

"진심이라고 하는 것도! 진짜 이상한 콩깍지가 꼈어."

단풍은 눈을 조금 흘겼다.

"자꾸 그러면 저도 확."

"확."

"확……."

차마 입 밖으로 하지 못한 말을 주환은 어서 하라는 듯 눈으로 종용하고 있었다.

"해요. 기다리고 있었습니다."

"사람 지나가면 누구 탓 하고?"

이쯤 해서 장난을 그만두려는 듯 웃음으로 무마시킨 그녀는 시계를 보고 자리에서 일어서려 했다. 그러나 단풍의 손을 잡아 일어날 수 없게 만든 주환은 마른 입술을 살짝 축이다 입을 열었다.

"홍단풍."

놀림깨나 받았던 제 이름이 맑은 붉은색으로 물들어 가는 듯했다. 힘이 쪽 빠진 그녀는 그가 무슨 말을 할까 은근히 기대했다. 하지만 주환은 금방 다가오거나 무언가를 하진 않았다. 가만히 잡은 손을 마음껏 느끼겠다는 듯 좀 더 힘을 줄 뿐. 이어 조금 뒤 다가오는 입술에 이곳이 어디인지도 잊고 단풍이 눈부터 질끈 감아버렸을 때, 기가 막힌 타이밍으로 주환의 이름이 불리어졌다.

"강 과장, 여기 있어?"

성큼성큼 인기척이라도 내준 것이 고마울 정도로 빠르게 다가온 건 불행 중 다행히 민석이었다. 그는 습관처럼 손을 들어 인사하다 단풍을 발견하곤 방긋 웃었다.

"단풍 씨도 있었네. 오늘 일 많았죠. 이거 저거 골치 아픈 것도 많고, 사람도 많고. 어떻게, 할 만해요? 괜히 강 과장한테 잡혀서 개별 수업이라도 받고 있는 건가?"

워낙 좋은 사람이니 별다른 뜻은 없겠다 싶지만 앉은 자리가 조마조마했다. 아주 가깝게 앉진 않았어도 나란히 앉아 있는 건 누구에게나 흔한 일은 아니었다. 단풍은 마음속으로 침착함을 한 10번쯤 속성으로 외운 뒤 대답했다.

"예, 지금 강 과장님이 실수한 거 알려주고 계셨습니다."

그리고 은근히 앞에 놓인 서류를 챙긴다. 전혀 쓸모없는 이면지지만 얼핏 보기엔 중요한 문서 같기도 하다. 다만 아직도 손 하나가 잡혀 있어 일어나거나 도망갈 수가 없다는 게 문제지만. 엉거주춤 일어나는 듯하다 다시 앉은 단풍을 대신해 주환이 입을 열었다.

"무슨 일인데."

좀 놔달라고 열심히 손가락을 움직이지만 빠질 기미는 요만큼도 보이지 않았다. 심드렁한 그의 질문에 민석이 손에 들린 파일을 어깨 위로 올렸다.

"다음 주에 있을 특강 강사 인원이 좀 바뀔 것 같아서. 외국인 강사도 한 명 초빙해야 할 것도 같고 내일 아침까지 결정하라는데."

"일단 기존 인원으로 가고 추가는 따로 보고서 올리면 돼. 먼저 담당자 연락 넣어서……."

대화가 이어지는 동안 손에 땀이 찰 정도로 힘을 주었다. 얼굴로는 미소를 짓는 단풍에게 민석이 막 생각났다는 듯 도움을 주었다.

"아, 맞다. 단풍 씨, 마무리 정리 때문에 연지 씨가 찾던데. 뭐 회의 준비할 거 있다던가."

"……네!"

잠깐의 순간, 순식간에 손을 빼고 일어난 단풍은 약간 상기된 얼굴을 감추고 허리를 숙였다.

"먼저 가겠습니다."

"그래요, 이따 봐요."

반갑게 인사하는 민석을 뒤로하고 그녀는 자료실을 빠져나갔다. 지금까지 끊이지 않고 대화를 잇던 두 남자의 사이로 찬바람이 불었다. 손에 들렸던 파일을 툭 테이블에 던진 민석은 뒷목을 벅벅 긁으며 짜증 섞인 목소리로 말했다.

"나는 딱히 눈치채고 싶지 않거든? 공범자도 되기 싫고."

"……."

"숨기질 말든가, 티를 내질 말든가. 왜 이렇게 고약해? 아니, 그보다 이런 시기에 무슨 스캔들이야. 지금껏 뭐 하다가 대체……."

주환은 긴말을 하지 않았다. 아니, 아예 말을 하는 대신 손을 저으며 민석이 내려놓은 파일을 가져갔다. 어차피 말을 들을 대상이 아님을 알기에 민석은 고약한 눈을 하곤 돌아섰다.

"……해서 자네 생각을 좀 묻고 싶은데, 어떻게 생각하나?"

고맙게도 먼저 의견씩이나 물어주는 한 부장 덕분에 표정으로 드러날 뻔했던 감정을 갈무리한 성준은 대답 대신 은근한 미소를 지었다. 임원들이 모여 회의실 옆방에서 잠시 대기 중인 한 부장과 성준은 당사자는 없지만 당사자에게 가장 중요한 이야기를 하는 중이었다. 몸을 앞으로 기울이며 좀 더 생각을 정리한 한 부장이 말을 이었다.

"내부적으론 강주환 과장이 꼭 맡아줬으면 해서 말이야. 아무래도 이번 일을 집도하고 성사시킨 게 강 과장이니까. 어찌 보면 김 팀장이 여기 올 수 있었던 것도 그 나름 아니겠나. 이번에 초석 잘 다지면 얼마 뒤엔 김 팀장도 합세하면 더 좋고, 아마 좋은 기회가 될 거야."

성준은 고개를 끄덕였다.

"저 역시 괜찮다고 생각됩니다. 강 과장은 여러 모로 재주가 많은 친구 아닙니까."

"그렇게 생각해주니 고마워. 나중에 한번 식사 자리 마련하자고. 강 과장이 아직 제대로 결정을 못 내려서 여간 곤란한 게 아니야. 그때 좀 도와줘."

"강 과장이 아직, 결론을 못 내렸습니까?"

"그러니까 말이야. 긍정적으로 보는 것 같더니 감감무소식이라니까."

한 부장의 말에 영혼 없이 수긍하던 성준의 머리로 순간 괜찮은 생각이 스쳐 지나갔다. 말을 듣는 내내 소태를 가득 물어버린 것처럼 쓴 내가 풍기던 입안이 개운해지는 듯했다.

반년만, 아니, 3개월만 더 빨리 이곳에 왔으면 분명 노려볼 만했던 기회였다. 그러나 애초에 시작점이 달랐기에 가만히 보기만 할 수밖에 없어 아쉽지만 포기했던 일이다.

하지만 어쩌면 뭔가 기회를 만들어낼 수 있을 거란 직감이 머리를 가득 채우고 있었다. 그 기회를 제대로 만들어 내기 위해선 좀 더 밑바탕, 초석이 필요해 선뜻 나서지 못했을 뿐이지만.

성준은 최대한 티가 나지 않게 입가의 미소를 지우고 담담함을 유지했다.

"그럼 제대로 한번 다독여주시지 않겠습니까? 부장님이 나서시면 아마 마음을 정할 겁니다."

초롱초롱한 맑은 기운을 가지고 나온 말에 한 부장이 의아함을 비쳤다. 이해하지 못한 듯 살짝 찌푸려진 미간에 성준은 늦지 않게 의문을 풀어주었다.

"다들 고생도 했고 이번 일 지나면 일단 좀 쉬기도 해야 하니…….

부장님께서 강 과장을 직접 다독여주시는 건 어떠십니까."

"직접이라는 게 뭐야. 뭐, 따로 방법이 있나?"

궁금증을 머금은 한 부장의 표정에 성준은 쾌재를 불렀다.

하루하루가 깨소금과 설탕으로 범벅해댄 나날을 보낸 단풍은 살아오며 이렇게 만족도가 높았던 날이 없었다. 사실 인생에 연인과의 동거는 상상해본 일도 없지만 다른 사람도 아니고 주환과의 함께함은 늘 새롭고 늘 즐거운 일이었다.

오늘도 다른 날과 마찬가지로, 아직 경계심이 있지만 이따금 눈길을 주고 꼬리를 흔들어주는 복실이에게 간식 하나를 주고 있었다. 처음엔 주는 간식도 받아먹지 않더니 이젠 새침은 떨어도 받아주기는 한다. 주환과 함께하는 것도 좋지만 복실이와의 관계 개선도 한껏 즐기던 토요일 오후 4시경, 초인종이 울렸다.

거실 한쪽에 앉아 복실이와 친해지기 위해 노력하던 단풍이 고개를 들었다. 둘의 모습을 바라보고 있던 주환이 몸을 세웠다. 그리고 인터폰을 확인한 주환은 드물게, 아니 처음이나 다름없이 굳었다.

-어, 강 과장! 자네 있구만!

한 부장의 목소리가 인터폰에서 울린 순간 단풍은 하얗게 사색이 되어버렸고 약 1분 뒤, 그녀는 일단 방 안으로 숨은 상태였다. 공용 현관에 있는 보안문이 아니었다면 1분의 유예시간도 없었을 일촉즉발의 상황. 일단 방으로 도망오기 전 현관에 나와 있던 제 구두와 딱 봐도 여자의 것이다 싶은 몇 가지 물건들을 챙긴 단풍은 복실이의 짖는 소리에 숨까지 죽였다.

전혀 고맙지 못한 이벤트는 그렇게 화목한 주말 오후에 벌어졌다.

7. 사랑의 방법, 그 여러가지

#19.

　한철민 부장, 김성준 팀장 그리고 임민석 과장.

　차례로 눈을 맞춘 주환은 먼저 한 부장을 향해 묵례를 하며 안으로 이끌었다. 왈왈 바쁘게 짖는 복실이의 성난 소리가 아파트를 울리고 그는 얼른 복실이를 안아 달래며 말했다.

　"미리 연락을 주셨으면 집이라도 치웠을 텐데, 그렇지 못해 집 안이 많이 어지럽습니다."

　그 말에 구두를 벗어 안으로 오던 한 부장이 미안한 기색을 보였다.

　"그래? 어쩐지 많이 당황하는 것 같더니만. 김 팀장이 연락하기로 했는데, 연락 안 한 거야?"

　그러곤 은근히 질책하는 눈을 성준에게 보내는 한 부장이었다. 조금 찌푸린 그의 눈에 성준은 마치 큰 실수를 했다는 듯 곤란해했다.

"죄송합니다. 조금 정신이 없어서 연락을 넣었다고 착각했습니다. 미안해요, 강 과장. 집에 있어서 다행입니다. 이렇게 부장님까지 모시고 왔는데 없었으면 큰일이었죠."

은근슬쩍 사과의 대상을 돌려 말하곤 웃는 것이 확실히 주환에게 적대감을 가지고 있음을 알게 했다. 주환은 아직도 짖는 복실이의 목을 쓰다듬고 펜스 안에 넣는 것으로 말을 아꼈다. 이 묘한 분위기를 민석만이 알아채고 한 부장은 모르는 듯 안으로 들어서며 껄껄 웃었다.

"이거 미안해서 어쩌지? 김 팀장한테 별말이 없어서 와도 되는 줄 알았지. 미안하네."

"괜찮습니다."

"다른 게 아니라 김 팀장이랑 오늘 저기 코엑스에서 전시 관람을 좀 했거든. 자네도 알지? 이번에 취업박람회 제대로 크게 연 거. 거기 좀 다녀왔지. 그러다가 오는 길에 오랜만에 뭉쳐볼까 해서 임 과장도 불러서 왔어. 연락했다고 해서 왔는데 모를 줄은 정말 몰랐네."

예전 한 부장이 차장일 적부터 함께했던 주환과 민석이었고 세 사람은 여러모로 쿵짝이 잘 맞아 이따금씩 술자리를 갖곤 했었다. 그래서 이렇게 찾아온 것이 아주 놀랍지만은 않지만 김 팀장의 행동이 썩 유쾌하지 못했다. 어딘가 꿍꿍이가 보이지만 주환은 굳이 따지지 않았다. 다만 방에 들어가 어쩔 줄 모르고 있을 단풍이 걱정될 뿐.

"그럼 좀 실례할게."

"예, 들어오십시오."

"역시 강 과장이야. 여기 어딜 봐서 남자 혼자 사는 집이라고 생각하겠어."

거실을 훑는 시선에 주환은 마른 입술을 쓸었다. 본래 단풍도 짧게 머물다 갈 생각을 했기 때문에 갖다 놓은 물건이 얼마 되지 않았지만 아예 없는 것도 아니었다. 예를 들면 그녀가 가져다 놓은 작은 화분들이라든가, 취향 닮은 아기자기한 소품들까지도. 다행히 화려한 것을 좋아하는 편이 아니라 확 눈에 끄는 특이한 건 없었지만 여기저기 불안요소는 있었다. 주방에도 욕실에도.

한 부장이야 그러려니 하고 넘어가지만 아닌 척 주변을 훑는 성준의 눈이 신경 쓰였다. 뭔가 새까만 속이 있는데 그것을 알 수가 없었다. 단풍을 그리 많이 좋아한 건 아닌 듯한데 묘하게 집착을 보이고 있다. 그러니 계속 지켜보는 수밖에 없었다.

빨래는 애초에 세탁기 안에서 건조까지 되어 나오니 상관없고 설거지는 그때그때 해결했으니 역시 없다. 숟가락이나 젓가락도 일부러 사람 수보다 많이 내놓은 상태라 더욱 신경 쓰지 않아도 된다.

눈앞의 것은 그리 들킬 만한 것이 없기에 조금 마음을 내려둔 주환은 잠시 한 부장을 소파로 인도하고 주방으로 가 포트에 물을 올렸다. 유독 눈에 띄는 단풍의 머그가 보였지만 내색하며 반응할 정도는 아니었다. 남자 혼자 사는 집이라고 분홍색 머그가 없다는 법은 없으니까.

"의외네요. 강 과장이 이런 밝은 색을 좋아할 줄은."

그런 생각을 놀리듯 불쑥 옆으로 다가온 성준이 여유롭게 한마디를 건넸다. 차 티백을 꺼내던 주환이 손을 멈추고 고개를 돌리자 그가 어깨를 으쓱거렸다.

"머그 말고도 꽤 소녀 취향인가 봅니다. 예쁘장한 게 많아요."

마치 무언가를 다 알고 있다는 듯이 참견을 건넨 성준은 보란 듯이 파란 머그 대신 분홍색 머그를 집어 들었다.

"난 커피. 믹스도 좋아요."

꼭 거기다 해달라는 듯 컵이 내려진 곳에 분홍색 머그를 밀어 넣는다. 어디 무슨 말이라도 해보라는 것처럼, 묘한 조소가 섞인 얼굴이었다. 주환은 직감적으로 성준이 '무언가'를 눈치채고 있다는 걸 알았다. 그리고 굳이 그걸 숨기려 하지 않는다는 것도.

그는 제 앞으로 밀려온 머그를 들어 바로 찬장 위로 올렸다. 순간 일그러진 성준의 얼굴이 보였다.

"죄송합니다. 아무나 쓰는 컵이 아니라서."

무엇을 어떻게 알았고 어떤 속셈이 있는 것인지는 몰라도 술수대로 따라주고 싶은 마음은 없었다. 대놓고 나온 떡밥에 성준의 고개가 살짝 뒤로 넘어갔다. 엇비슷한 키이기에 아래로 볼 수 없으니 그렇게라도 보려는 것인지는 몰라도 생각에 잠긴 듯 가느다랗게 변한 눈이 마음에 들지 않았다.

"……아무나?"

나지막이 입을 연 그가 속내를 살피기 위한 표정으로 되물었다.

"그럼 아무나 말고 또 누가 있는가 봅니다?"

무슨 말이든 해봐라, 어떻게든 걸고 넘어가줄 테니. 성준의 얼굴이 그렇게 말하고 있었다. 주환은 툭 던진 그의 도발이 조금 우스워질 지경이었다. 애초에 이런 것을 겁낼 정도로 간담이 작은 편도 아니기에 주환은 흔치 않는 미소를 띠며 말했다.

"여자 친구 겁니다."

"……."

"무슨 문제라도."

생각, 아니 조금도 가늠하지 못했던 대답이 나와버렸다. 어찌 보면 아주 대책 없는 말이지만 그렇다고 그리 허무맹랑한 소리도 아니었다. 서른을 넘은 남자에게 애인이 있다는 건 당연한 일이었다. 이상할 것도, 대단할 것도 없는 말이니 오히려 물어본 성준이 민망해질 답이었다. 더 물고 늘어지면 이쪽이 매우 치졸해질 것이고.

"실례했습니다."

결국 꼬리를 말고 한발 물러날 수밖에 없는 성준이었다. 가볍게 상황을 넘기고 난 주환은 다시 물을 올린 포트를 보다 서늘한 눈을 했다. 어디서 알아냈는지는 몰라도 자신에게 좋은 감정이 없는 성준은 그것을 가지고 물고 늘어질 게 분명하다. 그는 다 끓인 차를 가지고 거실로 향하며 아직도 방 안에 갇혀 있는 단풍을 빼낼 방법을 강구했다.

뜨거운 차를 호로록 한 모금 마신 한 부장은 새삼스러운 듯 주변을 훑었다.

"여기 얼마 만인지 모르겠네. 그래도 종종 왔었지, 우리?"

동조를 구하는 말에 민석이 맞장구를 쳤다.

"저도 한참 만에 오는 것 같습니다. 어떻게 늘 빈집처럼 삭막하던데 제법 이것저것 꾸몄나 봅니다."

"그러게 말이야. 사람 냄새가 나."

그 모든 것이 단풍의 덕임을 알기에 주환은 미약하게 웃었다.

"감사합니다. 아무래도 만나는 사람이 이것저것 신경을 써줘서

단풍이 263
들다

그런 것 같습니다."

"크흡!"

호로록, 뜨거운 차를 마시던 민석이 입안에 있던 걸 다시 잔 안으로 쏟아냈다. 갑작스러운 폭탄에 멍한 눈으로 주환을 보았고 한 부장 역시 마찬가지였다. 한 부장은 당황한 듯 눈을 크게 떴다.

"뭐야, 강 과장 만나는 사람 있었어?"

"예. 얼마 전부터 만나기 시작했습니다."

순순히 수긍하는 말에 성준의 안색이 싸해졌다. 뚫고 갈 수 있는 모든 수로를 먼저 막아버리는 듯했다. 자꾸 먼저 선수를 쳐버리는 주환에 달리 할 말을 찾지 못한 성준이 묵묵히 커피를 마시고 한 부장은 혀를 찼다.

"이야, 이거 우리 공주님들 눈물 좀 쏟겠는데? 아니, 대체 언제부터? 언제부터야."

"얼마 되지는 않았습니다."

"얼마 전? 허……."

그렇게 말꼬리를 늘리는 한 부장의 눈이 그리 곱지 않았다. 그 이유를 아는 주환은 담담히 찻잔을 들어 올렸다.

"이거 참…… 곤란한데."

"부장님, 안 그래도 그에 대해 말씀드리고 싶은……."

이미 꽤 오래전부터 이어졌던 대화를 먼저 건네던 찰나, 쾅! 하고 뭔가 쏟아지는 소리가 들렸다. 복실이가 컹컹 짖기 시작했고 거실엔 짖는 소리 말곤 아무 말도 이어지지 않았다. 이 순간 주환도 등골이 오싹해진 느낌이었다.

"뭐 쓰러진 거 아닌가?"

한 부장이 물었고 주환은 마른 입술을 겨우 적시며……

"방에 박스를 좀 쌓아놨는데 넘어진 모양입니다."

"가서 봐봐. 중요한 거라도 넘어진 거면 어쩌려고."

"아닙니다. 대부분 책이고 양이 많아서 정리하려면 시간이 걸릴 겁니다."

"그래? 그럼 우리가 좀 도와줄까?"

그렇게 말하며 자리에서 일어서는 한 부장이었고 주환의 손이 재빨리 움직였다.

컥! 묵은 통증의 비명을 목구멍으로 삼킨 민석은 테이블 밑으로 쳐온 손에 옆을 보았고 주환은 십년지기를 향해 눈으로 말했다. 힐 끔, 한쪽 방을 가리키는 시선에 민석의 안색이 질렸다.

저기에 누구 있어?

알면 어떻게 좀 해봐.

이 망할 놈이.

역시나 긴 시간 함께한 것은 무시할 수 없었다. 민석은 주환이 무엇을 바라는지 알 수 있었다. 그는 한 부장을 향해 말을 건넸다.

"부장님, 아까 담배 한 대 태우신다고 하셨는데, 저기 발코니로 가시겠습니까?"

굉장히 개연성 없는 권유였으나 흡연자의 대부분이 그러하듯 한 부장은 금방 방에서 관심을 끊었다. 담배 이야기에 반사적으로 입맛을 다신 한 부장이 머쓱하게 머리를 긁적였다.

"에이, 남에 집 와서 담배 피우거나 하면 안 되지. 그리고 강 과 장은 담배도 안 태우잖아."

"아닙니다. 괜찮습니다."

"······그래? 그래도 미안해서."

"강 과장이 짐을 치우려면 자리를 비워야 하는데 부장님 계시면 죄송스러워서라도 못 일어날 겁니다. 강 과장 아시지 않습니까."

역시 주환의 친구답게 민석도 훌륭한 달변을 가지고 있었다. 여러 모로 이유가 타당해지자 못 이기는 척한 부장이 일어났다. 허허, 너털웃음을 지은 그가 발코니로 나가고 함께 따라 나선 민석은 발코니 문을 열다 멈추며 돌아보았다. 그리고 얌전히 앉은 성준을 향해 말했다.

"아이고, 라이터가 없네. 팀장님, 혹시 라이터 가지고 계십니까?"

"아, 저는 강 과장을 도와서······."

"김 팀장, 라이터 좀 빌려줘봐."

"······."

자연스레 거절을 하려던 성준이지만 한 부장의 말엔 어쩔 수 없이 자리에서 일어나야 했다. 칫 혀를 찬 그가 결국 발코니로 나가고 민석은 휘파람을 부는 척 커튼을 슬쩍 당겼다. 어찌나 자연스러웠던지 온 신경을 주환에게 두고 있는 성준도 눈치채지 못할 만큼 교묘했다. 담배에 불을 붙인 한 부장이 손을 들어 올렸다.

"우리 길게 담배 한 대 태울 테니까 정리하고 나와."

"신경 써주셔서 감사합니다."

"뭘 또. 얼른 들어가봐."

탁. 발코니 문이 닫히고 자리에서 일어난 주환은 빠르게 단풍의 방으로 향했다. 그리고 황급히 문을 열고 방 안을 살폈고 거기엔 어느새 옷을 갈아입은 단풍이 바닥에 쏟아진 책을 들고 사색이 되어 있었다. 상대가 주환임을 확인하고 안도하는 그녀였다.

"다친 겁니까?"

"아, 아니요. 그게 아니라."

어쩔 줄 모르며 책을 안은 단풍은 벽 한 면에 자리한 책장을 가리키며 풀 죽은 얼굴로 말을 이었다.

"혹시 여기 들어오면 안 되니까 숨을 곳을 찾다……."

사각지대를 찾아 노력했나 보다. 책장들 사이에 어떻게든 몸을 가려보려 했으나 그것이 될 리 없었으니, 주환은 가벼운 일침을 했다.

"7살짜리가 와도 저기엔 못 숨습니다."

시무룩하게 풀 죽은 그녀의 손을 잡고 다시금 다친 곳이 없나 확인한 그는 지갑과 휴대폰을 챙겨주며 방 밖을 살피곤 말했다.

"일단 나가 있는 게 좋을 것 같습니다."

"지금 나갈 수 있나요?"

그럴 수만 있다면 창문 밖으로도 뛰어내릴 얼굴이었다. 얼마나 불안했으면 이런 얼굴을 할까. 순간 그것이 너무 속상해졌다. 숨길 사람도, 숨어야 할 사람도 아니다. 같이 산다는 것을 들켜봐야 좋을 건 없지만 그렇다고 연인임을 숨기는 것에 대해서 도무지 마음이 내키지 않았다. 하지만 멋대로 하기엔 상황이 썩 편한 건 아니다. 단풍이 본사로 올라온 것이 불과 두 달여. 남녀 사이에 시간 관계가 무슨 상관이랴 싶지만 여자의 입장에선 그렇게 간단한 문제가 아니었다. 늘 그러하듯 괜한 소리를 듣는 건 항상 여자였으니까.

주환은 한숨과 함께 그녀를 이끌었다. 움직이는 덴 그리 오래 걸리지 않았다. 발코니가 소음을 차단해주고 커튼이 시야를 막아주고 있었으니까. 단풍은 들고 들어왔던 구두를 품에 안고 후다닥 현관으로 달려가며 말했다.

"일단 단결이 집에 가 있을게요. 신경 쓰지 말아요."

"천천히 가요. 바로 나오진 않을 테니까."

이런 와중에도 자신을 걱정하는 주환이 고마웠지만 그럴 겨를은 없었다. 그녀는 서둘러 현관문을 열었다……. 그러나 도어록이 달린 문을 문고리만 돌린다고 열릴 리 없었다.

"강 과장, 잠깐 나랑 얘기 좀……."

"잠깐만요, 팀장……."

발코니의 문이 열렸고 민석은 당황한 얼굴을 했으며 단풍은 한쪽 발에 구두를 신고 있었다. 시계 초침 흐르는 소리가 들려왔다. 주환은 빼도 박도 못할 상황에 입을 다물어버렸고 단풍은 남은 한쪽 속에 들었던 구두를 떨어트렸다.

"단풍 씨?"

초능력자가 아닌 이상 이 상황을 제대로 이해할 사람은 없었다. 성준의 정확한 발음과 목소리에 단풍은 기계적으로 몸을 세웠다. 담배를 태우고 있던 한 부장이 눈을 크게 뜨고 그녀를 보았고 그녀는 꼴깍 침을 삼켰다.

머리가 완전히, 완전히…… 하얗게 변해버렸다. 컹컹, 복실이가 다시 짖기 시작했다.

#20.

"요즘 회사에 점점 담배 피울 자리가 없어. 흡연실은 사람이 너무 많고. 예전엔 비상구에서 피워도 뭐라고 안 했는데 재만 좀 떨어져 있어도 아주 난리야. 어디 담배 피우는 사람 서러워서 살겠나. 별수 없이 옥상만 줄기차게 올라간다니까?"

"하하하."

투덜투덜, 애연가로서의 설움을 토하며 혀를 찬 한 부장은 칼칼한 목을 한차례 가다듬다 슬그머니 운을 뗐다.

"그런데, 강 과장 말이야."

"예? 아, 예."

"사람이 뭔가 빈틈이 생긴 것 같아."

뽀얀 연기를 뱉어낸 한 부장이 임시방편으로 종이를 접어 마련한 재떨이에 재를 털며 말했다. 듣기에 썩 좋은 표현이 아니었기에 민석은 난감한 기색을 감추며 옹호했다.

"확실히 예전보다 유해진 것 같습니다. 사람다워 보이고."

"뭐, 이전엔 좀 지나치긴 했지만…… 어쨌거나 이해를 못하겠어. 이런 시점에 만나는 사람이 생겼다는 건 내 말을 듣지 않겠다는 거와 뭐가 달라. 솔직히 실망이 이만저만이 아니야."

조금 아니꼽게 들리는 그의 말에 곤란한 것은 민석이었다.

"강 과장이 어린 것도 아니고 공사 구분은 확실히 할 겁니다. 지금도 일이 많아 그런 거지 좀 더 여유 시간이 나면 다시 생각해볼 겁니다. 조금만 더 기다려주십시오, 부장님. 그런 사람 아닌 거 아시지 않습니까. 만나는 사람도 충분히 이해할 수 있으니 만나고 있을 겁니다."

"그 정도는 이해해야지, 강 과장도 사람인데. 그런데 임 과장은 강 과장 짝꿍 봤나 보지? 하기야, 대학 동창이랬던가. 혹시 뭐, 그건 아니지?"

"예? 그거라고 하시면."

"뭐긴 뭐야. 식구끼리 짝 짓는 거. 물론 우리 강 과장이 그럴 리야 없겠지만."

이러니까 차라리 모르고 싶었던 거다. 민석은 가슴으로 치고 올라오는 답답함을 꾸역꾸역 밀어 내리며 겨우 대답했다.

"……하, 하하."

민석은 어색한 웃음을 연기 사이로 가렸다. 좁은 발코니에 나란히 앉아 어색하고 민망한 침묵이 잠시 이어졌다. 한 부장이 태우는 담배가 반쯤 타 들어갈 무렵, 있는 듯 없는 듯 입을 다물고 있던 성준이 입을 열었다.

"부장님은 강 과장의 어느 부분이 그렇게 마음에 드셨습니까? 이번처럼 중요한 내부 발령에 꼭 강 과장을 점찍으신 걸 보면 아직 제가 모르는 부분이 있을까 싶습니다."

미묘하게 뼈가 담긴 말이었다. 민석의 미간이 미세하게 좁아졌지만 한 부장은 단순하게 생각했는지 어깨를 으쓱거리며 대답했다.

"강 과장이야 여러 가지로 재주가 많은 사람이지."

"그렇습니까?"

"그렇지. 강 과장 처음 본 게, 입사했을 때…… 그때부터 남달랐어. 철두철미하고 공사구분 확실하고. 어지간해서 날 실망시킨 적이 없거든."

마치 제 자식 말하듯 뿌듯함을 숨기지 않은 한 부장은 고개를 끄덕이며 주환에 대한 칭찬을 늘어놓았다. 그가 주환에게 가지고 있는 신임이 얼마나 깊은지 알게 하는 대목이었고, 성준은 비틀리는 심사를 감추며 맞장구를 쳤다.

그렇게 이야기를 하던 한 부장은 씁쓸하게 담배를 입에 물었다.

"근래 들어 좀 풀어진 것 같긴 하지만."

기회란 만들어지는 법, 성준은 치고 빠지는 것에 능한 사람이었다.

"아무래도 남자는 여자를 만나면 어쩔 도리가 없는 모양입니다."

"강 과장이 그럴 스타일은 아니라고 생각했는데 말이야."

"여자에게 푹 빠지는 스타일일지도 모릅니다. 하지만 요즘 같은 때에 사람을 사귀는 건 의외입니다. 지금처럼 중요한 시즌에."

민석의 귀가 쫑긋 섰다. 은근히, 아니 대놓고…… 그러나 뭐라 콕 집을 수 없을 만큼 아리송하게 말을 해대서 섣불리 끼어들 수가 없었다. 꼬우면 승진하든가, 라는 말이 머리 위를 떠다닐 즈음 한 부장이 피우던 담배를 떼며 고개를 끄덕였다.

"그게 나도 좀 그래. 큰일 해줄 사람이 괜히 잡혀 있으면 이쪽에서 곤란하니까. 알아서 처신 잘하겠다마는. 그러고 보면 요즘 사람들이 아주 이상해. 아무리 시대가 변했어도 회사는 회사야. 제대로 구분해서 해야 하는 거 아니겠나. 어떻게 하면 편해질까 궁리만 하고. 재미나 찾고 말이야."

"맞습니다."

이상하게 흘러가는 분위기에 민석은 황급히 흐름을 끊어냈다.

"저, 팀장님. 강 과장은 절대 그런 타입이……."

"사내(社內)에서 같이 만난다거나 하는 것, 말이겠죠."

전혀 먹히지 않았고 한 부장의 관심만 더욱 성준의 말에 가게 만드는 효과를 냈을 뿐.

"당연하지. 그건 아주 쓸모없어. 일터에서 그게 무슨 짓이야?"

대번에 사나워진 한 부장의 말은 민석을 골치 아프게, 성준을 미소 짓게 만들었다. 사실 한 부장이 사내연애에 대해 좋지 않은 생각을 가지고 있음은 익히 알고 있는 것이었다. 특히나 내부적으로 큰 프로젝트가 진행되는 와중이라면 더더욱. 어쩌면 둘도 없을 좋은 기회를 앞둔 주환에게 피해가 갈 수도 있는 상황이었다.

아슬아슬한 줄타기가 이어지듯, 위로 올라가던 연기가 흩어지던 때, 성준의 손이 발코니 한쪽에 자리 잡고서 하루 마지막 태양빛을 받고 있는 작은 화분을 건드렸다.

"화분이 참 예쁩니다."

뜬금없이 그게 무슨 헛소리야. 민석은 그저 좋은 사람 같기만 했던 성준에 대한 평판을 충실히 깎아가며 불안감 담긴 눈으로 마른 입술을 훑었다. 아무도 묻지 않았건만 그는 부드러운 미소와 함께 말을 이었다.

"아이리스입니다."

"그거 드라마 제목 아닌가?"

"예, 드라마 제목이기도 하지만 꽤 유명한 꽃입니다."

"오호, 그래?"

"꽃말은 좋은 소식이죠."

의뭉스럽다. 무언가 꿍꿍이가 있다.

말을 마친 성준이 자리에서 일어났다. 단번에 썩 반갑지 않은 일을 할 것임을 알아차린 민석이 함께 일어나며 물었다.

"어디 가십니까?"

"강 과장에게 할 말이 있어서요."

"예?"

"재미난 걸 숨기고 있을지도 모르는 거 아닙니까."

그러곤 발코니의 문을 활짝 열었고 민석은 질려버렸다.

"강 과장, 잠깐 나랑 얘기 좀……."

"잠깐만요, 팀장……."

정적이 흘렀고 모두의 눈에 만나리라 예상하지 못했던 여자가 들어왔다. 툭, 무언가 떨어지는 소리가 들렸다. 그리고 이 상황에서 가장 먼저 입을 연 것은 불행히도 성준이었다.

"단풍 씨?"

단풍에게 이 느낌은 예전에도 한 번 느낀 적 있었던 것이었다. 이것과 완전히 같지는 않지만 등골이 오싹하고 말문이 닫히며 덜컥 겁이 나는 상황. 주환과 처음 만났던 그날 새벽, 방 안에서 방망이를 들고 있었던 때와 비슷했다.

"뭐야, 홍단풍 씨가 왜 여기 있어? 홍단풍 씨 맞아?"

한 부장은 정말로 그녀가 왜 주환의 집에 있는지 의아한 모양이었다. 피우던 담배를 꺼버리고 나오며 주환과 단풍을 번갈아 보며 물었다. 주환은 이미 마음을 정리한 상태였다. 이렇게 된 이상 더는 숨기고 말 것도 없었다. 확실하게 모든 걸 말하고 당당히 만나는 것, 그게 그가 원하는 최상의 방법이었다.

주환의 눈이 단풍을 향했다. 자신을 믿고 따르라는 믿음직한 눈. 그녀는 저도 모르게 고개를 끄덕일 뻔했다. 전부를 맡겨도 좋을 만큼 단단한 그의 눈빛에. 그렇게 단풍이 고개를 움직이기 직전 먼저 나선 것은 민석이었다.

"단풍 씨, 이제 왔어요?"

누가 강주환 친구 아니랄까 봐 뻔뻔하게 손을 흔들며 다가온 그는 정말로 반가운 것처럼 다가와 주환과 단풍의 사이를 갈랐다. 그리고 단풍의 눈을 보며 말했다.

"얼른 들어와요. 아, 부장님. 홍단풍 씨 제가 불렀습니다. 김 팀장님도 오셨는데, 환영식 같은 분위기도 낼 겸. 아까 김 팀장이 강 과장에게 전화했다고 했을 때 저도 했습니다. 단풍 씨 집이 이 근처거든요. 괜찮으시죠?"

'말을 맞춰요.'

한 부장과 성준을 등지고 민석이 주환을 밀어내며 입 모양으로 말했다. 단풍은 마치 지금 막 도착해 구두를 벗고 있던 사람처럼 거실로 올라오며 인사했다.

"예. 실례인 걸 알면서도 와서…… 초대해주셔서 감사합니다, 부장님."

"아니 뭐, 그건 상관없지만 다들 남자라서."

"부장님도 참, 여기 유부남이 둘입니다."

민석의 농담에 팽팽했던 분위기가 풀어졌다. 주환은 무슨 짓이냐는 듯 친구를 보았지만 그는 모르는 척 단풍을 들였다. 누구 하나라도 어색하거나 엇나가면 들킬지도 모를 일촉즉발의 상황, 홀로 날이 섰던 성준이 날카롭게 물었다.

"밑에 공용 현관문은 어떻게 열고 왔습니까? 비밀번호가 있던데."

정신없이 가슴이 두근거렸지만 한 가지는 알 수 있었다. 친근하게 굴던 사람이 변하면 비치는 적대심을. 지금 성준이 딱 그랬다. 단풍은 어쩌면 푹 찔려 들어왔을 송곳을 보기 좋게 피했다.

"강 과장님이 열어주셨습니다."

"……."

"방금."

훌륭한 사기단이 탄생하는 순간이었다.

달그락, 달그락.

대화를 나누는, 사실 한 부장에게 잡혀 있다시피 한 주환과 성준을 두고 주방에 나란히 선 것은 단풍과 민석이었다. 한참 동안 단풍에게 회사 생활을 잘해야 하는 이유를 설명하던 한 부장이 주환에게 '너는 잘할 수 있다, 너를 믿는다.' 하며 열심히 설교를 했다. 어느새 해가 뉘엿뉘엿 저물어 자연스레 술자리가 열린 상태에서 소위 요리 좀 하는 남자 민석과 이 자리 막내로서 보조를 해야 할 단풍이었다.

어떻게 녹아들었는지 일단 자리는 했지만 여전히 정신이 없었다. 집에 있던 것들을 모두 꺼내 이것저것 만들며 솜씨 발휘를 하는 민석의 옆에 선 단풍은 열과 성을 다해 당근을 자르는 중이었다.

딱, 딱! 도마에 닿는 칼 소리가 스타카토처럼 정박을 맞추고 프라이팬을 돌리던 민석이 불쑥 사과했다.

"미안해요, 단풍 씨."

"……예?"

멍하니 반문하자 가스레인지의 불을 끄고 일부러 물을 튼 민석이 슬쩍 거실 쪽을 보다 말을 이었다.

"두 사람 사이 알아요. 뭐, 놈이 말한 건 아니지만 오래 함께 있다 보니 저절로 알게 되거든요. 아무래도 눈에 보여서."

일순 단풍의 얼굴이 붉게 물들었다. 지금까지의 행동만 봐도 당연히 알 것이라 생각했다. 하지만 직접 듣고 나니 부끄러움이 밀려와 눈을 마주할 수가 없었다. 당근과 칼에서 손을 놓은 단풍은 꾸벅 허리를 숙였다.

"아니에요. 저도 지금 갑자기 말씀드릴 생각은 아니었어요. 도와주셔서 감사합니다."

"이러는 거 김 팀장이 보면 난리 날 거 같은데. 저 사람, 좀 찜찜하거든요."

지사에 있을 땐 안 그랬던 것 같은데 사람이 달라진 것 같았다. 뭐랄까, 욕심이 많아진 느낌이랄까. 그녀는 고개를 끄덕였다.

민석은 그녀가 그냥 마냥 순진한 것 같진 않아서 다행이라고 생각했다. 다만 주환과 단풍이 어느새 이렇게 연을 맺은 건지는 도통 알 수가 없었다.

도대체 어떻게? 언제? 회사에서는 직속으로 도움을 주고받긴 했지만 그렇다고 매시간 함께 있을 수 있는 것도 아니다. 일 많은 과장과 1년 차가 다이렉트로 닿을 일은 생각보다 많지 않기 때문이다.

밥 한 번 같이 먹는 것을 본 적도 없는데 대체 어디서. 의문이 남지만 가장 중요한 건 두 사람이 만나고 있다는 것이다. 그로 인해 어쩌면 주환이 중요한 선택을 포기한 상태인지도. 민석은 입을 쓸며 천천히 입을 열었다.

"오지랖인 거 알고, 진짜 이거 강 과장…… 아니 주환이가 알면 가만 안 있을 일이라는 거 아는데 악역 맡고 오지랖 부려서 하나만 부탁할게요."

다정한 사람의 진중함은 오히려 무섭다던가. 단풍은 얼른 정자세가 되어 두 손을 모았다.

"지금 밝히지 마세요."

"……네?"

뜻밖의 말. 할 생각도 없었지만 대놓고 나온 말에 당황하고 말았다. 단풍의 가슴 한쪽이 순간 울컥거렸다. 민석은 미안함을 담아 한숨을 쉬었다.

"당장 내가 뭘 말할 군번이 아니라 자세한 말은 못하는데, 지금은 아닙니다. 주환이 노력했던 결실이 코앞에 있습니다. 아직 정확한 건 아니지만 이대로라면 정해진 수순이에요. 강주환이 왜 머뭇거리고 있는지 알지만…… 그래서 속이 터져요. 제 입으로 말할 놈은 아니니까."

단풍은 입술이 말라가는 것을 느꼈다. 상대가 과장임을 알면서도 눈을 찌푸린 그녀는 제대로 된 설명을 바랐다.

"무슨 말씀을 하시는지 저는 잘 모르겠습니다."

단풍의 말에 이번엔 그가 눈을 살짝 찌푸렸다.

"왜 강 과장이 그 정도 실적을 올리고도 팀장이 아니라 과장인 줄 알잖아요."

"……아니요."

말하는 것마다 무슨 말인지 모른다는 게 너무도 자존심이 상했다. 찌푸려진 미간이 펴지질 않았다. 민석은 곤란한 기색을 하며 물을 껐다.

"단풍 씨는 주환이랑 이야기를 좀 나눠야겠네요."

머릿속의 퓨즈도 꺼져버린 느낌이 들었다. 까막눈, 까막 귀가 되어버린 기분이었다. 불안함이 사라지질 않아 아주 고약한 마음이 퍼졌다. 가서 앉으라는 민석의 제안에 고개를 끄덕인 단풍은 조금 질려버린 얼굴을 하고 거실로 향했다. 가슴이 쿵쾅쿵쾅 빠르게 뛰고 있었다.

뭐지? 뭐야. 의문이 꼬리에 꼬리를 물었다. 그러다 바로 코앞에 선 사람을 발견하지 못하고 그대로 이마를 박았다. 아, 하며 뒤로 물러서는 그녀의 팔을 잡은 사람은 성준이었다.

"어디 아파요?"

팔이 잡힌 손이 무척 불쾌했다. 사람 자체가 싫은 게 아니라 그가 가진 적대심을 느낄 수 있기 때문이었다. 단풍은 반사적으로 팔을 빼려 했지만 팔이 빠지지 않아 당황하며 올려다보았다.

"안색이 안 좋네."

걱정이 담긴 눈, 속을 알 수 없는 말에 단풍은 고개를 저었다.

"아니요, 괜찮습니다."

"먼저 가도 좋아요. 오래 있어봐야 단풍 씨는 곤란할 거야."

성준은 어려운 문제를 잔뜩 가진 시험지 같았다. 분명 배웠지만 답을 알 수 없는 모양새. 알고 있는 그의 모습이지만 낯섦이 느껴졌고 그녀는 반사적으로 주환을 찾았다. 애석하게도 그는 한 부장과 발코니로 나가 있었다. 아마 한 부장이 담배를 태우고 있는 듯했다. 언제부터 다른 사람 손을 바랐다고, 단풍은 마음을 바로잡으며 다시 팔에 힘을 주었다.

"죄송하지만 팔을 좀."

"아, 계속 잡고 있었네. 미안합니다."

정말 몰랐던 사람처럼 그는 얼른 손을 놓았다. 그리고 무척 미안한 얼굴을 하며 머쓱해했고 그녀는 괜한 사람을 자꾸 의심하는 건 아닌가 싶어졌다. 아주 조금 미안함을 가지고 한 걸음 물러서자 성준이 손을 들어 단풍의 이마에 댔다.

"정말 어디 아픈 거 아니죠?"

너무 갑작스러워 피할 겨를도 없이 굳어버린 그때, 그녀를 구한 건 다름 아닌……

컹컹! 컹! 컹!

펜스 안에 들어가 있던 복실이가 사납게 짖어댔다. 왜인지는 모르겠으나 펜스를 넘어올 듯 거칠게 짖어댔다. 그 시선은 다른 곳이 아닌 바로 이곳, 단풍과 성준이 선 자리였다. 눈에 핏발을 세우고 매섭게 짖는 소리에 사람들의 시선이 오가는 순간 복실이가 펜스를 밀고 달려든 것은 그 잠깐의 찰나였다.

"복실아!"

순식간에 달려드는 모습에 단풍의 입에서 복실이의 이름이 튀어나왔고, 복실이는 코앞까지 달려와 당장이라도 성준을 물어뜯을 듯 그 앞에서 무섭게 짖었다. 단풍을 뒤에 두고 꼬리를 바짝 세운 상태에서 짖는 모습이 꼭 그녀를 지키려는 것 같았다. 개 짖는 소리에 발코니에서 달려 나온 주환은 여전히 성난 복실이를 안아 올렸다. 아무 상황도 모르고 있었음에도 서릿발처럼 차가운 눈이 성준을 향했다.

"뭐야, 무슨 일이야?"

눈을 깜빡이며 다가온 민석이 물었지만 대답해주는 사람은 없었다. 지금 이 순간 그 말, 무슨 일이냐는 그 말을 가장 하고 싶은 건 주환이었다.

"나오지 마, 나오지 마. 뭐하러 나와."

"그래도."

"괜찮다니까. 오히려 다들 불편해하니까 그냥 있어."

자신을 위한 것임을 알지만 주환은 지금 상황에선 고맙지 않았다. 집에서 나와 다시 집으로 가는, 이상한 상황에 빠져버린 단풍은 주환과 잠시 눈을 맞추고 어색하게 웃다 묵례를 했다. 일단 어디 카페라도 잠시 가 있어야 완전하게 해소가 될 듯했다. 조마조마하게 바로 기웃거리다 재수 없이 걸리면 그보다 더한 낭패도 없으니 말이다. 게다가 단풍은 조금 머리를 정리할 시간이 필요했다. 민석이 했던 그 말을 천천히 곱씹으며 해석해야 할 때였다.

"그럼 수고해!"

"……예, 들어가십시오."

어쩔 수 없이 엘리베이터 앞까지 나와 인사를 한 주환은 다른 이들과 함께 선 단풍을 바라보다 씁쓸하게 말했다.

"잘 가요, 단풍 씨."

이상한 기분이 그녀를 휘감았다. 본래 이것이 맞는 것인데 못 들을 것을 들은 듯했다.

이런 헤어지는 느낌은 조금 싫었다.

"네, 과장님. 안녕히 계세요."

그러나 할 수 있는 말은 그것뿐이었다.

찜찜함이 묻어나는 작별인사를 마치고 아파트에서 나온 그들은 자연스럽게 같은 방향으로 쪼개졌다. 일단 방향이 같은 민석과 한 부장이 같은 택시를 탔고, 남은 두 사람이 부장을 배웅하고 나니 어색한 침묵만이 남았다. 괜한 말을 꺼내 긁어 부스럼이 될까 입을 다물고 먼 곳만 보는 단풍과 달리 휴대폰을 들어 올린 성준이 말했다.

"난 술을 마셔서 대리기사를 불러야 할 것 같은데, 단풍 씨는 어떻게 할래요? 데려다줄까요?"

듣던 중 고마운 소리이자 제일 무서운 소리였다. 그녀는 손사래를 치며 최대한 정중하게 거절했다.

"저는 택시 타고 가면 되니까 신경 쓰지 마세요. 아, 저기 택시

오네요. 먼저 가보겠습니다, 팀장님."

감히 팀장을 혼자 두고 먼저 가겠다는 괘씸함이 나중에 걱정되긴 하지만 그렇다고 계속 같이 있을 수도 없는 노릇이었다. 이 불편함과도 안녕을 고하기 위해 때맞춰 오는 택시를 잡으러 발을 내딛자 기다렸다는 듯 성준이 말했다.

"이만 집으로 가요. 굳이 택시까지 타면서 돈 쓸 필요 없으니까."

택시를 잡기 위해 뻗으려던 손이 굳었고, 택시는 휭 하니 그들 앞을 지나갔다. 찬바람이 불어 머리를 차갑게 식혔다. 잘못 들었나 싶어 옆을 보자 대리기사를 부르는 듯 성준은 귀 옆에 휴대폰을 대고 있었다.

"아, 예. 수고하십니다. 여기 **동 ** 아파트 단지 앞입니다. 예, 알겠습니다."

짧은 통화가 억겁처럼 길게 느껴졌다. 꿀꺽 침을 삼킨 단풍은 조심스레 성준을 불렀다.

"팀장님?"

"개가 많이 사납던데 꼭 단풍 씨를 지키는 것 같더라고요."

"……."

"주인 지키듯이. 단풍 씨도 아무도 가르쳐주지 않은 강아지 이름을 알 만큼 친해 보였고 말이죠."

눈이 마주쳤다. 성준이 웃어주었으나 단풍은 여유롭게 웃어줄 수 없었다. 지갑을 쥔 손이 파르르 떨렸다. 그는 세상에서 제일 즐거운 사람처럼 미소를 잃지 않고 농담인 양 말을 이었다.

"아 참, 아이리스에 물은 너무 자주 주지 말아요. 그 꽃은 그렇게 목마른 식물이 아니거든."

머리로 쾅쾅 번개가 연달아 내리쳤다. 단풍의 얼굴은 어둠 속에서도 확연하게 보일 정도로 하얗게 변해버렸다. 알레르기로 병원에 실려 갔을 때보다 훨씬 더 하얗게.

단결의 자취방에 간 택배, 그 안에 있던 화분. 그리고 그 화분을 가져온 것이 불과 이틀 전.

"우리 입 무거운 홍단풍 씨, 비밀은 지킬 때 가장 아름다운 법입니다. 전 단풍 씨와 무척 친하지만 강 과장과 그렇게 친하지 않거든요. 그래서, 이런 경고는 단풍 씨에게밖에 해줄 수가 없어요."

아무 말도 할 수가 없었다. 돌려 말하고 있지만 주환에게 아무소리도 하지 말라는 말임을 모를 수 없었다. 훌륭하네요. 입에 침도 바르지 않은 칭찬을 한 그는 굳어서 움직이지 않는 단풍을 향해 손을 들어 인사를 하곤 차가 있는 쪽으로 향하며 마지막 말을 남겼다.

"월요일에 봐요."

들켰다.

#21.

어떤 정신으로 다시 집으로 들어왔는지는 잘 기억나지 않았다. 무의식중에 집을 찾아 올라오기는 한 것 같은데 머리 안이 조각 난 것 같았다. 어찌어찌 집 안으로 들어와 자신을 기다렸을 주환을 보는 순간 다리에 힘이 쭉 풀려버렸다.

그렇다고 힘없이 주저앉거나 휘청거린 건 아니었지만 몸에 힘이 풀리자 어디론가 기대고 싶은 마음에 한두 걸음 앞의 그에게 팔을 뻗어 무언의 말을 건넸다. 고맙게도 주환은 그녀를 안았다. 어디 빠져나갈 수 없게끔 머리와 등을 꼭 끌어안고 숨을 내쉰 그는 축 늘어진 단풍에게 물었다.

"무슨 일 있었습니까?"

걱정이 잔뜩 담겨 가슴이 뭉클해지는 목소리였다. 그녀는 고개를 저으며 한숨을 쉬었다.

"그냥 피곤해서. 좀 놀랐나 봐요. 갑자기 찾아오니까 이런저런 생각할 겨를도 없었고."

확실히 지금의 이유도 거짓말은 아니었다.

다른 상대도 아니고 주환과 단풍의 스캔들은 안타깝지만 서로에게 썩 좋은 케이스는 되지 못했다. 바쁜 일정에 같은 사무실에서 일한 지 두 달 겨우 못 되는 시간이니 남들 보기엔 의아할 수밖에 없는 짧은 시간이었다. 사랑하는 사이에 기간이 무슨 문제겠냐마는 사내 연애이기에 더욱 깐깐하게 보는 경향이 있어 그냥 좌시할 수는 없는 것이었다.

일부러 찬물에 몸을 씻고 정신을 차리며 거실로 나오자 기다리고 있던 주환이 일어서려 했다. 그녀는 고개를 저으며 먼저 다가가 항상 자신이 앉는 소파 앞, 테이블 사이에 다리를 모으고 앉았다. 아직도 마음이 불안함에 두근거려 입안이 바싹바싹 말랐지만 아직은 뭔가를 말하고 털어놓을 타이밍은 아니었다.

아직 쉴 수 있는 날이 하루 더 있고, 생각할 수 있는 날이 하루 더 있다. 오늘 밤은 경직되었던 몸을 풀어주고 싶을 뿐이다.

단풍은 그의 다리에 머리를 기대며 무의식중에 길게 숨을 내쉬었다. 몇 번째인지 모를 한숨이었고 주환은 그녀의 머리 위에 올라가 있는 수건을 잡고 천천히 털어주었다. 살랑살랑 아프지 않게 물기를 닦아가는 섬세한 손길에 단풍의 입가로 선한 미소가 번졌다.

"누가 챙겨주는 게 좋네요. 이래서 같이 사나 봐."

꽤 위험한 발언을 하며 아예 주환의 다리 사이에 자리 잡고 등을 기대는 단풍이다. 그녀가 편히 있도록 해주고 싶었지만 물어볼 것은 물어봐야 했다.

"단풍 씨."

"네."

"복실이가 사나운 건 사실이지만 그렇게까지 사람에게 가 짖는 개는 아닙니다. 단풍 씨 처음 왔을 때도 봤겠지만 차라리 무관심하죠."

그가 무엇을 물으려는지 알 것 같았다. 그녀는 몸에 힘을 풀며 어깨를 으쓱거렸다.

"그렇죠, 우리 복실이는."

"무슨 일 있었는지 말해줄 수 있습니까?"

추궁하는 것도, 밀어붙이는 것도 아니었지만 무게감이 느껴지는 물음이라 모르는 척하거나 말을 돌릴 수가 없었다. 단풍은 아무것도 아닌 척 숨기는 대신 고개를 위로 올려 위에서 내려다보는 주환과 눈을 맞췄다.

"숨기는 게 있어 보여요?"

날카로운 질문에 주환의 입이 다물어졌다. 마음 같아선 어깨를 부여잡고 김성준과 무슨 일이 있었는지 모조리 토해내게 만들고 싶었다. 하지만 그럴 수 없다는 것쯤은 이미 깨닫고 있는 일이었다.

"약았습니다."

미약하나마 불만이 느껴지는 목소리에 그가 귀엽게 느껴졌다. 낮게 웃은 단풍은 좀 더 몸을 기대며 휘파람을 불었다.

"어어, 말이 과하다. 약았다니요."

말은 그렇게 해줘도 머리를 털어주는 손길은 여전히 부드러웠다. 머리가 영원히 마르지 않았으면 좋겠다 싶었다. 기분이 좋았다. 그러다 불쑥 성준의 말이 머릿속을 채웠고 가슴엔 불안함의 불씨가 번졌다. 두근두근 빠르게 뛰는 심장이 불쾌해지기 전에 단풍은 이 박동을 다른 것으로 채워 넣고 싶었다.

"틀렸어요, 이건 꼬시는 거예요."

주환의 미간이 살짝 좁아졌다.

"아쉬워요, 황금 같은 주말 하루가 홀라당 날아갔잖아요. 벌써 몇 시야, 자야겠네."

농담인지 진담인지 구분하기 어려울 정도로 순진한 눈동자였다. 조금 괘씸함도 들었다. 지나치게 자신을 편하게 여기는 것이 예전엔 괜찮다고 생각했지만 지금은 억울한 것도 같았다. 그는 머리를 닦아주던 손을 멈추고 고개를 좀 더 내렸다. 바싹, 숨결이 느껴질 정도로 가까워졌다.

"안 자면 되는 거 아닙니까?"

마음에 강풍을 불러일으키는 도발에 웃음을 그리던 단풍의 눈이 살짝 떨렸다. 불안하게 뛰던 심장이 순식간에 주환과의 교감으로 가득 찼다. 기분 좋은 박동에 눈을 깜빡이자 주환의 고개가 점점 더 내려왔다.

그리고 입술이 이마에 닿는다.

뜨고 있던 눈마저 감게 되는 담백한 입맞춤에 긴장하고 있던 단풍의 입가에 미소가 번졌다.

"뭐야, 애들같이."

새침한 한마디에 그가 물었다.

"실망했습니까?"

"……음, 아마도."

농담 같지만 농담 같지 않은 대화는 담백했지만 묘하게 부끄러웠다. 한층 더 가까이 다가갈 수 있는 기회가 열린 듯이. 단풍이 마른 입술을 적셨고 주환의 눈빛이 달라졌다.

"이리 가까이."

그녀는 허리를 바로 세우며 주환을 바로 볼 수 있게 몸을 돌렸고 주환은 이런 일만큼은 머뭇거리지 않았다. 막 씻고 나와 부드럽고 촉촉한 입술을 한두 번 마주 대다 깊어지는 키스에 젖은 머리카락이 흔들렸다.

뺨을 잡았던 손이 턱을 지나 목덜미로 내려가다 다시 귓가까지 올라가 뒷머리를 받쳤다. 숨이 오갈 정도로 진한 입맞춤에 단풍의 눈이 감겼다. 그녀의 팔은 곁으로 내려온 그의 목에 걸렸다.

더 이상 나아가지 않을 건 안다. 처음부터 그랬듯 그는 자신을 배려할 것이고 자신은 그 배려에 서서히 녹아버렸듯이 언젠가 자연스레 그에게 안길 것이다.

'단풍 씨는 주환이랑 이야기를 좀 나눠야겠네요.'

하지만 때론 그 기다림과 진득함이 달갑지 않을 때가 있다. 먼저 말해주면 좋을 텐데. 말하지 못할 말을 목구멍 깊이 밀어 넣는다. 그 때문인지 괜한 심술이 고개를 들어 올렸다.

숨이 떨릴 정도로 따뜻했던 키스의 끝에 단풍을 감싸 안고 있는 주환이었고, 그녀는 전부 알면서도 앙큼하게 한마디를 더했다.

"오늘은 이렇게 계속 같이 있고 싶다."

오늘따라 유독 사람 괴롭히는 단풍에 그는 낮은 숨을 내뱉다 똑

바로 단풍과 눈을 맞췄다. 뭔가를 감추고 있고, 말하지 못하고 있다는 것을 알고 있었다. 또 그것이 단풍을 불안하게 만들고 있음을 안다. 비록 임시방편일 뿐일지라도 그녀의 머리에 자신으로 가득 채우는 것만이 지금 이 순간의 현답이었다.

시종일관 장난스럽게 있던 단풍은 주환의 기운이 달라졌음을 조금 늦게 깨달았다. 깊이를 알 수 없는 짙은 눈동자에 웃음기 머금었던 입가를 멈추고 그를 불렀으나 주환은 대답하지 않았다. 대신 수건으로 단풍의 눈을 가린 뒤 몸을 일으켜 세우곤 알레르기로 병원에 실려 가던 때처럼 단풍을 두 팔에 안아 들고 성큼성큼 걸었다.

"주, 주환 씨?"

당황해서 눈을 가린 수건을 치울 틈도 없이 버둥대다 열리는 문소리에 덜컥 몸이 굳었다. 저벅저벅 몇 걸음. 그리고 등에 닿는 푹신한 시트의 느낌에 숨이 턱 막혔다. 수건이 치워지고 눈을 가리던 방해물은 사라졌지만 주변은 어두웠다. 아마도 불을 켜지 않은 방일 터.

심장이 입 밖으로 튀어나올 것처럼 빠르게 뛰었다. 주환은 침대에 누운 단풍의 위에 제 팔과 다리로 몸을 지탱하며 마주 보고 있었다. 다른 때보다 훨씬 아찔한 그의 모습에 그녀는 두 다리를 모으고 움찔거렸다. 아무것도 하지 않았는데 괜히 몸 여기저기가 뜨거워지는 느낌이었다.

한참이 지났다. 어둠에 익숙해진 눈에 주환의 얼굴이 보였고 그녀는 침을 삼키며 다음 순간을 기다렸다.

"제가 어디까지 단풍 씨에게 친절할 것 같습니까."

나지막이 나온 물음에 그녀가 할 수 있는 건 고개를 젓는 것뿐이었다. 지금도 충분히 친절하고 상냥하지만. 그의 낮은 숨소리가 귓가에서 들리는 것만 같았다. 가슴이 쿵쿵 힘차게 뛰었고 주환의 몸이 점점 더 낮아졌다.

코앞에 머문 그에게선 같은 비누 냄새가 미약하게 나고 있었다. 열이 오르는 단풍에게 전해지는 건 낯설도록 아찔한 속삭임이었다.

"룸메이트가 아닙니다."

"……."

"남잡니다."

수건을 쥔 손에 강한 힘이 들어갔다. 결국 단풍이 눈을 꼭 감아버렸지만 주환은 말을 멈추지 않았다.

"그것도 같은 집에서 사는 남자."

일이 벌어질 것처럼 아슬아슬한 궤도. 숨을 들이켜며 이어질 '무언가'를 기대하고 만 그녀는 한참이 지나도록 아무 일도 벌어지지 않자 슬금슬금 실눈을 떴다. 그리고 횅하니 비어 천장만 보이는 눈앞에 고개를 돌렸고 이미 침대 밖으로 나간 주환이 단풍의 뺨에 손을 댔다.

"문 잘 잠그고 자요."

경고인 듯, 충고인 듯 알쏭달쏭한 말을 남기고 방을 나선다. 거기다 직접 문까지 잠그고.

"……으아아."

결국 단풍의 두 손이 제 얼굴을 가리고 몸과 다리는 싱싱한 활어처럼 펄떡펄떡 침대를 괴롭혔다. 창피하고 부끄러워서 죽을 것 같았다.

　문을 닫아도 들리는 발버둥 소리에 주환은 겨우 가라앉힌 열이 후끈하게 오르는 걸 다시 느꼈다. 아무래도 찬물에 샤워라도 해야 잠을 잘 수 있을 듯했다.

　"김성준."

　서늘한 음성이 거실을 훑다 사라졌다.

　어떤 짓을 하건, 무엇을 하건. 그녀의 팔에 닿았던 성준의 손가락 하나조차 사람을 건드린다. 약간의 혈압이 오르는지 뻐근해진 목덜미를 만진 그는 들을 수 없는 대상을 향해 중얼거렸다.

　"거슬려."

　뭘 어떻게 하더라도 결국 날은 밝고 아침은 온다.

　전날까지, 아니 잠들기 전까지 가슴을 울렁이게 만들던 긴장감은 신기하게도 아침이 밝아오자 가라앉았다. 과연 무슨 일이 있을지, 아니면 이미 무슨 일이 벌어졌을지도 모르겠지만 그녀는 차분함을 유지하며 출근을 했다.

　말을 함구하라던 은근한 압박을 주던 것이 그냥 한 것이 아닌 듯 회사는 평소와 다름없었다. 바쁘고, 활기차고 역시나 별다를 것 없는 오전 시간을 보냈다. 잠깐의 여유 시간을 보내기 위해 나온 곳은 회사에서 조금 떨어진 카페였다. 회사 사람들이 올 수 없을 정도의 거리. 외근을 틈타 나온 곳이었다.

　정신을 좀 차려야 할 것 같아 앞에 놓인 아메리카노를 마셨다. 굳이 커피취향을 따지자면 단 커피가 좋다. 예를 들면 피곤할 때 누군가 쥐여 주는 캔 커피 같은 것. 조금 쓴맛을 느끼며 머리로 혈

액이 도는 기분이 들 때, 앞에 앉아 역시나 커피를 마시던 그가 입을 열었다.

"고마워요. 혹시나 했는데 정말 혼자만 알고 있어줘서. 강 과장에게 말할 수도 있겠다, 싶었거든요."

진심이라는 듯 연거푸 고맙다는 말을 잇는 성준이었지만 좋은 마음은 전혀 들지 않았다. 며칠이나 생각하고, 자는 시간까지 쪼개가늠해도 그가 일부러 화분을 보내면서까지 단풍과 주환의 사생활을 캤다는 것은 변하지 않았다. 그녀는 성준이 상관임을 알면서도 딱딱하게 말했다.

"제가 듣고 판단하기 위해서입니다. 무슨 말씀을 하실지 듣고 나서 말해도 늦지 않고, 결국 우리 두 사람의 문제가 될 테니까요."

어차피 사귀는 것은 물론 함께 살고 있다는 것을 문제 삼는다면 단풍 혼자서 감당할 문제가 아니었다. 어떤 결론이 나든 간에 주환과 상의를 해야 할 문제였고 그 시기와 때는 지금이 아니어도 충분할 거라 생각했다. 될 수 있다면 제 손에서 끝났으면 했지만 어쩐지 그럴 것 같지 않아 마음이 답답할 뿐이었다.

다부진 말에 성준은 의외라는 듯이 그녀를 보았다. 일하는 거야 꼼꼼하게 한다고 생각했지만 의외로 강단까지 있었다. 덕분에 아쉬운 마음이 들었다. 처음이야 가볍게 관심을 보였지만 함께 본사로 올 만큼의 인연이라면 좀 더 깊은 사이가 될 수 있었을지도 몰랐으니까. 물론 이렇게 되어 자신에게도 기회가 생긴 것이겠지만.

"그 우리가 내가 포함된 우리가 아니라서 아쉽네요."

은근한 표현에도 단풍은 특별히 반응하지 않았다. 그가 비친 호감을 아주 모를 정도로 눈치가 없진 않았기에 반응하는 것 자체가 옳지 못하단 생각이 들었다. 그것을 느낀 듯 성준은 목을 잠시 가다듬고 고개를 숙였다.

"미안해요. 떠본 건 사과합니다. 이 사과를 어떻게 받아줄지는 모르겠지만 어쨌거나 미안한 건 정말입니다. 단풍 씨에게까지 그러고 싶지는 않았어요."

점점 더 속을 알 수 없게 되었다. 무작정 치졸한 사람이라고 생각했던 것도 사실이지만 지금까지의 모습으로 보자면 그게 더 어색한 느낌도 있었다. 차라리 한 가지 캐릭터로 나가줬으면 할 만큼.

익숙하지 않은 사과를 한 덕분인지 머쓱하게 커피 한 모금을 더 마신 성준은 숨을 내쉬다 마음을 정했는지 마저 말을 이었다.

"확신이 필요했어요. 단풍 씨가 내 이야기를 듣고 날 도와줄 수 있을지, 없을지. 하지만 이제 확실해졌거든요."

한층 낮아진 목소리에 단풍의 미간이 좁아졌다.

"단풍 씨가 내 말을 들어줄 거라는 걸."

캐릭터를 악당으로 잡은 것인지는 몰라도 그녀는 떨림 없이 확실하게 답했다.

"무슨 협박을 하시건 상관없습니다. 저와 강 과장님의 사이를 회사에 말씀하신다고 해도 변하는 건 없고요."

"……."

"그건 물론 함께 산다는 사실까지도 포함한 말입니다."

단풍도 바보처럼 시간만 가게 둔 건 아니었다. 성준이 어떻게 나올지는 몰랐지만 떠올릴 수 있는 가장 최악의 수까지 생각했었다. 얼마 되지 않은 인연이지만 그 시간 동안 주환에게 느낀 모든 것이 감사하고 소중했다. 후에 어찌 될지언정 지금에 충실하기로 한 이상 뒤로 밀려나갈 생각은 아주 조금도 없었다.

죄를 지은 것은 없지만 세간의 눈이 색안경을 끼고 볼 것이라는 것쯤은 감수할 수 있었다. 재수 없으면 까짓 회사 그만두고 이직하면 그만이다…… 까지 생각했다. 막무가내 같은 생각이지만 그만한 다짐 없이는 여기 나와 있기도 어려웠다.

타협은 없다고 말하는 듯 굽힘 없는 모습에 성준이 어깨를 으쓱거렸다. 눈치 정도는 볼 것이라 예상했는데 오히려 배 째라는 식이다. 별 상관은 없지만 그는 쓰게 웃었다. 빙빙 돌려 말할 것 없이 확실하게 하는 게 좋을 듯했다.

"우리는 아주 좋은 팀이 될 수 있었을 겁니다. 서로에게 윈윈할 수 있는 아주 좋은 팀."

"계속 돌려 말하실 거라면 이만 일어나겠습니다."

단호한 말에 성준이 눈을 조금 찌푸렸다.

"설마 이 정도까지 편협한 놈으로 보일 줄은 몰랐지만 그래요, 일부러 그렇게 보이도록 한 것도 맞습니다. 제가 단풍 씨에게 호감이 있었던 건 사실이니까요. 또 그런 사람을 너무 빨리 데려간 강 과장에 대한 심술이 아주 없던 것도 아닙니다."

"설마 지금 고백을 위해 저를 부르신 건 아니시죠."

고백이라도 한다면 0.1초의 틈도 없이 자리에서 일어날 듯 보였다. 다행히 그녀도 정말 그럴 것이라 예상하지 않았다는 거다.

"무슨 확신이 필요하신 거죠? 왜 그렇게까지 알아내셔야 하셨나요?"

주제가 다른 곳으로 셀수록 정신만 흐트러질 뿐이었다. 단풍은 행여나 사람 말에 홀려 들어갈까 봐 말꼬리를 제자리로 돌렸다. 그 뜻을 알았는지 서두를 깔던 성준은 한숨을 쉬었다. 확연히 느껴지는 적개심을 건드려 괜히 일을 꼴 필요는 없었으니까. 그는 손을 모아 약간의 저자세를 보이며 단풍을 바로 보았다. 꿀꺽 침이 넘어갔다.

"더 돌려 말하지 않고 단도직입적으로 말하겠습니다. 강 과장과 진지하게 만나고 있는 거라면 날 좀 도와줘요."

뜻은 더욱 알 수 없게 되어버렸지만.

"대체 무슨 말씀을 하고 싶으신……."

"내부 발령 이야기는 이미 알고 있을 겁니다."

"……그거야, 뭐."

고개를 갸우뚱거리며 눈을 찌푸리던 단풍은 움직임을 아예 멈춰버렸다. 그리고 순간 넋이 나간 얼굴로 성준을 보았다. 왜 미처 생각하지 못했던 것인지 스스로가 어이없었다. 그가 미국 출장을 다녀왔고 그것으로 인해 함께 살게 되었다는 것을 알면서도, 이번 특채 면접을 주도하며 직접 면접관까지 되었다는 것을 보고 도왔으면서도. 심지어 연지에게 이번 일에 대해 거의 대부분을 들었음에도 연상시키지 못했다.

너무 당연한 것이었는데, 바보같이.

"부서 내정자가 강주환 과장입니다."

확실하게 확인시켜주듯이 말을 잇는 성준에 잠시 동안 눈앞이 새하얗게 변하는 느낌이었다. 다음 말이 무엇일지 알고 있기 때문이었다.

"원래대로였다면 반년쯤 뒤 강 과장은 미국 지사로 가게 될 예정이었습니다. 짧으면 2년, 길면 5년 이상. 이건 단풍 씨와 내가 본사로 오기 전부터 차근차근 진행되어 오던 이야기라고 하더군요. 그래서 굳이 욕심내지 않았습니다. 그래서 좋을 게 없다는 것쯤은 알고 있으니까요."

2년? 5년? 가슴이 쿵쾅쿵쾅 빠르게 뛰었다. 온갖 나쁜 상상을 다 해봤는데 이건 예시에 없는 말들이고 결론이었다. 단풍은 커피 대신 냉수를 찾아 손을 더듬거렸다. 긴장감이 뚝뚝 떨어지는 손으로 테이블을 더듬다 비어버린 머그잔을 보고 주먹을 쥐었다.

심호흡을 했다. 너무 놀랐지만 조금만 생각을 해보면 정말 당연한 일이었기에 마음을 차분하게 만들 수 있었다. 좀 더 머리를 정리할 필요는 있었으나 왜 지금 이 자리에서 그런 말이 나와야 할지 알 수 없었다.

"죄송하지만 그 사실과 제가 과장님이 만나고 있는 게 무슨 연관이 있는……."

"강 과장을 잡아줘요. 확실하게 이곳에 남을 수 있도록."

"……."

"몇 년이나 걸릴 발령입니다. 그때까지 기다릴 수 있다는 장담을 할 수 있겠습니까? 두 사람은 이제 막 만나지 않았습니까. 단기간에 함께 살 정도라면 진지하게 만나고 있는데 이렇게 쉽게 강과장을 보낼 수 있습니까?"

차츰차츰 퍼즐이 맞춰진다.

성준이 왜 그런 수고까지 벌이며 자신과 주환이 함께 살고 있다는 것을 알고자 했는지 이제야 알 것 같았다. 그는 약점이 필요했던 거다. 주환에게 온 천재일우의 기회를 가질 수 있는 것이라면 어느 것이라도 좋았을 것이다.

주환에게 아무것도 듣지 못했던 것이 속상함으로 다가왔다. 그러나 지금은 그런 속상함에 감상에 빠져 우울해 있을 때가 아니었다. 비겁하게 그것을 무기 삼아 자신을 쥐락펴락하려는 성준에 일침을 가할 때였다. 그가 나중에 어떤 식으로 저를 대할지는 생각하지 않기로 했다.

"못 들은 걸로 하겠습니다. 저희 문제는 저희가 알아서 할 테니 걱정 말아주십시오."

전에 없이 딱딱한 답변을 한 단풍이 제 짐을 챙겼다. 불쾌감이 온몸을 기어 다니는 듯했다. 그녀의 철벽같은 말에 성준이 한숨을 쉬었다.

"좀 더 진지하게 생각해줘요. 더 중요한 사실은 이미 강 과장이 거의 내정되었던 사실을 유보시켰다는 점입니다. 아직 확정되지 않은 사실이라 유보 상태고 부장님도 강 과장을 회유하려 하지만 애초에 이럴 필요도 없었을 일이었습니다. 그런데 강 과장은 그렇게 하고 있죠. 그게 누구 때문일 것 같습니까."

"저 때문이라고 말씀하시는 겁니까?"

"아닙니까?"

되돌아온 반문에 당장 아니라고 할 수 없었다. 시기상, 분명 맞다.

"강 과장님 입으로 직접 듣겠습니다."

그러나 그런 것을 다른 사람의 입으로 듣고 혼자 상상을 해대고 싶지 않았다. 그녀는 두려울 게 없는 사람처럼 맞받아쳤고 그가 혀를 찼다.

"들어서 어쩌려고?"

"그것도 저희가 알아서 합니다."

"왜 이렇게 답답하게 굴어요? 어렵게 갈 필요가 없습니다. 강 과장 마음을 단풍 씨가 확실하게 잡아준다면 나머지 일은 내가 알아서 처리할 수 있습니다. 만약 내 말대로만 해준다면 단풍 씨에게도 섭섭지 않은 보답을 할 겁니다. 그리고 사측에서도 나쁜 일이 아닙니다. 당장 이곳에서 필요한 일손을 보내는 것보다 제가 더 필요할 겁니다. 강 과장이 확실히 거절을 해준다면……."

듣다, 듣다 머리 꼭대기로 열이 올라 참을 수가 없었다. 단풍이 자리에서 벌떡 일어났다.

"팀장님, 제가 그렇게 생각 없어 보이셨습니까? 철없는 어린애로 보이셨나요?"

"단풍 씨."

"이만 일어나겠습니다. 이건 다른 말이 필요 없는 이야깁니다. 마음대로 하십시오."

"뭘 어떻게 하건 강 과장은 이곳에 남아야 할 겁니다. 어차피 최악과 차악만 있을 뿐이에요. 그런데 최악을 고르고도 정말 괜찮겠습니까?"

단풍은 성준을 향한 실망감에 어쩔 줄을 몰랐다. 회유로 시작된 말은 협박에 다다랐다. 그것도 고작 연애문제로! 그녀는 주먹을 세게 쥐고 그를 노려보았다. 성준은 어깨를 으쓱거리며 여유롭게 커피를 한 모금 넘기고 말을 이었다.

"앞서 말했지만 내가 할 수 있는 모든 방법을 쓸 예정입니다. 가지 않겠다고 말한 사람입니다. 이미 그런 결정을 내린 강 과장이고 나는 될 수 있다면 가고 싶습니다. 이 기회를 놓칠 생각이 없어요. 인생이 좌지우지될 수 있는 기회인데 그냥 모르는 척할 만큼 착하지 못하거든요."

"사귀는 것은 물론 동거도 죄가 아닙니다. 좋은 소리 들을 수 없다는 거 충분히 알고 있지만 사내 연애가 안 된다는 법도 없……."

차츰차츰 올라오는 열을 이기지 못하고 언성을 조금 높이던 단풍의 머리로 지난 일이 스쳐 지나갔다.

'연지 씨, 혹시 여기는 사내연애 같은 거…… 지양하는 편이에요? 아니면 좀 뭔가 이런저런 얘기가 돌면 좀 불편해하시거나.'

'굳이 절대 안 된다거나 그런 건 아니에요. 그런데 지금 같은 시기는 좀 아니지. 맞아도 아닌 척해야 하거든요. 인사고과에 당장 반영될지도 몰라요.'

"법은…… 없, 는……."

그저 단순하다고 생각했던 대화에 숨은 가시가 모습을 드러냈다. 그리고 맞춰지는 퍼즐은 너무도 간단하게 답을 내리고 있었다.

'오지랖인 거 알고, 진짜 이거 강 과장…… 아니 주환이가 알면 가만 안 있을 일이라는 거 아는데 악역 맡고 오지랖 부려서 하나만 부탁할게요.'

'지금 밝히지 마세요.'

'당장 내가 뭘 말할 군번이 아니라 자세한 말은 못 하는데, 지금은 아닙니다. 주환이 노력했던 결실이 코앞에 있습니다. 아직 정확한 건 아니지만 이대로라면 정해진 수순이에요. 왜 머뭇거리고 있는지 알지만…… 그래서 속이 터져요. 제 입으로 말할 놈은 아니니까.'

말문이 막혀버린 단풍을 어떻게 생각하는지는 몰라도 성준은 단풍과 눈을 맞추듯 자리에서 일어섰다. 그리고 지갑을 꺼내며 말했다.

"모르는 사람들은 말할 겁니다. 그깟 사내연애가 뭐라고, 같이 사는 게 뭐 그렇게 대수라고. 그런데 참 재밌는 게 남들에겐 별거 아닌 이런 게 우리한텐 의외로 큰일이 될 수도 있는 법이죠."

"……."

"강 과장이 여기에 남겠다고 확실하게만 말해준다면 모든 게 해결됩니다. 단순 발령이 아닌 해외 발령 같은 경우는 강압적일 수 없으니 부장님도 결국 포기하실 테니까요. 두 사람은 함께 있을 수 있고 자연스럽게 관계를 밝힐 수도 있겠죠. 혹 나중에라도 다시 발령을 기다려도 됩니다. 단풍 씨 때문에 그걸 포기할 만큼 강 과장이 진심이라는 걸 생각해봐요."

가슴의 답답증이 점점 심하게 다가왔다. 가슴을 퍽퍽 치고 싶을 만큼 답답해졌다.

"단순히 사내연애가 아닙니다. 그저 동거를 하고 있다는 문제도 아닙니다."

계산서까지 들고 입바람을 한 번 뱉은 그는 옆으로 나와 단풍의 어깨를 다독였다.

"이미 내정된 사항을 강 과장이 머뭇거리고 있는 이유가 본사로 올라온 지 얼마 되지 않은 단풍 씨라는 게 문제입니다. 회사에서도 중요한 사안을 여자 하나 때문에 거절한다. 이거, 정말 너무 코미디 아닙니까? 우습잖아요, 그런 멍청함이라니. 대소사도 구분 못하는 바보가 아니겠어요?"

말은 길었지만 그는 이렇게 말하고 있었다.

"오래 사귄 여자 때문이 아니라 이제 막 사귀기 시작한 여자 때문이라고 생각해봐요."

너 때문이야, 라고.

"사람의 평판이라는 건 쉽게 무너지는 법이거든요. 비단 이번 내부 발령만의 문제는 아닙니다. 굳이 그곳을 가지 않아도 강 과장은 이곳에서 충분히 성공할 수 있는 사람이니 문제겠죠."

인사과는 그 어떤 곳보다도 사람과 사람이 상대하는 곳이다. 다른 곳이 타사(他社)와 경쟁구도를 가지고 있다면 유일무이하게 이곳은 같은 곳에서 같은 사람을 상대로 하며 신뢰가 가장 중요한 주축에 있다.

신뢰, 믿음. 그것이 곧 힘이 되는 곳. 다른 부서라면 또 달라졌을 문제지만 여기는 달랐다. 이런 곳에서의 평판은 무슨 짓을 해서라도 지켜야 할 만큼 중요하다.

즉, 이런 단순한 문제조차 주환에겐 아킬레스건이 되어버릴 수 있다는 것을 의미했다.

"알아듣겠습니까?"

성준은 자리를 떠났지만 단풍은 한동안 그 자리를 떠날 수 없었다.

8. 해줄 수 있는 일, 해야만 하는 일

#22.

가슴에서 소용돌이가 치고 이 세상에 아무것도 남지 않은 듯한 느낌.

무엇을 줘도 아깝지 않고 무엇을 바쳐도 아쉽지 않을 것만 같은 대상.

때문에 모든 것이 그 한 사람을 중심으로 돌아가는 것 자체가 당연하다 느껴질 때가 있다. 민석의 그 말처럼, 만날 수 있을지 없을지 모를 운명의 상대를 만난 자신은 결국 머리와 가슴이 모두 정신이 나가 있는 것과 같았다.

"단풍 씨요? 어, 외근 나갔다가 3시쯤 들어온다고 했는데. 뭐 맡기신 일 있으신가요?"

고개를 갸웃거리며 묻는 연지의 말에 주환은 미간을 조금 좁혔다 고개를 저었다. 과장인 자신이 모르는 외근이라는 게 무엇인지 궁금했지만 묻는 실수를 범하진 않았다. 몸을 돌려 자리로 돌아가던 그는 역시 자신의 자리를 찾아가는 민석의 팔을 잡았다. 손에 서류를 쥐고 있던 민석이 멈춰 눈을 깜빡였고 주환은 사무실 바깥을 손짓했다.

이유도 모르고 머리를 긁적이다 그를 따라 나간 민석이 휴게실로 들어오자마자 그가 물었다.

"김 팀장이 요즘 한 부장님하고 자주 있는 것 같은데, 이유가 뭔지 알아?"

뜬금없는 질문이었지만 민석은 어깨를 으쓱거렸다.

"다른 이유랄 건 없지. 저번에도 말했었잖아. 계속 붙어 있는 게 아마 이번 내부 발령 건 때문인 것 같기도 한데, 정확하진 않아. 특별히 드러내놓고 하는 행동이랄 건 없어. 어차피 이 바닥 하는 일이 다 똑같으니까."

"특별한 건 없다고."

"특별한 게 아니라 너무 빤해서 특별하지 않다는 거지. 지난번에 갑자기 너희 집 찾아간 것도 그렇고 굳이 한 부장님 들쑤시면서 두 사람 얘기 꺼낸 것도 그렇고. 그렇게 안 봤는데 옹졸해."

못마땅함이 잔뜩 묻어난 말에 주환은 그다지 관심을 두지 않았다. 그 사람의 인성 따윈 아무래도 좋았다. 여기서 중요한 건 그의 정확한 의중이었다.

"알았어, 고맙다."

"뭐 어려운 질문이라고. 그런데 갑자기 김 팀장은 왜?"

평소엔 그리 관심을 두지 않다 갑자기 성준에 대해 직접적으로 물으니 의아해져 되물었다. 그러자 마른 입술을 한차례 쓸어내린 주환이 혼잣말처럼 대답했다.

"분명 눈치챘어."

"뭘?"

들고 왔던 서류를 펼치며 조금은 성의 없이 대꾸하던 민석이 손길을 멈추고 주환을 보았다. 그리고 금방 찌푸려진 눈을 만들었다.

"설마 너랑 단풍 씨 사이?"

"그래."

담담한 수긍에 민석이 격분했다.

"어쩐지! 저번에 갔을 때 과하게 비꼰다 싶더니……!"

"중요한 건 그게 아니야."

"야, 이 상황에서 그거 말고 뭐가 중요해! 내가 김 팀장이라고 해도 그거 가지고 꼬투리 잡겠다! 너 그러다 진짜 일 제대로 꼬여!"

"너는 내가 꼭 거길 가야 한다고 생각하냐?"

세상에서 제일 어처구니없는 말을 들은 듯 민석이 격분했다.

"말이라고! 돌았어?"

"……."

"내가 진짜 이 말은 안 하고 싶었는데. 여자에 눈이 돌아도 곱게 돌아야 하는 거다. 공사 구분 제대로 해, 인마. 안 그래도 제대로 답 안 주는 바람에 한 부장님이 영 못마땅해하고 있는데."

이번 해외지사 건으로 주환이 공을 들인 게 얼마인가. 처음부터 발령을 노리고 한 것은 아니지만 고생이란 고생은 다 하고 이런 어처구니없는 상황에 핀트가 나가 망가진다면 옆에 있는 사람들이 더 속이 터져버릴 것이다. 거기다 이런 상태라면 자신이 단풍에게 한 행동은 엄청난 실례였다. 민석은 머리를 부여잡으며 괴로워했다.

"아, 젠장. 그럼 괜히 단풍 씨한테 오지랖 떨었잖아!"

단풍의 이름에 주환이 미간을 좁히며 민석의 어깨를 잡았다. 그리고 무척 기분 나쁜 눈으로 물었다.

"무슨 오지랖."

"……."

"뭔데."

"아, 그게."

제 딴엔 주환을 생각해서 한 일이지만 따져보면 무척 실례되는 일. 아무리 친한 십년지기라도 굉장한 무례였다. 입술이 바짝바짝 마르는 기분을 느끼며 민석은 눈동자를 굴렸다. 그러나 어깨를 쥔 주환의 손에 점점 더 힘이 들어가면서 절대 빠져나갈 수 없음을 깨달았다.

"말해."

이러다 잡아먹히겠다 싶었다.

지나치게 평소와 같아 오히려 부자연스러운 느낌이 드는 한 주가 겨우 지나갔다. 단풍에게 주어진 일이 의외로 많아서 다른 생각할 틈도 없이 하루가 지나고 다시 해가 뜨고 때맞춰 저물었다. 정신을 차렸을 땐 바로 앞에 주말이 다가와 있었다.

업무는 마무리했지만 다음 주 스케줄을 작성하던 단풍은 저녁 시간에 맞춰 텅 빈 사무실에 앉아 한참을 멍하니 허공만 바라보았다. 시간이 지나도 해소되는 것은 없다는 것을 알리듯 아무리 바쁘고 열심히 일해도 결국 도돌이표 제자리걸음이었다.

이미 이번 면접에서 합격한 사람들이 출근날짜를 기다리고, 오래전부터 시작되었을 프로젝트는 마무리 단계에 접어들었다. 그건 곧 주환의 거처 또한 정리가 되어야 할 때라는 것과 같았다.

자리에서 일어나 가방을 챙긴 그녀는 멀지 않은 곳에 있는 주환의 자리를 보았다. 그리고 주변을 살피다 천천히 걸어가 책상과 의자를 한 번씩 쓸어보곤 대범하게 의자에 털썩 앉았다.

푹신한 시트가 느껴졌다. 앉은 사람의 자세가 느껴지는 기분이었다.

손길이 닿아 매끈한 부분들, 새겨진 각인들이 지워진 키보드라든가 조금은 제멋대로 도는 마우스 휠까지 주인의 흔적이 곳곳에 묻어 아마 본인 말고는 아무도 사용할 수 없게끔 되어버렸을 거다.

"이렇게 열심히 했으니까."

노력한 만큼 보상을 받는 것은 당연한 일이지만 그게 당연하지 않은 게 직장이다. 그런 것에 비하자면 주환은 능력만큼 인정을 받고 지지를 받았다. 그것을 막거나 방해가 되는 건 누가 봐도 이기적이고 몹쓸 짓이다. 그런 것이 있다면 먼저 나서서라도 막아줘야 할 것인데 참 슬프게도 그 방해물 중 가장 큰 장애물이 자신이었다.

묻고 싶은 것이 참 많다. 너무너무 많아서 머리가 터질 것 같았지만 급할수록 돌아가라는 말을 잊진 않았다. 책상을 만지다 의자에 푹 몸을 기댄 단풍은 눈을 잠시 감았다. 꼭 주환에게 안긴 것처럼 푸근하고 따뜻했다.

성준은 지난 며칠간 단풍에게 별다른 말도, 어떤 행동도 하지 않았다. 마치 유예기간을 주는 것처럼 그녀가 그러하듯 평소와 다름없이 행동했을 뿐이다.

단풍의 고개가 이번엔 책상에 내려앉았다. 따각따각 마우스를 만지며 다시 눈을 감고서 아주 작게 속삭였다.

"왜 이렇게까지 당신이 좋은 걸까요."

이유를 잘 모르겠다. 스며들 듯이, 어느 순간 눈을 뜨자 제 몸이 풍덩 잠겨 있었다. 젖은 줄도 몰랐는데 끝을 알 수 없는 물속으로 빠져버렸다. 무거운 추를 달고 내려앉듯이 빠르게.

"신기해."

"마찬가집니다.

"……."

"나 역시."

어느새 곁에 다가와 무릎을 굽혀 눈을 맞추고 있는 주환과 시선이 마주쳤다. 순간 가슴에서 무언가가 팡 터져버린 느낌이었다. 그녀는 이제 더 뜸을 들일 게 아님을 알았고 그래서 도발했다.

"우리 술 마실래요?"

잘하지도 못하는 술을 빌미로 자리를 마련했다. 하고 싶은 말이 있다는 것을 알기에 주환은 가만히 단풍을 보았고 그녀는 싱그러운 미소와 함께 말을 이었다.

"데이트 신청하는 거예요."

똑, 소리 내며 유명 개그맨이 하는 유행 몸짓을 시늉한다. 그는 귀여운 도발에 못 이기는 척 넘어가주었다.

"독한 걸로."

조금 엉큼하게.

마음 편히 마시고 싶다는 단풍의 뜻을 따라 견과류를 뺀 마른안주와 맥주를 잔뜩 사가지고 집으로 들어선 단풍은 복실이를 껴안고 잠시 소파 위를 굴렀다. 처음엔 근처만 가도 물어뜯을 듯 보이던 복실이는 이젠 모든 것을 해탈한 것처럼 보였다.

한참을 괴롭히니 질렸다는 양 풀려나자마자 푸르르 몸을 털고 거실 한쪽 제집으로 들어가 코끝도 비치지 않고 숨어버렸다. 간식으로 유혹해도 나오지 않는 것이 적잖이 귀찮았던 모양이다.

"언젠가는 꼭 제대로 꼬실 거예요."

딱히 비전 없는 승부를 홀로 읊조리며 주먹을 불끈 쥐는 사이, 소파 앞 테이블에 간단한 술상을 차린 주환이 옆에 앉으며 한마디 거들었다.

"양다리는 안 하는 게 좋을 겁니다."

어쩐지 뼈가 있는 말이라 고개를 돌린 단풍은 손가락으로 그의 팔을 콕 찔렀다. 옷도 갈아입지 못하고 일단 착석한 상태로 팔의 잔근육이 보인다. 넥타이가 불편해 보인다고 하고 싶었지만 그냥 장난을 먼저 치기로 했다.

"본처를 두고 사람 들였으면서 할 말은 아닌데요."

"……그렇습니까?"

"그렇습니다."

새침한 표정에 묻어난 장난이 우스워 결국 마주 보고 웃었다.

자연스레 나란히 앉아 의미 없이 틀어진 텔레비전 소리에 귀를 기울이고 홀짝홀짝 마시다 보니 어느덧 옆으론 빈 캔이 서너 개가 늘어섰다. 각자 나눠 마신 것이라 취할 것까진 없었지만 적당히 몸이 따뜻해져서 나른한 기분이 들었다.

"후아, 기분 좋다."

앞으로 한두 캔 정도는 더 마실 수 있을 법한 편안함이었다. 반쯤 차 있는 맥주 캔만 만지작거리며 어색하지 않은 침묵을 이어가다 슬쩍 물었다.

"어려운 일은 이제 마무리된 거죠."

"아마도. 당분간은 정시 퇴근 가능할 겁니다."

"그렇구나."

이번엔 조금 어색했다. 볼을 긁적이며 맥주를 입에 머금고 꼴깍 넘기자 주환이 가만히 그녀를 바라보았다. 어찌나 곧은 시선인지 뺨이 따끔거릴 지경이었다. 무언가 쉽사리 넘어갈 수 있는 사람이 아니기에 더욱 그런 듯했다. 아니나 다를까 주환이 먼저 말을 걸어왔다.

"내가 어렵습니까?"

단풍은 얼른 손과 고개를 저으며 부정했다. 서두르지 않으면 괜한 오해를 더할 것 같아서였다.

"그럴 리가요."

"그럼 말해요."

"……"

"속에 담지 말고."

멍석을 깔아줬지만 쉽사리 말이 나오진 않았다. 다시 또 한 모금. 감정이 오른 상태이기 때문에 평소보다 몸에 열이 빠르게 오르는 느낌이었다. 언제부터인가 주환의 손이 단풍의 손을 잡고 있었다. 울긋불긋 반점처럼 붉게 물들어오는 손을 내려다보니 시선을 맞추는 것보단 훨씬 쉽게 말문이 열렸다.

"한 부장님이 같은 부서 사람들이 만나는 걸 좋아하지 않는 걸 알고 있었죠."

"예."

모를 리 없을 거다. 아무리 몰라도 상관의 비위를 모르는 일은 흔하지 않았다. 그럼에도 불구하고 고백해준 것, 안아준 것에 대한 고마움을 부정하고 싶지 않다. 그것으로 인해 결국 이 사달이 나버렸지만 아마 자신 또한 알았더라도 거절할 수는 없었을 거다. 도대체 누가 이 남자를 거부할 수 있겠는가.

단풍은 쓴웃음과 함께 캔을 이리저리 흔들었다. 조금 남은 맥주가 안에서 찰랑거렸다.

"조금 있으면 단결이가 방학을 해요. 그러면 집으로 내려갈 테고 자취방이 비죠. 룸메이트들도 대부분 군대 가려고 휴학을 하려는 모양이니까."

그가 맥주를 마시는 게 보였다. 단풍은 천천히 주환의 어깨에 머리를 기댔다.

"김 팀장님이 우리 사이를 알아요."

어찌 보면 가장 어려울 말이었지만 말하는 단풍도, 듣는 주환도 그리 놀라거나 버거워하는 기색은 없었다. 아무런 반응 없이 담담한 그를 예상했던 그녀는 피식 웃으며 투덜거렸다.

"알고 있을 거라곤 생각했어요. 주환 씨는 눈치가 좋으니까. 하여간 대단해."

차마 같이 사는 것까지 알고 있다곤 할 수 없어 입을 다물었다. 그러나 굳이 말한다고 해서 달라질 건 없었다. 어차피 내릴 결론은 같았다. 기댔던 머리를 떼고 무릎을 세워 턱을 괸 단풍은 살며시 눈을 감고서 속삭이듯 말을 이었다.

"그분이 욕심이 많은 걸 이제야 알았어요. 먼저 알았다면 조금 더 주의를 했을 텐데."

주환은 어서 말하라는 식의 재촉을 하지 않았다. 그것이 오히려 사람을 차분하게 만들었다.

"단순하게 생각했었어요. 그냥 잘 숨기다가 나중에 들켜도 그러려니 하겠다 싶었거든요. 그런데 내가 만나는 남자가 생각보다 훨씬 능력 있는 사람이라는 걸 몰랐네요."

단풍은 어느새 분에 겨운 듯 한숨을 푹 쉬곤 미간을 좁혔다.

"주환 씨가 부족해서 밀려나는 건 이해할 수 있어요. 하지만 별개의 것이 이유가 된다면 전 늘 주환 씨에게 미안해하고 말 거예요. 주환 씨가 그렇지 않더라도 아쉬워하진 않을까 하고 걱정하면서 힘들어질 거구요. 미안해요. 저는 정말 평범한 사람이라 그릇이 작아요."

이제야 그를 똑바로 바라본 그녀는 심호흡을 한번 했다. 마음속으로 몇 번이나 다짐하고 곱씹었던 물음이지만 막상 하려니 쉽지 않았다. 자꾸 바짝바짝 타는 입술을 몇 번째인지 모를 맥주 한 모금으로 달래다 천천히 입을 열었다.

"정말 많이, 오래 생각했어요. 그리고 묻는 거니까 솔직하게 말해주세요."

비장하기까지 한 눈으로 다시 침묵.

"제가 주환 씨의 일에 방해가 되고 있나요?"

폐부를 찌를 날카롭고 아픈 말. 이 말을 하기까지 걸린 시간들이 허무할 정도로 짧은 질문이었고 주환은 그 질문에 대한 본질을 물었다.

"어떤 면에서의 질문입니까."

"지극히 공적인 부분에서. 남들의 눈에 비치는 그 부분."

감정, 사적인 순간으로 주환은 답했다.

"단풍 씨를 만나기 전에 발령 건으로 긍정적인 답을 드린 건 사실입니다. 그걸 단풍 씨를 만난 후에 거절할 생각인 것도 사실이고요. 만약 한 부장님이 일련의 상황을 알게 된다면 실망을 드릴 수밖에 없는 일일 겁니다. 지극히 한 부장님의 시점에서는."

역시 그랬다. 여자 때문에 대업을 포기한다는 남자를 어느 상관이 좋아하겠는가. 어떤 면으론 무척 로맨틱한 처사지만 현실적으로 보자면 무척이나 바보 같고 황당한 일임을 부정할 수 없었다. 팩트는 하나였다. 주환이 자신 때문에 본래 해야 할 일을 포기했다는 것. 다른 모두를 떠나 그것만은 분명했다.

어떤 대답을 들어도 상처받을 수 있을 거란 생각은 했으나 감언이설 없이 솔직하게 해준 무언의 답이 오히려 고마웠다. 쓰린 속이 없다곤 할 수 없어도 그가 얼마나 자신에게 거짓이 없는지 알 수 있었다.

단풍은 숨을 고르게 쉬며 쥐었던 캔을 내려놓았다. 그리고 두근거리는 심장소리를 감추지 않고 두 손으로 주환의 뺨을 잡았다.

"무슨 수를 써서라도 원래 하고자 했던 걸 했으면 좋겠어요. 지지 말고, 그게 뭐건."

애정이 가득히 담긴 눈동자.

"뭘 생각했는지 말해봐요."

"궁금해요?"

"알아야 대처를 할 테니까."

머리와 입안에선 이제 어떻게 할 것인지에 생각하고 있는데 도무지 나와 주질 않았다. 아니, 낼 수 없을 것 같다. 이 순간 가장 좋은 방법이 있음을 알면서도. 단풍은 가슴이 울컥 치밀어 오는 느낌을 받았다. 답답하도록 아파온다. 그녀는 그를 세게 안았다.

주환의 성공을, 미래를 응원하고 싶다. 그리고 그 응원에서 가장 먼저 지워져야 할 방애물은······.

"내가 믿는 만큼 주환 씨도 날 믿어줬으면 좋겠어. 기다릴게요. 그러니까, 괜찮아."

누구를 향해 하는 '괜찮아'라는 말인지는 모르겠다. 어차피 형식적일 것이라 해도 그런 형식조차 싫을 만큼 푹 그에게 빠져버린 단풍이었다. 그런 일방적인 말과 포옹에 주환은 그녀의 등을 다독였다. 위로받을 타이밍인가 싶었지만 너무 당연하다는 듯이.

"할 수 있는 전부를 할 때가지, 후회 없이. 대신 그게 단풍 씨를 다치게 하는 방법이어선 안 됩니다."

가슴이 찌릿, 울렸다.

"스스로 납득할 수 있는 방법을 찾아요. 그게 어떤 거라도 난 상관없으니까."

이상한 위로였다. 하지만 그것마저도 몸서리치게 달콤했다. 그대로 푹 안기듯 안아 그의 어깨에 고개를 묻은 단풍이 조금 물기 어린 목소리를 냈다.

"떨어지기 싫어······."

어떤 방법이건 간에 결과는 헤어짐. 주환이 이곳을 떠나 발령이 나면 멀리 떨어져야만 하는 게 최종적인 결론. 벌써부터 외로움과 서글픔에 몸이 떨리는 것 같아 그녀는 완전히 주환의 몸에 제 몸을 붙였다.

뜨거워진 몸으로 단풍을 받아들인 그의 눈동자가 심연처럼 깊이 가라앉았다. 그리고 깊은 눈동자 가장 밑바닥에서부터 시작된 열기가 화르륵 타올랐다. 단풍의 온몸을 거미줄처럼 강하게 끌어안은 주환의 손이 그녀의 등골을 타고 올라갔다.

"……응?"

아차 하는 사이 귓불에 입술이 닿아 몸이 바싹 굳어버렸다.

"아!"

"잘 생각해봐요."

"읏, 주…… 주환 씨."

간질간질, 복부에서 올라오는 저릿하고 짜릿한 것에 다리가 움츠러들어 주환의 허리를 감쌌다. 그사이 귓가에 닿은 그가 낮은 목소리로 속삭였다.

"가장 중요한 걸 묻기 전까지 대답하지 않을 예정이니까."

"그게 무슨, 아웃."

쪽.

입술에 닿은 입술에 머리가 어지러워졌다. 그리고 다시 다가오는 주환에 그녀가 고개를 저으며 되물었다.

"지금 이렇게 할 때가 아니에요. 방금 그게 무슨……."

다시 쪽. 입술을 빼앗기고 아랫입술이 살짝 물렸다. 몸이 뒤로 기우뚱 기울어가자 당황한 단풍이 그의 가슴을 밀어냈다.

"주, 주환 씨…… 잠깐."

"사랑합니다."

갑자기 나온 사탕 바른 고백에 단풍의 얼굴로 빨간 기운이 물들었다. 이게 술 때문이 아닌 건 두 사람 모두 알고 있었다. 그녀는 괜히 억울하고 속상한 마음이 들었다.

"……제발 조금만 더 진지하게 생각해줘요. 당장 중요한 걸 보자구요."

"단풍 씨까지 우리 관계가 중요한 게 아니라고 한다면 저는 지금 짝사랑을 하고 있는 거군요."

말문을 꽉 닫아버리는 말에 단풍은 눈동자를 굴렸다. 그는 바닥에 누인 그녀의 어깨와 팔, 허리를 차례로 쓰다듬다 말했다.

"여기 아무도 없고 우리 둘만 있습니다. 중요한 게 뭐일 것 같습니까."

제단 위에 발가벗고 누워 있는 제물이 된 기분. 그것과 다른 것이라면 두려움보다 설렘, 공포보다 기대감이 서렸다는 것이겠지. 주환의 매혹적인 눈매가 한층 짙어졌다. 직감상 오늘 밤이 아주 길고 뜨거울 것임을 알았다.

"뜸들일 거라면 대답하지 마."

그 언젠가 푹신한 침대에서 바라보던 시선과 닮은, 아니 더욱 까만 눈이 말하고 있었다.

"내가 정할 테니까."

그녀를 갖겠다고.

넥타이를 당겨 빼는 손길과 다가오는 그의 얼굴에 단풍은 아무것도 생각할 수 없게 되었다.

#23.

무작정 키스를 했다.

몸에서 흐르는 열기나 시트에 닿는 따끔함은 중요치 않았다. 키스를 했고 그게 기분이 좋아서 연거푸 다시 키스. 이어서 애무와 전희. 자연스러운 루트였는데 그렇게 열렬하게 입술을 맞추고 있으려니 이래도 되는 걸까, 싶기도 했다. 하지만 정말 짧은 고민이었기에 단풍은 주환을 놓치지 않도록 더욱 세게 잡았다.

"아……."

몸을 들썩거리며 상의를 아래로 내리자 주환의 입술이 내려왔다.

"읏!"

생경한 느낌에 처음부터 무슨 섹슈얼한 느낌을 받을 리 만무했다. 하지만 아릿한 무언가가 있는 건 분명했다. 얼굴이 뜨겁게 붉어졌지만 멈추라고 하지 못했다. 등허리가 조금 올라가며 입에선 달뜬 숨이 조금씩 비치고 있었다.

"하아."

제 신음과 함께 정신이 더욱 몽롱해졌다. 닿는 곳곳이 데일 것 만 같다.

주환은 다시 고개를 내렸고 하얀 살결을 물었다.

아프도록 매만지는 통에 다리 사이에 힘이 들어갔다. 자그마한 자극에도 아릿함이 남는다. 주환은 천천히 그녀와 눈을 맞췄다. 그리고 머리를 감싸며 지그시 바라보다 무언의 질문을 건넸다. 괜찮냐는 듯이.

스스로도 믿기 어렵지만 이후의 순간을, 뜨거움을 더욱 느끼고 싶었다. 아래에 닿는 모든 감각이 느껴질 만큼 자극받은 탓이리라. 그녀는 망설이지 않고 고개를 끄덕였다.

주환은 꼭 배려하듯이 몸을 움직이며 쪽, 쪽 소리 내어 단풍을 달랬다.

"응, 으음."

입가를 손등으로 살짝 막고 눈을 감았다. 무슨 감각이 올지 솔직히 잘 상상되지 않았다. 그의 손가락은 느리지만 확실하게 단풍을 뒤흔들었다. 손가락의 체온이 닿는 순간 감은 눈은 더욱 질끈 감아졌다.

아찔한 손길에 절로 주먹이 쥐어졌다. 입술을 꼭 깨물자 그의 입술이 단풍의 입술을 핥듯이 맞춰왔다. 달착지근한 키스였다.

달다. 정말, 믿을 수 없지만 달다는 생각이 들었다. 모든 것이 그녀를 중심으로 돌 듯이 무엇도 생각할 수가 없게 되어버렸다.

얼마간의 시간이 지났을 무렵, 그녀는 벼랑 끝으로 내몰린 사람처럼 숨을 몰아쉬고 있었다. 떨던 단풍의 움직임이 완전히 멈춰버렸다.

순간 욱, 하고 목구멍으로 무언가가 치밀어 올랐다. 조금 겁이 나기 시작했다. 그것을 알아챈 듯 주환의 손이 뒤에서 그녀의 가슴을 부드럽게 움켜쥐었다. 그리고 거침없이 몸 이곳저곳에 키스했다.

"훗, 으으…… 주환 씨!"

"조금만 더."

정말 솔직히 말해서 괴로울 지경이었다. 단풍은 짓눌린 가슴의 답답함도 모르고 주먹을 쥐며 간질간질하고 울컥거리는 그 무언가를 이제 그만 해방시켜주길 바랐다.

더 뜨거워질 수 없을 것 같았던 몸이 더욱 뜨거워졌다. 전부 녹아버릴 것만 같아 괴로움에 몸부림을 칠 때, 그런 생각을 읽기라도 한 것처럼 그가 움직임을 멈추고 그녀의 몸을 바로 뉘었다. 그리고 눈을 마주치며 차분히 다가왔다.

눈동자에 담긴 뜨거운 욕망을 부여잡는 건 단풍을 향한 배려와 소중히 여기려는 마음이었다. 그것을 느낄 수 있는 따스한 눈동자에 가슴이 저려왔다.

"후우."

낮은 음성 끝에 또렷한 열기가 낯선 곳을 두드렸고 단풍의 심장이 아프도록 뛰었다. 괴롭힘을 당하는 것처럼 다시 몸이 경직되어 그녀는 경험하지 못했던 것에 대한 기대감과 당혹감에 더듬대고 말았다.

주환이 들어선다. 심장이 요동을 쳤다.

그와 하나가 된 것은 벽시계의 전자음이 알려준 자정이었다.

주환이 땀방울이 맺힌 살결을 마주 대고 끌어안았다. 금방이라
도 터질 듯한 감정이 숨이 막히도록 가쁘게 달음질을 해댔다. 달뜬
배려가 미치도록 간지럽고 아릿하다.

"아옥! 웃…… 으웃!"

"윽, 크흑!"

단풍은 무척이나 단내를 풍기고 있다.

빨아들이는 혀의 감촉에 단풍은 통증과 쾌감에 넋을 잃듯 신음
을 터트렸다. 그는 제 손 아래 겹쳐져 잡힌 가느다란 팔목을 올려
다보다 웃었다. 격한 쾌락의 끝에 희열이 쏟아졌다.

"훗, 윽……!"

허리 아래가 움찔거린다. 순간 멈춰버린 상태로 야릇했던 통증
을 지나 쾌락에 몸을 떨고 있는 그녀를 내려다보았다.

늘어지게 힘을 잃어가는 단풍의 안으로 아무것도 신경 쓰지 않
고 망가트리고 싶은 정복욕이 솟아올랐다. 남자가 갖게 되는 너무
도 당연한 충동 속에 숨이 가빠지는 것도 같았다. 그렇게 된다면
분명 상처 입을 것이고 다칠 것이기에 그는 템포를 느릿하게 하는
수밖에 없었다.

조금 더 확실하게 반응하길 바랐다. 아픔보다는 쾌감이 있기를
바랐기에 주환은 입술을 내렸다. 그때마다 그녀는 움찔대고 흠칫
거리며 숨을 할딱였다.

무언가에 홀린 것처럼 간지럽고 창피한 상황에서 그만하라는
말 대신 조금 더 강하고 뜨거운 것을 원했다. 분명 그것이 느껴졌

기에 주환은 욕심을 냈다.

"제발……!"

"이름."

"흐웃, 윽!"

"이름 불러."

머리가 어지러울 정도로 짙은 그녀의 향기에 결국 전부를 내걸 듯이 빤한 욕심을 부리자 고맙게도 단풍은 그것을 받아주었다.

"……주환."

아.

"강주환."

돌아버리겠다.

작디작은 목소리가 제 이름을 부르는 것을 깨달았다. 첫눈에 반하지 않았더라도 결국 이 여자를 사랑하게 되었을 것이다.

사랑이 넘친다는 의미를 느낀다. 그곳으로 가득 빠져버릴 만큼 깊게.

망설일 틈 없이 있는 힘껏 단풍의 안으로 파고들었다. 인내심은 완전히 바닥이 나버렸고 가느다란 팔목을 세게 쥐고 아래로 눌렀다. 꽉 짓눌리듯 성난 듯이 그녀를 끌어안았다.

사랑해. 그 말을 대신하듯이.

거짓말처럼 그녀는 주환이 주는 쾌락을 고스란히 전달받아 느끼고 있었다. 어느새 등과 머리를 감싼 큰 손에 안겨 올라가 촉촉하게 젖은 그의 입술과 마주했다.

당장 사랑하지 않으면 죽을 것처럼 그들은 서로를 끌어안고 입을 맞췄다. 감당하기 버거운 감정이 단풍을 사로잡았다. 그들은 가쁜 숨을 몰아쉬며 어떠한 이성도 남지 않은 것처럼 서로의 입술을 탐했다.

잔뜩 졸음이 몰려왔지만 늦지 않게 꼭 해줘야 할 말이 있었다. 만약 나중으로 미루다간 괜한 오해를 불러일으키기에 충분한 일이니 말이다. 꼬물꼬물 이불을 턱 끝까지 올린 그녀는 그 어느 때보다 자신을 따스하게 바라보는 주환과 시선을 맞췄다. 이불 속 알몸이 부끄럽고 창피하지만 온몸으로 사랑을 외친 후 할 수 있는 가장 확실한 순간이기에 단풍은 입을 열었다.

"다음 주 월요일부터 여기 오지 않을 거예요. 돈은 좀 나가겠지만 한동안은 싼 호텔이라도 가 있다가 단결이 자취방이 비면 그곳에 있을게요. 아, 짐은 내일 옮겨놓을 거예요."

차근차근. 문제가 되는 것은 그리 어려운 것이 아니다. 이 상황에서 방해가 되는 건 정확히 말해 '단풍' 자신보다도 단풍과 주환이 연결된 '관계'의 고리다. 그 고리를 아주 잠시만 묻어둔다면 어떠한 문제도 생기지 않는다. 약삭빠른 성준이 콧대를 세우며 기한을 준 것에 대한 어퍼컷을 날리기 위해서라도. 단풍은 막 사랑을 나눈 시간임을 개의치 않으며 꼼꼼하게 말을 이어나갔다.

"어차피 잠깐이에요. 길어봐야 한 달, 두 달. 치사하다고 해도 몰라. 주환 씨 발령 문제 확실해지면 그때는 누가 뭐라고 하건 상관없어. 그냥 대놓고 내 남자라고 할래. 그러니까 그때까지 한눈팔지 말아요."

결론을 말하자면 '우리 이별합니다'지만 말을 하는 단풍이나 듣는 주환이나 담담하기만 하다. 서로 정말 사랑하고 있으니까, 이 헤어짐조차 사랑하기 때문이라는 것을 알아서였다. 사실 사랑하니까 헤어진다는 말을 이해하지 못했으나 이제는 알 것 같았다. 정말 너무도 사랑하기 때문에 그 사랑을 지키기 위해서 헤어지는 것. 아마도 그게 이유이지 않을까. 물론 케이스 바이 케이스겠지만.

조금 더 주환에게 다가가 그의 넓은 가슴에 이마를 대고 눈을 감은 단풍은 조용히 말을 이었다.

"주환 씨는 거짓말 같은 거 모르는 사람이니까. 맞으면서 아니라고 할 줄 모르는 사람인 거 아니까, 우린 지금 헤어진 거예요. 혹시나 김 팀장이 괜한 트집을 잡으면 말해줘요. 나는 홍단풍과 같이 살고 있지 않고, 만나고 있지 않다."

그의 손이 단풍의 등을 감쌌다. 자연스레 두 사람의 몸이 붙어 체온을 나누고 주환은 그녀의 말을 빠짐없이 귀에 담았다.

"가장 먼저 해야 할 건 연락하는 거. 제대로 하려면 우리는 그냥 좀 서먹서먹한 상사, 부하 직원 사이."

"부하 직원 좋아하는 상사는 안 됩니까?"

"안 됩니다, 과장님. 아! 또 나한테 무슨 일 생기면 그냥 넘어가기."

"……."

"남들처럼만 하면 되니까요. 아, 저기 무슨 일이 있구나 하고. 쉽죠?"

고약하다. 너무, 아주 많이.

단풍이 내린 최고의 결론은 이것이고 또 그녀가 놓친 것이 무엇인지는 자연스레 알게 될 것이다. 저를 위해 애를 쓰다 결국은 돌아올 것을 알기에 그는 가만히 입을 다물었다. 지금의 노력이 없다면 이후의 결론이 난 뒤 단풍은 아주 많이 슬퍼하게 될 것이다. 어쩌면 모두 제 탓이라며 미안해할지도 몰랐다.

마지막은 자신과 같은 답을 내릴 것을 알기에, 지금은 지켜보는 것뿐. 모두 하게 하리라. 그리고 후회나 앙금이 남아 뒤돌아보지 않게 만들 것이다. 오직 자신만을 볼 수 있게 할 자신이 그에겐 있었다.

가만히 바라보는 주환의 시선에 단풍은 쓴 미소를 지었다.

"어쩔 수 없으니까."

"……."

"우와, 이거 진짜 슬퍼. 이게 뭐라고."

어느 틈엔가 그녀의 눈망울 끝엔 그렁그렁 눈물이 맺혀 있었다. 괜히 심술이 차올랐다.

"왜 아무 말도 안 해요. 속상하게."

"하면, 들어줄 겁니까?"

"뭘 말하고 싶은데요?"

조금 예상은 했지만 그는 망설임 없이 말을 이었다.

"가지 말아요. 지금 생각하는 것 아무것도 하지 말고 여기 있어요. 그게 뭐건, 날 믿어."

"……. 주환 씨."

정말 솔직해서 차마 뭐라 할 수 없는 답변이었다. 주환은 끝내 뚝뚝 눈물이 떨어지는 단풍의 눈가를 닦으며 말했다.

"당신이 없어 외로울 겁니다."

심장이 찡하게 울려왔다.

"정말 너무 많이 외로워서 견디지 못할 겁니다."

그녀의 고개가 바쁘게 끄덕여졌다. 모두 알고 있다는 것처럼 훌쩍이며 손에 얼굴을 묻고 연신 끄덕였다.

"나도. ……나도. 하지만 제가 주환 씨한테 해줄 수 있는 게 이것뿐이에요. 나는 지금 도움 될 수 있는 게 아무것도 없으니까. 방해만 되니까. 이거라도 해줄 수 있다는 게 조금은 기뻐요."

정말 무언가라도 할 수 있다는 게 기뻤다. 다시 처음으로 돌아간다는 기분으로, 다시 되돌린다는 마음으로 단풍은 다짐하며 고백했다.

"사랑해요, 정말로."

자신을 위해 할 수 있는 것을 하겠다는 여자. 할 수 있는 무언가가 있다는 것조차 기쁘다는 여자. 언젠가 자신이 가장 듣고 싶은 말을 해줄 때를 기다리며. 그 사랑스러움에 주환은 단풍의 이마로 입술을 내렸다.

이런 여자를 어찌 사랑하지 않을 수 있겠는가.

#24.

"또, 아침."

조용히 읊조리다 휴대폰을 본다. 액정에 뜬 것은 아침 6시를 알리는 아라비아숫자. 아침은 밝았고 새로운 한 주가 시작되었는데 흡사 월요병이라도 걸린 사람처럼 미동도 하지 않았다. 베개에 턱을 대도 손만 움직여서 보다가 푹 파묻었다. 그리고 아무에게도 들리지 않을 중얼거림을 베개 속에 밀어 넣었다.

벌써 며칠 동안이나 했던 주문 같은 말이었다.

"……우리는 서로 좋아해. 좋아하는 거야. 좋아한단 말이야. 좋아하니까 헤어진 거야."

어느 드라마에서 나오는 대단한 이유, 대단한 반대가 있어서가 아니다. 서로 이해할 수 있는 접점과 공감대가 있었기에 할 수밖에 없던 이별이었다. 감정이 변한 것도 아니고 어딘가 무뎌진 것도 아니니 슬퍼하는 게 바보 같은 일인데 주환의 집에서 나온 이후 이틀에 하루는 꼬박 날밤을 새웠다.

생각보다 단결의 친구들이 빨리 종강을 하고 집으로 내려간 덕분에 일주일도 되지 않아 단결의 집으로 쳐들어 올 수 있었다. 그러나 차라리 호텔이 나을까 싶을 만큼 적응하지 못하고 있었다. 몸으로나 마음으로나.

정말로 헤어져 다시 볼 수 없는 사이가 된 것도 아닌데. 정말로 헤어진다면 어떻게 될까. 상상만 해도 가슴 한구석이 푹 파여 버린 것처럼 아프고 서늘해졌다.

누구를 탓할 수도 없이 이것은 자신이 선택한 일이었다. 비록 이렇게 되도록 만든 건 성준이었으나 그조차도 헤어짐보다 욕심을 선택하라 말했다. 그러나 뭐라도 되는 척, 있는 척 현명한 사람인 양 머리를 쓰고 답을 내린 건 스스로였기에 탓할 것이 없었다. 할 수 있는 것이 고작 그것뿐이라는 게 자신을 더욱 비참하게 만들었지만 단풍은 고개를 저으며 자기 비하에서 벗어나고자 노력했다.

그래도 바뀌지 않는 게 있다면, 딱 하나.

"보고 싶어."

복실이도 주환도.

사람이 얼마나 욕심이 많은지 알게 된다. 어차피 보게 될 텐데 아침부터 보지 못하는 것을 아쉬워한다. 더욱이 아침마다 푸짐하게 내려주던 복실이의 흔적이 없는 것조차 서운했다.

그냥 모든 게 아쉽고 불편했다. 다른 곳도 아니고 동생의 자취방, 그것도 주환의 집에서 한사코 거절함에도 가져가라고 챙겨주는 바람에 사용했던 베개와 이불까지 가지고 있는데도 불구하고 불편하게만 느껴졌다.

집에서 나는 냄새도, 분위기도 모두 낯설기만 했다. 마지막에 마지막까지 단결의 자취방에 다른 룸메이트가 있는지 확인하던 주환의 목소리가 벌써부터 그리워졌다.

일어났습니까? 하고 묻던 말이 너무도 듣고 싶지만 꾹 참으며 거의 뜬눈으로 보낸 이불 속에서 몸을 세웠다. 괜히 몸이 무겁고 힘이 들어도 계속 이불 속에 있을 수는 없었다. 그나마 주환을 볼 수 있는 곳이 회사였으니까. 비록 그 회사에 보고 싶지 않은 성준도 함께지만 말이다.

겨우겨우 자리에서 일어나 거실로 나온 단풍은 여전히 익숙하지 않은 집 구조에 조금 헤매다 욕실 문을 벌컥 열었다.

"으악!"

그리고 들려온 동생의 외침에 땅이 꺼져라 깊은 한숨을 내쉬었다. 변기에 앉아 들고 있던 만화책으로 중요 부위를 가리며 고래고래 소리쳤다.

"뭐, 뭐야! 이 누나가 진짜! 이 변태야! 나가! 나가라고!"

이제 와 생각해보면 자신이 주환의 집에 있을 땐 왜 이런 로맨틱하고 코믹하며 에로틱한 이벤트가 없었을까. 곱씹자면 분명 있었을 상황이지만 그것을 감지하지 못한 단풍은 그저 한탄 속에 두 번째 숨을 내쉬고 투덜거렸다.

"왜 네가 갑자기 이벤트 발동하고 그래. 발동해야 할 땐 잠잠하더니."

"뭐, 뭔 소리야! 나가라니까!"

단결이 외칠 때마다 쿠리쿠리한 냄새가 올라온다. 눈을 찌푸리고 코끝을 막은 단풍이 일갈했다.

"냄새 나."

동생의 프라이버시는 딱히 생각하지 않는 고약한 심보였다. 상처받은 단결이 울컥하며 입술을 비죽거렸다.

"……거 사람 응가하는데."

"복실이 냄새는 안 이랬는데. 구수했는데…… 너는 무슨 청국장만 먹었냐."

"……."

"……하아. 싸라, 싸."

말끝마다 뱉어지는 한숨이 마치 다른 뜻을 가지고 있는 것 같았다. 사실 이 이른 아침부터 깨어 있는 이유는 종강한 뒤 연 나흘째 게임을 하느라 밤낮이 바뀌어 있는 단결이었다. 안 그래도 출퇴근에 바쁜 누나를 보며 양심에 찔리고 있던 차인데 연거푸 한숨 소리를 들으니 한동안 재기불능 될 것 같았다.

"이 씨, 구박할 게 없어서 이젠 개랑 똥 냄새까지 비교하냐!"

설움이 폭발해 외친 소리를 욕실 문을 닫아 차단한 단풍이었다.

그렇게 본의 아니게 동생에게 제대로 한 방 먹인 단풍은 평소보다 1시간은 더 빠르게 출근했다. 이미 며칠째 해온 이 이른 출근의 이유는 사실 딱 하나였다.

여덟 시도 되기 전, 사무실엔 아직 아무도 없었고 업무를 시작하기에도 뭐한 시간이었으나 이미 제자리에 앉아 서류를 보고 있는 그가 있었다. 아마 오늘 아침에 있을 임원 회의에서 사용할 자료를 확인하는 것 같았다. 달리 도와줄 것도, 보조를 할 것도 없는 단풍은 얌전히 제자리에 앉아 컴퓨터를 켰다.

"……남색 넥타이."

작은 큐빅이 조금 박힌 깔끔하고 세련된 남색 넥타이가 먼저 눈에 들어왔다. 저 넥타이는 꽤 오래전 주환의 손이 불편했을 때 대신 매듭을 지어주었던 그 넥타이었다. 그리고 입고 있는 와이셔츠는 일주일에 한 번씩 세탁소에 맡기던 녀석이다. 아마 바지도 그럴 테지.

가장 세게 가슴을 흔드는 것은 주환이 아무렇지 않아 보인다는 것 때문이었다. 사실 아무것도 아닐 수도 있는 것인데 혼자만 마음 졸이고 아픈 것 같아 쓴맛이 혀끝에 남았다. 만약 그때 갑자기 땅콩알레르기가 생기지 않았다면 집을 구할 때 그런 황당한 일이 생기지 않았을 테고, 처음부터 주환에게 자신을 각인시킬 수 있는 일도 없었을 것이다. 그럼 지금이 당연했을 거고.

단풍은 턱을 괴고 얼굴을 기대며 애써 그가 보일 시야를 차단시켰다.

사람이 들어오는 인기척이 들리면 고개라도 좀 들어 봐주면 좋을 텐데 이 며칠간 그런 것은 하나도 없다. 그가 고개를 들 때는 옆 사람이 오거나 부장이 올 때 혹은 누군가 말을 걸 때. 늘 근처에 있다가 한 걸음 뒤에서 보자 조금 객관적으로 주환을 볼 수가 있었다.

착한 사람이라고만 생각했었다. 젠틀하고 매너 있는 사람이라고 여겼다.

"아니었네."

한 걸음 뒤에서 보자 이제 보인다. 왜 연지가 그리고 주변 사람들이 주환을 어려워했던 건지 알 것 같아 괜히 투정이 나왔다.

"쓸데없이 철저해. 바보."

생각해보면 두 사람 모두 미련하게 정직한 것도 사실이었다. 그러나 그러한 정직함과 솔직함이 서로를 마음에 담게 한 중요한 것이기에 쉬이 버리며 편법을 사용하고 싶지도 않았다. 필요에 의한, 어쩔 수 없는 헤어짐이라도.

주환은 단풍의 결정을 최대한 따라줄 요량인지 정말로 데면데면한 사이처럼 대해주었다. 굳이 눈을 마주칠 것도 없을뿐더러 아주 우연히 드물게 눈이 마주치더라도 1초 이상 머물지 않았다. 아니, 어쩌면 눈이 마주친 게 아니었을지도 모른다.

어느새 며칠째지만 단결의 자취방만큼이나 익숙해지질 않았다. 항상 돌아보면 그와 눈이 마주쳤고 돌아보면 안겨 있고 돌아보면 입을 맞출 수 있는 거리였다. 눈동자에 담긴 애정에 녹아들어 자연스럽게 사랑하게 되어버렸는데 그 눈과 돌아섬이 없었다면 결코 가까워질 수 없었을 거란 걸 이제 알 수 있었다.

본래 이게 당연하고 자연스러운 것일 거다. 가까울 수 없는 과장님과 사원의 관계이니만큼 이게 맞는 것이었는데 오히려 잘못된 것 같다. 코끝이 찡하게 감정이 북받쳐 오른다. 아마도 이 감정은 짝사랑.

좋아하는 사람을 보고 혹시나 잠깐이라도 눈이 마주치거나 스칠까 기대하게 되는 것과 다름이 없었다. 역지사지라고 하면 비슷할 듯하다. 그는 처음 본 순간부터 그녀를 마음에 뒀다고 했고 고의는 아니었지만 그 시간 동안 자신은 주환의 마음을 몰랐으니 짝사랑이 맞다.

짝사랑. 이건 꽤 감질나고 씁쓸한 맛을 가진 감정인 것 같다.

"좋은 아침입니다."

반갑게 인사하는 성준의 목소리에 바싹 힘이 들어갔다. 눈이 마주칠 뻔했지만 훌륭한 타이밍으로 엇갈렸다. 다른 의미로 주환 다음으로 가장 신경 쓰는 사람이었다. 날이 서는 듯하다. 괜히 머리가 아파왔다.

"좋은 아침이에요, 단풍 씨?"

굳이 와서 말을 거는 성준에 자리에서 일어난 단풍이 허리를 숙였다. '예, 좋은 아침입니다. 팀장님.' 하고 말해주자 그는 기분 좋은 미소와 함께 멀어져갔다.

"후."

그나마 다행인 건 일이 바빠서 평소에도 스쳐 지나갈 틈이 부족하다는 거였다. 점심 챙겨 먹을 시간도 없이 책상 앞에 앉아 멍하니 있으니 먼저 가서 식사를 마치고 온 연지가 눈앞에서 손가락을 퉁겼다.

"단풍 씨, 단풍 씨."

"……예?"

넋 나간 상태로 대답하자 미간을 좁히며 다가온 그녀가 앞에 두유 하나를 놓아주며 말했다.

"요새 무슨 일 있어요? 어디 아파 보여."

무슨 일이라. 있기야 있지. 단풍은 어색하게 웃으며 두유를 쥐었다.

"잘 마실게요."

"응. 그리고 잠깐 가서 바람 좀 쐬는 게 좋겠어요. 혹시 땅콩 같은 거 먹은 건 아니지?"

"하, 하하. 그렇게 심각해 보이나요."

"식사는 했고?"

"……이제 해야죠."

"얼른 다녀와요. 점심시간 30분도 안 남았어. 그렇다고 급하게 먹지 말고. 부장님은 담배 피우러 가신 것 같으니까 내려오시려면 한참 있어야 할 거야."

어쩐지 코끝이 찡했다. 불과 두 달 남짓한 시간을 함께한 동료도 이렇게 사람을 챙겨주는데 1년이나 함께했던 성준은 약점을 쥐고 사람을 흔든다. 그렇게 생각해보면 사람과 사람이 만나서 감정을 공유하는 데 기간은 필요치 않은 듯하다. 주환이 그러했듯, 성준이 그러하듯.

사무실에서 나와 대충 허기만 채울 두유 하나를 쥐고 휴게실로 간 단풍은 역시나 사람들로 즐비한 휴게실에 몸을 돌렸다. 이 시간에 휴게실은 휴게실이 아니라 헬게이트다. 마음이 심란하니 주변의 소란마저도 짐처럼 여겨졌다.

한참을 이리저리 돌아다니다 결국 간 곳은 자료실 앞이었다. 어쩜 갈 수 있는 곳이 이렇게 없는지 한탄하며 지문을 꾹 대려는데 자료실 문이 조금 열려 있었다. 고개를 조금 갸웃거리며 문을 열고 들어가자말로 설명할 순 없지만 무언가 시원하고 차분한 것이 스며들었다.

사각사각 펜을 움직이는 소리가 들린다. 종이를 넘기고 의자를 끄는 소리도 들렸다.

신기하게도 알 수 있었다. 너 참 고생했으니 잠깐의 보상이다, 하는 것처럼 마주치기 어려웠던 사람이 어찌 보면 그들에겐 참 특별한 장소인 자료실에 있음을. 실체는 보이지 않는데 마음이 안달났다. 된다면 발을 동동 굴러 여기 제가 있음을 말해주고 싶을 만큼 가서 눈을 맞추고 이름을 부르고 싶었다.

잠깐은 괜찮은 거라는 생각이 앞지른 듯했다. 아무 사이도 아닌 척하자고 하고 멋대로 약속을 깨고 감추지 못한 반가움을 가지고 소리가 나는 곳으로 걸음을 옮겼다. 겹겹이 선 자료 책장들 사이를 빠져나가 달콤하게 서로의 손을 잡고 머리를 기대던 공용테이블로 향했다.

주환의 모습을 떠올리던 단풍의 어깨가 누군가에게 잡혔다. 너무 놀라 소리도 내지 못하고 돌아선 그녀의 뒤엔 반갑지 않게 성준이 서 있었다. 그는 말을 하는 대신 바깥으로 나가자는 손짓을 했고 단풍은 마른 입술을 꼭 깨물었다.

바로 뒤에 그가 있음을 알지만 지금은 참아야 할 때였다. 그녀는 뒤돌아보고 싶은 것을 꾹 참으며 걸음을 옮겼다. 차라리 다행이라 여기며 단풍은 그에게서 멀어졌다. 두 사람이 멀어져 자료실 바깥으로 나가는 차, 자료실 테이블에선 무언가 어긋나는 소리가 들렸다.

"……."

깊은 침묵 끝에 남은 건 스프링이 어긋나 튕겨나간 볼펜 한 자루뿐이었다.

시원하게 트인 옥상으로 올라와 세상 다 가진 것처럼 숨을 크게 들이마신 성준은 얌전히 따라와 선 단풍을 돌아보았다. 그리고 난간에 몸을 기대며 여유롭게 입을 열었다.

"이제 얘기를 좀 해도 될 것 같지 않아요?"

때가 왔다. 체면을 차리듯 긴 유예기한을 준 성준이지만 이제 조금 안달이 날 법도 했다. 이쪽이 확실히 정해져야 자신이 원하는 바로 행동할 테니까. 욕이라도 퍼부어주고 싶었지만 그녀는 마음 깊이 인내심과 차분함을 담았다.

바람은 시원하고 해는 적당하다. 그리고 성준이 가진 치사한 수는 모두 아무것도 아니게 되었다. 굳이 고개와 허리를 숙여야 할 것은 상관과 부하 직원의 관계에서뿐이다.

"무슨 말씀이신지 모르겠는데, 혹시 하실 말씀이라도 있으신가요?"

평소의 모습처럼 적당히 어리바리하고 순진한 대꾸에 성준의 눈썹이 살짝 찌푸려졌다. 그러다 가볍게 웃으며 어깨를 으쓱거렸다.

"뭐, 나쁘지 않은 대처지만 그리 재미있진 않네요. 어쨌거나 오래 기다린 것 같은데, 어떻게, 생각해봤어요?"

웃는 얼굴로 위장한 압박을 보면서도 무섭거나 당황스럽다기보단 그저 그러려니 하게 된다. 새롭게 깨닫는 것은 자신이 생각 외로 담이 세다는 것. 지금 이 상황에 얻은 건 그게 전부였다. 단풍은 전혀 모르겠다는 듯 순박하게 머리를 긁적이다 말을 이었다.

"팀장님, 혹시 업무 이야기시라면 자료와 함께 말씀드리겠습니다."

무언가를 숨기거나 감추려는 기세가 아니라 정말 아무것도 아니고 모르는 사람처럼 구는 것을 성준도 알아차렸다. 이쯤 되니 그의 미간으로 사나운 핏대가 올라왔다.

"……단풍 씨, 나랑 장난해요?"

그녀는 황급히 손을 휘저었다.

"오해십니다. 그렇게 들리셨다면 사과드립니다."

얼른 허리까지 숙이는 건 누가 봐도 상관에게 혼나고 겁먹은 모습이었고 지금 성준이 받아들이기론 딱 한 가지 뜻이었다.

두 사람이 사무실에서 데면데면하게 구는 것을 보며 제 뜻대로 되고 있다고 생각하고 있느라 여유를 부렸던 그는 금방 올라온 짜증을 겨우 가라앉히고 팔짱을 꼈다. 그리고 으름장을 놓았다.

"내 말 안 듣겠다는 걸로밖에 안 보이는데, 그리 생각해도 됩니까?"

"……."

"간단하게 생각하는 거예요? 이런 사적인 거라면 부장님도 이해해주실 거다, 뭐 그렇게 생각해요?"

그래도 말귀는 좀 알아듣는다고 생각했건만 전혀 진지하게 여기지 않은 모양이다. 쉽게 넘어갈 문제를 어렵게 거슬러가려는 그녀를 도무지 이해할 수 없어 얼굴을 잔뜩 찡그린 성준이 단풍의 어깨를 세게 잡았다. 얼마나 세게 잡았는지 순간 몸이 움츠러들었다. 그는 손가락을 꼿꼿하게 세우고 매섭게 노려보며 말을 이었다.

"이거 괜히 하는 농담이나 장난 아니에요. 충분히 결격사유가 된단 말입니다. 알아들어요? 나한텐 꼭 필요한 상황이고 지푸라기라도 잡아서 할 만한 가치가 있는 일이라고요."

눈으로 말하기를 세상에서 제일 멍청한 계집으로 여기는 듯하다. 그냥 모르는 척, 흘러가는 대로 둘 생각이 없어 보였기에 단풍은 자신이 할 수 있는 최대한의 서늘함을 비치며 천천히 입을 열었다.

"증거."

바보 같은 웃음기나 순진함이 보이지 않는 싸늘함에 성준이 조금 굳었다. 그녀는 여전히 제 어깨에 올라온 그의 손을 아래로 내려 치우고 한 걸음 물러섰다.

"있으십니까?"

아직 말뜻을 이해하지 못한 성준이 눈가를 파르르 떨었고 단풍은 지지 않고 섰다. 가슴이 어찌나 빠르게 뛰는지 말문을 여는 하나하나가 부담스러웠지만 말을 멈추진 않았다.

"지금 말씀하신 걸 증명하실 구체적인 게 있느냐 여쭙는 겁니다. 아니라면 괜한 유언비어는 삼가주십시오."

"……뭐요?"

기가 막힌 듯 반문하던 성준이 헛웃음을 크게 터트렸다. 어이가 없어 파리해진 안색으로 넥타이를 당겨 느슨하게 만들고 그것도 모자라 셔츠 단추도 풀었다. 여자만 아니었으면 당장 뭐라도 했을 것처럼 잔뜩 성난 듯 옥상 이곳저곳을 걸어 다니며 화를 억누른 그는 다시 돌아와 최대한 차근차근 설명하려 했다.

"이봐요, 홍단풍 씨. 내 말은……."

그것도 잠시, 참다 참다 안 되었던지 아니면 농락당하는 것이라 생각했는지 손가락으로 제 귀 옆을 빙글빙글 돌려댔다.

"당신 머리 안 돌아가? 내가 한 말 전혀 이해 못했어? 그래? 그래서 지금 이렇게 멍청한 소리를 하는 거야?"

"폭언은 여기까지만 참겠습니다. 팀장님께 업무 이외의 것으로 이런 취급당할 이유 없습니다."

"야, 홍단풍!"

"뭔가 크게 오해하신 거라고 생각하고 먼저 내려가 보겠습니다."

"……."

"그리고 앞으론 업무 외에는 부르지 말아주십시오. 저는 팀장님께 관심 없습니다. 그럼 이만 실례하겠습니다."

더 말을 섞어봐야 좋을 것이 없었다. 단풍은 행여나 더 잡힐까 빠르게 바로 뒤에 있는 옥상 문을 넘었다. 오늘이야말로 자신만의 새로운 프로젝트가 시작될 것이라 생각했던 성준은 보기 좋게 바보취급을 당하고 마지막엔 대시하다 차인 꼴까지 되어버렸다.

한동안 멍하니 굳어 멀어지는 단풍의 뒷모습을 보던 그는 누군가 들을 수도 있단 생각은 하지도 않는 듯 폭발해 소리 질렀다.

"대체 내가 널 왜 데려왔다고 생각하는 거야!"

버럭 내지른 말에 단풍이 걸음을 멈췄다. 솟구친 감정이 결국 조금 머리를 내밀어버렸다.

"데려오다니요? 전 제 능력으로 이곳에 왔습니다. 말씀 철회해주십시오."

단풍의 불편한 기색에 성준이 기가 찬 바람 소리를 내며 삿대질을 해댔다.

"혼자 힘으로 오지도 못할 거라면 애초에 말도 안 꺼냈지. 의지도 없던 거 오게 한 거면 나한테 합당한 보상을 해야 할 거 아니야! 나한테 도움이 되라고 데려왔지, 어디 남자한테 빠져서 방해질이야! 아, 이런 빌어먹을!"

"……지금 그걸 무슨 뜻으로 하시는 말씀입니까?"

싸늘하게 식은 단풍의 얼굴에도 그는 전혀 개의치 않고 이를 드러냈다. 흡사 이성을 놓아버린 것처럼 달아올라 당장이라도 그녀를 잡아먹을 듯이 외친다.

"서로 좋을 수 있었어. 너나 나나 외지에서 왔으니까 여기 녹아들려거든 그만한 평판이 필요한 게 당연한 거 아니야? 혼자 가증스럽게 남자나 물어서! 너 바보야? 결국 강 과장이 발령이 난다고 쳐. 그럼 다음은? 5년이야! 5년이라고! 그 사람 위해서 헤어지기까지 하면서 보내봤자 진짜 헤어지는 거라고! 이런다고 다 되는 줄 알아? 강주환이 가고 나면 남는 건 너랑 나야! 내가 멍청하게 기다릴 거라고 생각하지 마! 알아들어? 사원 하나쯤 어떻게 하는 거 어려울 거……. 뭐야, 어디 가. 멈춰! 멈추라고, 홍단풍!"

더 들을 가치 따위 없는 말들의 연속이다.

몇 번이나 이름이 불리었지만 그녀는 재빠르게 계단을 내려갔다. 엘리베이터를 기다리는 대신 두근두근 빠르게 뛰는 심장을 억누르기 위해서라도 계단을 찾았다. 그렇게 쉬지 않고 5개 층쯤 내려간 단풍은 헉헉거리다 화를 못 이기고 손으로 난간을 세차게 내리쳤다.

"멍청이! 멍청이!"

이상하다고 생각은 했었다. 어째서 굳이 성준이 자신에게만 본사 소식을 알려주었는지 의아했었지만 고맙게 여겼고, 최근까지도 감사해했다. 김성준은 단순히 이곳에서 제 입지를 다지기 위해 단풍을 발판 삼을 요량이었을 거다. 만약 그녀가 그에게 호감을 가졌다면 자연스럽게 성준의 뜻대로 행동했을 것이다. 아무것도 모르고.

능력을 인정해준 것이 아니다. 저를 빛내줄 이용 가치 따위로 생각한 게 전부인 거다, 저 사람은. 그것도 단발성에 가까운 이용 가치. 아무것도 모르고 주환이 아니었다면 이용당할 뻔한 스스로가 너무 비참해서 단풍은 이를 악물다 계단에 주저앉았다.

"하아, 하아."

가슴이 쉬이 진정되질 않았다. 너무 긴장을 해서 바들바들 떨리는 손을 꽉 쥐고 간신히 심호흡을 했다. 생각도, 상상도 한 적 없는 모욕에 치가 떨렸고 전혀 상상하지 못했던 성준의 모습에 놀라 심장이 세차게 뛰었다.

주환이 이곳을 떠난다면, 그리고 성준의 말처럼 이곳에 그 없이 혼자 남아야 한다면. 자신이 어떻게 될지 가늠이 되질 않는다.

5년. 더 짧을 수도 있겠지만 그것조차도 몇 년. 정말 불꽃처럼 타오르다 금방 사그라질까 겁이 났다. 아니, 아니. 그것보다도 그를 보지 못할 그 기간을 버틸 수 있을까. 단풍은 흔들리는 마음에 서둘러 고개를 저으며 다리를 모아 안고 고개를 숙였다.

5년. 길다. 함께할 수 없는 시간이 너무 길다. 그러나 그녀는 마음을 꽁꽁 숨기고 죽은 목소리로 중얼거렸다.

"괜찮아. 기다리면 돼. 기다리면."

9. 있어야 할 곳

#25.

회사 분위기는 조금 뒤숭숭했다. 어디서 시작되었는지 알 수 없는 수군거림이 이곳저곳으로 퍼져나가고 명확하지 않은 말들은 귀동냥을 통해 발 달린 말처럼 빠르게 스며들었다. 주체도, 주제도 명확하지 않은 흔한 뜬소문이라 누구도 진지하게 여기지 않았지만 가장 핫한 키워드는 역시 발령에 대한 것이었다.

비단 인사과뿐만 아니라 다른 곳에서도 대부분 해외 발령을 욕심내고 기대하는 눈치였다. 정말 좋은 기회였고 잡을 수 있으면 어떻게든 잡는 게 좋으니까. 이런저런 로비가 흘러 다니는 예민한 시기에 이미 여타 부서에서 발령 인원을 마무리하고 벌써부터 송별회 준비니, 뭐니로 떠들썩할 즈음 성준에겐 무언가 초조한 기색이 보였다. 가장 큰 약점이 허무하게 망가졌으니 다음 수를 써야 할 듯했지만 그다음 수는 단풍과 상대를 하는 것이 아니라 주환과 물꼬를 터야 했기에 쉽사리 움직일 수 없는 사안이었다. 몇 차례 그녀와 눈이 마주쳤지만 그는 가만히 보다 먼저 시선을 돌릴 뿐이었다.

날이 지났다. 마치 아무 일도 없었던 것처럼.

"이만 다들 일어나서 갑시다. 요즘 말마따나 불금을 즐겨야지."

한껏 고양된 한 부장의 말을 필두로 인사과 사람들이 주섬주섬 자리에서 일어났다.

미묘한 경쟁 심리와 긴장감이 돌아 한동안 심기 불편하던 한 부장의 표정이 밝아져 아주 오랜만에 인사과에도 회식 이야기가 돌았다. 대부분의 사람들이 또 다른 의미의 야근인 회식을 썩 좋아하진 않지만 워낙 회식이 드문 부서라 이번엔 조금 반기는 눈치였다.

본사로 올라와 처음으로 맞이하는 회식이자 부서 전체 회식이다 보니 후에 임원진도 몇몇 오기로 한 모양이었다. 자연스레 회식 장소의 레벨이 상승해 기대감에 부풀어 있을 법했지만 단풍은 마음 놓고 있을 수가 없었다.

고기가 익어가는 기분 좋은 냄새 속에 즐기려고 작정한 듯 모두의 잔이 쨍쨍 맑은 소리를 냈다.

"위하여!"

"어어, 술 넘친다! 넘쳐!"

왁자지껄한 분위기 속. 맥주잔만 들고 겨우 분위기에 맞춰 어색한 웃음만 짓기를 한참, 멀리 상석에 앉아 있던 한 부장이 단풍을 불렀다.

"우리 중고 새내기, 홍단풍 씨! 잠깐 이리 좀 와줘요!"

갑작스런 부름에 단풍의 눈이 동그랗게 변했다. 옆에 있던 연지가 불쌍하다는 듯이 보며 등을 다독였다.

"그렇게 고약하신 분 아니니까 얼른 갔다 와요."

그런 결과 그녀는 현재 낯선 이들의 틈바귀 속에 파묻혀 식은땀을 흘리는 중이었다. 물론 여기엔 부서 팀장 및 과장들, 즉 주환도 함께한 자리였지만 현실적으로 그게 꼭 도움이 되진 않았다. 오히려 어떻게든 눈이 마주치지 않기 위해 고개를 숙이고 있는 것도 곤욕이었다.

술이 한 잔 들어가서인지, 아니면 뭐 기분 좋은 일이 있어서인지는 몰라도 전에 없이 밝은 얼굴을 한 한 부장은 단풍의 잔에 맥주를 가득 따라주며 말했다.

"진작 내 식구 신경을 써줬어야 하는데 이래저래 일이 많아서 인사가 늦었어. 저번에 강 과장 집에선 괜히 심부름만 했지. 어쨌거나 나도 한참 골머리 앓던 게 이제야 좀 풀어져서 말이야. 어떻게 할 만해?"

한 부장의 이런 태도를 보면 아직 성준이 무슨 짓을 하지 않은 듯하다. 하기야 이제 뭘 할 수도 없을 테지만. 그러나 맞은편에 앉아 있는 모습을 보면 뭔가 노리고 있는 건 분명하다. 예를 들면 자신이 말했듯 주환이 발령이 난 후 보여줄 고약한 짓들 같은 것.

무섭지 않다면 거짓말이지만 그렇다고 쉽게 당하진 않을 터였다. 그렇기에 그녀는 최대한 무시하며 한 부장에게 집중했다.

"아닙니다. 저야말로 먼저 제대로 인사드리지 못해 죄송합니다."

"갑자기 와서 고생 많지. 하필이면 딱 그때 와서 적응하기도 전에 큰일 다 겪고. 고생 많았어. 괜히 어리바리한 사람이 왔어 봐. 이래저래 곤란했을 건데 아주 제대로 와줬어. 고마워."

한 부장이 이렇게 좋은 사람이었는지는 모르겠지만 좋은 소리 듣는데 나쁠 건 없었다. 거기다 다른 곳도 아니고 주환은 물론 성준까지 있는 곳. 그녀는 잠시 상황을 잊고 현재에 집중했다.

"감사합니다. 아, 한 잔 받으세요."

"어이쿠, 이거 나야 고맙지. 아차차, 그리고 앞으로는 자기 몸 관리는 확실히 하고. 오케이?"

아마도 회의실에서 있었던 일을 말하는 듯했다. 덕분이라고 하기엔 뭐하지만 그걸로 인해 주환과 마음을 나눴으니 어찌 보면 다른 의미의 은인이었다. 단풍은 비어 있는 한 부장의 잔에 술을 따르며 진심으로 재차 감사 인사를 올렸다.

"그땐 놀라게 해드려서 정말 죄송했습니다. 걱정해주셔서 감사합니다."

"괜찮으면 이제 됐어."

"홍단풍 씨는 예전 사무실에서도 일을 잘하는 친구였습니다."

불쑥, 두 사람의 대화에 끼어든 건 성준이었다. 그는 일전 옥상에서 소리치고 무례한 말을 쏟아붓던 남자로 보이지 않았다. 늘 그랬듯이 매너 있고 신사적인 사람만 남아 웃어주고 있을 뿐이다. 울컥하고 감정이 치솟았지만 단풍은 손에 들린 맥주병을 꽉 쥐며 말했다.

"팀장님이 많이 도와주셨죠."

"그렇게 생각해주니 고마워요."

실체 없는 날이 선 대화가 몇 마디 오가고 금방 잔을 비운 한 부장이 허허 웃었다.

"아, 그래. 그러고 보니까 홍단풍 씨가 김 팀장하고 같은 곳에서 왔었지. 맞네, 맞아. 내가 그것도 잊고 있었어. 하여간 나이를 먹으면 이렇게 된다니까."

"그런 말씀 마십시오. 부장님만 믿고 올라온 제가 어떻게 되겠습니까. 그 때문에 단풍 씨도 제가 본사로 추천한 걸요. 좋은 분 밑에 있어야 많은 걸 배울 테니까요. 안 그래요, 단풍 씨?"

이 책상을 엎어버릴 수만 있다면, 저 얼굴에 뺨이라도 날려버릴 수 있다면. 그러나 그녀는 지금 이곳에서 그럴 수 없다는 걸 안다.

부정할 수 없는 단어들만 가득 써선 결국 대답하게 만들어버리니 속이 부글부글 끓는다. 무엇이건 한 걸음만 물러서면 전체가 보인다더니 지금 상황에 딱 맞는 말이었다. 이렇게 보니 성준의 교묘함이 보인다. 남을 이용해 자신을 추켜올리는 것. 생각해보면 지금까지 쭉 계속 그런 화법이었다. 그저 인지하지 못하고 끌려다녔을 뿐.

"그렇게 생각해주니 고맙네. 안 그래도 조만간 자네한테 좋은 소식 하나 갈 거니까 기다리고 있어봐. 내가 아주 중요한 걸 하나 맡길 생각이거든."

허허 웃으며 은근하게 말을 하는 통에 주변이 슬그머니 가라앉는 느낌이었다. 옆에 단풍이 있어 말을 아끼는 것도 같았지만 이미 그 짧은 말로도 단풍의 머리가 번쩍 깨어났다. 얼음을 가득 넣은 찬물이 끼얹어진 것처럼 띵해지고 가슴이 쿵 내려앉았다. 그건 성준도 마찬가지였던지 어느새 상기된 얼굴을 한 그가 침을 꿀꺽 삼키고 있었다.

"그게…… 무슨 말씀이신지."

목소리에 담긴 설렘이 옆에 있는 사람에게도 전해진다. 단풍의 눈이 지금껏 마주치지 않기 위해 노력했던 주환에게로 향했다. 그는 이 모든 것과 별개인 사람처럼 옆 사람과 술잔을 기울이다 자리에서 일어나 아예 바깥으로 나가버렸다.

심장이 두근두근 빠르게 뛰고 있었다. 뭘 제대로 들은 것도 아니었지만 직감이 말해주었다. 이건 어쩌면 절대 오지 말아야 할 상황을 이야기하고 있는 것일지도 모른다고. 거기에 한 부장은 히죽거리며 말을 이었다.

"우리 강 과장 덕분이라는 것만 알면 되네."

이미 성준의 얼굴은 더 볼 것도 없이 환하게 빛나고 있었다. 벌써 주환을 대신해 해외 발령을 승인받은 사람처럼 들떠 아예 자리까지 옮기려는 듯 엉덩이를 들썩이고 있었다.

"그럼 혹시, 이번 발……."

"부장님, 제 잔도 받으셔야죠! 저 섭섭합니다!"

어떻게 보면 굉장한 나이스타이밍이었다. 성준의 말을 확 자른 뒤 먼저 치고 들어온 것은 이미 거나하게 한잔한 민석이었다. 하하, 웃으며 술을 따르고 분위기를 후끈 달아오르게 만드는 통에 성준의 말은 싹둑 잘려버렸지만 그는 서두르지 않으려는 듯 입을 다물었다. 그리고 의기양양한 눈으로 단풍을 향해 씩 웃어 보였다.

혹시나 다른 의미가 있을 거라고, 지금 내가 생각하는 것이 아닐 거라 일말의 가능성을 잡고 주환을 찾아 식당을 나갔다. 단풍은 말을 걸지 않기 위해 노력했던 것을 잠시 잊고 식당 주차장 한편에 앉아 있는 그에게 말했다.

"하나만 묻고 들어갈게요."

주환은 이미 예상했다는 듯 담담하게 그녀를 돌아보았다. 단풍은 그의 차분함이 때론 마음 아플 정도로 안타까웠다. 저 안에 뭘 담고 있는지 들여다보고 싶어 어쩔 줄 모를 만큼. 그녀는 길게 심호흡을 하고 입을 열었다.

"내가 생각하는 게 맞나요?"

"뭘 생각하는지부터 말해줬으면 하는데."

"……주환 씨, 계속 한국에 남기로 했냐고 묻는 거예요."

돌려 말할 것 없이 곧장 나온 질문에 주환은 여전히 흐트러짐 하나 없는 모습으로 대답했다.

"예."

갑자기 목이 타들어가는 것처럼 따갑고 아팠다. 가슴을 쳐도 내려가지 않을 것 같은 돌덩이가 얹어지고 단풍은 허탈하게 중얼거렸다.

"난 정말 괜한 짓을 했네."

"……"

"이럴 거면 정말로 헤어지는 게 나았어요."

꿈틀거리는 주환의 팔과 서늘하게 식은 눈을 보지 못하고 그녀는 고개를 숙이고 있었다. 그의 결정에 대한 화가 아니었다. 이건 결국 바뀌지 못하고 방해꾼이 되어버린 듯한 자신에 대한 책망이었다. 그녀는 차츰 끓기 시작한 속에 주먹을 세게 쥐었다. 그리고 뒤돌아서며 일갈했다.

"그랬으면 주환 씨가 더 고민하지 않았을 텐데."

홀로 남은 주환은 더 이상 어떤 흔들림도 보이지 않았다.

익어가는 고기에게 미안할 만큼 단풍은 회식자리에 전혀, 조금도 집중할 수가 없었다. 옆에서 연지가 계속 뭔가를 말하고 있었지만 제대로 대답조차 하지 못하고 침만 삼키다 미안하다는 말만 연이어 하고 말았다. 돌덩이를 집어넣은 것처럼 가슴에 응어리가 생겨 도무지 집중할 수가 없었다. 결국 1차 회식 자리는 그렇게 마무리가 되었다.

가슴이 벌렁거려 물 한 잔도 제대로 마시지 못하고 2차를 갈 인원과 분리된 단풍은 사원들끼리 다시 한잔하자는 말을 정중히 거절했다. 심각하게 질려 있는 그녀의 낯빛에 연지조차 재권유를 하지 못했고 그녀는 멀어지는 일행을 보다 2차에 갈, 정확히는 끌려가야 할 무리에 시선을 뒀다.

"제가 알아본 좋은 장소가 있습니다. 일단 거기부터 가시죠."

능숙하게 임원들을 상대하고 있는 성준의 얼굴에 숨이 가빠졌다. 그 곁에 바보같이 선 주환의 모습에 이젠 화가 날 지경이었다.

뭐? 안 가? 안 간다고? 왜, 왜!

참으려 했다. 잘못은 자신에게 있다고 생각했다. 그러나 그렇게 마음먹기란 쉽지 않은 일이기에 단풍은 어금니를 꽉 깨물고 몸을 돌렸다. 그녀가 향하는 곳은 지난 두 달간 늘 탔던 버스가 있는 정류장이었다.

사람들이 빠져나가며 소수 인원이 되어버리자 어느새 회식은 하나의 동호회 느낌이 나기 시작했다. 예전부터 함께해왔던 자신의 오른팔, 왼팔들을 낀 임원들을 주축으로 몇 개의 테이블이 나뉘었고 주환과 민석은 당연히 한 부장과 같은 테이블이었다. 자정을 넘긴 지도 한참, 주환은 배터리가 나가버린 휴대폰을 가방에 집어 넣고 술잔을 기울였다.

새벽에는 차츰차츰 제정신을 가진 사람보다 뇌가 말랑말랑해진 것처럼 넋 놓은 이들이 더 많아졌다. 분위기 메이커답게 어느 때보다 즐거워 보이는 유부남 민석은 대학시절을 이야기하며 흥을 돋우고 있었다.

"그때 강 과장이 딱 두 번 움직였거든요. 이렇게, 팍팍. 다들 그냥 추풍낙엽. 우수수수."

손가락으로 낙엽 떨어지는 모양새를 표현하는 민석의 말을 듣던 한 부장이 거의 풀린 눈으로 주환을 돌아보았다.

"안 그래도 예전에 들었던 것 같은데 기억이 안 나서 그러는데 강 과장 무슨 운동했다고 했었지? 그것도 꽤 길게. 뭐 했었더라."

"예, 10년 조금 넘게 했습니다."

그는 꽤 술을 마셨음에도 여전히 멀쩡하게 앉아 말을 잇다 성준을 보았다. 얌체처럼 이리저리 피해 한 부장과 민석에게 술을 몰아주고 여유롭게 그들의 대화를 듣던 성준이 저를 보는 시선에 눈썹을 들썩였다. 주환은 그 못마땅함을 알면서도 똑바로 바라보며 말을 맺었다.

"권투를."

흠칫.

자신을 보며 한 말이라곤 고작 '권투'뿐이었는데 어퍼컷이라도 얻어맞은 것처럼 알 수 없는 어딘가가 얼얼한 느낌을 받았다. 성준은 마시지 않고 고사 지내던 미지근해진 맥주를 들이켰다.

"맞다, 권투. 맞아!"

박수까지 치며 좋아하는 게 적잖이 취한 듯하다. 한 부장의 외침에 역시 취한 민석이 활짝 웃으며 마치 제 얘기인 양 엄지를 올렸다.

"지금은 몰라도 당시엔 실력이 상당했습니다. 도장에서 프로 데뷔하라고 반년이나 따라다니는 바람에 그만뒀거든요."

"아니야. 다른 운동은 몰라도 권투나 격투기는 다 몸에 남아 있어. 봐, 탄탄한 거. 지금도 운동 가끔 하지?"

"예. 시간 날 때마다 합니다."

대답하는 그의 시선은 여전히,

"필요할 때가 생길 수도 있으니까요."

성준에게 향해 있었다.

의미 있거나 뭔가 뜻 있는 대화가 없던 술자리는 새벽, 아니 아침 5시를 훨씬 넘기고서야 끝이 났다. 어찌 보면 대단하다 싶을 정도로 기회에 충실한 성준이 한 부장을 맡고, 주환은 민석을 맡아 그의 집까지 데려다주었다. 뜬눈으로 민석을 기다리던 민석의 아내 희정은 주환을 보곤 들고 있던 파리채를 슬그머니 숨겼다. 그것을 마지막으로 택시에 탄 그는 조금도 피곤한 기색이 없었다.

목적지는 늘 가던 자신의 아파트가 아니었다. 주환이 향한 곳은 제 아파트에서 차로 30분가량 떨어진 대학가의 빌라촌이었고 그곳에 도착했을 땐 이미 하늘엔 해가 떠 있는 시간이었다. 시간도 나쁘지 않았기에 그는 망설임 없이 기억하고 있는 주소로 찾아가 벨을 눌렀다.

한 번, 두 번. 잠시 쉬다 다시. 그렇게 연이어 벨을 누르자 안에서 걸쭉한 외침과 함께 문이 열렸다. 잔뜩 졸린 눈을 하고 팬티 한 장만 입은 단결이 으르렁거렸다.

"누가 아침부터…… 어?"

정확히는 으르렁거리다 말았다. 눈썰미가 좋은지 미간을 찌푸리던 단결은 금방 주환을 알아보았고, 정말 자신의 기억 속에 있는 사람이 맞는지 확인하려는 듯 입술을 달싹였다.

"저기 그러니까. 혹시 그때……."

"아침부터 미안합니다. 혹시 단풍 씨 여기 있습니까?"

"……예? 단풍, 누나요? 저희 누나?"

단풍과 닮은 동그란 눈을 깜빡이다 고개를 갸웃거린 단결은 졸음을 몰아내고 다시 눈을 찌푸렸다. 아침부터 누나를 찾는 게 의아하기도 했고 의심스럽기도 했기 때문이다.

"누나를 왜요?"

경계로 똘똘 뭉친 말에 개의치 않으며 답한다.

"데리러 왔습니다."

"……그쪽이 왜 우리 누나를 데려가요?"

"여기 없습니까?"

"저기요, 이봐요. 그러니까 왜 그쪽이 누나를 데려가냐니까?"

"다음에 봅시다."

저 할 말만 하고 돌아서는 주환에 단결은 황급히 그의 팔을 잡았다. 그리고 누나를 지키기 위해 발동된 기사본능이 터져 나왔다.

"내 말 우스워? 당신 뭐야? 안 그래도 전에도 이상하다 싶었는데, 갑자기 누나가 온 것도 그렇고 그거 혹시 그쪽 때문에……."

"놔."

감정이 실리지 않은 무미건조한 한마디였다. 그러나 그 어떤 말보다도 무겁고 차가워서 아직 내공이 깊지 못한 단결은 저도 모르게 잡았던 팔을 놓고 말았다.

"한계라서."

놓아진 팔에 변명하듯이 한마디를 더하지만 그건 진심이었다. 한계였다. 단 하루, 그녀가 없는 집에서의 생활조차 달갑지 않았다. 그런 것을 벌써 열흘도 넘게 하고 있다. 단풍을 안았고 완전히 가진 순간 벌을 받은 것처럼.

조금이라도 닿으면, 눈이라도 마주치면 주위 볼 것 없이 그대로 달려가 끌어안고 입을 맞추며 사랑한다 외칠 것만 같아 참았다. 뭐라도 된다면 무릎을 꿇어도 좋을 만큼 안달이 나 있었고 결국 그녀의 입에서 나온 헤어지는 게 좋았을 거란 한마디에 참을 수 없게 되었다.

사랑하니까, 무엇도 상관없다.

"물은 말에 대답하자면 어려울 건 없어."

"……."

"홍단결 씨 누나가 있어야 할 곳은 내 집뿐이니까."

그게 답인지 또 다른 의문인지는 상관하지 않기로 했고 주환은 그대로 빌라를 빠져나갔다. 단결은 눈만 깜빡이다 하얗게 질린 사람 없는 허공을 향해 외쳤다.

"왜, 왜 바, 반말이야!"

문이 열리는 도어록 소리에 복실이의 귀가 쫑긋 섰다. 그리고 제 옆에 앉은 단풍을 힐끗 보다 소파에서 내려가 꼬리를 살랑거리며 현관으로 향했다. 이내 이 집의 주인이 들어와 복실이를 안았다.

자신이 있음을 이미 예상한 듯 놀라는 기색도 없는 주환에 연신 뭔가가 울컥울컥 치밀었다. 간만에 두 사람이 모두 집에 있어서 그런지 기분 좋아 보이는 복실이와 짧게 인사를 하고 내려놓자 허리를 세우기가 무섭게 그는 당황했다.

"……이, 이익."

단풍의 손에는 가방과 휴대폰이 들려 있었다. 그녀는 잠시 무엇을 던질까 고민하는 듯했다. 무엇을 던지건 아플 게 분명했고 결국 두 개를 바닥에 놓고 소파에 있는 복실이의 인형 장난감을 던졌다. 그것도 힘을 주다 말아서 아프지 않게 가슴에 맞고 떨어진 장난감에 주환이 잠깐 시선을 두자 이내 거실을 울리는 외침이 들려왔다.

"이 바보 같은 놈아!"

울컥 토해낸 울분이 금방이라도 하늘에 닿을 듯 우렁찼다. 이제 더 참을 수 없게 되어버린 것처럼.

"늦으면 늦는다고 연락을 해야 할 거 아니야! 왜 문자 답장 안 해! 왜 전화 안 받아! 내가 얼마나 기다린 줄 알아? 얼마나…… 얼마나 걱정했는데!"

바들바들 떨며 화를 내는 이유가 어째 핀트를 나간 것 같았지만 충분히 이유 있는 분노였다. 무작정 주환의 집으로 와서 기다리고 기다리다 해가 떴음에도 사람이 오지 않자 다른 것은 다 잊고 불안해지기 시작한 단풍이었다. 피곤함에도 발만 동동 구르며 먼저 연락까지 했는데 오매불망 기다리던 사람이 놀란 기색도 없이 들어오니 화가 날 수밖에 없었다.

"배터리가 나갔습니다. 미안해요."

그럴 수 있을 거라고 생각했으면서, 다행이라고 생각하면서 분하다. 가방을 놓고 넥타이를 풀어놓는 여유로운 모습에 단풍은 입술을 세게 깨물고 꾸역꾸역 속상함을 참았다. 그리고 더 뜸들일 생각이 없는 사람처럼 물었다.

"대체 뭘 한 거예요?"

"뭘 말입니까."

"그렇게 돌려 말할 생각 말아요. 나 지금 머리 터지기 직전이라 고요."

답답한 듯 와이셔츠 단추를 2개쯤 풀고 팔에 있는 단추까지 푸는 주환이었다. 제 이야기에 집중을 하는 것인지조차 알 수 없는 그의 모습에 그녀가 부탁 아닌 부탁을 해야 했다.

"가서 아니라고 말해요. 거기는 주환…… 아니 과장님이 가셔야 해요. 그게 맞아요."

"회사 아닙니다."

"과장님!"

"왜 전부 내가 그곳을 가고 싶어 한다고 생각하는 겁니까."

"가려고 한다고 들었어요. 아니, 가려고 한다고 했겠죠."

"했습니다. 가라고 했고 굳이 남을 이유 없었으니까. 여기나 거기나 어차피 똑같았을 테니까. 적어도 단풍 씨를 만나기 전까지는."

"……."

"가야 하는 이유는 없고, 남아야 할 이유는 있는데."

아무렇지 않고 여유롭다고만 여겼던 건 착각이었다.

"대체 내가 왜 가야 하는 건데."

한계. 마지막 지점. 주환은 참고 또 참았다. 단풍이 성준에게 당하고 있는 그 순간까지도 필사적으로 참았다. 당장 옥상으로 들어가 목을 조르고 싶을 정도로 화가 치밀었고 만약 단풍이 먼저 나오지 않았다면 앞으로의 계획이 어떻게 되든 상관없이 달려들었을지도 모른다.

그랬던 한계점이 결국 지금 허물어졌고 그는 눈에 띄게 당황한 단풍에게 다가갔다. 닿은 손이 뜨거웠다. 꼭 불에 달아오른 것처럼 아주 뜨겁다.

그런 와중에도 눈을 떼지 못하고 헛바람을 들이켠 그녀는 어쩔 줄 모르다 겨우 하고픈 말을 꺼냈다. 비록 더듬더듬 떨리고 말았지만.

"가야, 가야…… 좋은 거잖아요. 가야 좋은 거예요. 이건 누가 봐도!"

"내가 그런 적 없잖아."

"그건!"

반발심에 외치고 말았지만 막상 할 말이 없었다. 맞는 말이었다.

"……그건."

흐지부지 흘러버린 말에 눈시울이 붉어졌다. 아무리 생각하고 들어도 제 잘못이라는 것을 떨쳐버릴 수가 없어 미안함이 차올랐고 단풍은 고개를 숙였다.

"갈래요."

조금만 더 있으면 울 것 같아서, 그런 모습 보이고 싶지 않아 고개를 흔들며 팔을 빼려 했다.

"놔요. 나 갈……."

"당신이 여기서 나갈 일은 다신 없어."

더없이 강압적이고 이기적인 말이었으나 듣는 순간 심장이 철렁 내려앉았다. 그녀를 확 제 쪽으로 당긴 주환은 정말 너무도 괴로웠다는 듯 깊이 끌어안으며 속삭였다.

"이제 내가 그렇게 안 해."

#26.

그냥 모든 게 다 서러워지는 느낌이었다. 단풍은 우는 대신 코를 한번 훌쩍 마시고 주환을 밀어냈다. 그리고 원망을 닮은, 하지만 속은 시원해 보이는 눈으로 주환의 가슴을 퍽 때렸다. 딱 한 대 살짝 맞았는데 얼얼하니 아프다. 주환은 절대 단풍에게 맞을 짓은 하지 말아야겠다는 생각을 했다.

"그렇게까지 했는데, 그랬는데. 다 엉망이야. 마음고생만 하고 김성준만 좋은 일 시켰잖아."

"가지 않아도 된다고 했습니다."

"그냥 변명이에요, 그건. 나 속 편하게 하려는 변명."

"이 말을 한다고 해서 속 편하게 있을 사람이 아니라는 것쯤은 압니다."

안다, 다 안다. 그래도 눈조차 제대로 마주칠 수가 없었다. 미안함이 물밀듯이 밀려오고 또 가지 않는다는 말에 기뻐하는 감정을 느끼고 만 자신이 싫었다. 그런 그녀를 이해한다는 듯 그가 다시금 찾아온 다정한 눈빛으로 말을 이었다.

"날 못 믿어요?"

"……그런 게 아니에요."

"왜 내가 당신을 선택했는지 모릅니까?"

단풍의 고개를 들게 해 시선을 맞춘 주환은 지금까지 계속 단풍이 놓치고 있는 사실을 확실하게 집어주었다.

"나한테 가장 먼저 물었어야 합니다. 가고 싶은 건지, 아닌지를."

"주환 씨가 가지 않겠다고 할 게 뻔한데, 나 혼자 편하자고 그럴 수는 없었어요. 어떻게 혼자 욕심 부려요. 그러면 안 되는 거잖아요."

"누가 그럽니까. 욕심 부리면 안 된다고."

"……주환 씨, 그러지 말아요. 정말."

안 그래도 속상한데 어떻게든 마음을 달래주려는 것이 보여 얼굴이 화끈거렸다. 어린애 달램당하는 기분이기도 하고 다독거려지는 것도 같았다. 그녀는 바쁘게 고개를 저었다.

"방해가 되기 싫은 거예요. 제가 대체 뭐라고요. 아니, 그래요. 지금은 괜찮을 수 있어요. 하지만."

"단풍 씨, 내 말 들어요."

"미안해서 어떻게 하라고……."

"이제 좀 솔직해져요. 당신은 당신이 할 수 있는 전부를 했어. 그러니까 이제 날 위한 게 아니라 홍단풍 당신을 위한 말을 하란 말입니다."

"……."

"난 이미 말했으니까."

이미 말했다는 말에 연신 숙여져 있던 단풍의 고개가 들렸다. 깊은 숨과 함께 조금 더 가까이 다가온 주환은 금방이라도 입술이 닿을 듯 가까운 거리에서 속삭였다.

"당신 없이는 외로워서 못 견딜 것 같다고."

그간의 걱정을 모두 날려버릴 만큼 황홀하도록 달콤한 말이었다. 그리고 지금껏 혼자만 그럴 거라 생각했던 것이 바보 같아질 정도로 아릿한 말이기도 했다. 자신이 힘들고 보고 싶었던 만큼 그 역시 그랬다는 것만으로도 더욱 깊이 사랑이 솟아오른다.

"겨우 열흘도 견디기 힘들 만큼. 그런데 날 보내고도 버틸 수 있을 것 같습니까?"

다른 이들에겐 별것 아닐 떨어져 있는 시간이 그들에겐 그저 길기만 했다. 단풍은 그제야 어째서 주환이 제 말과 뜻에 아무런 제재를 가하지 않았는지 알 것 같았다. 하지 않고 후회하기보다 모든 걸 한 뒤에 찾아올 것을 스스로 받아들일 수 있도록 주환은 기다려 준 거다. 결국은 자신에게 돌아올 걸 전부 알고 있었던 것처럼. 그제야 미안하기만 하던 자책감이 눈 녹듯 사라지고 그 자리에 고마움이 대신했다.

"그러니까 진작 말해줬으면 좋았잖아."

잔뜩 물기 어린 목소리에 주환이 그녀를 안았다. 이제 더 도망가지 않고 그대로 안긴 단풍이 이내 그의 옷자락을 꽉 잡으며 가슴에 얼굴을 묻었다.

"가면 간다고, 그런 게 있다고! 진작 말해줬으면 어디가 덧나? 왜 다른 사람한테 말을 듣게 만들어! 왜 혼자 고민하게 만들어!"

가슴팍이 촉촉하게 젖어드는 것이 느껴졌다. 그들은 대화가 부족했고 서로의 마음을 헤아리기엔 아직 서투른 연인이었다. 알고 있는 것보다 알아가야 할 것이 더 많은 두 사람이었고 단풍은 온갖 감정이 한데 섞인 한탄을 더 숨기지 않았다.

"얼마나 고민했는데! 연지 씨한테 듣고! 임 과장님한테 듣고! 김 팀장한테도 듣고! 다 들었는데 왜 강주환 너만 말을 안 해! 왜! 왜 너만!"

"그러게."

장난 같은 답변에 그녀는 결국 절대 놓치지 않을 것처럼 주환의 옷을 더욱 세게 쥐었다.

"진짜, 진짜…… 엄청 고민했단 말이야……. 얼마나 힘들었는데. 얼마나 무서웠는데……."

서로를 품에 안고 위로하듯이, 한참 동안을 서 있다 단풍은 감은 눈을 뜨지 않으며 들릴까 싶을 만큼 아주 작은 목소리로 입을 열었다.

"안 갔으면 좋겠어요……."

그녀가 볼 수 없는 주환의 입가로 미소가 번졌다. 비로소 가장 듣고 싶었던 말을 단풍이 꺼내고 있었다. 울음을 멈춘 듯 살짝 딸꾹질까지 하다 겨우 고개를 들어 올린다. 강아지같이 맑은 눈이 어른스러움이나 이해, 배려는 모두 버리고 오직 제 마음 하나만 믿고 깜빡였다.

"가지 말라고 하고 싶어요……. 가지 말라고, 매달리고 싶어."

"……."

"어쩌다 내가 이렇게 된 거야."

말하면서도 속상한지 몇 번이나 한숨을 쉬고 발을 동동 구르다 끝까지 가지고 있던 가장 깊은 곳에 남은 욕심과 진심을 꺼내 들었다.

"미안해요, 미안해요. 미안해요, 주환 씨. 내 옆에 있어줘요. 가지 말아요."

정말 더 이상 아무것도 남지 않은 더할 나위 없이 적나라하고 솔직한 말을 듣고 나서야 주환은 그 어느 때보다 환한 미소로 응대해주었다.

"당연한 말 할 거면 눈 감아."

단풍의 눈이 감기는 순간 그는 바로 그녀의 입술에 제 입술을 겹쳤다. 벌어진 입술 사이로 들어가 열에 물든 몸을 풀어내듯 짜릿하게 탐했고 천천히 두 사람의 몸이 소파 위로 내려앉았다. 누구도 떼어낼 수 없을 것 같은 입맞춤이 농염하고도 짙은 사랑으로 변하는 건 당연한 일이었다.

오랜만에 제대로 된 잠을 자고 뿌연 눈을 뜨자 옆에서 꼼지락거리는 게 느껴졌다. 분명 몇 시간 전까지 씻는 것은 고사하고 대화도 제대로 못하고 그대로 고꾸라져 잠이 든 단풍이었는데 먼저 일어나 무언가를 하는 듯했다.

사람을 나른하게 만들어 계속 만지고 싶은 하얀 살결이 보인다. 등을 보이며 엎드려 휴대폰 액정을 콕콕 두드리는 것에 집중하느라 주환이 깬 것도 모른 단풍을 한참 동안 보았고 결국 그가 먼저 입을 열었다.

"뭐 하는 겁니까."

"응? 일어났어요?"

기분 좋은 미소로 그의 말을 받은 그녀는 휴대폰을 내밀었다.

"이직 준비."

"……뭘 해?"

생각지도 못한 말에 벌떡 몸을 세운 주환이 휴대폰을 가져갔다. 단풍이 보고 있는 건 정말로 구인 사이트였다. 황당함이 묻은 얼굴로 돌아보자 꼬물꼬물 이불을 가져와 몸을 가리고 앉은 그녀가 확신을 담아 말했다.

"속 풀고 제대로 살려면 어쩔 수 없어요. 아마 해고될 거야."

"무슨 소린지 전혀 이해 못했습니다만."

"어려울 거 있나요? 깽판 치겠다는 거죠. 더 정확히 말하자면 하극상?"

기가 막혀 황당해하는 주환의 얼굴은 아무래도 상관없다는 듯 그녀는 손가락을 움직이며 말을 이었다.

"절대 이대로는 못 있어요. 안 그러면 제명에 못 죽을 거야. 그리고 누구라도 해야 한다면 아직 젊은 내가 하는 게 맞잖아요."

그리 차이가 나는 나이도 아니건만 은근히 디스를 해댄다. 그는 단풍의 팔을 당겨 제 쪽으로 끌어 이불 안에 푹 묻어버렸다. 거기다 아예 다독이며 바로 눕게 만들고는 이불 그대로 안으며 고개까지 머리에 톡 얹었다. 순식간에 돌돌 말려 안긴 그녀가 눈만 동그랗게 떴다. 그런 단풍에게 안심하라는 듯 머리를 쓰다듬는다.

"이제 그만 쉬고 나한테도 차례를 줘요."

"응?"

조금 돌려 말하긴 했지만 거기에 담긴 뜻을 모를 정도로 눈치가 없진 않았다. 단풍이 코끝까지 온 이불을 내리며 몸을 세워 누워 있는 주환을 내려다보았다. 그리고 헐벗은 몸이 보이는 것도 모르고 바싹 다가갔다.

"뭔데요? 뭐야, 뭐야."

할 수만 있다면 가서 찬물이라도 끼얹어줄, 즉 논개 방법까지 생각했던 단풍은 주환에겐 그보다 더 확실한 것이 있을까 기대감이 찬 얼굴이었다. 여러모로 사람 동하게 만드는 제 모습을 아는지 모르는지 그녀는 눈을 반짝이고 있었고, 그는 길게 늘어진 단풍의 머리카락을 천천히 쥐며 입을 열었다.

"단풍 씨가 해줄 건 하나입니다."

"말해주세요. 어려운 거라도 어떻게든 할 테니까."

단풍은 고작 30센티미터쯤 앞에 있는 그의 얼굴을 보며 열심히 고개를 끄덕여댔다. 주환은 아예 손으로 그녀의 뒷머리를 잡았고 거리는 어느새 코앞, 거기다 금방 침대에 등을 대게 만들어버렸다. 머뭇거리지 않고 단풍의 위로 올라탄 주환이 동그란 콧망울에 키스하며 말했다.

"세상에서 가장 억울하고 열 받은 표정만 지어주면 됩니다."

여자를 향한 남자의 본능 때문인지, 아니면 길었던 부재를 메우기 위한 것인지는 몰라도 금방 입술부터 삼켜버릴 듯 열렬했다. 다만 오늘따라 유난히 눈치 없이 구는 단풍만이 찬물을 끼얹었을 뿐.

"근데 주환 씨."

목덜미까지 내려온 입술에 발가락을 움찔거린 그녀는 그의 턱을 잡아 위로 들어 올렸다.

"받으면 곤란해질 것 같아서 계속 안 받고는 있는데요."

"뭘 말입니까?"

큰 손이 옆구리와 등허리를 쓰다듬으며 맨몸이 스친다. 몇 시간 전까지 땀을 내며 섞인 몸이지만 닿을 때마다 따끔거리는 느낌이었다. 단풍은 혹여 더 늦을까 들고 있던 휴대폰을 그의 앞에 보여주었다.

"이놈이 아침부터 정신없이 전화를 해대고 있거든요? 문자도 엄청 보내고. 근데 내용이 너무 건방져서 어떻게 할까 고민 중이었어요."

조금 전까지 구인 사이트였던 화면에는 통화기록이 나열되어 있었다. 이어 움직임을 멈춘 그에게 문자 메시지도 하나 보여줬는데 거기에 쓰인 내용은 현재 단결의 심리를 여과 없이 보여주었다.

[손목 다쳤다고 구라 친 그 자식 누구야!]

고함을 지르는 듯한 마지막 문자에 주환은 특유의 담담한 음성으로 말했다.

"동생, 뭐 좋아하는지 좀 알 수 있을까요?"

"뭐 얼마나 더 계속 억울한 얼굴을 하라는 거야. 눈에 주름 생기겠다."

화장실 거울 앞에 서서 눈 옆을 손가락으로 죽죽 늘리며 억지로 팽팽하게 만들다 한숨을 쉰 단풍은 물을 틀어 손을 씻었다.

일단 주환이 남기로 하면서 헤어져 있을 필요가 없어졌으니 다시 주환의 집으로 들어간 뒤 벌써 며칠이 지났다. 득달같이 물고 늘어지면서 무슨 일이냐 닦달하는 단결에게는 심플하게 '남자 친구'라는 말을 해주었고, 답을 들은 단결은 어쩐지 충격을 받은 듯 보였다. 이후로 얌전한 것이 무슨 꿍꿍이인가 싶었지만 지금은 동생까지 신경 쓸 겨를이 없었다.

간단히 손을 씻고 물기를 털어내며 화장을 수정할 무렵, 파우치를 들고 들어온 여자 둘이 전서구처럼 소식을 물어다 주었다.

"재무팀에서도 한 명 가는 거 확실해? 굳이 갈 필요 있나. 따로 꾸리면 될 텐데."

"이번에 제대로 하려는 모양이던데. 단순 지사 정도가 아닌가 봐."

"그럼, 대부분 공고는 났고?"

"났지. 이제 한두 부서 남았나. 근데 들은 말로 남신은 이번 TO에 이름 없다던데. 원래 가기로 한 거 아니었나? 난 당연히 인사과에서 가장 먼저 확정될 줄 알았거든."

유치하지만 누구를 지칭하는지 알 수 있는 확실한 별명에 귀가 쫑긋해졌다. 조금 떠버린 화장만 가라앉히고 나갈 생각이던 단풍은 바르지도 않은 아이라이너를 꺼내 눈에 댔다. 잠시라도 더 이야기를 듣고자 하는 의지였다.

"누구 다른 사람 간다고는 하던데. 남신이 직접 추천했다고 이 과장이 말했었어."

"별일이네. 다른 건 몰라도 이번 발령 마다할 사람이 있을 줄은 몰랐다."

"나도. 자기만 잘난 건가. 은근 좀 재수 없는 것 같기도⋯⋯. 엄마야!"

펄럭펄럭! 말을 끝맺기도 전에 쓸데없이 물에 젖은 수건이 허공에서 펄럭거렸다. 그 손수건의 주인은 당연 단풍이었고 그녀는 얼른 손수건을 짜며 미안한 얼굴을 했다.

"죄송해요. 제가 손수건에 물 묻히고 터는 게 습관이라. 정말 죄송합니다."

"……아, 아니에요. 앞으로 조심하세요."

이럴 땐 또 순진해 보이는 얼굴이 이득이었다. 물이 튀어 젖은 블라우스를 털며 먼저 나가는 두 사람을 향해 한 번 더 허리를 숙인 단풍은 그들이 사라지고 난 뒤 흥 하고 콧방귀를 뀌었다. 이건 주환을 욕해서라기보다는 없는 사람을 뒤에서 씹은 벌이다.

뭐가 어찌 되었건 그들의 말마따나 주환이 이번 발령에서 제외된 건 기정사실화가 되었다. 누군가 정확히 말을 한 것도, 그가 직접 이야기를 한 것도 아니지만 이런 종류의 이야기들은 밖으로 샐 수밖에 없다.

"하아……."

짙은 한숨을 쉬며 젖은 수건과 파우치를 챙긴 단풍은 어제보다 조금 더 불안한 마음을 가질 수밖에 없었다. 결과적으로 보자면 자신에게도 주환에게도 해피엔딩이지만 성준의 그런 비열함에 도움이 되었다는 것이 속상하다. 어차피 이럴 거라면 헤어지지 않았어야 했을까 싶기도 했다. 하지만 자신이 할 수 있는 모든 것을 했음에도 주환이 곁에 남는다는 것만으로도 충분히 가치가 있는 일이긴 했다.

의도적인지는 몰라도 연신 시선을 마주치는 성준이 고약해 한마디 퍼붓고 싶은 것을 참은 게 몇 번인지 모른다. 사무실에 돌아가자마자 여느 때와 다름없이 다른 이들과 원활한 관계를 맺는 중인 성준이 보였고, 단풍은 주먹을 꽉 쥐며 바로 탕비실로 들어갔다. 시원한 냉수를 마시고 속을 좀 풀어야 참을 수 있을 듯했다. 하지만 들어오기 직전 그와 눈이 마주쳤고 성준은 손을 번쩍 들며 그녀를 불렀다.

"단풍 씨!"

멈추지 않을 수가 없는 부름. 그와 이야기를 나누던 모두가 단풍을 보는 가운데 성준은 성큼성큼 다가와 친절하게 말했다.

"커피 마실 거예요? 그럼 내가 타줄게요. 나 방금 커피 타려고 했거든."

"아닙니다, 괜찮습니다."

딱딱한 거절에도 불구하고 그는 단풍의 어깨를 다독이며 안으로 이끌었다.

"불편해하지 않아도 돼요. 아니면 같이 탈래요? 한 부장님도 곧 오실 테고, 몇 개 더 타서 돌리게."

"……뭐 하시는 거죠?"

"일단 들어가서 얘기합시다. 듣는 귀 많으니까."

그걸 아는 사람이 옥상에서 그랬다고? 단풍은 사납게 성준을 노려보다 안으로 들어갔고 뒤따르며 자연스레 커튼을 친 그는 부드럽게 입꼬리를 올렸다.

"사과하고 싶었는데 기회가 없어서 못했어요."

가면 갈수록 모든 게 싫어지는 사람이 있을 줄은 몰랐다. 어쩌면 이 사람은 지금까지 계속 이런 식으로 살아왔을지도 모른다. 이런 방식, 이런 태도로 사람을 우롱하고 원하는 것을 얻었을 거다.

화가 나지만 어찌할 바가 없다는 게 가장 분했다. 그녀는 냉수를 가득 따라 마셨고 머그를 내려 커피를 타기 시작한 성준이 말을 이었다.

"난 옥상에서 단풍 씨가 그렇게 나오기에 또 이상한 생각을 하나 했지. 미안해요, 사과할게."

벌컥벌컥. 목구멍으로 넘어가는 물이 전혀 시원하지가 않았다.

"어쨌거나 지난번 일은 이해해달라고 하고 싶었어요. 설마 정말 내가 단풍 씨에게 그런 생각을 했겠어요? 조금 화가 나다 보니까 마음에도 없는 말이 나온 거지. 설마 그 실언들 마음에 담아둔 건 아니죠? 정말 미안합니다. 사람이라는 게 다 그렇잖아."

"……."

"나중에 제대로 밥 한번 살게요. 아, 물론 강 과장도 함께."

탕! 탕비실 싱크대에 내려놓은 컵이 부들부들 떨렸다. 그사이 커피를 모두 탄 성준은 우습다는 듯이 피식 웃으며 마지막으로 한 번 더 속을 뒤집어 놓았다.

"강 과장이 포기한 건 다 단풍 씨 덕분이니까. 앞으로도 잘 만나요. 둘이 참 잘 어울려."

그러곤 여유롭게 탕비실을 나선다. 지우려 해도 지워질 수 없는 자책감을 건드리는 말이었다. 주환의 말이 아니었어도 충분히 그런 표정을 지을 수 있었을 것이다. 진심으로 그들의 만남을 축복한다는 듯이 덕담까지 남긴 뒤 사라진 성준에 단풍은 가슴을 퍽퍽 내리쳤다. 분함에 아픈 것도 모르고 한참이나.

억장이 무너지는 듯한 울화는 조금도 풀리지 않고 하루가 저물어갔다. 퇴근시간에 임박해 하나둘 짐을 챙기며 몇 분 안 남은 퇴근만 목 빼고 기다리던 차, 사무실로 들어선 한 부장이 박수를 쳤다.

"자자, 여기 좀 봅시다."

한 부장이 저럴 때는 아주 좋은 일이 있거나 혹은 아주 나쁜 일, 즉 야근이 있을 때나 하는 행동이라 사무실 사람들이 흠칫 몸을 굳혔다. 하필 퇴근 직전에 일을 주는 것인가, 미어캣처럼 경계심에 불타 중앙에 선 그에게 집중했다. 이러나저러나 잔뜩 기운이 빠진 단풍은 우두커니 서서 한 부장의 곁에 선 주환을 보았다.

저기 저렇게 있는 것만 봐도 속이 쓰리고 아픈 건 아무리 버리라고 해도 버릴 수 없는 죄책감 때문일 터다. 거기다 잊지 않고 성준이 상기시켜주니 버릴 틈도 없다. 하나둘 중앙으로 모이는 이들과 눈을 맞춘 한 부장은 목을 한차례 가다듬고 입을 열었다.

"이제 곧 공문을 올리기도 할 거고 또 인트라에도 올라갈 예정이지만 우리 식구 일은 또 미리 알고 있는 게 맞는 거라 생각하고 알립니다."

이어진 설명을 듣지 않아도 대부분이 저 서두의 이유가 무엇인지 알아차렸다. 그건 단풍도 마찬가지였고 그녀의 심장이 철렁 내려앉았다. 이를 알 리 없는 한 부장은 기나긴 서두를 열심히 읊었다.

"다들 알다시피 우리가 이번 특채 면접이나 해외 파견, 발령에 대해 얼마나 많은 고생을 했습니까? 너 나 할 것 없이 야근에 철야에. 다른 것보다 사람 상대하는 게 가장 힘든 법인데 큰 문제없이 잘 버텨줘서 고맙습니다."

"아닙니다, 부장님. 다 부장님이 잘 이끌어주셔서 그렇습니다."

"맞습니다."

살아남기 위한 어쩔 수 없는 사탕발림 몇 개가 지난 뒤 은근 기분이 좋은 듯 볼이 살짝 상기된 그가 허허 웃었다. 그러거나 말거나 단풍의 심장은 조금 있으면 입 밖으로 나오기 직전이었다. 하지만 주환은 여전히 미동도 없었다. 마치 모든 걸 겸허히 받아들인다는 듯이. 그녀는 거의 울상이 되어 고개를 돌리려 했다. 결국 아무것도 없던 것일까 싶어 입술을 깨물고 아예 눈을 피하려던 그때 주환과 눈이 마주쳤다.

괜찮아.

달싹여진 입술의 모양이 정확히 뭘 말하고 있는지는 몰랐지만 거짓말처럼 불안감이 사라져버렸다. 아무것도 모르지만 두 눈에 담긴 확신이 그렇게 말해주고 있었다. 괜찮다고. 믿으라고.

"그렇게 생각해주니 고맙네. 어쨌거나 다들 예상은 했겠지만 우리 부서 이번 발령자는 사실상 미리 정해져 있는 거나 다름이 없었어요. 그간 강주환 과장이 얼마나 열심히 노력했습니까. 하지만 강 과장이 극구 자기보다 더 적합한 사람이 있다고 말하면서 거절을 하니 나로서도 강경하게 나갈 수는 없었죠. 사실 이런 큰일은 마음이 동해야 하는 법이니까. 뭐, 이것도 다 알고 있는 눈치지만 말이에요. 어쨌거나 긴말 없이 바로 축하해줍시다."

한 부장의 시선이 성준이 선 자리로 향했다. 이미 그가 올 때부터 중앙으로 나섰던 성준은 잔뜩 상기된 얼굴로 주변을 둘러보았다. 그런 그의 모습에 사람들은 '설마' 하며 놀란 눈을 했고 한 부장은 앞으로 나오라는 듯 손짓했다.

"수고가 많겠어. 그래도 앞으로 잘해봐, 임 과장."

다정한 손짓에 당연하다는 듯이 앞으로 나섰던 성준의 낯빛이 서서히 굳어갔다. 그리고 천천히 뒤로 고개를 돌렸다. 얌전히 뒤에 숨어 딴청을 피우던 민석이 어깨를 으쓱거리며 얄미운 몸짓을 하다 얼른 그의 옆에 서서 묵례했다.

"기대에 부응하도록 성심을 다해 노력하겠습니다."

"그래, 내가 임 과장을 또 믿지."

화기애애한 두 사람의 모습에 성준은 지금 상황을 전혀 이해할 수 없었다. 제가 해야 할 말을 다른 사람이 하고 있고 자신이 받아야 할 박수세례를 민석이 받고 있었다. 일그러진 얼굴이 단풍을 향했으나 이미 거기엔 그녀의 모습을 가리고도 충분할 만큼 건장한 사내, 주환이 서 있었다.

#27.

"말해."

"……때릴 거야?"

눈망울에 맺힌 초롱초롱한 빛. 민석의 그런 눈을 보고도 주환은 자비 없이 으름장을 놓았다.

"일단 말부터 해. 맞는 건 그다음이다."

"나쁜 새끼."

말 안 하고 넘어갈 수 있을 거라곤 생각하지 않았다. 한숨을 쉰 민석은 얼마 전 단풍에게 했던 말들을 그에게 들려주었고, 주환은 두 손으로 제 목덜미를 잡으며 주변을 짧게 돌았다. 십년지기의 직감상 저것은 주환이 극도로 짜증이 치밀었을 때 하는 행동임을 간파한 민석은 살며시 가드를 올렸다. 물론 어떤 일에도 폭력은 사용하지 않는 친구지만 세상일은 모르는 것 아니겠는가.

그렇게 긴장 속에 침을 꼴깍 삼키며 경계할 무렵, 주환이 팔을 내리고 다가왔다.

"민석아."

"어, 왜 그러니, 친구야."

어색하게 친구를 강조하며 방싯거리는 그에게 주환은 단호히 말했다.

"가라, 미국."

이건 또 무슨 미친 소리야. 민석의 찌푸려진 미간이 그렇게 말하고 있었다.

애초에 주환은 가고 말고의 의미가 그리 크지 않았다. 단풍을 제집에 스스럼없이 들였던 것처럼 좀 더 중요하고 마음이 가는 쪽, 이유가 확실한 곳에 무게를 싣는다. 이곳에 단풍이 있고 현실적으로 함께 갈 수 없음을 알기에 가지 않으려 마음을 먹은 건 꽤 오래전부터였다. 그가 단풍을 두고 몇 년이나 떨어져 있을 수 있을 리 없었으니까.

그렇다고 처음부터 민석을 염두에 둔 것은 아니었다. 민석과 같은 경우 아직 아이는 없어도 와이프가 있고 쉽게 정할 것이 아니었기에 좀 더 진지하게 생각할 문제였다. 마땅한 사람이 있다면 누구라도 추천을 하고 갈 예정이었고 거기엔 성준도 있었다. 사적인 일과는 별개로 충분히 그럴 만한 실력이 있는 이라 여겼다. 하지만 하나둘씩 뒤집어진 성준의 고약한 성질과 몹쓸 행동들은 그나마 가지고 있던 일말의 좋은 점 또한 무너트리기에 충분했다.

거기서 끝날 수 있었을지도 모른다. 민석에게 미국행을 제안한 뒤 확답을 얻은 후 마음에 들진 않더라도 지금까지 참을 수 있었다. 그가 단풍에게 했던 망언을 듣기 전까지는.

'강주환이 가고 나면 남는 건 너랑 나야! 내가 멍청하게 기다릴 거라고 생각하지 마! 알아들어? 사원 하나쯤 어떻게 하는 거 어려울 거 없어!'

할 말을 잃게 만드는 비열한 외침에 주환은 확실한 악당이 되기로 마음먹었다.

"진짜 축하드려요. 하긴, 다들 좀 예상은 했어요. 강 과장님이 전담하셔서 그렇지 강 과장님이나 임 과장님 아니면 누가 가겠어요."

"맞아요. 다른 데는 몰라도 우리 부서는 두 분 말곤 없죠."

갈 만한 사람이 간다라는 의식 때문이었는지 민석의 해외 발령을 가지고 의문을 갖는 사람은 단 한 사람을 제외하곤 없는 듯했다. 누구도 그 사이에 성준을 끼워 넣지 못했다. 그건 너무도 과한 욕심이었으니까.

일련의 상황을 알다 만 단풍도 일단은 얼결에 박수를 치다 서서히 밝아진 얼굴로 열렬히 손뼉을 마주 댔다. 확실한 건 이건 완벽한 승전보의 전초라는 것이었다. 그녀는 어느새 제 옆으로 다가와 선 주환을 올려다보았다. 세상에서 가장 멋있는 사람. 단풍은 그렇게밖에 생각할 수 없었다.

"임 과장님 회식 쏘셔야 하는 거 아닙니까?"

정 대리의 은근한 찌름에 목을 가다듬은 민석이 뒷머리를 긁적이며 대답했다.

"회식한 지 얼마 안 됐으니 내일 점심 쏘겠습니다."

"오오, 그러다 사모님한테 제대로 혼나시는 거 아니에요?"

"괜찮아, 괜찮아. 용돈 15퍼센트 인상됐어."

이번 민석의 발령으로 가장 기뻐했던 건 아내인 희정이었다. 같은 과장직급은 달고 있지만 항상 주환의 등에 가려진 것 같아 안

쓰러워하던 그녀였기에 제대로 능력을 보일 수 있는 자리로 간다는 것을 누구보다 기뻐해주었다. 그러면서 덜컥 용돈을 인상해주었으니 민석은 세상을 다 가진 기분이었다. 세상에서 제일 기쁜 일이라는 듯 뿌듯하게 말하는 그에 뒤에서 흐뭇하게 보던 한 부장이 민석의 어깨를 잡으며 안쓰러운 눈을 했다.

"……임 과장."

"부장님……."

유부남들의 동병상련의 아름다운 공감대가 형성될 때 성준은 부들부들 떨리는 손으로 간신히 서 있는 중이었다. 거리나 위치상 그럴 수 없다는 것을 알면서도 주환이 자신을 내려다보고 있는 것처럼 보여 더욱 참기가 어려웠다.

애초에 처음 본사로 옮겨왔을 때부터 입에 침이 마르도록 들었던 이름, 강주환. 얼굴을 보기도 전에 먼저 들었던 그 이름은 결코 좋은 의미로 다가오지 못했다. 지사에선 이렇다 할 경쟁자가 없었고 대부분의 사람들이 모두 그를 좋아했다. 굳이 표현하자면 그곳의 스타는 자신이었다. 모든 게 자신을 중심으로 돌았고 그것은 너무도 당연한 것이어서 오히려 특별하다 생각할 수 없었다.

단풍을 굳이 본사에 오게 한 것 또한 제 밑에 있는 부하 직원 중 가장 일솜씨가 좋은 사람이어서였다. 단기간에 '나'를 표현하는 것에 만들어진 성과물을 보여주는 것만큼 좋은 일도 없을 테고 단풍과의 관계가 좋아진다면 자연스럽게 평판 또한 올라갈 것임을 예상했기 때문이었다. 단풍처럼 단순하고 순진한 타입은 자신이 호감을 가진 자를 떠받들어주는 케이스임을 파악했으니까.

그러나 이곳엔 이미 자신의 역할을 하는 사람이 있었고, 그는 솔직히 말해 성준으로서도 따라잡기 어려울 만큼 대단했다. 비집고 들어갈 틈이 없을 정도로 신뢰를 받고 타인의 입에 오르내리면서도 흐트러짐 없는 모습에 열등감이라고 봐도 좋은 감정이 피어올랐다. 그리고 그 대상이 단풍을 마음에 뒀다는 사실을 알았을 때부터 비틀려 보이기 시작했다.

더없이 훈훈한 분위기 속에 두 사람은 그 어느 때보다 편안한 모습이었다. 서로를 보며 남들의 눈이 닿지 않는 사각지대에서 손가락을 마주 대고서. 두 사람에게 집중하고 있는 성준에게는 너무도 잘 보이는 모습이었다.

이렇게 끝낼 수는 없었다. 억울함이 치밀어 견딜 수가 없다. 성준은 한 부장을 향해 고개를 돌려 입을 열었다. 이것이 끝이라기엔 일전 한 부장이 했던 말과 맞지 않는 상황이었다.

"부장님, 죄송하지만 잠시 시간을……."

"아, 그렇지. 김 팀장은 잠깐 나 좀 보자고."

다급해진 성준의 부름에 먼저 한 부장이 나섰다. 저마다 축하 인사를 나누는 이들을 두고 한쪽으로 손짓했다. 그나마 다행인 건 아무리 당황스러운 상황에서도 나름 침착하게 대처를 하고 있다는 점이었다. 하기야 여기서 노발대발해봐야 좋을 거라곤 조금도 없을 테지만.

대부분 이른 퇴근을 한 탓인지 회의실이 있는 구역엔 불까지 꺼져 있어 어두웠다. 빈방 하나 잡아 불을 켜고 들어간 한 부장은 많은 것을 담고 따라 들어온 성준에게 앉으라 손짓했다.

"앉아. 별로 길진 않아도 제대로 얘기해야 할 것 같으니까."

가만히 엉덩이 대고 앉아 있을 심경일 리 없었으나 그는 침착하게 한 부장이 앉은 자리 맞은편에 앉았다. 그리고 몸을 뒤로 기대며 서문을 열었다.

"다른 게 아니라, 이거 참, 온 지 얼마 안 된 사람한테 하기엔 뭐하지만 내가 또 김 팀장 능력을 아니까, 잘하리라 믿어서 하는 말이야."

성준은 연신 뛰는 가슴에 마른 입술을 물다 다급하다시피 말했다.

"좋은 소식이 있을 거라 해주셨습니다."

"응? 아아, 그랬지. 그래서 지금 말하고 있잖아. 좋은 소식."

말이 끊긴 것이 기분 나쁜 듯 살짝 미간을 좁힌 한 부장은 너그러운 마음으로 봐주겠다는 듯 목을 가다듬고 본격적으로 말을 이어나갔다.

"이번 프로젝트 성과가 아주 좋아서 곧장 다음 프로젝트를 착수할 예정이야. 거 알지? 후쿠오카현에 세워지는 빌딩 말이야. 일본과 공동으로 하는 아시아 최대 사업이라서 우리 쪽에서도 믿을 만한 사람이 이 일을 맡아줬으면 하거든. 아직 정식으로 공고가 나오진 않았지만 몇몇 가기 전에 우리 쪽에서 사람을 보낼까 해."

점잖게 늘어놓는 말에 머리끝까지 올라왔던 화가 서서히 가라앉았다. 비록 미국지사만큼 큰 건도 아니고 확실한 이력으로 남을 것도 아니지만 그렇다고 나쁜 것 역시 아닌 일이었다. 더욱이 장기 발령 대신 단기 발령일 가능성이 높았으니 잘만 한다면 다시 기회를 노려볼 만했다. 성준은 다시 조금 밝아진 얼굴로 되짚었다.

"그럼 제가 일본 현장을 담당하라는 말씀이십니까?"

현장 담당자는 입지가 굵은 현장 반장들을 상대하기 위해서라도 못해도 이름값이 있도록 승진을 해야 한다. 이미 팀장직을 맡고 있으니 어쩌면 현장의 소장으로 불릴 수도 있었고 돌아온다면 그저 그런 팀장이 아니게 된다. 말하자면 강주환이 혹시나 팀장직을 단다 치더라도 자신과는 같은 급이 될 수 없다는 뜻이었다.

점점 더 환해지는 성준의 얼굴에 한 부장은 피식 웃었다. 그리고 몸을 앞으로 움직이며 시원하게 얼음장처럼 차가운 물을 끼얹었다.

"자네 무슨 소리를 하는 거야. 우리는 인사과라고. 거기 가서 우리가 할 수 있는 게 뭔데? 당연히 인사 관리를 해야지."

"……예?"

"목포 항로 자재 부서에서 인사관리 좀 하고 와. 거기 물갈이 좀 할 때 되지 않았어? 젊은 친구들이 너무 없어. 어쨌거나 길어봐야 3년일 거야. 착공부터 준공까지 대략 2년 반에서 3년을 잡고 있는 큰 공사거든. 이보다 자네에게 좋은 소식이 또 어디 있나. 내 신임을 얻는 것인데. 안 그런가."

거대한 망치로 뒤통수를 후려 맞은 기분이었다. 성준은 한동안 아무런 말도 하지 못하고 앉아 있었다. 자리에 앉아 있던 건 정말로 다행인 일이었다. 그렇지 않으면 금방이라도 무너졌을 거다.

"발령, 기대했잖아?"

별것 아니라는 투의 심드렁한 말이 폐부를 찔렀다. 성준은 이번엔 노랗게 질려 더듬거렸다.

"잠깐…… 잠시만요. 부장님 대체 무슨 말씀을 하시는……."

"우선 거기가 우리 주요 수입수출 루트인데 인사관리가 엉망이야. 일본하고의 확실한 커뮤니케이션이나 말귀 알아듣는 사람이 필요해서 걱정이 많았는데 강 과장이 자네를 그렇게 추천하더라고. 사람 관리를 그렇게 잘한다면서. 홍단풍 씨 가르쳐놓은 거 보면 확실히 믿음직스럽기도 하고 말이야. 자네가 그랬잖아. 지난 사무실에서 주축이었다고. 가게 되면 제대로 한자리 차지할 수 있을 거니 기대해도 좋아."

이건, 이건 아니다. 무언가 크게 잘못되었다. 강주환이 벌인 아주 몹쓸 계략에 휘말린 것이다. 자신이 어떻게 해서 본사에 올라왔는데 이런 말도 안 되는 상황에 빠져 내려갈 수는 없었다. 말이 발령이고 한자리를 차지하는 것이지 사실상 좌천이었다. 누구도 이렇게 일방적으로 몰아쳐질 수는 없었다.

내가 왜 이런 일을 당해야 하는가. 그저 기회를 잡으려 한 것뿐인데. 그게 대체 뭐 그렇게 잘못이라고. 대체 뭐가 그렇게!

"재고해주십시오, 부장님. 저는 아직 본사에 온 지 반년도 되지 않았고 일단 발령 문제는 당사자의 의견을 최우선시한다고 분명……."

"얼마 되지 않았으니까 보내는 거지. 딱히 지금 자네가 맡은 일이 없잖아?"

가시와도 같은 차가운 일갈이 쏟아졌다. 성준은 점점 더 나락으로 떨어지는 느낌을 확실하게 받았다. 나락이다. 완전한 나락.

"다들 맡은 일이 몇 년인데 그걸 두고 보내면 곤란해. 여긴 본사라고. 그리고 자네가 강 과장보다 나을 것도 없고. 뭐, 김 팀장 실력 좋은 건 인정해. 근데 그건 강 과장이 여기를 떠나서 메울 자리로 괜찮다는 거지 당사자보다 좋단 건 아니야. 내가 굳이 최측근을 멀리 보낼 이유가 없지 않나. 그러니까 자네가 가."

치가 떨리는 무례한 언사에 성준의 이마로 핏대가 올랐다. 앞에 앉은 이가 부장이라는 직함을 가진 사람임을 알면서도 떨리는 몸을 참지 못하고 날이 선 목소리를 내며 눈을 부릅떴다.

"노조에 정식으로 건의 올리겠습니다. 저를 잘못 보신 겁니다. 강 과장이 왜 저를 추천했는지 확실하게 밝히겠습니다."

매섭게 내지른 말에도 한 부장은 우습지도 않다는 듯 몸을 기대며 다리를 꼬았다. 20년 가까운 시간을 이곳에 보내며 성준과 같은 야망 크고 욕심 많은 이들을 더러 보았다. 어디 영화에선 주인공이라도 되었겠지만 미안하게도 여기선 밥그릇도 되지 못하는 귀찮은 불순분자일 뿐이다.

"그거 참 미안하게 됐지만 내가 아직 팀장 하나쯤은 어떻게 할 정도 능력은 돼. 자네가 사원 하나쯤 어떻게 할 정도가 되는 것처럼."

어디서 들은 듯한 말에 머리와 신경의 연결고리가 팽팽해졌다. 등줄기로 땀이 흐르는 듯했다. 분명 그 옥상엔 아무도 없음을 확인했었고 그 시간에 올 사람도 없었다. 어디서, 대체 어디서? 단풍이 말했을까 싶지만 그녀는 이런 강단이 없다. 한 부장은 발끝을 까딱이며 말을 이었다.

"미리 말하는데 나는 능력 좋은 오른팔은 반겨도 머리 꼭대기 오르려는 놈은 질색이거든."

짜증이 조금 섞인 그의 말을 끝으로 한 부장은 자리에서 일어나려 했다. 어차피 이번 발령은 굳이 회의가 있지 않아도 될 소소한 사안거리였다. 특히나 수십 개의 부서와 100여 명이 넘는 팀장, 그중이제 막 지사에서 올라온 연줄 없는 팀장을 신경 쓸 사람은 없다.

당했다. 완벽하게. 어떤 수를 썼는지는 몰라도 이 모든 것에 강주환이 있음을 알 것 같았다.

마지막 보루였을까. 떨리는 몸과 함께 흔들리는 목소리로 성준이 입을 열었다.

"강주환이 홍단풍과 교제를 하고 동거까지 했다는 것, 아십니까?"

일어서던 한 부장의 몸이 멈췄고 성준은 주먹을 굳게 쥐었다.

"강 과장의 그런 번복된 결과가 모두 여자 때문이라고 말씀드리는 겁니다."

이거라도, 이것이라도 말을 해야 성이 풀릴 것 같았기에 던져 놓은 말이었다.

"부장님께서 스스로 세우신 법칙에 따라 강 과장과 홍단풍 씨를 처분하셔야 합니다. 그게 지금까지 해오신 일에 대한 옳은 결론 아니겠습니까? 그래야 합당한⋯⋯."

"생각했던 것보다 훨씬 치졸하고 옹색해. 아주 실망이네, 김 팀장."

"⋯⋯."

"그렇게까지 부하 직원을 깎아 내리고 싶었나? 속 시끄럽게 만들어야 편하겠어? 싫어하는 걸 빤히 알면서?"

"제가 드리고 싶은 말은⋯⋯."

"그래, 맞는 말이야. 나는 식구끼리 이러고저러고 사는 거 싫어해. 만나면 만나는 대로 집중 못 하고 실수나 저지르고 헤어지면 질척대고 일 못하는 꼴은 생각만 해도 싫어. 그래서 잘랐잖아. 강주환 해외 발령 내가 자른 거야, 제 놈이 포기한 게 아니라. 여자 하나 사귀는 걸로 그 정도면 벌 제대로 받았잖아. 안 그래? 뭘 더 바라는 거야, 자네는?"

"그게 아닙니다! 강 과장은 이미 발령을 포기한……!"

"그러니까 그걸 다 감수하고 있었다잖아!"

모든 것이 허무해지듯이, 한 부장은 혀를 차며 그를 질책했다.

"지금 상황에서 강 과장 하는 꼴보다 더 싫은 게 내 식구 갉아먹는 사람이야. 상사가 되어서 제 아랫사람 보호할 줄도 모르고 욕심부터 부리는 부류. 예를 들면 제 앞가림 좀 하겠다고 옥상에서 사원 잡아놓고 처리 운운하는 것들. 내가 그걸 아주 딱 질색해."

정이 완전히 떨어진 듯 몸을 세운 한 부장은 젊은 청년에게 충고하듯 일갈했다.

"회사에는 내가 모르는 건 있어도 아무도 모르는 비밀은 없네, 김 팀장."

그 옥상에 흡연구역을 잃고 헤매다 올라온 그가 있었을 줄은 누구도 알지 못했을 것이다. 심지어 주환조차도. 한 부장은 넋이 나가 명한 성준을 두고 미련 없이 회의실을 나서버렸다. 타이밍을 놓쳐버렸다는 것, 너무 여유를 부렸다는 것이 성준의 가장 큰 패인이었다.

문을 열고 나선 한 부장은 바로 옆에 선 주환을 가만히 보다 눈을 찌푸렸다. 성준을 보던 만큼의 차가움은 아니었지만 못마땅함이 가득한 눈이었다.

"날 아주 제대로 이용했어."

불쾌감이 묻어난 말에 주환은 허리를 숙였다.

"죄송합니다."

부정하지 않는 그에 흥, 콧방귀를 뀐 한 부장은 낮은 한숨을 쉬었다. 담배도 태우지 않는 사람이 굳이 사람 담배 생각나게 할 때부터 알아봤어야 했다. 올라서자마자 고함처럼 내지르던 성준의 망언들을 듣게 하곤 단풍과의 관계를 실토하는 것에 그는 할 말을 잃었다.

'다른 사람이 아닌 부장님이라면 이해해주실 거라 생각했습니다. 이런 상황에서 이 말씀을 드린 점, 진심으로 사과드립니다. 제 능력 이외의 일을 놓고 좀 더 할 수 있는 일에 치중하도록 노력하겠습니다.'

한번 고지식한 사람이 단번에 바뀔 수는 없다. 주환은 이미 가장 좋은 보상, 즉 해외 발령을 완전히 포기하며 단풍과의 만남과 관계를 솔직하게 털어놓았다. 조금 전 한 부장이 했던 말 자체가 스스로에게 하는 말과 같았다. 부하직원을 보호하는 것. 한 부장은 영악하게 아킬레스건을 물고 늘어졌고 겉으로나마 '이해'할 수밖에 없게 만들었다.

단, 결혼이라는 전제하에.

"내 말 확실히 기억하는 게 좋을 거야."

"예."

"결혼한다는 전제하에 묵과한 거야. 나 아주 괴팍한 늙은인 거 알고 싶지 않으면 빨리 해치워. 거슬리니까. 행여나 헤어졌니 뭐니로 쓸데없는 소문이 돌아서 부서 이미지 실추를 시킨다면 너도 저 꼴이야. 명심해."

주환은 차분히 미소를 지었다.

"포용 감사합니다."

깊은 묵례를 두고 한 부장은 복도를 거슬러 사무실로 향했다. 뒤에 묻어난 찜찜함은 아마 두고두고 지워나가야 할 숙제지만 가장 큰 문제는 확실하게 해결되었다. 몸을 바로 세운 그는 회의실 안으로 들어가며 와이셔츠의 소매 단추를 풀었다.

안으로 들어서는 인기척을 한 부장이라고 생각했는지 넋을 놓고 있던 성준이 벌떡 몸을 일으켰다. 그리고 시선을 앞으로 돌리다 주환임을 확인하곤 조금 전보다 훨씬 더 무섭게 부들부들 떨었다.

"강주환!"

빨갛게 핏대 오른 얼굴로 주환에게 다가서다 봇물 터진 분노를 터트렸다. 확 내지른 성준의 주먹이 미세한 거리를 남기고 주환의 뺨을 스쳤다. 화를 참지 못한 주먹질이 연이어 이어졌지만 한 대도 제대로 닿지 않았고 그 울분에 토하듯 소리쳤다.

"너……. 이, 개새끼…… 내가 가만히 있을 줄 알아? 그래, 다 좋아. 넌 잘난 놈이니까 버티겠지. 그런데 홍단풍은 그럴까? 이 바닥에 어떤 소문이 날지 기대해봐. 절대 그냥 안 있어…… 컥!"

주환의 손이 순식간에 성준의 턱과 목 사이를 움켜쥐고 벽으로 밀었다. 퍽! 벽이 잠시 울릴 정도로 세게 등을 박은 성준은 갑작스런 공격에 놀라고 또 조여 오는 목에 겁을 집어먹으며 컥컥거렸다. 그러다 눈앞으로 다가오는 주먹에 자신도 모르게 소리를 질렀다.

"으아아!"

있는 힘을 다해 내질러지던 주먹은 당장이라도 성준의 코를 쳐버릴 것처럼 직선으로 향하다 빠르게 방향을 돌려 바로 옆 벽을 박았다. 쿵! 성준의 등이 벽에 내쳐질 때보다 더욱 큰 소리가 났다.

"……흐, 흐아아."

보고 있는 사람이 더 아플 만큼 강한 울림 끝에 항상 잔잔하고 담백하기만 했던 눈을 칼날처럼 뜬 주환이 말했다.

"더 떠들어봐."

키는 비슷한데 다리가 조금 들려 있는 것 같았다. 엄청난 악력이었다. 성준은 손으로 주환의 팔뚝을 쥐고 어떻게든 풀려나기 위해 요동치며 입을 놀렸다.

"내, 내가 못…… 못할 줄……."

"꿰매버리기 전에."

거짓은 보이지 않는 완전한 진심.

이 사람이라면 정말로 그렇게 할지도 모를 것 같다는 공포감에 성준은 부질없이 쥐고 있던 주환의 팔뚝에서 손을 놓았다. 오랜 시간 운동을 하지 않았음에도 악력으로 힘을 잃은 성준을 버티게 만들었다.

"사람답게 생각해줄 때 적당히 해. 안 그럼."

말투만큼은 차분하게, 조언하듯이. 그러나 이미 성준은 가까이 다가선 눈빛에 전의를 상실해버린 후였다.

"'어떻게 하는 게' 뭔지 확실히 알려줄 테니까."

주환은 정말로 주먹을 날려버릴 생각이었다. 권투를 허투루 배우지 않은 만큼 한두 번의 주먹질로도 충분히 성준을 엉망으로 만들 수 있었다. 옥상에서 성준이 단풍에게 퍼부었던 폭언들을 하나도 빠짐없이 기억하고 있기에 마음으론 몇 번이고 곤죽을 만들어버린 후였으나 필사적으로 인내하며 참아냈다.

이 몫은 제 것이 아니다. 정말로 해야 할 사람은 따로 있기에 참았고 이를 알 리 없는 성준은 자신도 모르게 고개를 끄덕였다. 그 끄덕임을 끝으로 손을 놓은 주환은 조금 구겨진 옷을 툭툭 털어내고 벽에 붙어 미동도 않는 성준의 옷매무새까지 다듬어주었다. 이어 흐트러진 옷을 깔끔하게 돌려놓은 뒤 한마디를 더한다.

"정당방위로 여겨주십시오."

그러곤 묵례를 하고서 회의실을 나섰다. 마치 아무 일도 없었던 사람처럼.

주르륵.

결국 벽에 붙어 있던 성준은 바닥으로 미끄러져버렸다.

집으로 향하던 길, 나란히 걷던 단풍이 문득 떠올랐는지 우뚝 멈춰 그에게 물었다.

"근데 왜 억울한 얼굴을 하라고 말했어요? 그냥 나한테 알려줬으면 좋았잖아."

그녀의 의문 가득한 눈에 그가 가만히 입술을 뗐다.

"그래야······."

"그래야?"

"······단풍 씨도 거짓말을 잘하는 편은 아니니까요. 만약 김 팀장이 단풍 씨의 얼굴이나 말투를 보고 낌새를 눈치채면 다른 방법으로 빠져나갔을 수도 있었을 겁니다. 미리 말 못 해서 미안해요."

"아아, 그랬구나."

금방 이해를 하며 고개를 끄덕이는 단풍이다. 확실히 그런 이유라면 이해가 갔다. '역시 주환 씨야.' 하며 초롱초롱한 눈을 만드는 그녀에게 주환은 부드럽게 미소를 지었다.

분명 그것 또한 틀린 것은 아니었지만 그것 말고도 더 중요한 사실 하나가 남아 있었다.

완벽히 일그러지던 성준의 얼굴이 아직도 생생하다. 감당하지 못하고, 성취감과 승리감에 도취되어 날아오를 듯한 표정이 완전히 뭉개져버리던 바로 그 순간. 완전히 가루 되듯 부서지던 그 순간을 위해서.

무엇이 어찌 되었든 답은 하나다. 강주환도 별수 없는 사람이라는 것. 그는 다행이라며, 이제 잘 잘 수 있겠다며 안도하는 단풍의 어깨를 감싸며 다시 길을…….

"아, 맞다."

……걸으려다 한 번 더 걸음을 멈춘 단풍이 눈을 깜빡였다. 이번엔 또 무엇이냐는 눈에 그녀가 말했다.

"꼭 돌려줘야 할 게 있어요."

그렇게 말하는 단풍의 눈엔 확고한 의지가 담겨 있었다.

#28.

책상 위로 작은 화분 하나가 내려앉았다. 멍하니 꺼진 모니터 화면만 보던 성준의 고개가 화분을 향하다 그 화분을 놓은 사람에게까지 옮겨갔다. 밤늦은 시간이라 성준 홀로 남은 사무실에 찾아온 것은 단풍이었다. 그는 그녀의 이 어처구니없는 용기가 어디서 나오는 것인지 궁금해졌다.

그러나 곧 저 문가에 서서 자신을 바라보고 있는 주환을 보곤 허탈하게 웃었다. 뭐라 말하긴 어렵지만 자신이 엄청난 악당이 되어버린 것 같아 기분이 아주 불쾌하고 더러웠다. 바르게 선 단풍은 공손히 두 손을 모아 앞에 놓고 말했다.

"아직 계실 줄은 몰랐습니다."

저 공손함마저 사람을 우롱하는 걸로밖에 들리지 않았다.

"왜요. 뭐, 더 할 거 있나? 아니, 강주환 그 새끼가 한 대 치고 오랍니까?"

더는 아무것도 신경 쓰지 않는 막 나가는 말에 한숨이 나올 것 같았지만 여기서 그래 봐야 좋을 게 없기에 제 할 말만 하기로 했다. 듣는 입장에선 이조차도 좋게 느껴질 리 없었지만.

"······그것과 별개로 드릴 것이 있어서 왔습니다. 원래는 놓고 갈 예정이었지만."

그의 눈길이 책상에 놓인 화분으로 향했다. 그리고 그게 어떤 화분인지 어렵지 않게 알 수 있었다. 아이리스, 성준이 단풍에게 선물······ 아니 물 먹이게 만들었던 그 화분이었다. 그간 물을 잘 줬는지 처음 봤을 때보다 무럭무럭 자라난 꽃이 유일한 생동감을 내비쳤다.

"아시다시피 주환 씨는 발령을 포기했고, 저는 아무래도 부장님 눈 밖에 난 것 같으니 이걸 받을 입장이 못 되어서요. 대신 좋은 소식은 팀장님께만 있는 것 같아 다시 돌려드리겠습니다."

아주 끝까지 사람을 농락해대는구나. 성준은 결국 허탈함이 섞인 웃음을 보이고 말았다. 그러거나 말거나 단풍은 이 화분을 집에서 들고 왔을 때부터 입안에 맴돌았던 말을 꺼냈다. 이제 더 참는 건 필요하지 않았으니까.

"솔직히 말씀드리겠습니다."

"······."

"정말 다 엎어버리고 머리털을 전부 뽑아다 흔들어버리고 싶었던 것도 사실입니다. 지금 여기서 이렇게 존댓말 하는 것도 짜증 납니다."

"하. 하하. 내가 이젠 아예 사람으로도 보이지 않는 모양입니다?"

뒤틀려서 이를 드러내는 성준이었으나 이상하게 겁이 나진 않았다. 만약 그가 무슨 짓을 하더라도 막을 수 있을 것 같은 근거 없는 자신감이 충만해 있었다.

주환에게서 지금 상황을 듣고 또 어떻게 일을 정리했는지 알았을 때 단풍은 조금 아쉽고 부러웠다. 무작정 눈앞에 보이는 문제를 처리하는 방식이 아니라 근본적으로 생각할 수 있다는 것이. 좋아하는 사람을 존경까지 할 수 있다는 건 다른 문제이기에 주눅이 드는 대신 더욱 뿌듯해하며 말을 이었다.

"그래도 제가 더 꼬투리를 잡지 않는 건 다른 이유가 아닙니다. 어떤 이유에서건 이곳으로 오게끔 유도해주셨고 이렇게 와서 좋은 사람을 만났으니까요. 그건 정말 감사하게 생각합니다. 감사했습니다."

그리고 확실하게 허리를 숙이며 감사히 여겼다. 긴말은 더 필요치 않다고, 이 정도면 충분히 차분하고 도시적인 여자가 아니었을까, 하며 조금 콧대를 세웠다. 역시 성준은 그녀답지 않은 침착함에 멍한 눈치였다. 이 여자가 정신이 나간 건 아닐까 하고 의심하는 것 같았다. 단풍은 몸을 돌려 사무실을 나가기 위해 다섯 걸음쯤 걸었다. 누구보다 당당한 걸음으로 걸으며 그간의 모든 일을 순간에 떨쳐버리려 했다.

늘 그것을 그렇게 해왔던 것이라면 아마 가능했을 수도 있다. 하지만 단풍은 언제나 즉흥적이고 솔직하게 살아왔다. 너무 당연한 일이지만 이런 몇 마디의 말로 속이 풀어질 정도로 심오하지도, 깊은 내면을 가지고 있지도 않았다.

멈춰버린 걸음이 다시 본래 자리로 그녀의 몸을 이끌었다. 화분을 놓느라 섰던 그 자리에 단풍이 돌아오자 성준의 미간이 잔뜩 찌푸려졌다.

"아직 할 말 남았습니까?"

끝까지 제대로 된 사과는 없다. 자신의 행동에 정당성을 부여하는 것처럼 그는 여전히 화가 나 있어 보였고 그 모습에 단풍은 고개를 끄덕였다. 주환은 제대로 악당이 되어보겠다고 했다. 그럼 악당과 만나는 자신도 크게 다를 바 없다.

"안 하면 답답해서 죽을 것 같아서 왔습니다."

말을 이해하지 못한 그가 또 한마디를 거들려던 때 단풍의 손이 사정없이 성준의 뺨으로 날아들었다.

짝.

더하지도, 덜하지도 않은 표현 그대로의 소리가 났다.

"······지, 지금."

나를 때린 것이냐 묻는 듯한 얼굴에 단풍은 심호흡을 했다. 다른 사람을 때린 건 이번이 처음이었지만 생각보다 속이 시원하거나 대단한 것은 아니었다. 하지만 표현할 수 있는 마지막 길임을 알기에 후회는 없었다.

"이거에 대한 사과는 안 해."

"······."

"앞으론 적당히 하고 살아, 이 개자식아."

이 사람은 자신에게 진짜가 아니었을 뿐 수많은 칼과 총을 내밀었다. '말'로 상처 주고 할퀴고 뜯어냈다. 그러고도 죄책감은 아주 조금도 생기지 않았다.

아플 정도로 세게 때린 건 아니었지만 고개가 약간 옆으로 돌아갈 정도의 세기는 되었다. 오히려 맞은 사람의 감정을 극대화시킬 수 있는 적당한 강도였고, 성준은 완전히 텅 빈 눈으로 단풍을 보았다. 그러나 그녀는 조금의 변화도 없이 손을 내리곤 차갑게 말했다.

"억울하면 고소하든가."

억울해하면 인간도 아니지만. 단풍은 미련 없이 그 자리를 떠났다. 더 느낄 만한 감정도 남겨두지 않고 그녀는 사무실 밖으로 나갔다. 얌전히 밖에 서서 기다리고 있던 주환이 손을 내민 것은 그때였다.

여기는 회사인걸요? 하는 눈치로 단풍이 그를 올려다보았다. 그럼에도 그는 여전히 손을 내밀고 있었다. 고민하지 않았다면 거짓말이었다. 하지만 그 고민은 그리 오래가지 않았다.

단풍의 손이 내밀어진 주환의 손을 잡았다.

직원들이 거의 돌아간 시간이지만 아무도 없는 건 아니었다. 누군가 그랬듯, 똑같다. 나만 모르는 비밀은 있을 수 있어도 아무도 모르는 비밀은 없다. 그러나 숨길 이유 없는 비밀은 더 이상 비밀이 아니다.

당연한 말이지만 한동안 사무실, 아니, 회사는 동네방네 퍼진 스캔들에 떠들썩하게 흔들렸다. 다른 사람도 아니고 목석같기로 둘째가라면 서러운 강주환이 주인공이라는 사실이 그 소문을 더욱 화려하게 장식했다. 거기다 그가 제 연인을 위해 1년이나 넘게 준비했던 해외 발령을 포기했다는 말까지 퍼지자 남신에서 로맨틱 가이로까지 와전(?)이 되어버렸다.

소문이라는 게 얼마나 우스운지, 사실에 조금씩 살이 붙더니 단풍과 주환이 만난 기간이 사실은 몇 년이나 되었다는 둥, 주환을 위해 단풍이 본사로 오고자 피나는 노력을 했다는 둥 별별 말들이 다 돌았다.

딱히 그 소문들을 정정해주고 다닐 주환이 아니었기에 그 말들은 기정사실이 되었고 거기에 사내 연애라면 학을 떼는 한 부장마저 별다른 말이 없으니 '인정받았다!'며 평가까지 내렸다.

물론 성준의 말처럼 대소사도 구분 못 하고 여자에 홀렸다는 소문도 들리긴 했으나 얼마 지나지 않아 그가 팀장 승진을 앞뒀다는 공공연한 사실에 쏙 들어가버렸다.

주환이야 어차피 함부로 다가올 사람이 없다 치지만 단풍은 꽤 오랫동안 시달렸다. 특히 가장 친하게 지내던 연지에게 얼마나 많은 말을 들었는지 모른다.

'대체 언제! 언제야! 도대체 언제 남신을 후루룩하고!'

나오는 대로 외치는 연지의 말에 지나가던 민석이 경악하며.

'연지 씨, 남자 사귀는 건 포기하려고 마음먹었구나?'

하기 전까지 계속.

모든 상황을 설명하기엔 첫 만남부터 참 드라마틱하고 흔치 않은 일이었기에 단풍은 주환처럼 허허 웃으며 얼버무리는 것을 택했다. 정말 만난 지 3년이나 된 것이냐, 결혼을 하는 거냐, 벌써 혼인신고를 다 한 거냐 외치는 연지에게 단풍은 아무 말도 하지 못했다.

하지만 이 뜨거운 감자는 얼마 뒤 난 공문에 자연스럽게 가라앉았다. 거기엔 지사 발령 인원이 있었고 본사에 온 지 고작 석 달 남짓한 김성준 팀장의 이름이 있어 또 다른 소문들이 퍼져나갔다. 가장 신기했던 건 옥상에서 있던 일을 대부분의 사람들이 알게 되었다는 점이다. 어디서 어떻게 들은 것인지는 몰라도 이름 모를 사원에게 폭언을 퍼부은 사실이 말이다.

간만에 정당한 처분이라며 사람들은 그를 동정하지 않았다. 사람들의 중심에 서고자 했던 사람의 마지막은 더없이 외롭고 서글펐다.

아침을 알리는 알람 소리가 들렸다. 간밤 꿀처럼 달콤한 잠에 빠져 있던 단풍은 반사적으로 눈을 떴다. 그리고 멍하니 천장만 바라보다 목 놓아 울부짖는 휴대폰의 알람을 껐다.

찌뿌드드한 몸을 일으켜 세운 뒤 아직 덜 깬 잠에 이리저리 둘러보다 기지개를 켠 그녀는 찢어지는 하품을 했다. 온몸의 근육들이 꿈틀거리며 아직 몽롱하니 덜 깬 것에 대해 비명을 질러주는 듯했지만 밤사이 굳었던 뼈들은 시원하게 풀렸다.

"음."

몸은 이제 시원해지고 풀려가는데 머리가 완전히 깨질 않는다. 잠을 조금 깬 후에도 가만히 앉아 있던 단풍은 볼록 솟아 있는 옆자리로 시선을 돌렸다. 알람 소리를 들었을 텐데 일어나지 않고 계속 누워만 있다.

코까지 올린 이불에 감은 눈만 보였는데 그 모습이 단풍의 눈엔 예쁘고 사랑스러워서 한참을 바라보았다.

결혼한다는 말이 사실이냐는 소리에 그녀는 달리 할 수 있는 말이 없었다. 결혼, 결혼이라. 결혼을 한다면 단순히 같은 집에서 사는 것이 아니라 늘 같은 이불을 덮고 마주하는 것에 정당성이 생기는 것일 터다. 지금 이렇게 쉬쉬하고 조용히 숨기기만 해야 했던 관계가 더없이 자연스러워질 수 있다.

단풍은 부드럽게 미소를 지으며 그의 이마에 입을 맞췄다.

"아침이에요."

짧은 말에도 그는 일어나지 않았다. 피곤한 건지 아니면 일부러 그러는지 몰라 손을 뻗은 그녀는 주환의 가슴을 흔들었다.

"주환 씨, 주환 씨 일어났어요?"

흔들면 흔드는 대로 여전히 움직이지 않는 그에 단풍은 걱정되기 시작했다. 혹시 어디가 아픈 건 아닌지 아예 몸을 일으켜 무릎을 꿇고 주환의 이마로 손을 올렸다.

"열은 없는데."

잠귀가 어두운 사람도 아니면서 일어나지 않으니 놀리는 걸 수도 있겠다 싶었다. 간밤, 아무 짓도 안 하겠다고, 그러니 제 방에서 자자고 특유의 화술로 홀려놓고 사람을 또 잠 못 자게 만들었으니 민망해서 그러는 걸지도 모른다. 물론 그렇게까지 수줍음을 타는 사람이 아님은 안다.

뭔가 또 어울리지 않는 오글오글거리는 이벤트를 바라는 모양이지만 자꾸 말솜씨로 사람 녹아들게 하는 것에 약간은 토라져 있기도 했다. 그녀는 잠옷 단추를 잠그며 침대 밖으로 다리를 내밀었다.

"먼저 일어날 테니까 20분만 더 자요. 오늘은 그냥 아침 안 먹을 래."

아침을 안 먹어도 여자는 남자보다 준비하는 시간이 기니 지금은 일어나야 했다. 침대에서 바로 일어나는 그녀의 허리로 팔이 둘러진 것은 한 번 더 이어진 하품을 막지 못하고 입을 벌리던 차였다.

"엄마야!"

그대로 단풍을 침대 안으로 끌고 들어와 제 위로 올린 주환은 잠깐의 틈도 주지 않고 두 뺨을 감싸고 입을 맞췄다. 아랫입술을 살짝 물다 어떠한 경계심도 없는 입술 사이로 혀가 파고들었다. 달콤한 숨결이 자연스레 서로의 입안, 가슴속 깊이 스며들었다. 스르륵 흘러내린 단풍의 머리카락이 주환의 뺨과 이마를 간질였고 그의 손은 야무지게 그녀의 잠옷 안으로 들어가고 있었다.

"음, 응! 아, 안 돼요! 안…… 읏!"

도대체 이 사람이 지치는 시간이 언제일까 궁금할 정도로 무지막지한 활력이었다. 단풍은 발을 동동 구르며 그의 입술을 깨물었다. 이제 그만 장난치라는 신호였으나 이 깨물림에 도리어 주환은 자극을 받은 것 같았다. 그녀의 아래로 야릇한 이물감이 닿았고 단풍은 어찌할 바 모르고 파닥거렸다.

"추, 출근! 출근!"

간신히 틈이 날 때마다 어필해봐도 봐줄 마음 없는 주환의 손에서 풀려날 수 있을 리 없었다. 결국 잠옷을 제대로 입기가 무섭게 벗겨지고 말았다. 침대 밖으로 떨어진 잠옷이 그러하듯 두 사람은 아찔함이 번진 감각에 눈을 감았다.

"아, 아……!"

"……윽!"

젖은 몸이 서로의 몸을 스치고 발열이라도 된 듯 뜨겁고 따가운 몸은 거칠게 흔들렸다. 가쁜 숨이 정신없이 터져 나왔고 주환은 제 앞에서 유혹적으로 흔들리는 단풍의 가슴을 움켜쥐었다. 그의 아래에서 낯 뜨거운 신음을 억지로 참다 터트리며 눈시울을 붉힌 그녀는 발가락 끝으로 이어진 전율에 고개를 젖혔다.

단풍의 체액마저도 모조리 삼켜버릴 것처럼 젖혀진 턱 끝을 혀끝으로 핥듯이 입을 맞추다 빨아들인 주환은 절정에 다다른 듯이 붉게 달아오른 단풍의 얼굴에 더욱 빠르게 허리를 움직였다.

"……아, 아! 주…… 주환 씨……!"

그의 목을 팔로 감싸며 그녀의 허리가 휘어 주환의 몸에 배를 댔다. 정확히 맞아떨어진 배가 비벼졌고 주환 역시 치밀어 오르는 사정감에 아래로 가득 힘을 실었다. 바들바들 두 몸이 흔들렸고 뚝뚝 떨어진 땀방울이 시트를 적시는 순간 단풍은 하얗게 변한 시야에 쓰러지듯 그의 목을 감쌌던 팔을 풀었다.

정신없이 휘몰아친 낯 뜨거운 사랑은 애정을 가득 담은 주환의 마무리 키스로 이어졌다. 만지면 느껴질 것 같은 단단한 육체가 따스하게 닿아온다. 겨우 잠으로 풀어낸 피로감이 또 몰려올 것이 분명하다. 단풍은 괜히 볼멘소리를 냈다.

"짐승."

그는 굳이 부정하지 않았다.

누구보다 뜨거웠던 아침을 시작하고 출근 준비를 마친 뒤 거실로 나온 단풍은 소파 위에 얌전히 앉아 있다 내려와 제 다리 밑에서 빙글빙글 도는 복실이와 눈을 마주쳤다. 동그랗고 까만 눈동자엔 더는 경계심이 없었다. 얼마나 따뜻하고 맑은지 그녀는 촉촉한 코끝에 제 코를 대며 인사했다.

"사랑해, 복실아. 언니가 정말 많이 사랑해."

복실이의 이야기를 들은 후 단풍은 될 수 있으면 사랑한다는 말을 해주기로 마음먹었다. 지능은 낮아도 이 작은 동물은 딱 한 가지는 확실히 기억한다. 저에게 정을 준 사람들. 그래서 버려졌음에도 다시 집으로 찾아왔을 것이고 아마 짧은 생이 끝날 때까지도 처음 주인들을 잊지 못할 것이다. 그러니 그곳에 자신 역시 들어가 아픈 것보다 좋은 것이 더 많을 수 있도록 알아듣지 못할 말을 몇 번이나 했다. 신기하게도 복실이는 사랑한다는 말을 하면 동글게 말린 꼬리를 살랑살랑 흔들었다. 다 알아듣는 것처럼 말이다.

두 사람의 다정한 모습이 방에서 나오던 주환의 눈에 들어왔다. 꼭 평생 꿈꿔왔던 것처럼 완벽하고 완전한, 더없이 소중한 모습에 가슴이 뛰었다. 벅차 오른 심장이 온 세상을 삼켜버릴 것만 같았다.

영원히. 평생. 그 어떤 순간에도 그녀는 이곳에 있어야 한다.

지금처럼.

"엄마야!"

한창 복실이와 애정행각을 벌이던 단풍은 갑자기 끌어안겨 새된 비명을 질렀다. 역시나 적잖이 놀란 복실이는 못마땅함에 끙 소리를 내다 자신들을 갑자기 끌어안아버린 주환을 향해서 으르렁거렸다.

그것이 주환에겐 꽤나 충격이었던 모양인지 그는 잠시 복실이와 심도 있는 대화를 나누었다. 비록 복실이는 세상에서 가장 순진한 눈으로 그를 보다 집 안으로 들어가버렸지만 말이다. 단풍은 터져 나오려는 웃음을 참으며 주환의 어깨를 다독여주었다.

"상심 말아요. 복실이는 앞으로 절 더 좋아할 거니까."

자신만만한 말에 주환은 허탈한 웃음을 지었다. 씩 눈웃음을 그리던 단풍은 주환의 목이 허전한 것을 발견했다.

"넥타이 어디 있어요?"

"아."

복실이 때문에 잠시 잊었던 것을 떠올린 듯 그가 목덜미를 한차례 훑고 손을 내밀었다. 주환이 단풍에게 내민 손에는 남색의 넥타이가 들려 있었다.

"이거 왜요?"

"그냥 작업 거는 겁니다."

"작업? 이제 와서?"

황당해진 단풍의 갸웃거림에도 그는 손을 내리지 않았다. 언젠가, 그가 내민 넥타이를 무드 없이 혼자 매듭지어 건네줬던 것이 떠올랐다. 그녀는 피식 바람 빠지는 웃음을 지으며 주환을 올려다보았다.

"이건 뭘 위한 작업이에요?"

무언가가 있을 행동이기에 곧장 묻자 역시 그도 돌아가지 않고 직구로 말해주었다.

"매일매일 단풍 씨가 익숙해지도록 작업을 걸 예정입니다."

"……."

"오늘은 넥타이, 내일은 와이셔츠 단추."

숨을 고르는 주환의 말에 단풍은 배 안쪽이 간지러워졌다. 마음이 뜨거웠다. 늘 그랬듯 혹은 그때보다 더욱 강하게.

"결국 당신 없이는 아무것도 못하게 될 겁니다."

그는 지금 또 다른 고백을 하는 중이었다. 조금씩 천천히 물들어버리게 만들었듯이 결국 나중엔 저 달콤한 고백에 다시 스며들어버릴 것이다. 너무도 당연한 것처럼. 단풍은 서툴지만 확고함이 묻어난 주환의 말에 웃었다.

"홍단풍 씨를 사랑하는 것 말고는 아무것도 기억나지 않아요. 그러니까 항상 곁에 있어줘요. 어디 가지 말고 평생."

이 사람을 만나서 다행이라는 생각을 해본다. 이곳에 들어와서 다행이라는 생각을 한다. 이곳에 있던 사람이 주환이라서 너무나 다행이다.

"나한테 완전히 들어와요."

너무나 그다운 말이었기에 단풍은 결국 소리를 내서 웃어버렸다. 단풍은 대답 대신 주환의 손에 들린 넥타이를 가져갔다. 그리고 제 목에 걸 듯이 손을 들다 이번엔 그의 와이셔츠 옷깃을 세우고 넥타이를 걸어주었다.

조물조물 가느다란 손가락이 매듭을 만들었다. 꼼꼼하고 섬세하게 움직인 손이 마침내 넥타이를 완벽한 모양새를 만들었고 그녀는 묶은 넥타이 끝을 당겼다. 자연스레 바로 앞에 닿은 주환의 눈을 똑바로 본 단풍이 말했다.

"정말로 다 잊어버렸나 보다, 주환 씨."

이해하지 못한 주환이 눈을 살짝 가늘게 만들었고 그녀는 쪽, 그의 입술에 입을 맞췄다. 바로 몇십 분 전 사랑을 나눴던 여자가 단풍이 들 듯 얼굴을 붉혔다. 그리고 감질 난다는 양 입술을 쓰는 그의 손가락에 눈길을 잠시 두다 말을 이었다.

"우린 이미 결혼을 전제로 사귀고 있는 거였어요. 당연히 마지막 회는 결혼 아니에요?"

사랑할 수밖에 없는 여자. 이다지도 사랑스러운 여자. 어디서 나타나 제 곁에 내려온 것인지 알 수 없는, 너무도 예쁜 사람. 주환은 단풍의 머리칼을 쓸어내리며 속삭였다.

"사랑해. 정말, 진심으로."

"응."

"사랑해."

어떤 말보다도 달콤하고 붉다. 결코 식지 않을, 입에 담은 초콜릿보다 다디단 말. 다른 것은 필요하지 않았다. 항상 그랬던 것처럼 그 말 하나면 충분했다. 단풍은 잡고 있던 넥타이를 더욱 세게 움켜쥐고 확 잡아 당겼다.

강한 주황색의 붉은 단풍이 든다. 두 사람의 얼굴에도 심장에도.

"당연한 말 할 거면 눈 감아."

에필로그

"반지는?"

연지의 물음에 나른한 오후 햇살을 받으며 기지개를 켜던 단풍이 고개를 갸웃거렸다.

"무슨 반지?"

"무슨 반지긴, 당연히 결혼반지 혹은 약혼반지."

황당하다는 듯 되묻는 말에 단풍은 제 손을 보았다. 그리고 어깨를 으쓱거리며 말했다.

"결혼반지는 결혼할 때 끼면 되는 거고, 약혼반지는 약혼 안 할거니까 필요 없지."

"얼레? 단풍 씨 설마 프러포즈 안 받았어?"

딱히 경악할 일은 아닌 듯한데 기겁하며 놀라는 연지의 눈에 단풍은 자신 있게 가슴을 내밀었다.

"받았지! 받았으니까 당연히 혼인신고를 했지!"

혼인신고.

사실 단풍과 주환의 관계가 알려진 후, 그들은 불과 반년도 되지 않아 혼인신고를 올렸다. 그건 단풍의 전산상 주소가 현재 사는 곳과 다름이 들켜서였고, 묘한 수군거림이 돌 때 주환은 그녀에게 혼인신고를 먼저 하자고 제안했다. 어차피 떨어져서는 살 수 없을 것 같다는 아주 오글거리고 닭살스러운 말과 함께. 당연히 단풍은 그것을 받아들였고 이미 혼인신고를 한 상태라는 말에 슬금슬금 올라오던 추문도 가라앉았다.

그 당당함 속에 연지는 기가 막혔는지 카페테리아 테이블을 탕! 쳤다.

"혼인신고 했잖아! 결혼 날짜도 잡았잖아! 그래서 같이 사는 거잖아! 그런데 없다고?"

"……그, 그렇지. 딱히 상관없는데."

엄청난 기세에 눌려 몸을 움츠리자 왜인지 기세등등해진 연지가 말을 이었다.

"이미 결혼한 거랑 똑같은데, 반지가 없다는 게 말이 되는 거야? 얼마 전부터 좀 이상하다 싶긴 했는데……!"

단풍의 눈이 다시금 제 손으로 향했다. 반지를 껴본 적 없는 손가락이 꼼지락거리고 있었다.

"이, 있어야 하나?"

"당연하지! 이건 단순히 캐럿이 크네, 없네의 문제가 아니야. 결혼식은 안 올렸어도 같이 살기 시작한 신혼부부 손에 반지가 없다는 건 있을 수 없어. 내 남자, 내 여자 표시를 왜 안 해? 길가 지나가다 1,000원짜리라도 끼워주는 게 남자지! 강 팀장님 너무하시네!"

한풀 죽은 목소리에 속사포처럼 말을 늘어놓는 연지였고, 단풍은 머리를 긁적였다.

"아, 뭐랄까. 나도 그렇고 주환 씨도 그렇고, 둘 다 손에 뭐 끼는 걸 안 좋아해서. 사실 복실이가 금속류에 알레르기가 좀 있는 것 같아서 어지간하면 손에는 뭘 잘 안 끼는……."

"이런 개 오타쿠들아!"

결국 연지는 못 말리는 두 애견인을 향해 버럭 소리를 지르고 말았다.

어째서인지는 몰라도 반지가 없다고 혼이 나버린 단풍은 이후로 하루 종일 제 손을 바라보았다. 느낀 적 없었는데 지적을 받고 나니 손가락이 허전한 것도 같았다. 키보드를 만지거나 무언가를 집을 때 문득문득 시선이 갔고 어쩌다보니 온종일 손가락만 보다 시간이 지나버렸다.

다른 무엇보다도 '내 남자'로 지칭할 수 있다는 그 말이 머리를 떠나지 않았다.

게다가 가는 날이 장날이라고 하필 반지에 신경을 쓰고 있을 무렵, 같은 부서 오세연 대리가 퇴근시간에 가까워지자 가방에서 블링블링한 반지 하나를 꺼내 손가락에 끼워 넣었다. 그것을 본 동료들이 우르르 몰려가 눈을 동그랗게 뜨며 감탄했다.

"어머, 이 반지 뭐야. 오 대리, 결혼해?"

"아니요. 뭐 얼마나 만났다구. 커플링이에요."

"커플링? 세상에 무슨 커플링 캐럿이 이렇게 커?"

다이아몬드가 콕 하고 박힌 백금 반지였다. 다른 사람들은 결혼 반지로 쓸 법한 굉장히 아름다운 반지였고, 보석류에 큰 관심이 없는 단풍도 슬금슬금 다가가 구경을 할 정도였다. 사람들이 모이자 조금 더 우쭐해졌던지 오 대리는 콧대를 높였다.

"요즘 대부분 다 이렇게 하잖아요. 그리고 요즘 금값도 싸서."

백금반지를 끼고 금값을 운운하니 여럿 기가 찬다. 열심히 제 반지를 자랑하는 그녀를 보면서 단풍은 반지가 없는 제 손 내려다 보았다.

"흐음."

"왜?"

한참 손을 보고 있으려니 언제 왔는지 옆에 선 연지가 고개를 드밀었다. 단풍은 제 손을 연신 바라보며 중얼거렸다.

"비싸거나 반짝일수록 좋은 거겠지? 남자한테도 막 부담스럽지 않고."

"이제 뭔가 좀 알아듣는구나?"

"……."

"좀 찔러봐."

콕콕 옆구리를 찌르며 턱짓으로 한쪽을 가리킨다. 거기엔 얼마 전 과장으로 승진한 정 과장과 대화를 나누고 있는 주환이 있었다.

오늘따라 유난히 사람들의 손밖에 눈에 들어오지 않았다. 며칠째 야근 중인 주환을 두고 집에 가는 버스 안에서도 괜히 사람들 손만 쳐다보았다. 그리고 생각보다 반지를 낀 사람이 많다는 것을 알았다. 나이 불문, 성별 불문 왼쪽 약지에 낀 반지는 금전적 가치를 떠나 모두 아름다웠고, 어느새 부러워하고 있는 자신을 발견했다.

집에 도착해 저녁 준비를 하곤 복실이와 놀이 시간을 가질 무렵, 도어록 열리는 소리가 들렸다. 귀를 쫑긋 세워 단숨에 달려가는 복실이를 따라 얼른 현관으로 가자 막 안으로 들어서는 주환이 보였다.

"주환 씨!"

회사에선 시간대가 잘 맞지 않아 점심도 제대로 먹어보지 못했고, 근래 외근에 야근도 많아서 얼굴 마주하기도 어려웠다. 반지 생각을 떨쳐버린 단풍은 그의 가방을 가져가며 씩 웃었다. 이따금 와이프 흉내를 내는 것도 재미있었다.

"왔어요?"

이렇게 제법 흉내를 내면 주환 역시 장단을 맞춰준다.

"왔어."

살며시 어깨를 감싸고 이마에 맞춰주는 입술도장에 단풍의 볼이 붉어졌다. 지금 생각해보면 우리는 처음부터 신혼부부 행세를 하고 있던 게 아닐까 싶다.

씻는 사이 식탁 위에 음식을 차린 단풍의 곁으로 다가간 주환이 그녀를 대신해 냄비를 들며 물었다.

"저녁 아직 안 먹었어?"

"같이 먹으려구. 고등어조림 해놨어요."

하는 말마다 어쩌면 이렇게 사랑스럽기만 한지. 그는 다른 말 대신 고개를 살짝 비틀어 그녀의 입술에 입을 맞췄다. 상쾌한 치약 냄새에 단풍은 괜히 주환의 어깨를 툭 쳤다.

이제는 익숙하게 마주 앉아 소소하게 대화를 나누던 그때, 고등어 살을 발라 단풍의 접시 위에 올려주던 주환이 말했다.

"이번 주 주말에 잠깐 시간 좀 내줘. 저녁에 전화할게."

"왜요? 무슨 일 있어요?"

매콤달콤한 양념이 스며든 통통하게 살 오른 고등어 한 점을 밥과 함께 입에 넣고 꼴딱 넘기며 주환을 보자 다시 다음 살코기를 바르던 그가 조금 뜸을 들이다 고개를 끄덕였다.

"줄 게 있어서."

"으응, 네."

별 의심 없이 웃은 단풍은 다시 접시로 오는 주환의 젓가락에 입을 벌렸다. 그는 피식 웃으며 그녀의 입안으로 고등어를 넣어주었다. 오물오물, 저가 해놓고도 맛있다는 듯 행복한 얼굴을 만들던 단풍은, 눈이 조금 뻑뻑한 듯 매만지는 주환을 걱정스레 보았다.

"피곤해 보여."

"조금."

부정하지 않는 걸 보면 꽤 많이 피곤한 듯했다. 보니 그의 밥공기가 절반도 비워지지 않았다.

"밥 많으면 남겨도 돼요. 괜히 먹으면 체해. 아니면 내일은 먹고 싶은 거 말해줘요. 인터넷 보면 레시피 다 나와 있어."

사실 하도 잘 먹는 단풍에게 고등어를 발라주느라 그런 것뿐이지만 주환은 잔뜩 걱정으로 물든 그녀의 얼굴에 미소 지었다.

"그렇게 뭘 해주고 싶어?"

"응. 맨날 받기만 하니까."

반짝이는 눈으로 열렬한 끄덕임에 확실히 밥 생각이 사라졌다.

대신, 다른 생각이 몸을 채운다.

"그럼 다른 거 말고."

"다른 거 말고?"

"단풍아."

짜릿한 부름에 그녀의 눈이 커졌다. 아뿔싸, 싶었다. 그의 이런 야릇하고 달콤한 부름의 끝은 일종의 신호와 같았고, 단풍의 얼굴은 금방이라도 터질 듯 붉어졌다. 주환은 긴 팔을 뻗어 마주 앉은 그녀의 앞머리를 쓸어주다 귓가를 매만지며 속삭였다.

"그럼 오늘은 먼저 잠들지 마."

"……."

"울지도 말고."

황홀했던 밤이 흩어졌다. 잔뜩 기운이 빠진 단풍은 팔베개를 해주고 잠이 든 주환을 턱 밑에서 바라보다가 몸을 살짝 돌렸다. 그리고 제 베개가 된 그의 팔 끝의 손을 잡고 살금살금 만졌다. 매끈한 손가락을 보다 제 손을 보곤 한데 맞추기까지 했다. 그러곤 곧 시무룩해져 몸을 웅크렸고, 그런 그녀의 뒷모습에 주환은 가만히 눈을 뜨고 바라보았다.

평소와 다름없는 며칠이 지나고 평소보다 조금 빨리 집으로 들어온 주환은 당연히 자신을 맞이할 단풍과 복실이를 기대하고 문을 열었다. 그러나 불 켜진 거실에서 나온 건 복실이 혼자였고, 그는 복실이를 안아들며 그녀를 찾았다.

"단풍아?"

집 안 이곳저곳을 보아도 그녀가 보이지 않아 주환은 얼른 휴대폰을 꺼내 들었다. 그리고 바로 단풍에게 전화를 걸려던 그때, 거실 테이블에 붙은 쪽지를 발견했다. 거기엔 짤막하게 놀이터로 오라는 메시지가 적혀 있었다.

도통 알 수 없는 쪽지에 의아해하며 껑충껑충 달라붙는 복실이에게 목줄을 달고 나선 주환은 금방 놀이터 앞까지 도착했다. 아주 늦은 시간은 아니지만 그렇다고 이른 시간도 아니라 놀이터엔 아무도 없었다. 단 한 사람, 무언가에 열중하고 있는 단풍만 빼고서.

"단풍……."

그녀는 모래에 양초를 올리고 열심히 불을 붙이고 있는 중이었다. 그러나 바람 때문에 잘 안 되는지 모양을 만들어놓은 양초 여기저기를 다니며 불만 붙여대고 있었다. 그 모습을 보길 한참, 이젠 추워서 덜덜 떠는 게 느껴져 도저히 그냥 볼 수 없었던 주환이 나섰다.

그가 곁으로 오는 것도 모르고 붙다 꺼지기를 반복하는 양초와 씨름 중인 단풍이었고, 주환은 가만히 복실이를 안고서 입을 열었다.

"도와줘?"

우뚝. 발바닥에 불이 나게 돌아다니던 단풍의 움직임이 멎었다. 그녀는 천천히 그를 돌아보았고, 추웠는지 붉어진 코끝으로 훌쩍이다 고개를 끄덕이고 말았다.

단풍이 열심히 붙이고 있던 양초의 모양은 통속적이지만 효과 좋은 하트 모양이었다. 욕심도 많아서 양초를 한 100개 가까이 세워놓은 듯한 그녀는 이미 다 들통이 나버린 마당에도 포기하지 않고서 그를 하트 가운데에 세웠다. 잠시 벤치에 묶어놓은 복실이가 하품을 하며 그들을 지켜보고 있었다.

"여기 잠깐 있어봐요. 그러니까, 이게."

연신 주섬주섬 무언가를 찾는다. 그리고 막 주머니에서 종이 한 장을 꺼내 펼쳐들었는데 때마침 불어버린 바람에 속절없이 날아갔고, 심지어 열심히 켠 양초도 절반쯤이 꺼져버렸다.

"……."

이제는 조금 안쓰러워질 지경이 되어서 넋이 나가 저 멀리 날아가 버린 종이를 보는 단풍을 부르려던 차, 무언가 다짐한 듯한 그녀가 주환을 보았다. 그리고 다른 주머니에서 네모난 케이스 하나를 내밀곤 활짝 열었다.

맙소사. 거기엔 예쁜 문양이 그려지고, 작지만 섬세하게 보석이 박힌 금빛 반지가 놓여 있었다. 주환은 순간 머리를 얻어맞은 듯 멍해졌다.

"내 남편이 되어줘서 고마워요, 주환 씨."

이어진 말에는 더더욱.

멋지고 좋은 말들을 빼곡하게 적어놓았을 종이를 날려버리고 결국 한 말은 그것뿐이었다. 하지만 그는 말문이 막혀버렸다. 난생처음 경험하는 순간에 숨이 막혀버릴 것 같았다.

그녀가 하는 말은 내일 그가 그녀에게 해주고자 했던 말이었다. 순서가 바뀌어 같이 살게 되고 혼인신고부터 할 수밖에 없었지만, 몇 날 며칠 야근이라는 핑계를 대고 호텔방을 빌려 웨딩드레스와 턱시도까지 손수 마련해놓았다. 그곳을 꾸미고 아름답게 치장을 하고, 또 늘 가지고 다녔던 반지와 함께 내일만을 기다렸다.

그러나 지금 이 순간 모든 것이 아무래도 상관없어졌다. 어떠한 사탕발림도 필요 없는 완벽한 고백에 주환은 가슴이 벅찼고, 단풍은 한눈에도 감동을 받은 그에게 장난스럽게 씩 웃었다.

"금값 싸졌다더니 다 거짓말이야. 주환 씨 손이 너무 커서 금이 엄청 들어갔어요. 그래서 더 좋은 거 못해줘서 얼마나 기운이 빠졌는지 몰라. 더 좋은 거 주고 싶었는데."

농담인지 진담인지는 알 수 없었지만, 주환은 그녀가 내민 반지 케이스를 받았다. 심장이 너무 빠르게 뛰고 있었다. 그것은 단풍 역시 마찬가지였고, 그녀는 어쩐지 조금 눈물이 날 것 같았다. 처음으로 '남편'이라는 말을 했다. 당연한 것인데 바로 지금 공인된 사이가 된 기분이었다. 황황하게 오르는 열기에 반지에서 시선을 떼지 못하는 주환을 지켜보았다.

무슨 말이라도 해달라고 말하듯이.

"내일 줄 생각이었는데, 지금 줄게."

무슨 말을 하긴 했지만 기대했던 말은 아니었다. 고맙다거나 기쁘다는 말 같은 게 아니라 와이셔츠 깃 단추를 푸는 행동으로 이어질 말을 대신했다. 그의 괴이한 행동을 지켜보던 찰나 드러난 목으로 은빛 줄이 보였다.

"일부러 케이스에 넣지 않았던 건데, 차라리 잘됐네."

"목걸이?"

순진한 질문에 주환은 망설임 없이 그 목줄을 뜯었다. 투둑, 간단하게 끊겨버린 목줄에 단풍이 입을 벙긋거렸고, 그는 단풍의 손을 잡아 손바닥을 보이게 만들곤 끊어낸 목줄에서 무언가를 내려놓았다.

"내 대답."

끊어진 목줄을 타고 주환의 손아귀 안에서 내려와 그녀의 손바닥에 내려앉은 것은 다름 아닌 반지였다. 너무도 아름다운 한 쌍의 반지. 자세히 보면 안쪽으로 서로의 이름이 새겨진, 누가 봐도 프러포즈를 위한 결혼반지였다.

"……주환 씨?"

그 어느 때보다 넋이 나가버린 단풍이 그를 불렀고, 주환은 담담하게 반지를 쥐어 단풍의 오른손 약지에 그것을 끼워주었다. 왼쪽 약지에 맞춰 산 반지지만 다행히 오른쪽 약지에도 딱 맞았다.

"커플링."

손가락에 들어간 순간 더욱 아름답게 비치는 반지를 커플링이라 지칭한 주환의 말에 단풍이 당황했다.

"마, 말도 안 돼. 이게 어떻게 커플링이에요. 이건……."

"커플링이야. 그 이상도, 이하도 아닌."

"……커플링이 훨씬 좋은데?"

그는 고개를 저었다. 그리고 제 오른쪽 약지에도 반지를 끼우곤 아무렇지 않게 말을 이었다.

"이건 커플링."

이어 단풍이 건넨 반지를 아주 조심스레 꺼내고 천천히 한쪽 무릎을 굽혔다. 불편한 모래알들은 아무래도 상관없다는 것처럼 그녀의 왼쪽 손을 당겨 가져가곤 몸을 떨며 눈물이 촉촉해진 단풍의 약지에 끼워 넣었다.

"이게 진짜 결혼반지. 평생 가지고 있어야 할 우리 반지."

오른쪽 손에 끼워진 반지가 아름답다면 왼쪽 손에 끼워진 반지는 눈부셨다. 찬란하도록, 완벽하게.

"사랑해."

"……"

"말로 표현 못할 만큼."

끝내 뚝뚝 흘러내리는 단풍의 눈물을 보며 주환은 그녀의 손등, 그리고 반지가 끼워진 손가락에 입을 맞췄다.

"내 아내가 되어줘서 고마워."

세상 어디에도 없을 초라하고 또 완벽한 프러포즈였다.

손을 잡았다. 몇 번이나 잡았던 손은 여전히 따뜻하고 부드러웠다. 다만 오늘은 두 사람의 양손에 반지가 하나씩 끼워져 있다는 점이 달랐다. 큰 손은 그녀의 손이 빠져나가지 않을 정도의 힘으로 단풍의 손을 감싸 쥐고 있었고, 그녀 역시 놓치지 않을 듯 꼭 쥐고서 걸었다.

타박타박 보폭을 맞춰 걸어주는 주환의 곁에서 가만히 그의 어깨에 몸을 조금 기댄 단풍이 작게 속삭였다.

"비가 계속 내렸었던 것 같아요."

오늘처럼 맑은 하늘이 또 어디 있었다고, 갑작스런 비 얘기에 주환이 하늘을 살폈다. 고개를 갸웃거린 그가 뭐라 대답하지 않고 있자 단풍은 깊이 숨을 한번 들이마셨다. 그리고 좀 더 그의 팔을 꼭 안고 말을 이었다.

"계속 내렸어요. 어쩌면 처음 만났을 때부터, 계속 조금씩."

이쪽은 보고 있지 않지만 주환이 제 말을 듣고 있음을 알 수 있었다. 사실 조금 떨렸다. 이미 몇 번이고 입을 맞추고 끌어안고 사랑한다 말했는데, 이상하게 첫 고백을 하는 것처럼 두근거렸다.

"가랑비에 옷이 젖는다는 속담을 생각하면 주환 씨가 떠올라요. 계속 내렸어요. 계속, 계속 내렸어."

그의 손가락이 가볍게 움직였다. 단풍의 말에 기쁘다고 말하는 것처럼.

사회 초년생이란 으레 그러하듯 모두 실수와 실수를 얹고 시작한다. 가르쳐주고 가르침을 받는 것도 같은데 알아듣지 못하니 결국 똑같은 실수를 반복하게 되고, 힘겨운 와중에 동화 속에서 나오는 듯한, 항상 곁에 있어주는 주환은 동경의 대상이었다.

그는 힘들 때 손을 뻗어주는 사람이었다. 그게 오직 자신만을 향한 손길이라는 것을 알았을 때, 단풍은 내리는 비에 완전히 젖어 있음을 깨달았고, 그것이 곧 사랑임을 알았다.

단풍이 물들 듯이 서서히 비에 젖는다. 그리고 젖은 몸은 이제 녹아내려 그의 곁으로 향한다.

"비가 계속 오는 것 같아."

말을 하다 보니 깨닫게 되는 많은 것들 중에 하나.

"아니, 이제 어떤 비가 와도 모를 것 같아. 나한텐 당신뿐이라서."

우뚝 멈춘 주환이 그녀를 내려다보았다. 그리고 떨리는 고백에 단풍의 두 뺨에 손을 올리고 사랑이 가득 담겨 어쩔 줄 모르는 눈동자로 그녀를 담았다.

사랑할 수밖에 없는 그의 연인은 오늘도 어김없이 자신을 삼킨다.

"가랑비건 폭우건 상관없어."

나지막한 속삭임으로 입을 연 주환은 천천히 단풍의 입술에 입을 맞췄다. 어떠한 단물보다도 달콤한 것이 서로의 혀끝을 스쳤고, 다시금 떨어졌을 때 그는 온 마음과 힘을 다해 말했다.

"절대 마르지 않을 테니까."

사랑한다고.

조금은 마른 계절, 낙엽이 지고 첫눈이 내리기 시작한 어느 차가운 계절에 통통 부어 있는 그녀의 얼굴을 바라보며 주환이 속삭였다.

"단풍이 들면 가을이 저물어. 그리고 겨울이 와. 추운 겨울이 아니라 눈이 내리는 아름다운 겨울. 그 어떤 것보다 맑고 깨끗한 그런 계절."

"……응."

"그래서 정했어."

다른 이에겐 몰라도 그저 천사처럼 보이는 단풍의 눈을 바라보던 그의 시선이 그들의 사이에 누워 꼬물거리는 작은 아기에게로 향했다. 아기는 꼭 감은 눈으로 곤히 잠들어 있었고 갓 태어난 것을 알리듯 꼭 제 엄마 이름처럼 붉었다. 주환은 제 손가락을 쥔 아기를 사랑스럽게 바라보았다.

너 역시 그 누군가에게 소중한 존재가 되기를.

"진심으로 환영해."

거짓말처럼 아기가 눈을 떴고 까맣고 맑은 눈동자로 그를 보았다. 그는 자신을 향한 아기의 시선에 아주 작은 손가락 끝에 살짝 입을 맞췄다. 그리고 단풍의 손을 잡고서 말했다.

"겨울아."

외전

"어머!"

밝은 목소리가 아파트 현관 앞에서 심각하게 서 있던 단결의 귀를 때렸다. 깜짝 놀란 그가 고개를 옆으로 돌리자 양손에 하나 가득 짐을 들고 있는 빼어난 미모의 여성이 환한 미소를 그리며 다가왔다. 단결은 단번에 그녀가 누구인지 알아차렸다.

여자는 상냥하게 다가와 알은체를 했다.

"저 기억해요? 왜 지난번에 룸메이트……."

상세한 설명으로 자신이 누구인지 알려주려는 듯했지만 그는 말이 끝나기도 전에 고개를 끄덕였다.

"다, 당연히 기억합니다. 워낙에 예뻐셔서."

하지 않아도 될 칭찬에 그녀, 지현은 맑게 웃었다.

"그렇게 말해주니 고맙네요."

"……아, 제가 들어드릴게요."

"괜찮은데, 고마워요."

얼른 무거워 보이는 지현의 짐을 든 단결은 얼굴에 살짝 홍조를 그렸다. 두 손이 찬 단결을 대신해서 현관 비밀번호를 누른 그녀는 안으로 그를 손짓해 이끌었다. 집을 계약한 뒤 꼬박 석달이 지났다. 그동안 당연히 만날 일이 없었던 두 사람이지만 특별히 어색함 없이 소소한 대화를 나누며 엘리베이터에 올랐다.

"잘 지냈어요? 어떻게, 불편한 건 없었고?"

갑자기 묻는 근황 조사에 단결이 눈을 깜빡이다 대답했다.

"예. 그렇죠. 잘 지내셨어요?"

"그럼요. 어쩜 이렇게 상냥할까. 착한 동생을 둔 누나가 너무 부럽다. 제 동생은 먼저 하기 전엔 제대로 연락하는 법이 없거든요."

"저도 딱히 잘 하진 않아요. 그냥 일 있을 때나 가끔 하죠."

"그래도요. 맞다, 아침에 어디 나간다고 하더니 벌써 나갔겠죠?"

"예? 그래요?"

처음 듣는 얘기라는 듯 놀란 단결에 지현이 고개를 갸웃거리다 알겠다는 듯 한숨을 쉬었다.

"못 들었구나. 어쩔 수가 없다니까. 하긴, 그런 거 먼저 말할 성격은 아니니까."

"네. 원래 그런 얘기를 잘 안 해요."

"이해해요. 나이 먹으면 괜히 말 길게 하는 게 귀찮아지거든."

"하하."

분명 어딘가 어긋난 대화였으나 두 사람은 전혀 문제없이 대화하고 있었다. 이번에도 역시 가장 중요한 것이 빠져 있었음에도 말이다.

지현은 단결의 양손에 들린 밑반찬과 본가에서 보내온 생필품들을 내려다보았다. 회사 일을 혼자 다 하는 것처럼 바쁘게 사는 통에 집에 제대로 챙겨진 것이 없는 집이었다. 만약 집에 복실이가 없었다면 그냥 그 집을 여관방처럼 사용했을 동생이다.

이런저런 대화 속에 곧 엘리베이터가 멈추고 익숙하게 도어록 번호를 누른 그녀는 삭막하기 그지없을 집안 풍경을 떠올렸다. 어지럽혀진 건 없겠지만 아마 구석구석 곳곳에 먼지가 뽀얗게 내려앉았을 수도 있다. 그러나 정작 열린 문 앞으로 눈앞에 보인 집 안은 지현이 기억하는 것과는 달라져 있었다.

"으응?"

눈에 보이는 무언가가 확 변했다는 것은 아니었다. 하지만 다소 회색빛을 지니고 있던 분위기가 뽀송뽀송하다고 해야 할까, 아니면 달콤해졌다고 해야 할까. 특별히 색이 변한 것은 아니었으나 분위기가 달라져 있음은 부정할 수 없었다.

"향기 좋다."

입구부터 시작된 은은한 향기에 이리저리 시선을 돌리자 신발장 위로 자극적이지 않은 향의 방향제가 놓여 있었다. 꽃그림이 그려진 동그란 방향제는 무언가를 사서 같이 나온 게 아니라 따로 구입한 것으로 보였다.

단결 역시 그 방향제를 보았고 그것이 본가에 있는 것과 같은 것임을 알고 설명했다.

"아, 이거 향 되게 좋아요. 오래가고 은은하고. 개들도 별로 신경 안 쓰는 향이라고 하더라고요."

"그렇구나. 진작 알았으면 좋았을 텐데."

역시 좋은 룸메이트라고 생각하는 지현이었다.

거실로 올라가자 누구인가 싶어 귀를 쫑긋 세우고 있던 복실이가 지현을 알아보곤 심드렁하니 제집으로 들어갔다. 낯선 단결이 들어왔지만 이미 한 번 본 사람이라고 금방 관심을 잃은 듯했다.

"하여간 주인 닮아서 애교가 없어요."

"아니에요, 누님 닮았으면 애교가 많았을 거예요."

무심결에 나온 호칭에 지현이 웃음을 터트렸다.

"누님? 아하하."

잠시 복실이에게 시선을 빼앗겼던 그녀는 변한 것이 신발장 방향제 정도가 아님을 어렵지 않게 알아차렸다.

일단 챙겨온 물건들을 제자리에 넣기 위해 움직일 때마다 소소한 아이템들이 눈에 들어왔다. 하나가 아닌 두 개씩 되는 물건들이나 귀엽게 자리 잡은 장식품, 기타 여러 가지 먹을거리들. 성격상 집에서 간식 같은 것을 챙겨먹을 주환이 아님을 알기에 더욱 단결이 마음에 들었다. 뭐랄까, 집에 사람 사는 냄새가 난다고나 할까.

"밥도 잘 해먹는 모양이네."

냉장고는 물론 가스레인지 위에 있는 찌개를 보며 지현은 거듭 놀라워했다. 찌개도 오래된 것이 아니라 아침에 끓인 듯 보였다. 그녀는 신기함 반, 놀라움 반을 가지고 숟가락을 들어 찌개를 맛보았다.

"윽."

못 먹을 정도는 아니지만 영 손이 가지 않을 것 같은 맛의 김치찌개에 얼른 뚜껑을 닫았다. 룸메이트인 단결이 했을 것이라 홀로 결론지은 그녀였다. 어린 청년이 이 정도면 잘했다, 싶었다. 그렇게 가져온 것들을 챙겨주고 다시 거실로 나가자 어딘가 각이 잡혀 앉은 단결이 보였다. 아무리 여기에 살고 있어도 주인집 누나가 있으면 불편할 수밖에 없겠다는 생각이 들었고 조금 미안해져서 한마디 했다.

"커피 마실래요?"

"아, 예. 예…… 예."

어색한 그의 대답에 지현은 몸을 돌렸다. 사는 사람 대신 커피를 타는 게 우습긴 하지만 사실 주환과 어떻게 사는지도 조금 궁금해서 내놓은 말이었다.

지현이 포트에 물을 올리러 간 사이 단결은 괜히 진땀이 났다. 일단 오기는 했지만 사실 단풍에게 뭘 어떻게 무엇을 물어봐야 할지 전혀 생각하지 않아서였다.

그날, 갑자기 찾아와 제 누나를 자신의 것인 양 멋대로 말하고 간 주환을 떠올리면 아직도 속에서 열이 훗훗하게 올라온다. 오늘 찾아온 것도 사과를 하겠다며, 저녁에 잠시 보자던 연락 때문이었다. 그 저녁때까지 기다리지 못하고 한낮부터 찾아온 게 잘못이라면 잘못이었지만 어쨌거나 이미 온 이상 돌아갈 수도 없는 노릇이었다.

소파에 앉아 한 모금의 커피를 마시며 여전히 다정한 눈매로 미소를 그린 지현이 차분하게 말을 이었다.

"같이 살다보면 여러 가지로 안 맞는 게 있을 수밖에 없어요. 이쪽이 워낙에 까다로워서 불편한 건 아닐까 모르겠네요."

까다롭다니. 누가 봐도 지현은 성격이 아주 좋아 보였기에 단결은 서둘러 부정했다. 오히려 누나인 단풍이 더 사람 귀찮게 했을 것 같다는 생각이 들 정도로.

"그럴 리가요. 저야말로 누나랑 같이 있었으면 난리 났을 거예요. 맨날 싸우고, 놀리고."

"누나랑…… 아, 누나랑 같이 살기로 했었어요?"

"네. 원래 그러려고 했는데 자취방에 룸메이트가 있어서 집을 구한 거거든요. 지금은 다 나갔고요."

"그렇구나. 그럼 이제 곧 여기 정리하고 누나랑 같이 사는 거예요?"

"……아, 그건 아마 누나가 정할 일이라서. 근데 저번에도 갑자기 오긴 했었는데."

"와? 어딜?"

"집이요. 자취방."

자연스럽게 흐르던 대화가 뚝 끊겼다. 지현은 단결의 어휘 선택이 다소 잘못되었음을 느꼈다. 하지만 다 큰 성인에게 그런 것을 꼬치꼬치 말해줄 정도로 연이 깊은 것도 아니었고 괜히 건드려서 주환과의 관계가 틀어지진 않을까 걱정되어 대신 커피를 한 모금 더 마셨다.

단결은 단결대로 조금 의아했다. 단풍이 갑자기 자취방에 찾아와 며칠이나 머물고 갔는데 마치 처음 듣는다는 듯 보이는 지현이었다. 생각보다 주변 사람에게 관심이 없거나, 어쩌면 싸웠을지도 모른다는 생각이 들었다.

까마귀 날아갈 것 같은 침묵이 흐르고 커피가 반쯤 사라졌을 때, 단결의 입이 열렸다. 차라리 단풍이 없는 게 나았다. 지금 가장 묻고 싶은 건 객관적인 '그놈'에 대한 것이었으니까.

그는 조심스럽게 운을 뗐다.

"저, 혹시 옆집에 사는 남자에 대해 아시나요?"

"응? 옆집 남자요?"

"예. 키가 크고 몸집이 좋은데 뭐랄까 좀 잘생, 아니 아무튼 그런 남자요."

잘생겼다고 말하려다 자존심이 상해 얼버무리며 말하자 지현은 고개만 갸웃거렸다.

"……그런 사람이 있었나. 잘 모르겠네."

그녀가 잠시 살았던 3년 전에는 딱히 그런 사람이 없었다. 누가 또 이사를 온 건가 싶어서 볼을 긁적이는 사이 홀로 심각해진 단결이 우울하게 말을 이었다.

"그 사람이 저희 누나와 사귀는 것 같습니다."

"에엑?"

지현은 진심으로 놀랐다. 이곳에 살고 있지 않은 단결의 누나가 어떻게 옆집 사람과 만날 수 있단 말인가.

"아, 아니, 어떻게?"

"그러니까요! 예전에 한 번 누나가 짐을 들고 있었을 때 옆집 사는 사람이라고 하면서 짐을 들어줬던 모양입니다. 그때 저도 있었는데 정말 말도 안 되는 해괴한 말로 변명을 해대고, 글쎄 멀쩡한 손목에 붕대 감아놓고 누나한테 다쳤다고 한 모양이라니까요? 꼬시려고!"

격분한 그가 씩씩대며 몸을 떨었다.

"거기다 싸웠는지 저희 집에 찾아온 누나를 무슨 물건인 양 어디 있냐고, 내놓으라고! 막, 무섭게! 협박을!"

당시 주환의 모습이 어지간히 무서웠던 단결은 순간 울컥했는지 입술을 깨물었다. 그야말로 모성본능을 잔뜩 자극하는 모습에 지현은 '저희 집'을 당연히 '주환의 집'으로 연결시키며 덩달아 분노했다.

"어머, 세상에! 뭐 그런! 그런 사람이 옆집에 사는 줄 꿈에도 몰랐어요!"

"그러니까요! 그런데 바보 같은 저희 누나가 그런 것도 모르고…… 정말, 그건."

"정말 몹쓸 사람이네요. 여자가 무슨 물건이야. 안 되겠네요. 일단 제 동생한테도 말해 놔야겠어요."

적잖이 화가 난 그녀는 씩씩거리며 휴대폰을 들어 올렸다. 당장 동생, 주환에게 전화를 걸 태세였다.

"동생분이요?"

"네. 걔가 지금은 회사 다니지만 꽤 오랫동안 운동을 했거든요. 다른 건 몰라도 이런 일은 꼭 도와야죠. 세상에 어쩜 협박까지!"

"……운동이라면 어떤."

"권투요. 제법 잘해서 프로 하란 소리도 들었어요. 그러니까 걱정 말고 그쪽이랑 자리 한 번 마련해요. 아주 질 나쁜 사람이네. 아마 바로 도와줄 거예요."

단결은 순간 감동이 파도처럼 밀려오는 가슴으로 두 손을 모았다. 이렇게 좋은 사람들이 있을 줄이야. 바보 같은 누나를 구제할 수 있다는 생각에 그는 고개를 숙였다.

"형님으로 모시고 싶습니다, 정말. 모르는 사람인데도 이렇게 도와주시고."

"응? 이제 와서 무슨 형님이야. 같이 살면서. 벌써 연 닿은 건데. 그런 말 말아요, 섭섭하니까."

막 주환의 번호를 누르고 전화기를 귀에 댄 지현이 머쓱해하며 말했다. 감사의 표시로 고개를 숙이고 있던 그가 불쑥 고개를 들고 갸웃거렸다.

"예?"

눈을 깜빡깜빡 단결이 당황했다.

"같이 산다니…… 그게 무슨."

"잠시만요. 어, 주환이니?"

그사이 전화를 건 지현이 자리에서 일어났다. 제대로 설명하기 위해 찬물이라도 마실 요량으로 일어선 그녀를 따라 단결이 일어섰을 때 도어록 풀리는 소리가 들렸다.

"무슨 일이야, 갑자기."

주환의 목소리도 함께.

"누구예요?"

단풍의 물음에 그가 휴대폰을 잠시 떼며 답했다.

"누나요. 조만간 보여주려고 했……."

"……어? 웬 신발이야?"

주환과 지현의 눈이 마주쳤다.

신발을 벗기 위해 시선을 아래로 내리던 단풍의 눈에 운동화와 구두가 들어왔다.

천천히 그들의 시선이 교차되었고 심드렁하니 앉아 있던 복실이가 현관으로 가서는 단풍의 다리에 몸을 세워 기대곤 꼬리를 흔들었다. 살랑살랑.

"……."

처음으로 동시에 마주한 네 남녀는 한동안 아무런 말도 할 수 없었다. 잠시 후 이 모든 상황을 악의 없이 만들어낸 단결과 지현이 뒤늦은 패닉에 빠진 것은 너무도 당연한 일이었다.

-마침-

이렇게 아주 늦지 않은 기간 만에 다시 종이책으로 인사를 드릴 수 있어서 기쁘고 반갑습니다.

사실 『단풍이 들다』는 작년 9월, 가을이 막 시작될 즈음 블로그에 시작했던 글이었습니다. 가을이니 가을과 어울리는 글을 쓰면 좋겠구나 싶었던 글로 수많은 우여곡절 끝에 완결이 나 이렇게 지면으로 뵙게 되었습니다.

『단풍이 들다』는 어찌 보면 무척 평범한 이야기입니다. 좀 잘생긴 남자 주인공과 여우 같은 여자 주인공의 연애이야기죠. 거기에 조금씩 살을 붙이다 보니 한 권으로 태어나 새삼 신기하고 즐거운 시간이었습니다. 그리고 감초 역할 제대로 해준 강아지 복실이에게도 감사의 인사를……. (동물 만세!)

개인적으로 지현과 단결의 대화를 쓰는 부분이 아주 재미있었습니다. 허당 기질을 보이며 동문서답, 동상이몽을 몸소 실천하며 주인공들보다 먼저 만나서 마지막을 장식해주었네요. 보시는 분들께서도 부디 제 소소한 유머코드가 재미있으셨기를 바랍니다.

많은 분들의 응원과 조언, 도움으로 탄생한 글입니다. 오랫동안 기다려주셔서 감사하고 또 완결이 나 수정을 하면서 연재를 허락해주신 출판사에도 감사의 인사를 드립니다.

그럼 저는 조금 더 재미있고, 알찬 글을…… 쓸 수 있도록 좀 더 노력하는 글쟁이가 되겠습니다. 언제나 감사드립니다. ^^

-2015. 05. 미몽(mimong) 드림.